KB083719

문순태 중단편선집

6

울타리

울타리 문순태 중단편선집 6

초판인쇄 2021년 2월 20일 초판발행 2021년 3월 10일
지은이 문순태 엮은이 조은숙 펴낸이 박성모 펴낸곳 소명출판
출판등록 제13-522호 주소 서울시 서초구 서초중앙로6길 15, 2층
전화 02-585-7840 팩스 02-585-7848 전자우편 somyungbooks@daum.net 홈페이지 www.somyong.co.kr

값 18,000원
ISBN 979-11-5905-593-5 04810
ISBN 979-11-5905-587-4 (세트)

ⓒ 문순태, 2021

잘못된 책은 바꾸어드립니다.
이 책은 저작권법의 보호를 받는 저작물이므로 무단전재와 복제를 금하며,
이 책의 전부 또는 일부를 이용하려면 반드시 사전에 소명출판의 동의를 받아야 합니다.

❶ 1959년 광주고 문예부 시절. 중앙이 수필가 송규호(문예부지도교사), 좌측 이성부, 우측 문순태

❷ 1974년 봄. 왼쪽부터 시인 조태일, 소설가 한승원, 이문구, 문순태

❸ 2001년 가을 장흥에서. 우측부터 문순태, 최일남, 김현주, 임철우, 은미희, 황충상, 윤흥길, 박범신 등 호남 출신 소설가들과 함께

❹ 2010년 광주고 동기생인 절친 이성부 시인과 함께

❺ 2013년 용아문학제에서. 우측부터 김준태 시인, 문병란 시인과 함께

❻ 2013년 생오지에서. 좌측부터 송수권 시인, 신경림 시인과 함께

문순태 중단편선집

울타리

소설은 내 스승이었고,

종교였으며 생명이었다.

소설을 쓸 때만이

내 자신에 대한 실존을 확인할 수 있었다.

―산문집 『꿈』

문순태 작가에게 소설은 삶 자체였다. 평생 그와 동고동락을 해온 소설이 있었기에, 삶의 고비마다 찾아온 아픔을 치유할 수 있었다. 그가 소설에게 위로받았듯이, 그의 소설은 많은 이들의 가슴을 따뜻하게 적셔주었다. 그는 밖으로 꺼낼 수 없는 이야기를 안고 살아가는 사람들의 삶을, 자신만의 언어로, 구수한 된장처럼 감칠맛 나게 풀어냈다. 된장은 오래 묵을수록 맛이 좋다. 또 어떤 재료와 섞어도 그 풍미를 잃지 않고 다른 음식과도 잘 어울린다. 문순태 작가의 소설도 그러하다. 그래서 독자는 그의 소설을 읽으며 자신의 이야기처럼 쉽게 공감한다.

좋아하는 작가의 전체 작품과 그와 관련된 텍스트를 아울러 읽을 수 있었다는 것은 한 독자로서 큰 기쁨이었다. 동시에 작가가 살아오는 동안 축적된 삶의 지혜와 이야기들을 직접 들을 수 있었다는 것은 한 연구자로서 축복이었다. 이렇게 독자로서 그리고 연구자로서 나는 문순태 작가 부부와 맛있는 밥을 먹고 핸드드립 커피를 마시며 지난 8년간 호사를 누렸다. 이러한 만남을 통해 나는 그간 작가의 삶과 작품을 나란히 펼쳐놓고 그 둘 사이의 공백을 촘촘히 메우는 작업을 해왔었다. 그 결과 『생오지 작가, 문순태에게로 가는 길』(역락, 2016)이라는 작가론을 낼 수 있었으며, 이번 중·단편선집 작업도 편안하게 진행할 수 있었다.

　작가론을 쓰는 일과 작품선집을 엮는 일은 큰 차이가 있다. 작가론이 작가와 내가 대화를 하듯 당시 작가의 삶과 그때 쓰인 작품을 읽으며 그 둘 사이의 퍼즐을 하나씩 맞춰가는 지극히 개인적인 작업이었다면, 작품선집을 엮는 일은 한 작가가 피땀으로 남긴 작품을 독자에게 어떻게 온전히 전달할 것인가에 초점을 맞춘 막중한 책임과 부담이 수반되는 작업이기 때문이다. 특히 문순태는 1974년 「백제의 미소」로 『한국문학』의 신인상을 수상하면서부터 장편 23편(38권)과 중·단편 약 147편, 중·단편집과 연작소설집 17권, 기행문 3권, 시집 2권, 산문집 6권, 동화집 2권, 어린이 위인전 2권, 평전 1권, 소설창작이론서 4권, 희곡 2편 등 방대한 양의 작품을 남겼다. 이처럼 방대한 작품으로 인해 작품선집을 엮으면서 가장 큰 고민은 작품을 어떤 기준으로 설정할 것인가였다.

　애초에는 문순태 중·단편전집을 엮을 계획이었다. 그래서 이미 출간된 단편소설집 『고향으로 가는 바람』(창작과비평사, 1977), 『흑산도 갈매기』(백제, 1979), 『피울음』(일월서각, 1983), 『인간의 벽』(나남, 1984), 『살아있는 소문』(문학사상사, 1986), 『문신의 땅』(동아, 1988), 『꿈꾸는 시계』(동광출판사, 1988), 『어둠의 강』(삼천리, 1990), 『시간의 샘물』(실천문학사, 1997), 『된장』(이룸, 2002), 『울타리』(이룸, 2006), 『생오지 뜸부기』(책만드는집, 2009), 『생오지 눈사람』(오래, 2016), 연작소설집인 『징소리』(수문서관, 1980), 『물레방아 속으로』(심설당, 1981), 『철쭉제』(고려원, 1987), 『제3의 국경』(예술문화사, 1993) 등에 실려 있는 중·단편 147편을 발표한 순서대로 정리했다. 그러나 작품 수가 너무 많아서 작가와 상의한 끝에 7권의 중·단편선집을 내기로 생각을 바꾸었다. 이때부터 시기별로 중요하다고 여겨지는 작품 100편을 선별하기 시작했다. 그러나 선별된 작품 가운데 중편소설이 다수 포함되어 다시 75편으로 줄이는 과정을 거쳤다. 그럼에도 7권으로 엮기에는 분량이 너무 많았다. 작가에게는 작품 한 편 한 편이 모두 자식처럼 소중한 존재이기에, 고민의 시간이 길어졌다. 얼마 후 작가와 다시 만나 작품 선정에 대해 이야기를 나누었다. 그 자리에서 작가는 "많이 싣는 것도 좋겠지만, 독자들이 읽으면 좋을 작품으로 선정하는 것이 더 의미가 있지 않을까요?"라고 부담을 덜어주었다. 이러한 과정을 거쳐 문순태 작가의 중·단편 중에서 오래도록 독자들과 호흡을 같이 할 65편의 소설이 선정되었다. 한 작가의 문학적 여정을 살펴보기 위해서는 중·단편뿐만 아니라 장편까지 함께 엮는 것이 맞겠지만, 여건상 이는 차후 과제로 남기기로 했다.

선집의 편집체제는 작가가 이전에 발표했던 중·단편집과 연작소설집 17권에 실린 순서를 따르지 않고, 가능한 작가가 발표한 연대를 기준으로 하되, 각 권의 분량을 고려하여 주제별로 재구성했음을 밝힌다. 작품이 발표된 시기에 따라 초기 소설에서는 한자가 많이 섞여 있었다. 그래서 독자의 가독성을 위해 한자를 한글로 바꾸거나 한자를 생략 또는 병기하기도 했다. 그리고 된소리는 내용을 강조할 경우와 대화 글에서는 그대로 살렸으며, 서술 부분에서는 표준어 규정에 맞게 수정했다. 또한 용어 사용에서는 '국민학교'를 '초등학교'로, '뻰치'를 '펜치'로 바꿨으며, 혼용해서 사용하고 있는 '5월과 오월', '6·25전쟁과 유월전쟁' 등은 서술 부분에서는 5월과 6·25전쟁으로, 대화에서는 '오월과 육이오전쟁'으로 일치시켰다. 의미가 불분명한 문장이나 문단은 작가와 상의하여 삭제했으며, 단어와 문장도 많은 부분 수정했다. 초판 발표 당시의 작품명과 다르게 작품명을 바꾼 경우는 각각 작품의 말미에 표기했다. 참고로 작품명을 바꾼 경우는 「금니빨」을 「금이빨」로, 「흰 거위산을 찾아서」를 「흰거위산을 찾아서」로, 「늙은 어머니의 향기」를 「늙으신 어머니의 향기」로, 「은행나무처럼」을 「은행잎 지다」로, 「아버지와 홍매화」를 「아버지의 홍매」로, 「안개섬을 찾아」를 「안개섬을 찾아서」로, 「생오지 눈사람」을 「생오지 눈무덤」으로, 모두 일곱 작품이다. 「생오지 눈무덤」은 초판 발표 당시에는 「생오지 눈무덤」으로 발표되었으나, 단편집으로 엮으면서 「생오지 눈사람」으로 작품명을 바꾼 경우이다.

특히 이번 7권의 선집에는 문순태의 창작집 『고향으로 가는 바람』(1977)부터 『생오지 눈사람』(2016)까지 각각 창작집 초판에 실린 '작가의 말'과 평론가의 '해설'을 각 권에 나누어 실었다. 이는 두 가지의 의미를 지닌다. 하나는 작품을 독자들에게 내놓았을 당시, 작가의 소회와 고백을 생생하게 느낄 수 있다는 점이다. 예를 들면, 『고향으로 가는 바람』에서 문순태는 "이 산 저 산 쫓기며 전쟁의 총알받이가 되었던 유년 시절, 지게 목발 두드리다가 부모 몰래 광주로 튀어나왔던 소년 시절, 퀴퀴한 하수구 위의 판잣집 단칸방에 네 식구가 뒤죽박죽으로 벌레처럼 엉켜 살았던 청년 시절, 그러다가 어른이 되어선 제법 으스대고 사치와 허영에 길들어지면서, 고향은 두 번 다시 생각하기도 싫었던 삼십 대 느지막에, 나는 비로소 번데기가 되어 다시 태어난 셈"이라고 고백한다. 그리고 문순태가 어느 정도 중견 작가의 반열에 오른 뒤에 쓴 『시간의 샘물』에서 "어렴풋이나마 소설이 무엇인가를 깨닫게 되고 차츰 나이가 들어가면서부터 소설쓰기가 마치 끝없는 절망과 싸운 것처럼 힘들어진다. 이제는 전통적 소설쓰기로는 살아남기조차 어려울 것 같은 위기감마저 느낀다"라고 하면서, 90년대 소설문학의 지각변동에 대한 작가로서의 소회를 밝힌 것과, 일흔여덟에 출간한 『생오지 눈사람』에서 "아마도 내 생의 마지막 창작집이 될 것 같다. 이제야 어렴풋이 소설이 보이는 것 같은데 내 영혼이 메마르게 되었구나 싶어 아쉽다. 이럴 줄 알았더라면 더 치열하게 붙안고 매달릴걸…… 어영부영 흉내만 내다보니 어느덧 길의 끝자락이 보인다"라고 하면서 회한을 드러낸 점 등이 그러하다. 이처럼 선집의 각 권마다 실려 있는 초판 '작가의 말'은 작품을 쓸 당시, 작가의 마음을 엿볼 수 있게 구성되어 독자들에게 새로운 재미를 줄 것으로 기대된다.

다른 하나는 작가 의식의 변모 양상과 함께 소설의 주제가 확장되는 지점을 포착할 수 있다는 점이다. 가령, 초기에 쓴 『고향으로 가는 바람』에서 문순태는 자신이 소설을 쓰는 이유를 "지적인 칼로 잘못된 사회와 역사를 담대하게 베어내고 새 싹이 돋게 하기 위해서"라고 말한다. 그러다가 1980년대 5·18 민주화운동을 체험한 이후에 쓴 『철쭉제』에서는 "작가가 된 지금 누구인가 나에게 왜 소설을 쓰느냐고 묻는다면, 먼저 나 자신을 구원받기 위해서"라고 말한다. 즉, 젊은 시절에는 소설이 역사의 칼로서 역할을 해야 한다고 생각했던 그가 중년에 이르러서는 소설이 '구도의 길 찾기'로서 역할도 해야 한다고 주장한 것이다. 그리고 최근에 쓴 『생오지 눈사람』에서는 소설이 "날카로운 침으로 잠든 영혼을 깨울 수 있다면 족하다"라고 하면서, 소설에 대해 '성찰의 거울'로서의 역할을 강조한다. 이렇듯 문순태는 초기에는 소설이 인간의 삶과 사회를 변화시키는 데 도움을 줄 것이라는 확신에서 '일상성 안에서 의미 찾기'와 '이질적인 것들의 어울림'을 추구했다면, 중년에 들어서 쓴 작품에서는 6·25전쟁, 5·18 민주화운동의 체험을 객관화하여 '구원'의 문제로까지 심화시켰으며, 노년에 쓴 작품에서는 성찰의 깊이가 더해져 노년의 삶과 소통 문제, 그리고 후손에게 물려줘야 할 자연의 생태문제로까지 주제를 확장시켰음을 '작가의 말'과 '해설'을 통해 확인할 수 있을 것이다.

이번 편집을 하면서 '작가의 말'과 '해설' 부분에서도 독자의 가독성을 위해 한자를 한글로 바꾸었다. 다만, 의미 파악을 위해 반드시 필요하다고 생각될 경우에는 한자를 병기했다. 또한 '해설'의 경우 각 권마다 해설자가 다르고, 초판 출간 당시 편집체제가 일치하지 않아 홑화살괄호(〈 〉)와 홑낫표(「」)의 경우, 강조 시에는 작은따옴표(' ')로, 대화 글이나 인용 시에는 큰따옴표(" ")로 바꿨다. 그리고 '르뽀'를 '르포'로 바꾼 것처럼 외래어나 한글 맞춤법 표기법 개정 이전의 단어와 용어는 개정된 한글 맞춤법 표기법 규정에 따랐다.

마지막으로 문순태 소설의 많은 독자와 연구자를 위해 이번 선집에 수록한 작품의 발표지면과 작가 연보를 실었다. 만약 이를 참고하여 작가의 삶과 시대를 연관 지어 소설을 읽는다면 독자들은 훨씬 더 깊고 다양한 재미와 울림을 느낄 수 있을 것이다. 유년시절을 소환하거나 잃어버린 고향을 찾고 싶은 이에게는 1권 『고향으로 가는 바람』과 2권 『징소리』를, 아버지에 대한 그리움이 간절한 이에게는 3권 『철쭉제』와 6권 『울타리』를, 어머니에 대한 사랑이 그리운 이에게는 4권 『문신의 땅』과 5권 『된장』을, 인생을 되돌아보고 싶거나 삶을 아름답게 갈무리 짓고 싶은 이에게는 7권 『생오지 뜸부기』를 추천한다. 그리고 소설 쓰기를 준비하는 예비 작가는 이 중·단편선집을 통해 지난 51년간의 작가 인생이 농축된 창작에 대한 열정을 배울 수 있을 것이다. 또한 문순태 소설에 대한 본격적인 연구를 준비하는 연구자는 작가에 대한 기초 자료와 중·단편선집이 확보된 만큼 다양하고도 활발한 연구가 가능할 것으로 보인다. 이처럼 이번 중·단편선집은 문순태 작가의 주요한 작품을 한데 묶음으로써, 독자들이 그의 작품 세계에 보다 쉽게 접근할 수 있도록 했다는 데 그 의의가 있을 것이다.

1965년 작가가 김현승 시인의 추천을 받아 『현대문학』에 처음 이름을 올린 지 56년이 되는 해에, 그의 중·단편선집을 발간하게 되어서 엮은이로서도 매우 기쁘다. 이 선집 작업은 많은 이들의 사랑과 관심이 있었기에 가능했다고 본다. 먼저 선집 작업을 시작할 때부터 "한국문학사에 남을 의미 있는 작업을 하고 있다"라고 격려해 주신 이미란 교수께 감사드린다. 그리고 바쁜 와중에도 기꺼이 기초 작업에 도움을 준 전남대학교 국어국문학과 석·박사 과정 연구자들과 감수 과정에서 독자의 눈으로, 때로는 교감자의 시선으로 꼼꼼하게 읽고, 교정에 참여해 준 이영삼 박사에게 감사를 드린다. 또한 편집과 세세한 부분에 신경을 써 준 편집부와 이 선집 작업을 누구보다 기뻐하며, 어려운 여건에서도 기꺼이 맡아주신 박성모 대표께도 감사드린다. 마지막으로 만날 때마다 얼굴 가득 웃음 머금고, 두 손으로 내 손 꼬옥 잡아주시며 힘을 주셨던 문순태 작가 부부께 감사드린다. 더불어 문순태 작가의 소설 작품들이 오랫동안 우리 곁에서 눈향나무와 같은 향기를 품고 살아 숨쉬기를 소망한다.

2021년 2월
엮은이 조은숙

차례

어머니의 땅

1

"하섭이는 할머니가 어디에 가셨을 것으로 생각하고 있느냐?"

"아빠 생각은?"

"나는 아무 데도 짚이는 데가 없구나."

"할머니가 젤루 가고 싶은 델 가셨겠지 뭐."

"거기가 어딘데?"

"옛날 사람들만 사는 곳."

"그런 곳이 있을 것 같으냐?"

"할머닌 옛날이야기만 하셨잖아. 동섭이 형과 난 할머니의 옛날이야기라면 교장 선생님의 연설만큼이나 듣기 싫어했으니까, 할머닌 틀림없이 옛날이야기를 듣기 좋아하는 사람들을 찾아갔을 거야."

"우리 집 장남인 동섭이 생각은 어떠냐?"

"아빠두 참, 오실 때가 되면 오시겠지. 기다린다고 빨리 오시나 뭐."

"동섭인 할머니를 기다리고 있기는 하느냐?"

"글쎄, 우리 친구 중에서 할머니가 없는 애들이 얼마나 많다구요! 지금까지 우리한테 할아버지가 없었지만 아무렇지도 않잖아요. 할아버지 할머니가 꼭 있어야 하는 건지…… 잘 모르겠어요."

"아빠와 엄마도 늙으면 할아버지 할머니가 될 텐데, 슬퍼지는구나."

"여보, 그러니까 우린 늙으면 둘이서만 따로 살아요. 요새 애들한텐 할아버지 할머니가 필요없다구요."

"당신도 행방불명이 된 어머니가 걱정이 안 되오?"

"왜 걱정이 안 되겠어요. 객사라도 하시면…… 전 전화벨이 울릴 때마다 어머님의 비보라도 전해 올까 봐 섬찟섬찟해진다구요."

"그러니까 당신은 어머님 장례를 치를 걱정부텀 하고 있군."

"객사하시면 시신을 아파트로 모셔오지 않아도 되잖아요. 병원 영안실로 모셔서 장례를 치르면 간단할 텐데요 뭐."

"아니, 그럼 어머님이 객사라도 하시기를 바란다는 거요?"

"아파트에서 돌아가시는 것보다는…… 당신도 그러길 바라는 거 아녜요? 당신은 어머니를 뜨겁게 사랑하지도 않잖아요."

"암튼 어머니를 찾아야 해! 난 꼭 찾고 말겠어!"

어머니가 말 한마디 없이 집을 나간 지 사흘이 지나도록 소식이 없다. 나는 어머니의 이번 가출에 대해서 불길한 예감에 휘감겼다. 다시는 돌아오지 못할지도 모른다는 생각에, 심신이 서리 맞은 낙엽처럼 바싹바싹 죄어들었다. 지금까지 경험하지 못한 예감이었다.

어머니가 갈 만한 곳을 여기저기 되작거려 생각을 굴려 보았으나, 나의 마음은 마치 꿈속에서 가야 할 방향을 찾지 못하고 방황하듯 헛돌고만 있었다.

그동안 어머니는 K시의 아파트로 이사를 온 후, 두 차례 집을 나간 일이 있었으나, 두 번 모두 하룻밤 만에 돌아왔었다.

처음 집을 나간 것은 2년 전 초여름이었는데, 그때는 K시의 근교 농촌에 보리 이삭을 주우러 갔다가 날이 어두워져서 길을 잃고 아파트를 찾아오지 못했을 뿐이었다.

K시로 이사를 온 뒤, 어머니는 산매山魅 들린 노인처럼 한사코 집을 나갔다. 어머니는 다른 노인들처럼 공원의 나무 그늘을 찾는 것도, 아파트촌의 노인당이나 천변의 버드나무 밑에 가는 것도 아니었다. 어머니는 집을 나가서도 결코 도시 안에 머무르지 않고, K시 근교의 농촌을 찾아다니는 것이었다.

이른 봄에는 쑥을 뜯어 오고, 쑥이 쇠기 시작할 무렵이면 가락지나물이며, 냉이, 수영, 속속이풀, 옥매듭, 질경이, 톱풀, 메, 딱지, 네잎갈퀴, 개망초 등 들나물을 캐오곤 하였다.

그 때문에 봄철 우리 집 밥상엔 늘 상큼한 나물무침이 오르곤 하였다. 어머니는 손수 캐온 들나물을 이웃집에까지 고루고루 나누어 주었다.

어머니는 또 보리걷이나 가을걷이할 때는 거의 날마다, 큰 보를 똘똘 말아 말기끈에 질끈 묶고 들로 나가곤 했다. 보리걷이나 가을걷이를 할 무렵이면 어머니는 마치 시골에서 가난하게 살 때처럼 바쁘게 덤성거렸다. 땅 한 뙈기 없이, 아파트에 갇혀 살면서도 늘 농사 걱정뿐이었다. 비가 오지 않으면 가뭄 걱정, 비가 많이 오면 홍수 걱정이었다.

그런 어머니는 아파트에 살면서도 밤하늘의 별을 보고 그해에 풍년이 들지 흉년이 될지 환히 점을 쳤다.

보리걷이 때 들에 나간 어머니는 보리 이삭을 한 보퉁이씩 주워 오곤 했다. 주워 온 보리 이삭들을 아파트의 베란다에서 방망이로 토닥거려 탈곡한 다음, 미숫가루를 만들기도 하고 볶아서 보리차를 끓이기도 했다.

가을걷이 때도 마찬가지다. 벼 이삭을 주워 와서 베란다의 시멘트 바닥에 깔아서 말렸다가 방망이로 문질러 쌀을 빻아냈다.

그러는 어머니를 나와 아내가 한사코 말렸지만, 그때마다 어머니는,

"요로케라도 꼼지락거리지 않으면 몸살이 날 것 같으니 으짤 것이냐. 에미 죽어 없어지면 이런 꼴 안 볼 것이다만, 살아 있을 때까장만 참그라."

하며 그러는 자신을 이해해 줄 것을 바랐다. 나는, 몸은 비록 도시의 아파트에 있지만 마음만은 사철 고향에 가 있는 어머니를 충분히 이해하고 있는 터이라, 그러는 어머니를 간섭하지 않기로 했다. 그러나 아내는 어머니를 이해하지 못했다. 아내는 늘 어머니 때문에 이웃 사람들 보기에 창피하다는 것이었다.

"노인장이 해주는 밥 잡숫고, 아파트 안에 가만히 붙어 계시면 편하실 텐데, 옛날에 가난하게 살 때의 거렁뱅이 버릇을 여지껏 못 버리고 천덕스럽게 저러시니 창피해서 못 살겠어요."

아내는 어머니가 이삭을 주워 올 때마다 큰소리로 불평을 말하곤 했다. 그러나 어머니는 그러는 며느리의 말을 못 들은 척 해 버렸다.

한 번은 어머니가 캐온 들나물을 손수 된장에 무침을 하여 밥상에 놓았는데(아내는 어머니가 캐온 나물에는 손도 대지 않았다) 나물무침을 맛있게 먹고 있던 아이들이,

"엄만 왜 나물을 안 먹어?"

하고 뚜벅 물었다. 그때 아내는 그냥 먹기가 싫으니까 안 먹는다고 말했으면 좋았을 것을,

"공동묘지 무덤 위에서 캐온 나물인데 더러워서 어떻게 먹겠니?"

하고 팅기듯 말을 뱉어내 버린 게 문제가 되었다. 아내의 그 말에 아이들은 밥숟갈을 동댕이치고 화장실로 들어가 구역질을 해댔으며, 참을 수 없

을 정도로 비위가 상한 얼굴로 할머니를 쏘아보며,

"할머니 더러워! 할머니 더러워!"

하고 침을 뱉듯 여러 번 뇌까려 댔다.

　나는 끝내 참지 못하고 밥알을 씹고 있는 아내한테 아이들 보는 앞에서 손찌검을 하고 말았다. 뺨을 얻어맞은 아내는 두 손으로 얼굴을 쥐어 싸고 안으로 기어들어 가서 문을 잠그고 훌쩍거렸으며, 어머니는 말 한마디 없이, 밥은 한 숟갈도 뜨지 않고 맨입으로 한 보시기의 나물무침을 잎사귀 하나 남김없이 깡그리 비워버렸다.

　나는 이때 안방에서 훌쩍거리는 아내보다, 말 한마디 없이 짠 나물무침 한 보시기를 다 먹어치운 어머니의 아픈 마음에 가슴이 미어지는 듯싶었다.

　그런 일이 있은 뒤부터 아이들은 어머니가 캐온 나물을 먹지 않았다. 내가 아무리, 할머니는 나물을 무덤에서 캐온 것이 아니리고 뺏뺏해진 목소리로 설명을 해보았으나, 아이들은 내 말을 믿으려고 하지 않았다. 그래서 나물은 언제나 어머니와 나 둘이서만 먹었다. 나는 나물을 더 많이 먹었으며, 어머니는 그러는 나를 위해 더욱 열심히 나물을 캐왔다.

　아이들이 나물을 먹지 않기 시작한 한 달쯤 뒤에, 보리 이삭을 주우러 간 어머니가 밤이 깊도록 돌아오지 않았다. 어머니가 돌아오지 않아 마음이 초조해진 나는 그날 밤 아내와 한바탕 싸웠다. 나는 어머니가 돌아오지 않은 것이 아내 탓이라고 아내를 윽박질렀다. 만일 불행한 일이 있으면 아내가 책임을 져야 한다고 숨 가쁘게 다그쳤다. 아내는 울고만 있었다. 아내는 어머니가 천덕을 그만 떨었으면 하는 생각으로, 마음에 없는 말을 했을 뿐이라고, 울면서 말했다. 나도 아내의 그런 속마음을 전혀 헤아림 하지 못한 것은 아니었다. 아내 말마따나 어머니의 그런 천덕스러움만 아니라면 고부간의 사이가 그렇게 삐딱하게 벙글 이유가 없는 것이었다.

어머니와 아내의 마찰은 마치 진흙과 시멘트와의 버성김 같은 것인지도 모를 일이다.

지금의 아파트로 이사를 오기 전, 우리는 내가 나가고 있는 고등학교와 가까운 곳의 단독주택에서 살았다. 집 앞에는 자동차들이 쉴 새 없이 쌩쌩 내닫는 큰 도로가 뻗어 있었고, 손바닥만한 마당에는 철 따라 여러 가지 꽃이 피는 화단을 가꿀 수가 있었다. 아내의 꿈은 머지않아 우리 집이 상가가 될 것이라면서, 땅값 오르기만 목마르게 기다리는 터였다.

그런데 이 집에서 어머니는 해마다 봄이 되면 손바닥만한 마당의 귀퉁이에 호박과 박 구덩이를 파는 것이었다. 그리고 그 구덩이에 인분이며, 약을 놓아 잡은 쥐새끼들을 묻어 두었다가 호박씨와 박씨를 꽂는 것이었다. 호박덩굴과 박덩굴은 줄기차게 뻗어 블로크담을 기어올랐으며, 어머니가 건너질러 놓은 바지랑대를 타고 2층 베란다까지 뒤덮곤 했다. 그리하여 여름 동안 2층 양옥은 온통 호박덩굴과 박덩굴에 덮여 있었으며, 집 안에 호박과 박들이 주렁주렁 열렸다.

이 때문에 아내와 어머니는 여러 차례 실랑이질 했다. 아내는 늘 도시 양옥이 시골집 다 되어갔으니 집값 내려간다고 아우성이었고, 어머니는 그러는 아내의 입을 쥐어박기라도 하려는 듯 끼니마다 호박잎 나물이나 호박 나물을 맛있게 무쳐 밥상에 놓곤 했다. 그러나 아내의 표정은 호박 덩굴이 걷히는 늦가을이 될 때까지 시들어 빠진 호박잎처럼 휘주근하게 구겨져 있게 마련이었다.

아내가 아파트로 이사를 하자고 부쩍 서두른 것은 어쩌면 어머니가 해마다 올리는 그 호박덩굴이 보기 싫었기 때문일지도 몰랐다.

아파트로 이사 오던 날, 어머니는 다시는 꿈을 꿀 수 없게 된 사람처럼 참담한 얼굴로, 해마다 꿈을 심듯 호박덩굴을 올리던 옛집을 몇 번이고 되돌아보곤 했었다. 그때까지만 해도 어머니의 꿈은 해마다 호박덩굴을 2층 베란다에 올리는 것이었는지도 몰랐다.

아파트로 이사를 온 뒤 어머니는 새장에 갇힌 새처럼 한동안 외출을 하지 않았다. 5층에 살고 있었기 때문에, 오르내리자면 너무 힘이 들어 아예 꼼짝도 하지 않은 것인지도 몰랐다. 동물원의 늙은 침팬지처럼 주는 밥이나 먹고 온종일 방안에만 붙박여 있는 어머니를 볼 때마다 나는 죄를 짓고 있는 것 같은 생각이 들었다.

아파트로 이사를 온 그해 봄에 어머니는 나물을 캐러 나가지도 않았다. 몇 달 사이에 어머니가 몰라보게 늙어 버린 듯싶어 마음이 아팠다. 육덕이 좋아 나이에 비해 훨씬 덜 늙어 보이던 어머니는, 차츰 기력이 쇠진해 가는 듯싶었고 오랫동안 햇볕을 쬐지 않았기 때문에 얼굴도 흐린 달빛처럼 창백하게 떠 보였다.

그러던 어느 날 보리걷이 철이 되자, 어머니는 보자기를 들고 홀연히 아파트를 나갔다가 밤이 깊어도 돌아오지 않은 것이었다. 어머니가 돌아오지 않자, 나는 아내를 아파트 입구에 서 있도록 하고 밤새도록 파출소며 방송국이며 동회를 쏘다녔다.

어머니는 아침 해가 떠오를 무렵 보리 이삭 보퉁이를 이고 돌아왔다. 아파트를 찾지 못하고 어둠 속에서 헤매다가 옛날 살던 집으로 돌아가 하룻밤 신세를 지고 날이 밝자 찾아오는 길이라고 했다.

어머니는 그 후로 다시 보리걷이가 끝날 때까지 날마다 들에 나가서 이삭을 주워 오곤 했다. 그 무렵 어머니는 다시 생기를 되찾은 듯싶었다. 창백하게 떠 보이던 얼굴이 알밤 껍질처럼 적갈색으로 탔으며 무릎이 쑤신다는 말도 하지 않았다. 아파트를 찾아오지 못해 어둠 속에서 헤매지도 않았다.

아내는 나에게 아파트 사람들 보기 창피하다면서 어머니가 이삭을 주워 오는 것을 말려 달라고 했으나, 나는 아내의 말을 듣지 않았다.

그 무렵 어머니는 이삭 보퉁이를 이고 오다가 시장 앞에서 우연히 고향 친구를 만났다. 어머니가 시집올 때 헤어졌다가 다시 만났으니 50년 만의 해후였다. 어머니는 까치할매라고 하는 행색이 추레한 친구를 우리 아파트까지 데리고 왔다.

까치할매는 아들을 못 낳아 시장에서 가게도 없이 플라스틱 자배기에 생선을 떼어다 파는 딸네 집에 얹혀살고 있다고 하였다.

어머니는 날마다 까치할매와 어울렸다. 함께 보리 이삭을 주우러 다녔으며 채소밭에 김을 매주고 솎아낸 열무를 얻어 오기도 했다.

친구를 만난 어머니는 행복해 보였다. 호박덩굴을 올릴 수 없게 된 대신 까치할매를 만난 것은, 잃어버린 꿈을 다시 찾은 것이나 진배없는 일이었다. 까치할매를 만난 뒤부터 어머니는 새로운 삶의 기쁨을 찾은 듯싶었다.

어머니는 집에서 색다른 음식을 만들어 먹을 때면 잊지 않고 까치할매를 데리고 와서 입맛을 다시게 하였다. 어머니가 입던 옷도 주었고, 뙤약볕에 얼굴 태워 가며 주워 온 보리 이삭들을 방망이질로 탈곡한 것까지 모두 까치할매한테 주어 버렸다.

나와 아내는 그러는 어머니를 조금도 탓하지 않았다. 아내는 그 무렵, 단독주택을 팔아 아파트를 사고, 남은 돈으로 시내 한복판 지하상가에 가게를 얻어 양품점을 냈다. 그 때문에 아내는 낮에는 집에 붙어 있지 않았으며 고부간에 충돌도 없었다.

그런데 어느 날 어머니가 조그마한 반란을 일으켰다. 집에 돌아와 보니 베란다에 가지런히 놓여 있는 화분에 꽃나무들이 보이지 않는 것이었다. 아파트로 이사 온 뒤, 아내와 나는 화분을 열심히 사 모아 왔다. 화단이 없는 대신 화분이라도 늘어놓아 아파트의 분위기를 건조하지 않게 꾸미기 위함이었다. 그래서 베란다의 화분에서는 봄이면 데이지며 히아신스, 시클라멘, 여름에는 보라색의 글로키시니아, 옥잠화, 칸나가, 가을에는 베고니아, 사프란이 피었다. 화분들 외에도 은행나무며, 단풍, 팽나무, 소나무 등 앙증스러운 분재 몇 그루도 장만하여 정성 들여 가꾸어 오고 있는 터였다. 그런데 화분의 꽃들뿐만 아니라 분재의 나무들까지도 눈에 보이지 않는 것이었다. 화분에는 꽃나무들 대신에 여린 고추의 싹과 가지나무가 심어져 있지 않겠는가.

"어머니, 이게 뭡니까? 꽃나무와 분재는 다 어쨌어요?"

나는 화를 참지 못하고 불컥하는 말투로 다급하게 어머니를 다그쳤다.

"응, 오늘 까치할매호고 들에 나갔다가 고추호고 까지모종을 좀 얻어왔다. 아파트 안에 으디 모종을 헐 디가 있어야제. 그래서 꽃나무를 뽑아 뿔고 화분에다 모종을 했다."

어머는 되레 자랑스럽게 말했다.

"꽃나무를 뽑아 버리고요?"

"그까짓 꽃이야 까끔(산)에 가면 을매든지 있응께, 꽃이 보고 싶거들랑 까끔에 올라가서 보그라그려. 그까짓 꽃 보고만 있으면 밥이 나오냐 죽이 나오냐. 그래도 쬐금만 있으면 이 모종에서 고추랑 까지가 주렁주렁 열릴 것인께, 찬거리가 될 것잉만그려!"

"분재는 어디다 버렸어요?"

"쓰레기통에 처넣었제!"

나는 웃을 수도 울 수도 없어, 걸레 씹은 얼굴로 쓰레기 하치장으로 뛰어 내려갔다. 그러나 쓰레기 하치장은 말끔하게 치워져 있었다. 고추며 가지 싹들을 정성스럽게 모종해 놓은 화분들을 박살 내 버리고 싶었지만 끙끙거리며 참았다. 나는 아내가 한바탕 소란을 피우게 될 일이 더 걱정이었다.

예상했던 대로 아내는 그날 가게에서 돌아오자, 쪼르르 일러바친 아이들의 이야기를 듣고 베란다를 쓸어 보더니 한바탕 집안을 쉐혼들어 놓았다. 나는 아내가 화분의 싹들을 뽑아 버리려고 하는 것을 가까스로 막았다.

그런데 어머니는 자신의 행위에 대해서 아들과 며느리한테 조금도 미안해하거나 후회하는 기색이 아니었다. 옛날 단독주택에서 호박덩굴을 2층으로 올릴 때처럼 자랑스럽고 만족한 얼굴로 화분의 여린 싹들을 오달진 얼굴로 짯짯이 들여다보고 있었다.

어머니는 이렇듯 때때로 엉뚱한 일을 하곤 했다.

까치할매를 맨 처음 아파트로 데리고 오던 날 아침이었다. 어머니가 난데없이 응접실에 놓아둔 냉장고를 식당으로 옮기라고 성화였다. 우리는 결혼을 할 때 장만했던 원도어 미니 냉장고가 너무 작고 오래되어, 아파트로 이사 오면서 문이 두 개 달린 새 냉장고를 들여왔으나, 여름이 될 때까지 새 냉장고를 그대로 사용하지 않기로 하고 응접실에 놔두었다.

아내는, 아직 날씨가 덥지 않아서 당분간 헌 냉장고를 사용하고 있었다. 그런데 어머니가 갑자기 새 냉장고를 식당으로 옮기자고 하셨다. 아내는 갑자기 새 냉장고를 식당으로 옮길 이유가 뭐냐면서 어머니의 극성에 반대하고 나섰다. 그러나 어머니는 숨을 가쁘게 몰아쉬며,

"냉큼 새 냉장고를 눈에 띄지 않는 곳으로 옮기지 않고 뭣 흐냐!"

하고 사뭇 호령조로 나를 몰아붙였다. 나는 어머니의 갑작스러운 태도에 놀랐다. 어머니가 우리 내외에게 큰소리로 호통을 친 것이 처음이었기 때문이다.

어머니는 8년 전 고향 달밭月田里에서 나와, 결혼하여 새살림을 차린 우리 내외와 함께 살기 시작하면서부터, 아직까지 단 한 번도 큰소리로 호통을 친 일이 없었다. 어머니는 늘 자식한테 빌붙어 지탱하는 기분으로 눈치 보며 살아왔다. 그것은 어머니의 말마따나 자식을 낳기만 했을 뿐 제대로 키우지도 가르치지도 못했고, 유산이라고 땅 한 뙈기 물려주기는 커녕, 온전하게 어미 노릇도 못 해 온 죄 때문이라는 거였다.

어머니는 걸핏하면 내 앞에서, 크렁하게 눈을 젖어 온전하게 어미 노릇 못해 온 죄를 말하곤 했는데, 그때마다 나는 어머니의 그 말을 듣지 않으려고 자리를 뜨곤 했다.

그런 어머니가 난데없이 새 냉장고를 옮기라고 불호령이니 모를 일이었다.

숨넘어가는 듯한 성화에도 새 냉장고를 옮길 생각을 하지 않자, 어머니는 이불보로 냉장고를 덮어씌우는 것이었다. 도대체 무엇 때문에 그러느냐고 물었더니,

"오늘 까치할매를 우리 집에 데리꼬 오기로 했다. 까치할매네는 전세방도 못 얻고 사글세로 산다는듸, 무신 자랑이라고 냉장고를 두 대씩이나 뵈여준단 말이냐. 나는 냉장고 한 대도 없는 까치할매 속상흐게 흐고 싶

지 않은겨!"

하면서 나를 못마땅한 눈으로 흘겨보았다. 어머니의 말에 나는 쿡쿡 웃었다.

"당신 어머니는 집도절도 없이 빈 몸으로 거지 노릇을 해야 맘이 편할 것이요."

그날 밤 잠자리에서 아내가 그렇게 말했을 때도, 이불보로 냉장고를 덮어씌우고 있는 어머니의 모습을 떠올리며 쿡쿡 웃고만 있었다.

화분 사건이 있은 지 사흘 뒤에 어머니는 두 번째 집을 비웠다. 보리 걷기가 되려면 아직 두 달은 더 있어야 할 초봄에 집을 나간 어머니는 밤이 새도록 돌아오지 않았다. 또 지난날처럼 아파트를 찾지 못하고 옛날 살던 집으로 갔는가 싶어, 자정이 다 되어 택시를 타고 달려가 보았으나 어머니는 그 뒤 한 번도 그 집에 찾아오지 않았다고 했다.

화분의 꽃나무와 분재들을 뽑아 버린 일로 너무 심하게 다그쳐, 마음이 아파 아주 집을 나가 버린 것이나 아닐까 하는 걱정으로 새벽까지 한숨도 눈을 붙이지 못했다.

그러나 어머니는 일요일인 다음날 정오가 조금 지나서 큰 보퉁이를 머리에 이고, 함박꽃처럼 밝은 얼굴로 아파트에 돌아왔다. 어머니는 K시에서 10킬로쯤 떨어진 천당산에까지 가서 산나물을 캐온 것이었다.

"산노물(산나물)이 으찌나 쎄고 쎘던지 정신없이 쥐어뜯다 보니께 금세 해가 뚝 떨어져 뿌렀어야. 헐수읍시 산 밑 동네에서 자고 오는겨."

어머니는 그러면서 산나물 보퉁이를 풀고, 취, 고사리, 뚝갈, 까치수영, 바디나물, 미역취 등을 풀어놓고, 그 속에서 자치기 막대기만큼씩 한 소나무의 어린 가지들과 여린 칡순이며 연필크기만큼 한 찔레순들을 아이들 앞에 추려 놓았다. 그러는 어머니의 모습은 내가 어렸을 때 어머니가 마을 아낙들과 떼를 지어 동학굴로 산나물을 캐러 갔다가 올 때마다 산나물 보퉁이에서 송기 막대기며 찔레순들을 꺼내 주곤 했던 것과 똑같았다. 그때 나는 해넘이 무렵이면 마을 아이들과 함께 어머니들이 산나물을 캐러 간 동학굴 골짜기 초입 밤나무밭께까지 마중을 나갔었다.

"그래 뭣 하러 산에는 가셨어요?"

나는 어처구니가 없어 웃고 있었다.

"뜬금없이 취노물이 묵고 싶드란 말이다. 해지기 전에 핑 온다는 것이 그만 늦어 뿌렀어야."

그러면서 어머니는 9살짜리와 7살 난 두 손자에게 송기를 벗겨 먹으라고 어린 소나무 가지 토막을 주었다. 그러나 아이스크림이나 쭈쭈바만 빨아먹고 커온 아이들이 송기를 벗겨 먹을 리가 없었다.

"할머니는 원시인이야. 어떻게 나무껍질을 먹으란 말야?"

큰아이가 송기 막대와 찔레순들을 집어던지며 튕겨 냈다.

"멋이라고 그러냐? 이 핼미가 원생이라고? 에끼 놈!"

그제야 젊은 시절처럼 밝았던 얼굴이 순식간에 어두워졌다. 어머니는 그늘진 표정으로 나를 보았다.

"송기 맛이 아이스크림에 비할까?"

나는 그렇게 말하면서 큰아이가 던져 버린 송기 막대를 집어 칼로 껍질을 대강 벗기고, 하모니카를 불 듯 앞니로 송기를 긁어먹었다. 나는 어렸을 때처럼, 송기뿐만 아니라, 찔레순들과 칡순들까지도 모두 껍질을 벗겨 먹었다. 내가 송기와 찔레순, 칡순을 벗겨 먹는 것을 본 어머니의 얼굴은 다시 밝아졌으나, 나를 지켜 보고 있던 아이들의 표정엔 실망과 놀라움이 엉켜 있었다. 아이들은 원시인을 보듯 나를 찬찬히 지켜보았다. 도시에서 나서 도시에서 자란 아내도 내가 송기와 찔레순을 다 벗겨 먹는 동안 시종 얼굴을 찡그리고 있었다.

그런 일이 있고 나서 1년 동안 어머니는 밖에서 밤을 새우고 돌아온 일이 없었다. 온종일 까치할매와 함께 아파트에서 살았다. 하루도 까치할매를 만나지 않은 날이 없었다. 어머니와 까치할매는 만나기만 하면 무슨 할 이야기가 그리 많은지 잠시도 입을 쉬지 않았다. 얼핏 귀동냥해볼라치면 두 노인은 주로 고향에서 자라온 이야기들을 바느질하듯 땀땀이 꿰매고 있었다.

그러던 어머니가 사흘째나 돌아오지 않고 있다.

"또 천당산으로 산나물 캐러 가셨을까요?"

아내가 말했다.

"산나물을 캐러 가셨다면 하룻밤이 지나서 오셨어야지!"

"그렇군요……."

"혹시 당신이 최근에 어머님 마음을 언짢게 해드리지나 않았소?"

나는 아내를 의심하고 싶지는 않았으나, 그래도 집을 나간 어머니의 마음을 헤아리고 싶은 마음에서 그렇게 물었다.

"당신도 알잖아요. 요즘 내가 얼마나 어머님을 조심하고 있다는 거."

그것은 아내의 말이 옳았다. 우리 내외는 최근 어머니가 갑작스러운 병으로 일주일 만에 병원에서 퇴원한 뒤로는 각별히 신경을 써오고 있는 터였다.

"며칠 전 큰애가 할머니를 놀린 일은 있었는데. 아무리 늙으면 속이 어린애가 된다지만 그까짓 일로 마음이 상하셨을라구요?"

"동섭이가 할머니를 또 놀렸다고?"

나는 화난 목소리로 따지듯 아내를 노려보며 물었다.

"글쎄 어머니가 동섭이한테, 텔레비전을 켜라는 말을 또 탕개 틀으라고 하잖아요. 그러니까 동섭이란 놈이 할머니는 텔레비전도 모르고 탕개 탕개 한다면서 마구 놀려 대지 않겠어요. 그러자 어머니 표정이 이내 시무룩해지시대요."

"그 자식이 또, 할머니를 놀렸구만."

"소켓을 소쿠리라고 했을 때도 얼마나 놀렸다구요."

"그렇다면 설마…… 그런 일로 집을 나가시지는 않으셨겠지……."

나는 피곤했다. 어머니를 찾느라 꼬박 사흘 동안 천방지축으로 뛰어다니다가 심신이 모래와 버물러 놓은 시멘트처럼 지쳐버린 것이다.

"옷 보퉁이를 꾸려서 나가셨는지 다시 한번 자세히 살펴봐요. 좀!"

나는 지쳐서 반쯤 눈을 감은 채 아내를 보며 희미하게 말했다.

"옷가지들은 그대로 있다니깐요."

아내는 신경질적으로 대답했다.

"그래도 장롱 속을 샅샅이 좀 뒤져 보라니까!"

내가 퉁명스럽게 내지르자 아내는 못마땅한 얼굴로 나를 흘겨보더니 억지로 몸을 일으켰다.

"그런데, 고모한테서는 왜 소식이 없죠?"

하고는 아내는 쾅 소리가 나게 문을 여닫으며 어머니 방으로 들어갔다.

아내의 말마따나 아이들 고모한테서는 왜 여지껏 소식이 없는지 궁금했다.

어제 오후 나는 어머니가 혹시 화진탄광에 사는, 나와는 성씨가 다르지만 하나뿐인 누이동생한테 '어머니 행방불명 조속 연락 바람'이라는 내용으로 전보를 쳤다. 누이동생이 8년 전 화진탄광의 광부한테 시집을 가기 전까지만 해도 어머니는 고향 달밭에서 딸과 둘이서만 살았었다. 그러나 어머니는 누이가 시집을 간 뒤 한 번도 딸의 집에 다녀오지 않았으며, 누이도 어머니를 만나러 우리 집에 찾아온 일이 없었다. 모녀간에, 그리고 우리 남매간에 오래도록 왕래가 끊긴 것은 그만한 이유가 있었다.

그러나 나는 어머니가 화진탄광촌으로 딸을 찾아갔을 것으로는 믿고 싶지 않았다. 어머니는 내 앞에서 늘 죽을 때까지 혜순(누이의 이름)이를 만나지 않겠다고 입버릇처럼 말하지 않았던가. 어머니가 죽을 때까지 혜순이를 만나지 않겠다는 말을 차돌 굴리듯 한 것은 딸을 미워해서가 아니라는 것도 나는 잘 알고 있다. 어머니의 미움은 다른 데 있었다. 그것은 미움이 아니고, 겨울밤 칼바람 같은 원한 때문일 것이었다.

"여보, 없어졌어요!"

아내가 어머니의 방에서 응접실로 뛰어나오며 숨넘어가듯 소리쳤다. 나는 지친 모습으로 소파에 반쯤 누워 있다 말고 반사적으로 상반신으로 일으키며 당황해하고 있는 아내의 얼굴을 마주 보았다.

"여보, 어머니 수의가 없어졌다구요. 다른 옷은 그대로 있는데 수의만 없어졌다니까요."

아내가 어머니의 수의가 없어졌다는 말을 했을 때, 나는 어머니의 죽음을 예감하기라도 한 듯 섬뜩한 두려움을 느꼈다.

어머니는 지난해 윤달에 당신이 마지막 입고 갈 수의를 손수 지었다.

적삼이며 고의, 원삼, 버선, 손을 싸는 악수, 얼굴을 덮는 명목과 버드나무로 비녀까지 깎아서 장롱 속 깊숙이 넣어 두었다.

"왜 하필이면 수의가 없어졌지?"

"그러게 말예요. 어머니가 수의를 가지고 집을 나가신 거라구요."

그렇다면 어머니는 죽기 위해 집을 나갔다는 말인가. 그곳이 어디란 말인가.

평소 어머니는 죽음을 기다리며 사는 것 같지가 않았다. 작년 윤 4월에 나한테 넌지시 수의를 미리 만들어 놓고 싶으니 마포 두어 필만 사달라고 했을 때, 불길하게 뭣 때문에 미리 수의를 만들려고 하느냐고 내질러 버렸더니, "아니다. 냉큼 죽고 싶어서 그러는 것이 아니고, 오래 살고 싶어서 그런다. 윤달에 수의를 맹글아 놓으면 오래 산단다"고 하며, 얼굴에 죽음의 그림자 같은 건 떠올리지 않았었다. 어머니는 수의를 손수 지어 장롱 깊숙이 넣으면서도 "혜순이 애비 뒈져서 구더리(구더기)가 되기 전에는 안 죽을란다. 기언시 그 사람 끝장나는 것 보고 눈을 감을 거여" 하고 파르르 눈 심지 돋우며 말하지 않았던가. 그런 어머니가 자식 몰래 죽기 위해 수의만을 싸 들고 집을 나갔을까 믿어지지 않으면서도, 불길한 예감이 마음속 깊숙한 곳으로부터 안개처럼 피어오르는 것은 무엇 때문일까.

"혹시, 고향에 가시지 않았을까요?"

아내가 자신 없는 목소리로 말했다.

"수의를 싸 들고 고향으로?"

"그럴지도 모르죠. 고향에서 돌아가시려구요."

"모르는 소리 말어. 어머니는 혜순이 아버지가 그곳에 살아 있는 한 고향엔 가시지 않으실 테니까……."

2

나는 신문을 펴들었다. 너무 피곤해서 가까스로 눈을 뜨고 광고란을 살펴보았다. '사람을 찾음'이라는 성냥 꼬투리만 한 고딕 활자 옆에 씁쓸히 웃고 있는 어머니의 사진이 실려 있었다.

사람을 찾음

나이 71세

보통 키에 약간 뚱뚱한 편임.

검게 탄 얼굴에 살이 쪘으며, 귀가 유난히 크고 귓밥이 털렁하며, 두껍고 긴 인중 위에 콩알만 한 검은 점이 있음.

옷은 쥐색 통치마에 흰 스웨터를 입었으며 흰 고무신을 신었고, 도금한 구리 비녀를 꽂은 낭자머리가 희끗희끗한 반백임. 특징은 투박스러운 전라도 사투리를 쓰고, 텔레비전을 탕개라고 냉장고를 살강이라고, 아파트를 벌집이라고 하는 등 새로 생겨난 것들에, 옛날 시골에서 사용하던 엉뚱한 물건의 이름을 붙여서 말함.

약간 헛소리를 하는 편임.

위 노인을 만나거나 거처하고 있는 곳을 파출소나 아래 전화번호로 연락을 해주시면 후사하겠음.

나는 어머니에 대한 광고문을 다 읽고 나서, 신경질적으로 신문을 구겨 아래쪽으로 휙 던져 버렸다.

어머니는 까치할매를 비롯한 가까운 세 노인의 죽음을 겪은 뒤부터 한 가닥 삶의 의지를 놓쳐버린 듯싶었다. 어머니는 서리 맞은 풀잎처럼 약해졌으며, 삶이 시간의 흐름 속으로 용해溶解되어 버린 것 같았었다. 가까운 세 노인의 죽음은 어머니한테 큰 충격을 안겨 주었다.

맨 처음 충격을 준 것은 우리 아파트와 3m 간격으로 마주 선 맞은편 아파트의 12층 꼭대기에 사는 안경 낀 검은 머리 할머니의 죽음이었다.

같이 사는 아들이 큰 회사의 중역이라는 검은 머리 할머니는 일흔이 넘은 나이에도 파마머리를 검게 염색하고 다녔으며, 나이에 어울리지도 않게 짙게 화장을 하고, 알록달록 색깔과 무늬가 요란한 양장에, 아들이 외국에 나갔다 오면서 사다 주었다는 비싼 악어가죽 핸드백에 굽 높은 구두를 신었다.

또 어머니는 어지러워 엘리베이터를 타지 않고 언제나 힘겹게 층계를 걸어서 다녔으나, 그 검은 머리 할머니만은 남달리 기력이 좋아, 하루에도 몇 번씩 엘리베이터를 타고 12층까지 오르내리면서, 특별하게 할 일도 없이 외출하기를 좋아했다.

어머니는 그런 검은 머리 할머니를 좋아하지 않았다. 흰머리 염색은커녕 도금한 구리 비녀 하나로 평생을 낭자머리에 찌르고 살아온 어머니는 사치를 좋아하는 검은 머리 할머니를 가리켜 늙은 지랄장이라며 늘 흉을 보았다.

그 검은 머리 할머니가 갑작스럽게 죽어 장례를 치르던 날, 어머니는 온종일 식음을 전폐하고 말 한마디 하지 않았다. 어머니는 검은 머리 할머니의 죽음 그 자체를 슬퍼하지는 않은 듯싶었다. 어머니가 충격을 받은 것은 장례식이었다.

검은 머리 할머니의 장례식날은 아침부터 구질구질 비가 내렸다. 아파트에 사는 사람들은 검은 머리 할머니의 관이 비를 맞으며 12층의 창으로부터 기중기에 의해 지상으로 아슬아슬하게 곡예를 하듯 내려지고 있는 것을 구경하고 있었다. 그때 아파트 사람들은 검은 머리 할머니의 관이 마치 책장이나 장롱처럼 기중기의 쇠줄에 의해 허공으로부터 아래로 내려오는 것을 보고, 촉촉이 비에 젖은 기분으로 언짢게 구겨진 표정들을 해 보였다.

어머니는 이 광경을 쳐다보다 말고 빗물이 흥건히 괸 흙바닥에 풀썩 주저앉고 말았다. 한참 뒤에야 다시 일어선 어머니는 검은 머리 할머니가 흰 꽃으로 장식된 장의차에 실려, 아파트를 영원히 떠나는 것도 보지 않고 힘겹게 층계를 걸어 올라갔다. 그리고 그날 하루 아무것도 입에 넣지 않았다.

두 번째는 같은 동 10층에 사는 집사 할머니의 죽음이었다. 언제나 찬송가와 성경이 들어 있는 낡은 핸드백을 옆구리에 깊숙이 끼고, 다른 사람들보다 한 걸음이라도 빨리 예수님이 기다리는 천당에 먼저 도착하기라도 하려는 듯, 바쁘게 종종걸음을 치며 걷는, 어머니와 동갑내기 할머니였다. 같이 사는 집사 할머니 외아들은 전자제품의 대리점을 한다고 하였다. 집사 할머니는 어머니를 교회로 인도하기 위해 여러 차례 방문했으나 끝내 실패를 하고 말았다. 날마다 얼굴 마주하고 사는 한 핏줄도 믿을 수가 없는 세상에, 보이지도 않는 하나님을 어떻게 믿을 수가 있겠느냐면서, 자신은 보이지 않는 하나님보다 뿌리면 어김없이 싹이 돋고 가을에 많은 열매를 맺는 땅과 보리 한 알을 더 믿는다는 말을 한 뒤부터는 교회로 인도할 것을 아예 포기해 버린 듯했다. 어머니는 보리 한 알이 땅에 떨어지면 싹이 돋고 열매를 맺게 되는 것이 모두 하나님이 뜻이라는 집사 할머니의 웅변에도 몇 번이고 고개를 흔들었을 뿐이었다.

그 집사 할머니가 두 달 전에 앓아눕게 되었다. 병원에서 간암 선고를 받았다. 이미 수술을 할 수도 없을 만큼 암세포가 간 전체에 퍼져 있다고 하여, 보름 만에 병원에서 퇴원했다. 집사 할머니는 집에서 죽을 날만을 기다렸다. 집에서 열흘쯤 앓아누워 있던 집사 할머니는 자신이 죽을 날짜를 미리 알고 아들한테 말했다. 하나님이 인간을 창조한 여섯째 날에 집사 할머니를 천국으로 데려간다는 것이었다. 여섯째 날이라면 토요일이었다. 그리고 그 토요일이 되기 하루 전인 금요일 아침에 집사 할머니는 다음날 하늘나라로 가게 될 것이라고 다시 분명하게 예언을 했다.

금요일 밤에 집사 할머니는 다시 병원에 입원했다. 병원에서 입원을 거절한 것을 어렵게 병원장한테 다리를 놓아 입원할 수가 있었다는 것이었다. 그러나 집사 할머니는 병을 치료받기 위해 병원에 입원한 것이 아니었다. 병원에서 죽게 하려고 어렵게 입원을 한 것이었다.

집사 할머니의 아들은 얼마 전 검은 머리 할머니가 죽었을 때 12층으로부터 기중기에 의해 관을 지상으로 내리는 끔찍하고 언짢은 광경을 보았기 때문에 자신의 어머니 장례식을 병원 영안실에서 치르고 싶었다. 병원 영안실에서의 장례식이 간편해서 좋다는 이야기를 들어 알고 있었기 때문이다.

집사 할머니는 자신의 예언대로 병원으로 옮긴 다음 날인 토요일 오후에 숨을 거두었다. 그리고 일요일에 병원 영안실에서 간편하게 장례식을 치렀다.

나와 아내가 한사코 말렸으나, 어머니는 그날 집사 할머니의 장례식에 참례했다. 장례식에 갔다 온 어머니는 검은 머리 할머니가 꽃 영구차에 실려 가던 날보다 더 우울해 보였다. 죽음의 주위를 서성거리고 있는 것처럼 참담하고 절망적인 얼굴이었다.

집사 할머니의 장례식에 갔다 온 날 밤 어머니는 내게 힘없이 매달리는

듯한 목소리로,

"죽어서 천당 가기가 살아서 고향 가기만치나 어려운 것 같드라."

하고 알 수 없는 말을 했다. 그러나 나는 어머니가 천당과 고향을 그렇게 비교하는 뜻을 어렴풋하게나마 헤아림 할 수가 있었다.

"예수쟁이 할망구가 꼭 천당에 가야 헐 것인디, 나는 못 가도 그 망구는 꼭……."

어머니는 한숨을 섞어 말했다.

집사 할머니가 죽은 지 한 달쯤 후엔 다시 어머니와 가장 친했던 까치할매가 세상을 떠났다.

까치할매의 장례식은 너무 초라했다. 명복을 빌어 주는 조객들도 몇 사람 안 되었고, 장의차를 부르는 값이며, 관을 살 돈, 공원묘지 구입비 등 치상비가 없어 빚을 얻어야만 했다.

나는 어머니와 함께 조문하고 조위금 봉투도 어머니를 통해 전달했다.

까치할매는 과부가 되어 어린 남매와 함께 단칸 사글셋방을 얻어 어렵게 목줄을 지탱하고 살아가는 딸의 집에 빌붙어 있다가 죽음을 맞았기 때문에, 조객들을 받을 만한 빈방 하나 없었다.

나는 잠시 문간방의 손바닥만한 툇마루에 엉덩이를 붙이고 앉아 있다가 어머니보다 먼저 집으로 돌아오고 말았다.

어머니는 장례를 치르기까지 이틀 밤 이틀 낮을 까치할매의 시신 옆에 있다가, 관이 장의차에 실려 나간 다음에야 집으로 돌아왔다.

어머니는 아파트 층계를 걸어 올라오다가 쓰러지고 말았다. 관리실로부터 다급하게 걸려 온 전화를 받고 뛰어 내려가 보니, 어머니는 1층 계단의 중간쯤에 두 부인의 부축을 받은 채 팔다리를 물 묻은 빨래처럼 늘어뜨리고 턱을 가슴에 꽁겨박고 힘없이 앉아 있었다.

어머니는 내가 묻는 말에 입도 달싹하지 못한 채 두 눈을 게슴츠레하게 뜨고 초점 없이 층계의 바닥만 내려다보았다. 누구인가가, 노인의 졸도는 위험하니 빨리 병원으로 가라고 했다.

나는 어머니를 병원에 입원시켰다. 어머니는 병원 침대에 누운 채 닷새 동안이나 실어증 환자처럼 말 한마디 없었다. 안개가 끼듯 흐린 눈으로 멀거니 천장만 쳐다볼 뿐이었다.

의사의 말로는 별다른 이상은 없고 기력이 쇠진하여 졸도한 것이 분명하며, 말을 못 하는 것은 뇌의 언어중추가 충격을 받았기 때문이라고 했다.

사람을 알아보는 것이며, 공복감과 팽만감, 변의를 느끼는 것, 주사를 맞을 때 얼굴을 찡그리는 것 등 정신은 말짱한 듯싶은데, 무엇을 먹을 때 말고는 인중이 긴 윗입술이 쪼글쪼글한 아랫입술을 가죽 주머니처럼 무겁게 덮고 있었다.

"애비야, 어서 벌집으로 가자."

병원에 입원한 지 엿새째 되는 날 아침에야 어머니가 입을 열었다.

"벌집이라뇨?"

내가 묻자 어머니는,

"새끼들이 있는 벌집 말이여."

하고 서슴없이 말했다. 나는 어머니가 아파트를 벌집이라고 말하자, 평생 아들 앞에서 농담 한마디 하지 않던 분이 어찌 된 일인가 싶어 오히려 마음이 무거워졌다.

"어머니, 여기가 어딘데요?"

나는 어머니의 정신상태를 시험하기 위해 물었다.

"약방 아니냐?"

어머니는 자신 있게 말했다.

"이 아가씨는 누구죠?"

다시 간호사를 가리키며 물었다. 어머니는 한참이나 입술을 달싹이는 것 같더니,

"당골네, 딸이…… 아니냐?"

하고 미적거리며 낮은 목소리로 대답했다. 어머니는 아파트를 벌집이라고 병원을 약방, 간호사를 당골네 딸이라고 한 것이었다.

"어머니, 이 아가씨는 간호사고, 여기는 병원입니다. 이제 곧 퇴원해서 우리 아파트로 가게 될 겁니다."

나는 어머니의 너무도 차분하게 가라앉은 표정을 걱정스럽게 들여다보며 어머니가 한 말들을 정정해 주었다. 그러자 어머니는 힘없이 고개만 끄덕였다.

"애비야, 늦겠다, 어서 들에 나가 봐라."

내가 출근을 하게 하려고 아내가 병원에 나오자 어머니가 다시 말했다.

"들에 나가다니요?"

아내가 의아한 표정으로 묻자 어머니는 여전히 나를 향해 손짓까지 하며,

"들에 갈 시간 넘었어!"

하고 내가 빨리 출근을 하도록 재촉이었다.

어머니는 입원한 지 엿새 만에 다시 입을 열었으나 엉뚱한 말을 했다.

나이가 많고 체격이 큰 간호사는 어머니의 엉뚱한 표현들이 재미있는지 장난삼아 실실거리며 이것저것 자꾸 물었다. 어머니는 의사를 두루마기 입은 의원이라고 했으며, 주사를 침, 시계를 쇠불알, 라디오를 나발대,

냉장고를 살강, 택시를 도롱태라고 했다. 어머니는 물건의 이름을 말할 때는 한참씩이나 입술 끝을 무겁게 달싹거린 뒤에 요즘엔 쉽게 찾아볼 수 없는, 옛날 시골에서 쓰던 것들을 비슷하게 들먹였다.

정신과 의사는 이런 어머니의 표현 상태에 대해, 정신적인 충격으로 인하여 이중인격적 정서 구조가 형성된 탓이라고 설명했다. 어머니는 어느 시점을 한계로 하여 기억 일부를 상실했다는 것이었다. 그런데 이상한 것은 대부분의 기억상실 환자들의 경우, 과거에 대한 기억을 잊어버리기 마련인데, 어머니만은 어찌 된 셈인지 과거의 일부, 즉 어머니가 고향을 떠나 도시로 나온 이후 도시 생활에서 사용하고 보았던 물건들을 옛날 시골에 있었던 것으로 발음이나 내용이 비슷한 것과 대체시켜 표현한다는 점이었다.

병원에 입원하기 전, 좀 더 정확하게 말해서 까치할매의 장례식을 끝내고 아파트에 돌아오다가 졸도를 하기 전까지만 해도 어머니는 도시 생활에서 일상적으로 사용하고 보았던 것들을 정확하게 알고 표현을 했었다. 어머니는 그때까지만 해도 맨션아파트와 서민 아파트의 구별은 물론이고 컬러텔레비전과 흑백텔레비전, 개인택시와 일반택시, 석유곤로와 가스레인지, 의사와 약사, 원 도어 냉장고와 투 도어 냉장고, 피아노와 풍금의 다른 점들도 알고 있었다.

어머니는 병원에서 퇴원한 뒤로 그 증세가 점점 더 심해지기 시작했다. 그러다가 손자들한테 놀림을 당하곤 했다. 아이들한테 응접실에서 놀라는 말을 사랑방에서 놀라고 했고, 출근해라를 들에 나가라, 텔레비전 켜라를 탕개 틀어라, 냉장고 안에 있다를 살강에 있다. 가스레인지 불 켜라를 부삭에 불 때라, 시내버스 타고 가거라를 소달구지 타고 가거라, 택시

타라는 도롱태 타라, 슈퍼마켓을 황아장사집, 예식장을 기러기 집, 라이터를 부싯돌, 핸드백을 손망태, 초인종을 설렁방울, 가수를 소리꾼, 탤런트를 기생, 교회를 서낭당, 전화를 때롱, 소파를 평상, 식탁을 교자상, 현관을 집시랑, 화장실을 측간, 세탁기를 서답통, 라면을 기름 국수, 아이스크림을 얼음 조청이라고 했다.

어머니는 정신은 조금도 이상이 없는데 갑자기 텔레비전이나 냉장고, 아이스크림이 없었던 시대에 사는 사람처럼 되어버린 듯싶었다. 어머니는 시골에서 농사를 짓고 살던 50년 전쯤으로 되돌아간 사람처럼 말하고 행동했다.

그런 어머니가 집을 나간 지 사흘이 지나도록 소식이 없으니 이만저만한 걱정이 아니었다. 누가 어머니한테 어디서 사느냐고 묻는다면 서슴없이 벌집에서 산다고 대답을 할 게 뻔한데, 누구라도 그런 어머니를 정신병자로 취급해 버릴 게 아니겠는가.

신문에 어머니의 실종 광고가 난 날 집으로 일곱 사람한테서 전화가 왔다. 처음 걸려 온 전화는 실종한 어머니를 찾는 데 현상금을 천만 원쯤 두둑하게 걸라는 허튼소리였고, 두 번째와 세 번째는, 늙은 어머니가 집을 나간 것은 필시 자식의 불효 때문이 아니겠느냐면서 크게 꾸짖는 노인의 목소리였다. 네 번째는 어머니가 텔레비전을 탕개라고 한다는데 그 탕개라는 말이 무슨 뜻이냐고 물어 왔다. 나는 신경질이 났지만 탕개라는 것은 무엇이든지 줄로 동이고 탕개목이라는 나무를 끼워 돌려서 단단히 고정하는 것을 말한다고, 시골에서 살 때 부레질을 하여 나뭇조각을 맞대고 탕개를 틀어서 탕개 붙임을 해놓은 큰 내릴톱을 머리에 떠올리며, 아는 대로 설명을 해주었다. 그랬더니 전화를 걸어 온 사람은 그렇다면, 당신 어머니는 텔레비전은 왜 탕개라고 한 것인지 그 이유를 설명해 달라고 하기에 그것은 나도 잘 모르겠노라고 하며 이쪽에서 먼저 송수화기를 놓았다.

나머지 전화의 내용도 별로 신통할 게 없는 그렇고 그런 소리였다.

그날 밤 11시가 넘어서 화진탄광에 사는 혜순이가 버스 터미널에 도착했다고 전화가 왔다. 터미널에 나가서 갓난아기를 들쳐 업고 서 있는 혜순이를 데리고 아파트로 돌아오면서 나는 차마 어머니가 수의를 가지고 집을 나갔다는 말만은 할 수가 없었다.

터미널에서 혜순이를 만나자마자 나는 혹시나 하고 어머니의 소식을 물었으나, 화진에는 내려오지 않았다는 말을 듣는 순간부터, 어머니의 노란색 삼베 수의가 상여 뒤를 따르는 만장처럼 머릿속에서 펄럭이기 시작했다.

혜순이는 택시 안에서 어머니 걱정을 하면서 훌쩍거렸다. 나는 눈물 바람을 하는 혜순이의 옆얼굴을 보면서, 나보다 혜순이가 어머니를 더 사랑하고 있다는 것을 알았다.

비록 성이 다른 남매간이긴 했으나 한 탯줄을 빌려 태어난 사이인데도 8년 만에 만난 혜순이와 나는 어쩐지 건널 수 없는 깊은 강을 사이에 두고 있는 것처럼 아득한 거리감을 느꼈다. 그와 같은 기분은 혜순이를 만날 때마다 되살아나곤 했었다. 내가 가출을 한 뒤 9년 만에 고향에 갔을 때도, 혜순이가 시집을 가던 날 다시 만났을 때도 우리는 늘 서먹서먹했다. 그것은 어렸을 때 혜순이 아버지 정 주사가 어머니한테 했던 것처럼 나도 혜순이를 지렁이처럼 잔인하게 짓이겨 버리고 싶었던, 결코 잊을 수 없는 그 거무죽죽한 기억 때문일 것이었다. 나는 집을 뛰쳐나오던 15살 때, 겨우 5살 된 혜순이를 욕보이려고 했으며, 그전에도 마을 뒤 참나무숲에서 여러 차례 혜순이를 죽여 버리고 싶은 살의를 품지 않았었던가. 어렸을 때의 그런 끔찍한 기억은 지금껏 대장간의 무거운 모루채처럼 내 양심을 쉴 새 없이 두들겨 오지 않았던가. 어렸을 때 그 기억은 내 생애에서 가장 우울하고 어두운 그림자로 남아 있다. 그러나 내가 외톨이가 되어 도시에서 떠돌음하며 살면서도 타락하지 않고, 이만큼이나 소시민으로 안정할 수 있었던 것은 어쩌면 그 우울하고 부끄럽고 어두운 기억 때문일지도 모른다. 왜냐하면 나는 집을 뛰쳐나온 뒤부터 마음속으로 늘 자랑스럽게 다시 고향에 돌아가기 위해서는 더 나쁜 생각하지 말자, 누구를 미워하거나 짓이길 생각을 말자면서 자신을 굳게 지켜 왔기 때문이다. 생각해 보면 어렸을 때의 그 우울한 기억들은 도시에서 떠돌음하며 살아간 내게 큰 교훈이 되어 준 것이었다.

그렇다고 나는 아직 어머니에게나 혜순이한테 지난날 나의 잘못을 고백하거나 용서받고 싶은 생각은 아예 없었다. 옛날의 상처를 다시 들추어내고 싶지 않았기 때문이다. 어두운 기억들은 영원히 어둠 속에 깊이 묻어 두고 싶을 뿐이었다. 나는 어머니나 혜순이도 나와 같은 생각일 것이라고 믿고 있었다.

아파트에 돌아와서도 혜순이는 마치 남의 집에 온 것처럼 어려워했다. 아내와 혜순이 사이는 더 뜨악한 거리감을 느끼는 듯싶었다.

"전보를 받고 곧장 올라고 했는듸, 시어머님이 편찮으셔서요. 약방에 가서 약 좀 지어다가 댈여 드리고 오느라고……."

혜순이는 아기를 업은 채 소파에 불안하게 앉아 상반신을 구부리고 훌쩍거리며 말했다.

"나는 혹시 네 집에라도 가셨는가 싶어서 전보를 쳤었지."

"아니어라우. 엄니는 죽어도 우리 집에는 안 오시겠다고 했어라우. 8년 전 내가 시집을 갈 때, 모녀지간 정을 뚝 끊고 살자고 허셨어라우."

나도 그 이야기는 어머니한테서 직접 들어 알고 있는 터였다.

"그래도 네가 결혼하기 전까지만 해도 어머니는 너밖에 모르고 사셨지 않으냐."

"그건 알아요. 허지만 엄니는 내 얼굴만 봐도 이가 갈린다고 허셨당께요."

"모를 일이구나."

"알량헌 우리 아부지 땜시 그러실 거여요. 내가 우리 아부지를 미워하는 것 모양으로 엄니도 나를……."

"아니다. 어머니는 절대로 너를 미워하지 않으셨다."

"오빠 말이 맞어라우. 그래도 엄니는 나를 시집보낸 뒤부텀 잊어뿔고 싶었던 거여요. 나를 잊어뿔고 대신 오빠를 찾으려고……."

"나를 찾다니?"

"오빠가 집을 나가자 엄니는 늘 네년 땜시 오빠를 잃었다고 내 머리를 쿵쿵 쥐어박았어라우. 엄니는, 내가 생겼기 땜시 오빠를 잃은 걸루 생각했지라우, 사실이 그렇제."

"그건 옛날 이야기가 아니야."

"엄니는 옛날 일을 더 중허게 생각허시지라우. 우리 집에 오시고 싶어서 발바닥이 근질거리고, 내가 보고 싶어서 오빠 모르게 애간장이 물커지두록 울었을 것잉만이요. 그래도 엄니는 오빠 조심 허느라고 끊기 어려운 모녀지간의 정을 끊고 살았을 것잉만요. 엄니는 나헌테도 절대로 엄니를 만나로 오빠 집에 오지 말라고 신신당부를 했당께요."

"우리 집에 오지 말라고? 어머니가 너한테 그러셨단 말이냐?"

"엄니는 그렇게 해서라도, 옛날에 엄니를 마다허고 집을 나간 오빠를 차지하고 싶었던 것이지라우."

"내가 집을 나갔던 것은 어머니가 싫어서가 아니었다."

"알량헌 우리 아부지허고 내가 싫으셨겄지라우."

"내 스스로의 잘못 때문이었지. 그때는 너무 철이 없어서……."

나는 말끝을 흐리며 나와 혜순이가 주고받는 말을 관심 있게 듣고 있는 아내를 보았다. 아내는 나의 과거를 손바닥 들여다보듯 환하게 알고 있었기 때문에 8년 만에 만난 남매의 이야기에 대해서 조금도 이상하게 생각하지 않았다.

"엄니가 보고 싶어서 여러 번 올라왔었구만요. 오빠 직장으로 전화를 걸어서 집 전화번호꺼정 알아 놨응께요."

"그랬으면 집에 전화를 하재 그랬냐."

"엄니가 무솨서……."

"어머니가 보고 싶었다고 하고는……."

"보고 싶어서 미치겄드만이라우. 그래도 엄니헌테 혼날까 무수와서 터미널꺼정 왔다가 그냥 되돌아서 뿌렀어라우."

"못난 것! 이런 일이 없었더라면 얼굴도 못 보겠구나."

내 말에 혜순이는 고개를 무겁게 떨군 채 아무 말도 하지 않았다.

아무리 성이 다른 남매간이라고는 하지만 나는 지금까지 혜순이를 세 번 밖에 만나지 못했다. 혜순이가 5살 때 어머니한테서 떠나와 외톨박이 신세로 떠돌음 하다가, 낮에 연탄배달을 하면서 야간대학에 입학하던 해 처음으로 고향에 돌아갔었다. 이때 혜순이는 13살로 어머니를 따라 동학굴로 밭일을 하러 다녔다. 그 뒤 두 번째 고향에 간 것은 혜순이가 시집을 가던 날이었다. 그때 나는 군대를 제대하고 돌아와, 지금의 사립 고등학교 국사 선생으로 취직을 하고 결혼도 했었다.

혜순이의 결혼식은 읍내 사진관에서 있었다. 하객들도 몇 사람 없었다. 혜순이의 아버지 정 주사는 결혼식장에 나타나지도 않았었다. 겨우 신랑의 양복값과 예식비를 보태 주었을 뿐이라고 했다. 혜순이는 떨리는 손으로 정 주사 대신에 내 팔을 잡고 울음을 깨물면서 입장을 했다. 예식이 끝나자 어머니는 내 손을 꼭 잡고 눈물을 흘리면서 와주어서 고맙다는 말을 몇 번이고 되풀이했다. 나는 이때 비로소 혜순이는 정 주사의 딸이기 이전에 나의 단 하나뿐인 누이동생이라는 생각을 마음속 깊이 접어 두었다.

혜순이는 시집을 가던 날 나를 처음으로 오빠라고 불렀다. 어쩌면 혜순이는 훨씬 전부터 나를 오빠라고 부르고 싶었는지도 모를 일이었다.

"네 생각에는 어머니가 어디에 가셨을 것 같으냐?"

나는 혜순이의 말에 큰 기대를 걸지 않고 무심히 물었다. 혜순이는 잠시 생각을 굴리는 것 같더니 천천히 고개를 들었다.

"혹시, 고향에 가시지 않았으께라우?"

혜순이는 자신 없이 반신반의하는 표정이었다.

"어머니는 네 아버지 정 주사가 죽기 전에는 고향에 발걸음을 하지 않겠다고 하셨는데, 설마……."

나는 그렇게 말하고 나서 문득 집사 할머니의 장례식이 있던 날 '죽어서 천당에 가기가 살아서 고향 가기만치나 어려운 것 같드라'고 한 어머니의 말이, 바늘 끝처럼 날카롭게 가슴을 찔러 왔다. 살아서 고향 가기가 어렵다고 한 말의 뒤끝에는 천당보다 고향이 더 가고 싶다는 간절한 소망이 숨겨져 있는 것만 같았다.

"고향 말고는 엄니가 가실만한 데가 없지 않남요?"

"고향에 가시고 싶다는 말을 한 번도 입 밖에 내시지 않았는데요."

혜순이의 말에 아내가 대답했다.

"엄만 고향에 가시고 싶어도 오빠 듣는 데서는 고향에 가고 싶다는 말을 안허실 분이여라우. 엄니 맘이 을매나 독허다고라우. 을매나 독했으면 8년 동안 딸네집에 한번 안 왔을 것이요잉."

3

8년 전 나를 따라 고향 월전리를 떠나오던 날, 어머니는 새벽 일찍이 얼핏 마을 뒤 동학굴에 있는 밭에 갔다 오겠다고 나간 후 해가 머리 위에 떠오를 때까지도 돌아오지 않았다.

해 뜨기 전에 월전리를 떠나기로 한 어머니가 돌아오지 않자, 혹시 그 사이에 어머니의 결심이 허물어져 버린 것이나 아닐까 하여 휘적휘적 동학굴로 찾아갔다. 골짜기 깊숙이 들어갈수록 5월의 투명한 하늘은 손바닥만큼이나 좁아졌고, 숨찬 더위와 푸르름이 키를 넘었다. 골짜기가 마을과 너무 멀리 떨어져 있고 깊어서 수꽃 이삭이 길게 늘어져 핀 상수리나무 가지의 흔들림에도 오싹한 귀기를 느낄 수가 있었다.

어머니는 월전리를 떠나지 않을 것처럼 열심히 콩밭을 매고 있었다. 나를 따라서 고향을 떠나기로 하고, 구저분한 세간들까지도 앞집 봉구네한테 다 줘버리고, 밤새도록 눈물 바람을 하며 어머니가 가지고 갈 조그마한 옷 보퉁이 하나만을 차곡차곡 싸매 놓고도, 떠날 생각은 않고 청승맞게 콩밭을 매고 있는 것이었다.

어머니는 내가 가까이 다가갔을 때까지도 내 기척을 알아차리지 못했다. 어머니는 콩밭의 잡초들을 뜯으면서 푸념처럼 흥얼거리며 노래를 부르고 있었다. 어려서 어머니 무릎을 베고 얼쑹얼쑹 잠결에 자주 듣던 노래였다. 나는 지금도 그 노래를 기억하고 있었다.

저 건너 돌담 밑에
절로 피는 봉숭아도
매디 매디 숭(흉) 있는디
항차 물로 생긴 사람이야
한 숭조차 없을소냐
저기 가는 저 남자야
우리 집 지나거든
우리 어매 보거들랑
맨발 벗고 살드라고
배고프게 살드라고
그 말 조깐 전해 주소

나는 어머니의 노래가 다 끝나기를 기다렸다가 헛기침을 했다. 그제서야 어머니가 천천히 허리를 펴고 나를 보았다. 어머니의 눈에는 눈물이 그렁하게 젖어 있었다.

"아침 일찍이 마을 사람들 안 볼 때 떠난다고 하셔 놓고 지금 여기서 뭘 하세요."

나는 짜증스러운 목소리로 퉁겨 냈다. 어머니는 그렁하게 젖은 눈으로 나를 바라보고만 있었다.

"한낮이 다 되었어요. 얼른 갑시다."

그제서야 어머니는 손바닥으로 눈썹차양을 만들어 햇빛을 가리고 하늘을 쳐다보았다.

"콩밭이 불쌍해서……."

어머니는 곧 울음을 쏟아 낼 것 같은 목소리로 말했다.

"콩밭이 불쌍하다니요?"

"나 없으면 잡초가 덮어 베릴 것인듸……."

"이 밭은 어차피 묵정밭이 되어 버려야 해요. 혜순이 아버지가 알아서 할테니 걱정하지 마셔요."

어머니는 간밤에도 눈물을 훌쩍이며 동학굴 콩밭 걱정뿐이었다. 어머니는 이 밭을 그대로 묵힐 수가 없으니 앞집 봉구네한테 부쳐 먹게 하고 그 대신 아버지 묘의 벌초를 맡기자고 하였다. 그러나 나는 동학굴 밭에 대한 미련은 잊어버리라고 했다. 혜순이 아버지가 알아서 하도록 내버려 두라고 말했다. 아버지 묘의 벌초는 1년에 한 번씩 내가 고향에 와서 직접 하고 싶었다.

"동학굴 밭은 혜순이 압씨 것이 아니다. 월전리 사람덜도 다 안다. 그 밭은 바로 이 천한 에미의 몸뚱이나 같은겨. 그 밭에 뿌린 이 에미의 눈물이 열 동이도 더 될 거여. 그런 밭을 묵히는 것은 천하고 늙은 에미의 몸뚱어리를 길바닥에 내친 것이나 마찬거지여."

간밤에 어머니는 장롱을 뒤져 입을 만한 옷가지들은 추려 보퉁이에 넣으며 말했다.

나는 어머니가 한사코 못 잊어하는 동학굴 세 마지기 밭에 얽힌 내력들을 잘 알고 있었다. 어쩌면 어머니 말대로 그 밭은 치욕스러운 어머니의 몸과도 같을지도 몰랐다. 그러나 어머니는 그것을 치욕으로 생각하지 않았다. 치욕보다는 한스러움으로 여겼다.

"이르케 된 것이 다 네 압씨 때문이여. 난리통에 네 압씨가 뒈지지만 안했어도…… 네 압씨는 죽어서도 내 눈에서 피눈물을 낸 무쇠도막 모양으로 지독헌 사람이여."

어머니는 똑같은 말을 여러 번 했다. 어머니는 어쩌면 혜순이 아버지보다 첫 남편인 내 아버지에 대해서 더 깊고 질긴 한을 품고 있는 것 같기도 하였다.

아버지는 대장장이였다. 월전리 마을 앞 대장간에서 온종일 모루채질만 했다. 낫이며 부엌칼, 깎낫, 호미, 괭이, 쇠스랑 등 농기구를 만들어 팔았다. 월전리 근동의 많은 농사꾼이 아버지가 만든 농기구로 풀을 베고 나무도 하고 땅을 파며 농사를 지었다.

꿍과닥꿍과닥, 아버지의 모루채질 소리는 아침부터 저녁까지 월전리 안통을 쉐흔들었다. 농사철에는 어두운 밤에도 등불을 켜서 아버지의 팔뚝만 한 기둥에 걸어 놓고 농사에 필요한 연장들을 고치거나 새로 만들었다. 아무리 멀리 있어도 아버지의 모루채질 소리가 내 귀에 살아 있었다. 학교에 가서 교실에 앉아 있어도, 친구들과 함께 미륵강 어귀까지 무당게나 참게를 잡으러 갔을 때나, 동학굴 골짜기 깊숙이까지 철쭉꽃에만 붙어 사는 사향제비나비를 잡으러 갔을 때도 아버지의 모루채질 하는 소리가 아버지의 숨소리처럼 가까이서 들려오곤 했다. 가까이 있을 때는 모르지만 멀리 있을 때면 아버지의 모루채질 소리는 마치 하늘에서 들려오는 듯싶었다. 나는 미륵강 어귀나 동학굴 골짜기와 같이 마을에서 멀리 떨어진 곳에 있으면서도 아버지의 모루채질 소리만 들으면 조금도 무섭지 않고 되레 마음이 차분하게 가라앉았다. 모루채질 소리와 함께 당산의 느티나무처럼 건장한 아버지의 모습이 눈앞에 떠올랐기 때문이었다.

친구들과 멀리까지 놀러 갔다 돌아오면 아버지는 언제나처럼 옷 통을 활딱 벗고 참나무처럼 굵고 튼튼한 팔뚝으로 벌겋게 달군 쇠를 모루 위에 놓고 모루채로 힘껏 메어치고 있었으며, 어머니는 달군 쇠를 집게로 집어 아버지가 모루채질을 할 수 있게 이리저리 뒤집거나, 풀무질하기 마련이었다. 마을 사람들은 어머니가 집게질을 잘하는 것을 보고 어머니를 대장간 여대장이라고들 불렀다.

나는 어머니의 풀무질을 도와주고 싶었지만, 아버지가 대장간에 발을 들여놓지도 못하게 했기 때문에 마음이 아팠다. 아버지는 내가 대장장이가 되는 것을 원하지 않았다. 모루채질 하는 것을 배워 놓으면 어쩔 수 없이 대장장이가 되고 만다면서, 아버지처럼 되지 말고 손가락 하나로 사람을 부리며 살라고 했다.

그 무렵 어머니는 땀을 뻘뻘 흘리며 풀무질을 하면서 얼굴에는 언제나 행복한 웃음이 가득 괴어 흘렀다. 어머니는 참나무처럼 팔뚝이 굵은 아버지가 자랑스러운 듯싶었다.

아버지는 모루채를 내려칠 때마다 알아듣지 못할 소리로 무엇인가 웅얼거리는 것 같았다. 천천히 모루채를 휘두를 때는 느릿느릿, 빨리 내려칠 때는 빠르게 마치 모루채질에 입장단을 맞추기라도 한 듯 웅얼거렸다. 나는 아버지한테 모루채질을 하면서 뭐라고 웅얼거리느냐고 물어 보았다. 그랬더니 아버지는 버릇처럼 어금니를 옹등 물고는,

"이 세상에서 젤로 미워허는 사람 이름을 되씹고 있는 거란다. 미워허

는 사람을 모루채로 두들긴다고 생각을 허면 팔뚝에서 힘이 펄펄 되살아 난단다" 하고 말했다. 나는 아버지에게, 이 세상에서 아버지가 그토록 미워하는 사람이 누구냐고 물어보았다. 그러나 아버지는 다 지나긴 옛날 일이라면서 말을 해주지 않았다.

아버지가 없을 때 어머니가 대신 이야기해 주었다.

"네 아부지가 미워허는 사람은 정 주사네 할아부지인 정 참봉이었단다."

그때까지만 해도 어머니는 아버지를 압씨라고 하지 않았었다.

"정 주사네 할아부지는 죽었잖은감요? 죽고 없는 사람을 왜 미워해요?"

어린 마음이었지만 나는 아버지를 이해할 수가 없었다.

"사람이 죽었다고 해서 죄꺼정 없어지는 것은 아니란다. 사람은 죽고 없어져도 그 사람의 잘잘못은 언제꺼정이나 남아 있는겨."

어머니의 이야기로는 아버지의 할아버지이며 나의 증조부가 정 주사의 할아버지 정 참봉한테 장살杖殺을 당했다고 했다.

증조부도 월전리에서 대장장이를 하고 있었다는 거였다. 대장장이 증조부는 동학굴에 동학군들이 몰려와 있을 때, 자진하여 창과 칼을 만들어 바쳤다. 동학군들은 증조부가 만든 칼과 창으로 관군들과 싸웠다. 그러나 동학군은 미륵재 싸움에서 크게 패하고 말았다. 동학굴에 본거지를 두고 있었던 동학군들은 남쪽으로 패주하고 말았다. 동학군이 패하여 흩어져 버리자 정 참봉이 대장장이 증조부를 관가에 발고 했으며, 끝내는 장살을 당한 것이었다.

아버지는 역시 월전리에서 대장장이 노릇을 한 할아버지한테서 장살당한 증조부의 이야기를 들었으며, 증조부를 죽게 만든 정 참봉을 모루 위의 시우쇠처럼 생각하고 망치질을 한다는 것도 알게 되었다. 그러니까 아버지는 할아버지가 한 대로 모루채질을 하여 쇠를 두들길 때마다 '정 참봉 뒈져라, 정 참봉 맛 좀 봐라' 하고 입으로 웅얼거린다고 하였다.

"그러면 나도 정 주사네 사람들을 아부지나 할아부지처럼 미워해야 허 남요?"

나는 어린 마음에도 누구를 미워해야 한다는 것이 마치 무거운 짐을 지 는 것만 같았기 때문에 짓눌린 심정으로 물었다. 그러자 어머니는,

"네가 아버지 모양 대장쟁이가 되면 몰라도, 그렇지 않으면 힘든 망치 질을 헐 필요가 없응께 미워허지 않아도 될 것잉만."
하고 말해 주었다. 그때 나는 어머니한테 누구를 미워하기 싫으니 대장장 이가 되지 않겠다고 했다.

그런데 아버지는 죽은 정 참봉을 미워하는 마음이 그 무거운 모루채로 시우쇠를 온종일 두들겨 대도 지치지 않은 무서운 힘이 되어 주었다는 것 이었다. 나는 미움이 힘이 되어 준다는 아버지의 말을 이해할 수가 없었다.

그 아버지가 증조부처럼 창을 만들기 시작했다. 그때 동학굴에는 동학 군 대신에 여순반란사건에서 진압군의 소탕 작전으로 무기도 없이 패주 해 온 반란군들과 근동의 빨치산들이 몰려와 숨어 있었다. 동학굴의 빨치 산들과 반란군들은 밤마다 아버지가 만든 창을 들고 미륵재를 넘나들며 인근 마을의 지주들이나 왜정 때 관직에 있었던 사람들을 해쳤다.

"백성들 못살게 하는 관가 놈덜 없애자고 일어난 동학군을 발고 헌 놈 덜은 나라를 잃은 왜놈 시절에도 보란 듯이 잘 살 등만, 해방이 돼야 갖고 도 벌을 받지 않고설랑 떵떵거리고 사는 세상이랑께! 부귀영달만 생각허 고 눈이 멀어서 아무 때나 아첨험시로 죄를 짓는 놈덜은 어느 세상에서나 잘살고, 나라 걱증험시로 옳은 일허는 사람덜은 구박받고 천대받은 것은

잘못된 거여, 이것을 고치지 않고는 안 된단 말이시."

아버지가 동학굴 사람들과 한 패거리가 되었다는 소문이 나돌기 시작하자, 대장간 일을 팽개치고 한사코 동학굴로 기어들어 가는 아버지의 바짓가랑이를 붙잡고 놓아 주지 않으려는 어머니한테 한 말이었다.

어머니는 아버지를 끝까지 붙잡지 못했다. 그런데 이상한 것은 아버지가 그렇게 미워하던 정 주사네가 다치지 않고 무사한 것이었다. 월전리에서는 왜정 말기에 부면장을 지냈던 최 부면장과 왜정 때 주재소 순사를 지낸 박 주사 두 사람이 밤중에 끌려간 뒤 다음 날 아침 동학굴 어귀 밤나무밭에서 창에 찔린 채 죽어 있는 시체로 발견되었다.

두 사람의 죽음으로 월전리의 분위기는 늪처럼 가라앉았다. 그 무렵 대장간에서는 망치질 소리가 뚝 멎어 있었다. 나는 아무 데도 나가지 않고 방구석에만 처박혀 있었다. 대장간 망치질 소리가 멎자 갑자기 나돌아다니기가 무서워진 것이었다. 나는 아버지가 옛날처럼 다시 꿍과닥꿍과닥 망치질 소리를 낼 수 있게 용기와 힘을 불어넣어 주기를 기다렸다.

나는 아버지가 무서워졌다. 아버지에게서 무서움을 느낀 것은 처음이었다. 자랑스럽게 생각되었던, 참나무 토막 같은 아버지의 팔뚝도 피 묻은 창처럼 두렵게만 보였다.

아버지는 낮에는 방에 드러누워 통잠을 잤고 날이 어두워지기 시작하면 어둠처럼 음흉하고 탐욕스럽고 비밀스러운 얼굴을 하고 집을 나가곤 했다. 나는 아버지가 마을 뒤 동학굴로 가고 있다는 것을 알고 있었다. 아버지는 밤이 깊어지면 창을 들고 반란군의 무리와 함께 골짜기를 빠져나와 미륵재를 넘을 것이라고 생각했다.

그러던 어느 겨울밤 동학굴 소탕 작전이 있었다. 아버지는 창을 쥔 채 아기 다박솔 수렁 속에 가슴에 총을 맞고 죽어 있었다. 어머니와 나는 아버지의 죽음을 확인하고도 별로 놀라지 않았다. 어머니와 나는 이미 대장간에서 망치질 소리가 들리지 않을 때부터 아버지의 죽음을 예견하고 있었는지도 모를 일이었다. 처음에 어머니는 울지 않았다. 어머니와 나는 시체 옆에 구덩이를 파고 그대로 아버지를 묻었다. 아버지를 묻고 동학굴 깊은 골짜기를 내려오자 눈이 내리기 시작했다. 눈이 머리와 어깨에 푹신하게 내려 쌓이기 시작해서야 나는 비로소 아버지를 잃은 슬픔을 의식했다. 다시는 아버지의 힘센 팔뚝을 볼 수도 없고, 아버지의 망치질 소리도 들을 수가 없다는 생각에, 눈이 녹아내리는 것처럼 가슴이 질척해졌다.

어머니는 내 앞에서 여러 차례 바람맞은 허수아비처럼 넘어지면서 휘청휘청 산에서 내려갔다. 마침내 어머니는 울기 시작했다. 나는 어머니를 위로해 주고 싶었지만 죽은 아버지에게 죄를 지은 것만 같은 생각 때문에, 너무 마음이 무거워 아무 말도 나오지 않았다.

나는 산에서 내려오면서도, 아버지의 몸을 깨끗하게 씻어 주기는커녕 얼굴의 피범벅조차 닦지도 않고 그대로 땅속에 묻어 버린 것이 그렇게 마음 아플 수가 없었다.

아버지는 언제나 나에게 아버지가 늙어서 죽게 되면 염습을 하기 전에, 향나무를 담근 향물을 솜에 적셔 시신을 깨끗하게 씻어 달라고 부탁을 했었다.

"네 애비는 대장간에서 망치질 허느라고 땀을 너무 많이 흘려서 숨이 끊어질 때 꺼정도 쉰 냄새가 날 거여. 그랑께, 칼칼이 잘 씻어야 헌다."

아버지는 나를 데리고 멱을 감으면서 버릇처럼 그렇게 말하곤 했었다.

대장간 일을 끝내고 난 아버지는 한겨울만 제외하고는 거의 날마다 숯

굿 옆 용소 둠벙에서 목욕을 했다. 그리고 둠벙에서 목욕을 할 때는 가끔 나를 데리고 갔다. 아버지는 언제나 용소 둠벙 팽나무 밑에서 홀홀 옷을 벗어 횃대에 걸듯 나뭇가지에 걸어 두곤 했는데, 보름달이 일찍 떠오를 때면, 마치 참나무 껍질을 벗겨 놓은 것처럼 단단한 흑적색의 알몸이 달빛에 환히 비쳐 보이기도 했다. 그러나 아버지는 언제나 내 앞에서 알몸을 드러내는 것을 망설이지 않았다. 먼저 옷을 벗고 둠벙의 물속으로 뛰어 들어간 아버지는, 큰소리로 나를 불러 등을 문지르라고 했다. 나는 당산 돌처럼 단단하고 넓은 아버지의 등을 열 손가락에 힘이 빠지고 팔이 뻐근해지도록 밀어대면서 개구리처럼 찰싹 업히고 싶은 생각뿐이었다. 그리고 아버지의 알몸에 내 알몸이 닿을 때마다 아버지의 힘이 전류처럼 찌릿찌릿 내게로 흘러들어오는 것 같은 쾌감을 느꼈다.

두 손의 회목이 시큰해지도록 등을 밀고 나면, 아버지는 다시 두 발만 겨우 물에 찰랑찰랑 담그고 비스듬히 기울어진 바위에 등을 붙인 채 팔과 다리를 쭉 펴고 반듯하게 밤하늘을 향해 누워서는 목에서부터 허벅다리까지를 쁘득쁘득 소리가 나도록 문지르라고 하였다. 나는 아버지의 목과 가슴과 양쪽 옆구리와 배를 문지르고 나서, 손이 불두덩 근처에 내려오면서부터 멈칫거리기 마련이었다. 그럴 때면 아버지는 언제나처럼,

"이노무 자슥아, 왜 또 꿈지럭거리는 게냐. 냉큼 네 애비 까지부텀 칼칼이 씻지 않고 말여! 애비가 아녔으면 네눔이 이 세상에 생겨나지도 않았어!" 하고 큰소리로 다그치는 것이었다. 아버지의 그것 색깔은 가지처럼 검보랏 빛이었으나 모양은 영락없는 붉은 말뚝버섯과 비슷했다. 나는 아버지의 다그침에 하는 수 없이 조심스럽게 두 손으로 아버지의 그것을 가볍게 문지를 수밖에 없었는데, 그때 아버지의 그것은 호밋자루만큼 커졌다.

"네눔이 어른이 된 후담에 이 애비가 죽거들랑 시방 헌 것 모양 애비의 몸을 잘 씻어야 헌다잉. 그때를 위해서 이 애비가 연습을 시키는 게여!"

아버지는 내가 팔에 힘이 빠지도록 전신을 다 문질러 때와 땀을 씻어 낸 다음에 그렇게 말하곤 했다. 나는 그때 아버지한테 어머니가 죽으면 누가 어머니의 몸을 씻어 주느냐고 물었다.

"이눔아, 그거야 이 애비가 씻겨 줘야제. 그래서 냄편 앞에 죽는 여자는 복을 타고난 것이란다."

아버지의 그 말에 나는 비로소 마음을 놓았다. 왜냐하면 나는 어버지의 알몸을 여러 차례 씻어 보았지만, 어머니의 알몸에 대해서는 젖가슴 외에는 손끝을 대보지 않은 곳이 너무 많았기 때문에 은근히 걱정되었던 것이다.

"아부지가 없으면 누가 엄니를 씻어 준다요!"

"애비가 먼첨 죽으면 네눔이 씻겨 줘라. 허재만 애비가 요렇게 무쇠모양 탄탄헌께 걱정 말그라."

나는 아버지의 그 말을 믿었다. 아버지가 어머니 먼저 죽게 되리라는 것은 상상도 할 수 없었으므로, 어머니의 몸은 내가 씻겨 주지 않아도 된다는 생각에 마음이 가벼워졌다. 나는 아버지의 몸만 향나무를 넉넉하게 담근 물에 용소 둠벙에서 목욕을 할 때처럼 깨끗하게 씻어 주면 되겠구나 하고 생각했었다.

그러나 나는 아버지의 몸을 향물로 씻어 주기는커녕 얼굴의 핏자국도 닦지 못하고 그대로 눈이 쌓인 겨울의 동학굴 흙 속에 파묻어 버린 것이었다. 나는 아버지한테 죄를 지은 것만 같았다. 당장 아버지의 혼령이 밤에 나타나 약속을 지키지 않은 것을 크게 꾸짖을지도 모른다는 생각에 마음이 모루쇠에 짓눌린 듯 답답했다.

나는, 아버지를 흙구덩이 속에 묻기 전에, 떡갈나무 잎에 푹신하게 쌓인 눈으로라도 아버지의 몸을 씻어 주고 싶어서 어머니한테 말을 꺼냈다가 되레 미친 소리를 한다고 꾸중만 듣고 만 것이었다.

"천허게 죽었응께 천허게 묻혀야 허는 게여!"

그렇게 말하는 어머니를 원망스럽게 쳐다보며 나는 아버지 대신 어머니의 몸을 씻겨 줄 것이 벌써부터 걱정이 되어 큰소리로 아버지를 외쳐 부르며 울어 버렸다

집에 돌아오자 어머니는 대장간에 나가 화덕에 불을 피우기 시작했다. 나는 어머니를 도와 풀무질을 했다. 화덕에 불이 붙자 어머니는 다시 쇠를 달구기 시작했다. 어머니는 벌겋게 달구어진 쇠토막을 왼손의 집게로 집고, 날을 세울 때 쓰는 작은 망치로 힘껏 두들겼다. 쇠에 불기운이 사그라지면 물에 담금질했다가 다시 불 속에 집어넣어 벌겋게 달구었다. 어머니는 몇 번이고 그렇게 했다. 얼굴에는 땀인지 눈물인지 분별할 수 없을 만큼 질척하게 어룽이 져 있었다.

나는 어머니가 무엇을 만들기 위해 쇠를 달구고 망치질을 해가며 여러 차례 오래도록 담금질을 하고 있는 것인지 알 수가 없었다.

어머니의 그러는 모습을 보고 있자니 문득 언제인가 아버지가 식칼을 만들기 위해 담금질을 하면서 얼핏 내게 한 말이 떠올랐다.

"같은 쇠라도 호멩이(호미)를 맹그는 것허고 칼을 맹그는 것허고는 다르다. 칼을 맹글 때는 담금질을 오래 해서 쇠를 강허게 허고, 호멩이를 맹글 때는 살짝살짝 물에 담궈야 헌다. 너는 쇠로 말헐 것 같으면 무른 호멩이 쇠가 되지 말고 강헌 칼 쇠가 되어야 헌다."

그러면서 아버지는 불에 쇠를 익혀서 슴베를 늘이고 나서 날을 친 식칼

을 몇 번이고 담금질을 계속했었다.

"이 세상에서 이 모루쇠만치 강허고 큰 사람은 없을꺼잉만."

아버지는 언제나 버릇처럼 그렇게 말하며 두 손으로 모루쇠를 쓰다듬곤 했었다.

어머니도 어쩌면 아버지의 말처럼 마음을 칼처럼 강하게 다지기 위해 몇 번이고 쇠토막을 담금질한 것인지도 몰랐다.

얼마 뒤에 어머니는 집게와 작은 쇠망치를 집어 던지고 대장간에서 나가버렸다. 나는 어머니가 대장간에서 나가자 쇠토막을 화덕에 넣어 벌겋게 익힌 다음, 조금 전의 어머니처럼 또드랑또드랑 망치질을 했다. 아버지의 모루채질 소리는 꿍과닥꿍과닥 월전리 안통을 흔들고 멀리 동학굴 골짜기의 끝과, 갯물이 들어와 바지라기와 모시조개가 사는 미륵강 어귀까지 들렸으나, 내가 작은 쇠망치로 또드랑또드랑 쇠토막을 두들기는 소리는 앞집 봉구네 마당까지도 갈 것 같지가 않았다.

그러나 나는 쇠망치질을 하면서, 앞으로 아버지 대신에 대장장이가 될 수밖에 없다고 생각했다. 아버지처럼 힘이 세고 훌륭한 대장장이가 되어 꿍과닥꿍과닥 모루채 소리가 미륵강 어귀와 동학굴 깊숙이까지 들리도록 해야겠다고 결심했다. 대장장이가 되면 누구인가를 미워하지 않으면 안 된다는 아버지의 말대로, 증조부를 장살 한 사람들과 아버지를 총살한 사람들을 미워하는 일이 있어도 하는 수 없다고 생각했다. 그러나 그와 같은 나의 결심은 곧 허물어지고 말았다. 학교에도 안 가고 며칠 동안 대장간 안에서 풀무질과 쇠망치질을 해보았지만, 송곳 하나 제대로 만들 수가 없었기 때문이었다. 나는 쇠토막을 깜 잡는 일에서부터 슴베를 늘리는 것, 날을 치고 궁치는 일(오그리는 일) 중에서 어느 것 하나도 제대로 잘 해

낼 수가 없었다. 기껏해야 내 힘으로 할 수 있는 것은 풀무질로 쇠를 익히는 일과 작은 쇠망치로 또드랑거리며 망치질하는 일, 그리고 집게로 집어서 담금질을 하는 것뿐이었다.

한번은 불에 달구어진 시우쇠를 두들기다가 집게를 잘못 잡아 뜨거운 쇠토막이 발등 위에 떨어졌다. 발등을 데어 살이 물커지고 진물이 질컥거릴 정도로 고생을 했다. 그것을 본 어머니는 대장간에 들어가지 못하도록 모루쇠를 감추어 버렸다.

밭 한 뙈기 없이 대장간 수입으로 입에 풀칠하고 살아온 우리 모자는 아버지를 잃은 뒤부터 거렁뱅이 신세가 되다시피 하였다.

이듬해 여름에 전쟁이 터졌기 때문에 미륵재 안통에도 우리 모자와 같은, 처음 본 거렁뱅이들이 많이 생겨났다. 나는 너무 배가 고파서 전쟁은 조금도 무섭지 않았다. 오히려 나와 같은 거렁뱅이들이 많이 생겨서 다행이라고 생각했다. 총 맞아 죽은 것과 배고파 죽는 것 중에서 하나를 택하라면 나는 총 맞아 죽는 것을 택하고 싶었다.

전쟁이 끝나자 오히려 거렁뱅이질하기가 힘들어졌다. 배고픈 것이 전쟁보다 더 두렵게 느껴졌다. 전쟁이 끝나자 마을 인심이 사나워진 듯싶었다.

어머니는 품팔이 일을 다녔지만 할 만한 일이 그리 많지 않았다. 어머니는 삶에 지쳐버린 듯 아버지 때문에 울기는커녕 한숨조차 토하지 않았다. 품팔이 일을 다니다가도 며칠씩 앓아눕곤 했다. 어머니는 몸도 마음도 초겨울의 풀잎처럼 시들어 버린 것 같았다.

아버지가 없는 우리 모자의 삶에는 즐거움도 희망도 없었다. 살아가고 있는 것이 아니라, 시들시들 죽어가고 있는 것 같았다. 어머니한테서 더욱 절실하게 그것을 느낄 수가 있었다. 그 무렵 어머니는 울지도 않고 한

숨을 쉬거나 화를 내지도 않았다. 나에 관한 관심도 없었다. 그 무렵 나는 학교에 다니지 않고 있었는데, 학교에 가지 않아도 꾸중을 하지 않았다.

어머니는 품팔이 일을 하러 갔다가 늦게 돌아오면 곧 쓰러져 나뭇짐처럼 잠이 들었고, 해가 떠올라서야 병든 늙은 개처럼 어슬렁거리며 일어나 보이지 않는 쇠사슬에 묶여 끌려가듯 다시 일을 나갔다. 일을 나가지 않은 날은 온종일 앓으며 누워 있었다.

나는 어머니한테 죄를 짓고 있는 듯한 마음이었다. 나는 가끔 지쳐 누워있는 어머니한테 조금만 참으면 내가 돈을 벌어 어머니를 편하게 해주겠다고 위로를 해주었다. 그러나 어머니는 내 말을 믿지 않은 듯한 표정이었다. 어머니는 나에게 희망을 갖고 있지 않은 것처럼 무관심했다. 어머니가 나한테 베풀어 준 관심이란 어머니가 일하러 간 집에 끼니때가 되면 늦지 말고 때맞춰 밥을 얻어먹으러 오라고 당부하는 것뿐이었다. 어머니는 마치 어미 제비가 새끼들한테 먹이를 날라다 먹이는 것처럼 나한테 본능적인 관심만 베풀어 주었다. 내가 무슨 짓을 하건 상관하지 않았다.

한번은 어머니가 정 주사네 나락을 베러 간 날, 나는 정 주사네 집으로 밥을 얻어먹으러 가지 않았다. 아버지가 미워하던 정 주사네 집에 가서 밥을 얻어먹는다는 게 어쩐지 죽은 아버지한테 미안한 생각이 들어서였다. 굶어 죽는 한이 있더라도 정 주사네 밥은 얻어먹지 말아야겠다고 생각했기 때문이었다. 나는 어머니가 정 주사네 일을 하러 간 것까지도 불만스러웠다. 그것은 아버지를 욕되게 하는 것이라고 믿었다. 굶주림은 견딜 수 없는 고통이긴 했지만, 죽은 아버지와 할아버지, 증조부를 한꺼번에 욕되게 하는 것은 굶주림보다 더 큰 아픔이라고 생각했다.

나는 이와 비슷한 경험을 한 일이 있었다. 아버지가 동학굴 골짜기에서

총에 맞아 죽은 그 이듬해 봄 소풍을 갔을 때였다. 나는 점심으로 보릿가루 죽을 놋밥그릇에 담아 보자기에 싸 들고 소풍을 갔다. 고리버들로 만든 도시락이 있었지만 맷돌에 빻은 보릿가루에 쑨 묽은 죽을 담을 수 없었기 때문이었다. 그래도 그날만은 보릿가루 죽에 쑥을 넣지 않은 것만으로도 다행이었다.

미륵재 밑에 있는 미륵사에 소풍을 간 우리는 절간 앞 잔디에서 점심을 까먹었다. 가난한 집 아이들도 많았으나 밥그릇에 죽을 담아 온 것은 나 혼자뿐이었다. 그러나 나는 소풍을 왔다는 즐거움에 들며 죽을 담아 온 것을 조금도 부끄럽게 생각하지 않았다. 그런데 내가 전나무 밑에서 외따로이 혼자 수저로 밥그릇의 죽을 떠먹고 있는 것을 본 정 주사네 딸 정봉순이가 그녀의 도시락 뚜껑에 흰 쌀밥을 무춤하게 담아서 내게 가져다주었다. 봉순이는 자기 밥이 너무 많아 못다 먹겠다면서 같이 나눠 먹자고 했다. 그러나 나는 봉순이가 가져다준 흰 쌀밥을 먹지 않았다. 봉순이가 가져온 도시락 뚜껑을 발로 차버렸다. 무안을 당한 봉순이가 큰 소리로 우는 바람에 선생님이 뛰어왔고, 내 행동을 안 선생님은 내 뺨을 후려치며 나를 꾸짖었다. 그때 선생님이 내게 꾸짖은 말이 오래도록 내 머릿속에 가시처럼 박혀 있었다. 나는 그때 "인마, 배고픈 주제에 무슨 배짱이야. 이 세상에 남의 호의를 무시하는 거렁뱅이도 다 있다던?" 하고 꾸짖으면서 내 뺨을 때린 선생님을 마음속으로 미워하며 먹던 죽그릇을 싸 들고 혼자서 집으로 돌아와 버렸다. 다음날부터 나는 학교에 가지 않았다. 나는 이미 소풍만 갔다 와서 학교를 그만두어야겠다고 결심을 한 터이라 학교를 못 다니는 것이 조금도 마음이 상하지 않았었다.

정 주사네 벼를 베러 간 어머니는 온 세상이 깜깜해서야 언제나처럼 벼 이삭을 한 움큼 주워서 어둠처럼 지친 모습으로 돌아왔다. 나는 점심과 저녁을 굶은 대신 산에 올라가 서리 맞은 꾸지뽕 열매로 배를 채우고 배 고픔을 잊은 채 잠들어 있었다.

어머니는 방에 들어오자 큰소리를 지르며 나를 깨웠다. 그리고 나를 알 몸으로 만들어 부지깽이로 내 아랫도리를 마구 때렸다. 내가 정 주사네 집밥을 얻어먹으러 가지 않았기 때문이었다. 나는 옷을 벗고 어머니한테 매를 맞으면서도 정 주사네 밥은 절대 얻어먹지 않겠다고 결심한 바를 굽 히지 않고 말했다. 그러자 어머니는 봄 소풍 때 선생님과 비슷한 말로 꾸 짖었다. 어머니는 내게 거렁뱅이 주제에 쌀밥 보리밥 찾는다면서 더욱 무 섭게 매질을 하였다. 그날 밤 나는 엉덩이와 허벅지에 멍이 들도록 매를 맞았다. 매를 맞고 울다가 잠이 들었다. 신음을 쥐어짜며 잠들어 있는데 어머니가 다시 흔들어 깨웠다.

"언능 밥 처묵어라!"

어머니는 소반 위에 김이 모락모락 나고 고소롬한 냄새가 풀풀 나는 흰 쌀밥을 받쳐 들고 서서 말했다.

"이시락(이삭)을 줏어 온 덜 마른 나락을 도굿통에 찧었덩만 싸래기 밥 이 되얐다."

그러면서 어머니는 내 손에 수저를 쥐여 주었다. 나는 매 맞은 자리의 아픔도 잊고 허겁지겁 밥을 떠먹었다. 어머니는 밥상머리에 앉아서 오달 진 얼굴로 내가 밥 먹는 것을 지켜 보고 있었다.

"이 에미가 뭣 땜시 사는 줄이나 아냐? 네놈 굶게 쥐이지 않을라고 산단 다 이 자석아. 고것도 모르고 밥을 얻어묵으로 안 왔어? 네놈 배부르게 밥 멕일라고 이 에미가 뼈빠지게 일허로 댕긴 것도 모르고! 네눔이 굶으면

이 에미는 뭣헐라고 살긋냐."

하면서 멍든 엉덩이와 허벅지에 입김을 쐬었다.

그 무렵 어머니의 삶의 뜻은 나를 굶기지 않고 배불리 먹이는 데 있는 것이었는지도 몰랐다. 나는 어머니가 자신을 위해서 사는 것이 아니라는 것을 알고 있었다.

그러나 어머니의 무관심으로 하여 나는 들개 새끼처럼 거칠어졌고 잡초처럼 아무렇게나 짓밟혔다. 어머니는, 내가 어머니가 일하는 집에 가서 끼니때에 맞춰 밥을 얻어먹기만 하면 어떤 나쁜 일을 저질러도 절대 나무라지 않았다.

우리 모자는 아버지를 잃은 뒤 세 번째의 겨울을 맞았다. 우리 모자에게 겨울은 언제나 계절을 두 개 합해 놓은 것처럼 춥고도 길었다. 겨울에는 어머니가 할 일이 없었기 때문에 살아가기가 힘들었다.

그러던 어느 겨울날이었다. 어머니는 아버지의 제삿날도 아닌데 물을 데워 몸을 칼칼히 씻고 새물 냄새가 풀풀 나는 옥양목 치마저고리로 갈아입었다.

밤이 되자 어머니는 내게 앞집 봉구네 집에서 자고 오라고 했다. 나는 뜨악하게 여기면서 어머니가 시키는 대로 했다.

동이 트기 전에 집으로 돌아오다가 우리 집 방문을 열고 나오는 정 주사와 마주쳤다. 정 주사는 헛기침하며 부산히 마당을 가로질러 나갔다. 나이가 열 살인 나는 무엇인가 칙칙한 생각이 들었기 때문에 어머니한테 정 주사가 무슨 일로 집에 왔었느냐는 말을 묻지 않았다.

그 뒤로도 나는 여러 번 봉구네 집에 가서 잤다. 봉구 어머니도 남편이 없이 나보다 1살 아래인 아들 봉구와 6살 난 봉순이를 데리고, 얼마 안 되는 문중 시제답時祭畓을 부쳐 먹고 살고 있었다. 봉구네 어머니는 마을 안에서 우리 어머니와 가장 가까운 사이였기 때문에 내가 잠을 자러 왔다고 하면 우울한 얼굴로 미소를 떠올리며 손으로 내 머리를 쓰다듬어 주기까지 하였다.

어머니는 할 일이 많아진 봄이 되어도 일을 나가지 않았다. 방에 쌀가마니가 놓였다. 그리고 아침이면 산에 수액이 물안개처럼 피어오르고, 나무마다 물이 오르기 시작할 무렵 어머니의 배가 불렀다.

나는 비로소 어머니가 정 주사의 씨받이 여자가 되었다는 것을 알았다. 정 주사네는 딸만 일곱이었다. 소문으로는 어머니가 정 주사의 아들만 낳아 주면 논 서 마지기를 받게 된다고 했다. 나는 어머니가 정 주사의 씨받이가 되었다는 것을 처음엔 별로 부끄럽게 생각하지 않았다. 우선은 이 집 저 집 어머니를 따라다니며 밥을 얻어먹지 않아도 된다는 것 하나만으로도 오히려 마음이 가벼워졌다. 어머니가 정 주사의 씨받이가 되었다는 부끄러움과 어머니가 일을 해주는 집에 가서 끼니때마다 밥을 얻어먹어야 하는 부끄러움 중에서 하나를 고르라고 하면 나는 두 번 생각할 것도 없이 어머니가 정 주사의 씨받이가 되는 쪽을 택하고 싶었다. 굶주림에 너무 지쳐 생각이 변해 버린 것이었다. 나는 어머니한테서 세상에서 이 설움 저 설움 해도 배고픈 설움이 가장 크다는 말을 귀에 못이 박이도록 들어 왔고 또 내가 직접 체험하여 터득한 터라 배가 부른 다음에야 어떤 부끄러움과 설움도 견뎌낼 수가 있을 것만 같았다. 단 한 가지 마음이 무거운 것은 왜 하필이면 아버지가 그토록 미워했던 정 주사의 씨받이냐 하는 것뿐이었다.

어머니는 들판이 누렇게 일렁이고 숲정이에 두루미가 날아오기 시작할 무렵에 아기를 낳았다. 딸이었다. 딸이 일곱이나 된 정 주사네 인지라 반가워하지 않았다. 논을 떼어 주기는커녕 아기를 데려가지도 않았다. 논 대신 동학굴 비탈 자갈밭 서 마지기를 주었을 뿐이었다.

어머니는 다시 울었다. 한숨도 되살아났다. 걸핏하면 화를 냈다. 혜순이를 들쳐 업고 호미를 들고 날마다 동학굴 자갈밭에서 소처럼 씩씩거리며 살았다. 밭을 호미로 파면서 질금질금 눈물을 흘리고 흙 속에 한숨을 묻었다. 나는 어머니가 눈물과 한숨을 되찾은 것을 보고 옛날처럼 다시 강해졌다는 것을 알았다. 어머니가 강해진 듯 싶자 이번에는 내가 약해졌다. 나는 어머니가 정 주사의 딸을 낳고, 그 대가로 묵정밭이 되다시피 했던 동학굴 밭 서 마지기를 받았다는 게 견딜 수 없는 부끄러움으로 어린 내 마음을 마구 휘저어 놓았다. 배가 부르자 생각이 또 뒤바뀐 것이었다.

어머니는 동학굴에 밭일을 하러 갈 때는 혜순이를 나한테 맡겼다. 하는 수 없이 나는 혜순이를 업고 아이들과 함께 놀아야만 했었다. 나는 그때 비로소 부끄러움이 무엇인가를 알았다. 배고픔은 부끄러움도 설움도 아니라는 것도 알았다. 그러나 나는 부끄러움을 참고 아버지가 다른 동생의 애업개 노릇을 했다. 그러나 나이가 들수록 혜순이가 싫어졌다. 어머니를 원망하는 마음까지도 생기게 되었다.

그 무렵 나는 이미 대장장이가 되고 싶은 생각을 버린 지 오래였다. 다시 대장장이가 된다면 혜순이 아버지 정 주사를 아버지보다 더 미워하게 될 것만 같았다. 정 주사뿐만이 아니라 혜순이와 혜순이를 낳은 어머니까지도 미워하게 될 것으로 생각했다.

15살 되던 해 여름, 나는 5살 난 혜순이한테 못 할 짓을 하고 말았다. 내가 왜 그런 엉뚱한 짓을 하게 되었는지 생각만 해도 심장이 근질거릴 일이었다.

　그날 낮에 나는 혜순이가 잠이 들자 앞집 봉구와 함께 팽나무 둠벙으로 멱을 감으러 갔었다. 언제나 그랬듯이 멱을 감고 나자 허리를 제대로 펼 수조차 없을 만큼 배가 고팠다. 나는 서둘러 집으로 돌아왔다. 밭에 나간 어머니가 점심 요기를 하러 왔다가 혜순이 혼자 두고 멱을 감으러 간 것을 알면 또 눈에서 개똥불이 튀기도록 지청구를 듣게 될 것이었기 때문이었다.

　배가 너무 고파 허리를 구부리고 헐근거리며 집에 와보니 아직 어머니는 밭에서 돌아오지 않았다. 방문을 열고 들어가자 그때까지도 혜순이는 옷을 입지 않은 아랫도리를 八자로 쩍 벌리고 자고 있었다. 잠든 혜순이를 내려다보는 순간 혜순이를 낳기 전 정 주사가 밤에 어머니한테 했던 모습이 머릿속에서 바람이 일듯 거칠게 부스럭거렸다. 정 주사는 나와 어머니가 잠들어 있을 때도 슬며시 우리 방으로 기어들어 오곤 했었다. 어머니의 심한 앓는 소리와 거친 숨소리에 조심스럽게 잠이 깨어 누운 채 눈을 떠보면 정 주사가 어머니를 올라타고 있는 모습이 봉창과 죽창살문에 반사된 달빛에 희끄무레하게 비춰 보였다.

　그 생각을 하자 갑자기 여린 도라지 뿌리만 한 내 아랫것이 꼬챙이처럼 빳빳해졌다. 나는 정 주사가 어머니한테 했던 것과 같이 나도 혜순이한테 그 짓을 하여 정 주사한테 복수를 해주고 싶었다. 내 힘으로 정 주사를 욕되게 할 수 있는 일은 그것뿐인 듯싶었다. 나는 허리띠를 풀고 아직도 멱 감은 몸에서 묻은 물기가 촉촉한 바지를 무릎 아래로 흘러내렸다. 그리고 혜순이의 여린 다리 가랑이 밖에 무릎을 꿇고 두 손을 방바닥에 짚으며 천천히 엎드렸다. 나무 꼬챙이만큼이나 빳빳해진 아랫것이 열무 뿌리처럼 혜순이의 다리 사이를 더듬어 내려가고 있을 때 방문이 벌컥 열렸다.

어머니였다. 놀란 어머니가 나와 혜순이의 이름을 울부짖듯 외쳐 부르며 뛰어 들어왔으며, 부리나케 바지를 올린 나는 허리띠를 맬 겨를도 없이 고의춤을 거머쥔 채 음식을 먹다 들킨 도둑고양이처럼 부엌으로, 터진 샛문을 박차고 튀어 나갔다. 나는 맨발로 삼굿 구덩이까지 뛰었다. 죽고 싶었다. 다시는 어머니와 혜순이를 마주 볼 수가 없을 것 같았다.

그날 밤 나는 너무 배가 고파 아무 데도 가지 못하고, 삼굿 구덩이 속에 허리를 구부리고 앉아서 밤을 새웠다. 어머니는 나를 찾지 않았다. 찾지 않는 것이 오히려 마음이 놓였다. 너무 배가 고파 잠이 오지 않았다. 두 팔로 배를 감싸 안고 허리를 새우처럼 구부리고 앉아 있었으나 탈진하여 숨을 쉴 기력조차 없었다. 배고픔을 견뎌낼 수 없는 자신에 대해서 화가 나기까지 했다. 배고픔은 곧 죽음을 연상시켰다. 사람은 먹기 위해 사는 것이 아니라 살기 위해서 먹는다는 말이 그때처럼 절실하게 생각된 때가 없었다. 새벽에 나는 집으로 기어들어 가서 부엌의 문지방 못에 걸어 놓은 밥 바구니 속에 넣어 둔 밥을 훔쳐 먹었다. 어머니는 내가 밥을 훔쳐 먹으러 오리라는 것을 미리 알고 있기라도 한 듯 보리밥 한 그릇을 밥 바구니 속에 넣어 언제나처럼 밥이 쉬지 않게 부엌문을 열어 통풍이 잘되는 문지방 못에 대롱대롱 매달아 두었었다.

배고픔이 사라지자 다시 어머니와 혜순이의 얼굴을 대할 일이 죽는 것만큼이나 두려워지기 시작했다. 새벽의 미명이 희번하게 벗겨질수록 그 두려움은 더욱 커졌다. 아침에 떠오를 태양조차도 쳐다볼 수가 없을 것 같은 생각이었다.

나는 날이 밝기 전에 삼굿 구덩이에서 기어 나와 월전리에서 멀어져 갔다. 마을 앞 신작로를 따라 미륵재로 향했다. 그때부터 내 삶의 앞에는 언제나 새벽의 마지막 어두움과도 같은 자괴와 가책의 검은 그림자가 서성 거렸다. 그날, 미륵재를 다 넘을 때까지 한 번도 뒤를 돌아보지 않았다. 먼 길을 떠나면서 뒤를 돌아다보면 10리도 못 가서 다시 되돌아오게 된다 는 말 때문에 마을을 돌아다보고 싶을 때는 차라리 눈을 꼭 감은 채 걸었 다. 나는 다시는 고향에 돌아가지 않겠노라고 나 자신에게 몇 번이고 다 짐했다. 자신에 대한 무거운 자괴지심이 어머니와 혜순이와 심지어는 고 향에 대해서까지도 원망과 미움으로 변해 버린 것이었다.

고향에 돌아가지 않겠노라는 그때의 그 결심이 나를 고양이처럼 약삭 빠르고 들개처럼 강하게 만들었는지 모른다. 그것은 불에 달군 쇠를 오래 도록 물에 담금질하는 것보다 훨씬 효과가 있었다.

보호받기는커녕 어지간한 인내와 힘과 용기와 약삭빠름으로는 자신을 지켜나가기 힘든, 전쟁 뒤끝의 아수라장 같은 도시에서, 크게 상처받지 않고 먹고 살고 공부까지 할 수 있었던 것은 어쩌면 결코 고향의 누구와 도 화해하기 어려운 원망과 증오심 때문이었는지도 모를 일이다.

야간대학에 입학하고 9년 만에 다시 고향에 돌아간 것은, 어머니와 정 주사와 그 밖에 월전리 사람들에게 대학생이 된 자신을 자랑하고 싶어서 였다. 어려서 당했던 치욕을 보상받을 생각이었는지도 몰랐다.

9년 만에 재회를 한 모자는 혜순이를 사이에 두고 서먹한 거리감을 느 꼈다. 나는 어머니 앞에서 뻐기고 싶었던 생각이 얼음처럼 굳어져 버리고 말았다. 어머니는 내게 눈물을 보이지 않았다. 자랑스러워하지도 않았 다. 나는 어머니가 나를 붙들고 울어 주기를 바랐다. 어머니가 나를 붙들 고 울어준다면 나는 어머니보다 몇 배 더 슬프게 눈물을 흘렸을 것이다. 나는, 슬퍼할 줄도 감격할 줄도 모르고, 동학굴 자갈밭의 돌맹이처럼 무감각해져 버린 어머니가 원망스러웠다.

어머니의 그 같은 무감각한 감정 때문에 나는 오래 집에 머무르지 않았었다.

4

혜순이와 나는 해 뜨기 전에 집을 나와서 월전리행 버스에 올랐다. 혜순이의 말대로 어머니가 고향에 가 있을지 몰랐기 때문이다. 혜순이를 만나기 전까지만 해도 나는 어머니가 고향에 내려갔을지도 모른다는 생각을 가볍게 물리쳐버렸었다. 그것은 어머니가 말끝마다 징그러운 고향이라고 푸념처럼 토해내는 말을 곧이곧대로 믿었기 때문이었다. 그러나 혜순이의 말을 듣고 내 생각이 틀렸음을 알아차렸다. 혜순이는 말끝마다 독한 '어머니'라고 했다. 어머니는 다른 어머니들처럼 기쁨을 기쁨으로 슬픔을 슬픔으로 나타내지 않는다는 것이었다. 그 말은 징그러운 고향은 곧 다정한 고향이 될 수도 있다는 뜻이 된다. 하기야 어머니는 혜순이 말대로 보고 싶은 정을 독한 마음으로 끊고 지난 8년 동안 딸네 집 한번 가지 않았고, 혜순이한테도 절대로 찾아오지 말라고 했다고 하지 않던가. 이제야 나는 내가 대학에 입학하고 자랑스러운 마음으로 고향에 찾아갔을 때, 9년 만에 본 아들을 보고도 조금도 대견해 하거나 자랑스러워하지 않는 이유를 희미하게나마 헤아림 할 수 있을 것 같았다.

그런 어머니인데도 이웃 사람들이나 어머니의 친구들한테는 간이라도 내어 먹일 것처럼 다정하게 대했던 속마음을 가늠할 수가 없었다.

"너는 어머니가 월전리에 가 계실 것으로 믿고 있느냐?"

버스가 출발한 지 반 시간쯤 후에 나는 다정한 목소리로 혜순이에게 물었다.

"월전리 아니고는 가실 디가 없지 않으신 게라우?"

혜순이는 어느 정도 자신을 갖고 대답했다. 하기야 혜순이는 나보다 어머니의 속마음을 더 잘 알고 있을 테니까 자신을 가질 만도 하다고 생각했다. 그리고 혜순이는 어머니의 가출에 대해서도 나보다 더 마음 아프게 여기는 것 같았다. 그것은 혜순이가 나보다 더 어머니를 사랑하고 있음이었다.

"네 아버지가 살아 있는 한 고향엔 가시지 않겠다는 분이 느닷없이 고향엔 왜 가셨다고 생각하니?"

내 물음에 혜순이는 한동안 대답을 못 하고 깊은 생각에 잠긴 얼굴로 차창 밖을 내다보고만 있었다.

"클씨 말이요. 반가워할 사람도 없는디, 그래도 월전리에나 가 기셨으면 쓰겄구만이라우."

혜순이의 말에 나는 그때야 비로소 어머니가 수의를 가지고 집에서 나갔다는 것을 이야기해 주었다.

"그렇다면 엄니가 고향에서 돌아가실랴고?"

하고 얼굴에 불길한 예감을 나타내 보였다.

"설마…… 고향에서 무슨 일이 있었으면 기별이 왔을 게 아니냐."

"고향에 가 갖고 암도 모르게 동학굴 깊은 골짜기에라도 들어가서 돌아가셨다면…….'

"불길한 생각은 하지 말자. 어머니가 그렇게 돌아가실 이유가 없지 않느냐."

"엄니는 엉뚱한 디가 있는 분이라서요. 오빠 없을 때 보면 엄니는 밤에 자다가도 방안에 들여다 놓은 그 무거운 대장간 모루쇠를 끌어안고 얼굴을 비벼쌈시롱 훌쩍거리던 분이니께요."

"모루쇠라니?"

"오빠가 집을 나간 뒤에 몇 년 있다가 울타리 밑에서 파내 갖고 방안에다 들여놓았지라우. 엄니는 내가 잠든 뒤에는 그 모루쇠를 쓰다듬기도 허고 보듬고 울기도 했당께요. 나 보담도 모루쇠를 더 좋아헌 것 같아서, 깨랑창(개골창)에다 빠체 뿔라고 했당께라우. 참 그 모루쇠를 가질러 가셨는가 모르겠네. 월전리에서 나올 때 모루쇠 안 갖고 나오셨지라우?"

혜순이가 갑자기 은밀한 비밀이라도 발견한 듯 큰 목소리로 말했기 때문에 버스 안 승객들의 눈이 일제히 쏠려 왔다.

내가 대학생이 되어 고향에 갔을 때 대장간은 보이지 않았었다. 대장간의 움막은 흔적조차 찾아볼 수 없었고, 화덕만이 파헤쳐진 무덤처럼 볼썽사납게 드러나 있어, 아버지에 대한 기억을 되살려 주었다. 그러나 이상하게도 아버지에 대한 기억들은 하나도 길게 연결되지 않고 기구하게 살아온 내 삶처럼 토막이 났다. 아버지에 대한 기억들은 극히 단편적으로 떠올랐다가는 이내 사그라져 버렸다. 웃통을 벗고 모루채를 휘두르는 모습과 참나무 토막처럼 굵고 튼튼한 팔뚝과 어둠과 함께 서둘러 집을 나가서 동학굴로 들어가던 음침한 뒷모습과 가슴에 총을 맞고 바람이 휘파람 소리를 내며 쌩쌩거리는 아기 다복솔 숲에 죽어 있는 모습이 몇 개의 토막으로 연결되어 떠올랐다.

어머니를 K시로 모셔 온 뒤 1년에 한 번씩 아버지의 묘지에 벌초하러 고향에 갔을 때마다 대장간 옛터를 찾아가 보곤 했었다. 해마다 화덕은 더 낮아지고, 화덕 주변의 돌무더기들도 흙과 잡초 속에 묻혀 갔다. 화덕

뿐만 아니라, 대장간 옆 우리가 살던 집마저 없어지고 검게 그을린 채 파헤쳐진 구들장들만이 어둡고 치욕스러웠던 기억들을 집요하게 일깨워 주었다.

세월이 흐를수록 대장간과 집터의 흔적들이 희미해져 가는 것을 볼 수가 있었다. 그때마다 아버지에 대한 기억도, 정 주사와 혜순이에 대한 미움도, 어머니에 대한 원망도, 내 삶의 비참했던 과거도 차츰 내 머릿속에서 뿌리가 뽑혀 가고 있음을 알았다. 그리고 나는 현재의 조그마한 행복에 만족해 있는 자신을 발견했다.

아버지의 무덤을 벌초하러 갈 때는 일부로 동학굴 골짜기에 있는, 어머니가 혜순이를 낳아 주고 정 주사한테서 받은 자갈밭을 지나곤 했었다. 어머니가 고향을 떠난 뒤 그 밭은 이내 묵혀지고 말았다. 잡초들이 무성하게 자라 산인지 밭인지 분별할 수조차 없게 되고 말았다.

나는 잡초들이 무성하게 자라 있는 그 밭을 지날 때마다, 어쩌면 어머니의 몸도 마음도 묵정밭처럼 황폐해 있을지도 모른다는 생각을 했다. 벌초하고 올 때마다 어머니한테 동학굴 밭이 묵정밭이 되어 있더라는 말을 했다. 그때 어머니는 "냅둬라. 흔적도 없이 묵혀서 산이 되었으면 쓰겄다" 하고 아무렇지도 않은 듯 가볍게 말했었다. 어머니의 그 말을 들은 나는, 이제 어머니도 과거를 잊어 가고 있구나 하고 생각했다. 어머니는 과거에 대한 흔적조차 없애기 위해, 혜순이를 만나지 않고 있는 것인지도 모른다고 생각하기도 했다. 그러나 만일 어머니가 고향에 가 있다면 그와 같은 내 생각이 모두 잘못이었음을 알게 될 것이었다.

아버지 묘에 벌초하러 갔을 때마다 나는 되도록 월전리 사람들을 만나고 싶지가 않았기 때문에, 월전리 윗마을 기린 바위에서 내려, 산을 넘어 동학굴로 돌아 들어가곤 했었다. 어쩌다가 마을 사람들을 만날 때도 있었다. 그때는 상대편에서 아는 체를 해오면 몰라도 그렇지 않을 때는 그냥 모르는 척 지나쳐버렸다. 그게 마음이 편했다.

몇 차롄가 혜순이 아버지인 정 주사와 마주친 일도 있었다. 나는 겉으로는 아무렇지도 않게 혼연한 태도로 인사를 했지만, 정 주사 쪽에서 어색해했다. 정 주사는 어머니한테서 혜순이를 낳은 뒤로도 정식으로 첩을 들여앉혔으나 딸만 둘을 더 낳았을 뿐으로 끝내 아들을 보지 못한 채 늙어 버리고 말았다.

나는 고향에서 정 주사를 만날 때마다, 어머니가 혜순이를 낳은 것을 다행으로 생각했다. 만일 어머니가 아들을 낳아 주기라도 했다면 자갈밭 대신 약속대로 논 서 마지기를 받았을 것이고, 그렇게 되었더라면 나와 어머니 사이가 완전히 멀어져 버렸을지 몰랐기 때문이었다.

"우리가 이렇게 나란히 고향에 나타나면 월전리 사람들이 깜짝 놀라겠구나."

내가 혜순이를 보며 말했다.

"나는 암시랑토 않제만, 오빠는 부끄럽겠구만이라우잉."

혜순이의 목소리가 음울하게 가라앉아 있었다.

"부끄럽기는."

"나는 오빠 맘 다 알어라우."

"이젠 아무것도 부끄럽지가 않다. 지난날은 다 잊기로 한 지가 오래니까."

"그래도 오빠가 집을 나갔던 것은 가난을 못 이겨서가 아니었제잉. 안 그러요?"

"암튼 지난 일은 잊기로 했다."

"그래도 엄니는 못 잊을 것이요. 나도 못 잊는듸, 용서해 줄 사람은 지난 일을 잊을 수 있겄제만, 용서받을 사람은 못 잊는개벼요."

혜순이의 목소리는 더욱 무기력해졌다.

"어머니나 네가 뭘 잘못했다고 그런 말을 하느냐."

"나는 오빠만 보면 무담시 죄지은 사람 모양 맘이 떨린당께요. 엄니도 내 맘허고 같을 꺼로구만요."

혜순이는 칭얼대는 아이한테 젖을 물리며 말했다.

"그건 나도 마찬가지다. 죄를 진 건 바로 나다. 너한테나 어머니한테나 미안한 생각뿐이다."

그것은 솔직한 내 심정이었다. 어머니를 모셔 온 뒤부터 어머니에 대해 죄스러움은 조금씩 가벼워지는 것 같기는 하지만, 혜순이에 대한 것은 갈수록 더해 갔다. 그것은 때에 따라서 쓸쓸한 압박감으로 변하기도 하였다.

"나도 오빠 아부지한테서 생겨났다면 을매나 좋았을까잉."

혜순이는 값싸고 칙칙한 나일론 섞인 하늘색 빛깔의 블라우스 옷깃만을 한사코 잡아당기는 아기의 손을 잡으며 말했다.

"내 아버지는 대장장이인데도?"

"참말로 나도 대장쟁이 딸이 되았드라면 을매나 좋을까요."

혜순이는 낮은 목소리로 푸념처럼 말했는데, 그럴 때는 어머니를 닮은 것 같았다.

"누구 잘못도 아니다."

"엄니는 늘 시국 탓이라고 했구만요. 엄니가 나를 낳은 것도 웬숫놈의 시국 탓이라고 허시데요."

나는 그 말을 어렸을 때 봉구네 어머니한테서 자주 들었었다. 어머니가 시키는 대로 앞집으로 잠을 자러 갈 때마다, 봉구 어머니가 내 머리를 쓰다듬으며 '웬숫놈에 시국 탓이다'라는 말을 버릇처럼 되뇌곤 했었다.

"그래, 누구의 탓도 아니다."

나는 혼잣말처럼 중얼거리며, 열어 놓은 차창으로 밖을 내다보았다. 버스는 해소병 환자처럼 털털거리며 호수 옆을 지나고 있었다. 아침 햇살이 넉넉하게 쏟아져 내려, 수면은 마치 은박지를 깔아 놓은 듯 눈이 부셔 오랫동안 바라볼 수가 없었다. 호수 맞은편 잡목들이 빽빽하게 우거진 야트막한 산등성이의 짙푸름이 시신경의 피로를 덜어 주는 듯싶었다.

혜순이는 그녀가 고향을 떠난 후로 댐을 막아 생긴 호수를 처음 보고도 별로 마음의 움직임을 나타내 보이지 않았다. 그것은 혜순이가 오로지 어머니 생각 한 가지에만 매달려 있다는 것을 알 수 있게 해주었다.

호수를 지나면 미륵재에 이르게 되고 가파르고 꼬불꼬불한 미륵재를 넘으면 바로 월전리가 내려다보인다.

"월전리에도 엄니가 없으면 어쩌까요?"

혜순이가 걱정스러운 얼굴로 물었다.

"글쎄 말이다. 집에 돌아가서 소식이 오기만 기다려야겠지."

"아파트라는 말도 잊어뿌렀다는듸, 그 정신으로 어치코롬 찾아오시겄능가요?"

"그럼 어쩌겠니?"

나는 갑자기 답답해져서 언성을 높였다.

"내가 찾었어라우. 온 세상을 이 잡드끼 뒤져서라도 엄니를 꼭 찾아내고 말겠구만요. 불쌍한 울 엄니……."

혜순이는 울음이라도 쏟을 것처럼 비감에 젖어 젖을 빨고 있는 아기를 으스러지도록 힘껏 안았다. 그러는 혜순이한테서 젊었을 시절 어머니의 모습을 발견했다. 어머니도 눈물을 질금거리다가 갓 난 혜순이를 그렇게 으스러지도록 껴안았었다.

버스는 바람에 펄럭이는 연의 꼬리처럼 가늘고 긴 호수의 상류를 한 바퀴 감고 돌아서, 미륵재 산자락을 타고 힘겹게 오르기 시작했다. 건조한 날씨 때문에 버스가 구를 때마다 황토의 껍질이 벗겨지면서 흙먼지가 풀썩풀썩 날렸으며, 길 양편에 켜켜이 먼지를 둘러쓴 떡갈나무며 가시나무, 쥐똥나무 가지들이 우쭐우쭐 흔들렸다.

버스가 고향에 가까이 갈수록 나는 불안해졌다. 고향에도 어머니가 와 있지 않는다면 찾을 길이 아득했기 때문이다. 그렇다고 혜순이의 말처럼 온 세상을 이 잡듯 뒤지며 찾아 나선다는 것도 결코 쉬운 일이 아닐 것이었다.

잠시 후 버스는 미륵재를 넘어 기린 바위 주막 앞에 멎었다.

나는 기린 바위 주막 앞에서 내리고 싶은 생각이 간절했으나, 혜순이 때문에 꾹 참고 버스가 움직이기만을 기다렸다.

차창 밖으로 월전리가 햇살 속에 회색빛으로 출렁이며 보였다. 고향에 올 때마다 한결같이 똑같은 생각이었지만 꿈속에서 한두 번 보았던 것처럼 오늘따라 월전리가 유난히 더 생소하게 느껴졌다. 그것은 마치 내가 대학생이 되어 9년 만에 어머니를 찾아왔을 때 느꼈던 모자간의 서먹한 기분과도 같았다.

버스가 주막 앞에 서 있는 사이에 상여를 실은 미니 트럭 한 대가 뿌옇게 먼지를 일으키며 쏜살같이 앞질러 달려갔다. 고르지 못한 길바닥 때문에 트럭이 덜컹거릴 때마다 상여의 지화紙花들이 너울너울 죽은 자의 혼처럼 춤을 추었다.

나는 상여를 보자 더 불안해졌다. 트럭 위의 상여 속에 누릇한 수의를 입은 어머니가 웅크리고 숨어 있을 것만 같은 착각에 가벼운 현기증을 느꼈다.

버스가 월전리 앞 비석거리에서 멎었을 때, 앞질러 달리던 상여를 실은 미니 트럭이 클랙슨을 울리며 통심거리 정 주사네 집 골목으로 휘어 들어가고 있었다.

나는 혜순이한테 상여가 정 주사네 집으로 들어가는 것 같다는 말을 하려다가 그만두었다.

내 예감에 정 주사가 죽은 것 같았다.

혜순이와 나는 나란히 마을로 향했다. 버스에서 내린 사람 중에 낯이 익은 얼굴은 하나도 없었다.

나와 혜순이는 미리 약속이나 한 것처럼 마을 초입에 있는 대장간 터로 가고 있었다. 대장간 터는 마을 초입 삼굿 구덩이 옆에 있었으며, 대장간 터에서 멀지 않은 외딴곳 대밭 밑에 봉구네 집이 보였다.

둘은 흔적조차 찾을 수 없는 대장간 터를 지나 봉구네 집으로 향했다.

삐딱하게 열려 있는 양철 대문 밖에 누렁이가 엎디어 있다가 꼬리를 사리며 컹컹 짖어 댔다. 어머니가 월전리에 왔다면 틀림없이 봉구네 집에 있으리라고 믿었기 때문에 먼저 찾아온 것이었다. 개가 미친 듯 짖어 댔으나 집안에서는 누구 한 사람 얼굴을 내밀지 않았다.

큰소리로 '실례합니다'를 열 번도 더 외쳐 보았지만 인기척이 없었다.

혜순이와 나는 실망한 얼굴로 마주 보았다. 개 짖는 소리에 놀라 등에 업힌 아기가 자지러지게 울었다.

"안 오셨나벼요."

혜순이가 맥 풀린 목소리로 말하고 등을 추석거리며 우는 아기를 달랬다. 혜순이는 땅바닥에 주저앉아서 아기와 함께 울어 버리고 싶은 얼굴을 했다.

"가자! 기왕 여기까지 왔으니 가볼 데가 있다."

나는 혜순이의 손을 잡아끌다시피 하며 몸을 돌려세웠다. 바쁜 걸음으로 봉구네 집 앞을 지나 대밭 위로 올라갔다.

"워디로 가요?"

혜순이가 뒤를 바짝 따라오며 물었다.

"가보면 안다."

나는 헐근거리며 가파른 대밭머리로 추어 올라갔다. 대밭머리 큰 꿀참나무 그늘 밑에 서 있으니 월전리가 발부리 밑으로 내려보였다. 봉구네 누렁이는 그때까지도 찌렁찌렁 대밭이 울리도록 짖어 댔다. 혜순이는 숨이 차는지 몇 번이고 걸음을 멈추어 섰다.

"동학굴 가남요?"

혜순이가 숨 가쁜 목소리로 물었다. 나는 대답 대신 담배에 불을 붙여 물고 상수리나무와 밤나무가 듬성한 산허리를 보듬고 돌았다.

"동학굴은 뭣 땜시 가는 거요?"

혜순이가 뒤따라오며 물었다. 그러나 나는 혜순이의 소리를 못 들은 척하고 서둘러 걸었다. 상수리나무 등성이를 타고 가다가 후미진 동학굴 골짜기 쪽으로 내려가면 양지쪽 비탈에 돌감나무 한 그루가 있었다. 나는 동학굴 골짜기 입구의 다랑이논의 귀퉁이가 내려다보이는 부처님 바위에서 걸음을 멈추고 혜순이가 올라오기를 기다렸다. 한참 뒤에야 혜순이가 헉헉거리며 뒤따라 올라오더니 퍽신하게 주저앉아 버렸다.

"아부지, 산소에, 가시는가요?"

혜순이는 숨이 목에 차오르는지 말을 끊어 가며 물었다. 동학굴 골짜기에서 시원한 바람이 불어왔다. 나는 골짜기 아래를 내려다보며 바람 냄새를 맡았다. 동학굴 골짜기를 훑고 올라온 바람 속에서 풋풋하고 들큼한 개똥참외 냄새가 났다. 어려서 혜순이를 업고, 동학굴 밭에서 일하는 어머니한테 젖을 먹이려 발이 닳도록 이 산등성이를 오르내릴 때도 바람 속에서는 개똥참외 냄새가 났었다. 젖을 먹이러 혜순이를 업고 땀을 뻘뻘 흘리며 상수리나무 등성이를 내려가면, 어머니가 개똥참외를 따서 돌감나무 밑의 풀섶속에 감추어 두었다가 주곤 했기 때문인지도 몰랐다.

"옛날 내 등에 업혀 이 산길을 타고 어머니한테 젖을 먹으러 다녔던 일 생각하느냐? 너는 다섯 살이 되도록 어머니 젖을 먹었었으니까 말야."

나는 혜순이가 다섯 살 때의 일을 기억하지 못하기를 마음속으로 빌며 조심스럽게 혜순이의 표정을 살폈다. 아기의 얼굴에 땀을 닦아 주던 혜순이는 애매한 미소를 떠올리며,

"그때 내가 을매나 미웠으까잉."

하고 말했다. 혜순이의 말에 나는 섬뜩해졌다. 혜순이가 다섯 살 때의 일을 기억하고 있을지도 모른다는 두려움으로 머리가 무거워졌다.

혜순이한테 이상한 짓을 하려다가 어머니한테 들켜 집을 나와 버리기 전에도 혜순이를 업고 어머니한테 젖을 먹이러 참나무숲 등성이를 오르내릴 때, 나는 여러 차례 혜순이를 죽여 버릴 생각을 했던 것이었다.

성씨가 다른 혜순이가 어떻게 동생이 되느냐면서 아이들의 놀림을 받았을 때나, 개똥참외를 혜순이가 독차지해 버렸을 때마다 죽이고 싶은 생

각이 굶주린 창자처럼 꿈틀거리곤 했다. 아무도 없는 후미지고 음습한 참나무숲 등성이를 오르내릴 때마다 나는 칼날 같은 살의를 느꼈다. 나는 마음속으로 여러 차례 혜순이를 죽이는 연습을 했다. 목을 졸라 죽여서 참나무숲 후미진 곳에 버리거나, 차마 죽일 수 없으면 산속에 혜순이 혼자 버려두면 산을 헤매다가 굶어 죽든지 산짐승이나 뱀에 물려 죽게 될 것으로 생각하기도 했다.

그때 내가 혜순이를 죽이거나 산속에 버리지 못한 것은 참나무숲 등성이의 부처님바위 때문이었다. 혜순이를 죽이고 싶은 생각을 할 때마다 부처님 모습을 한 큰 바위가 나를 무섭게 지켜 보고 있는 것만 같았다.

"오빠는 동학굴 꼴착이 안 무섭소?"

혜순이가 떡갈나무잎 사이로 폐광의 입구처럼 음험하고 싸늘한 느낌이 드는 희읍스름한 검은 빛을 띤 등색橙色으로 출렁이는 골짜기 어귀를 내려 보며 물었다.

"무섭기는?"

"엄니 이야기로는 오빠 아부지 말고도 증조부님도 이 동학굴 땜시 돌아가셨다던듸요."

"그러니까 안 무섭지. 나도 늙어서 이 골짜기에서 죽었으면 싶구나."

"엄니도 옛날에 그런 말을 늘 허드만요. 동학굴 꼴착만 들어오면 대장간 망치질 소리가 들린담시로…… 아매도 오빠 아부님이 여기서 돌아가셨기 땜시 그러셨든갑서라우."

"헛죽음을 하신 거야. 아무 값도 없는 죽음이지. 도대체 어떤 주의를 위해서 아까운 목숨을 바친다는 것부터가 무의미한 일이야. 그것이 인간을 위해 만들어진 것이라는데도 그 제도가 인간을 구해 주기는커녕 오히려 인간을 희생시키고 있으니까 말야. 그러니까 이 골짜기에서 죽은 이편 사람들이나 저편 사람들 모두 헛되이 죽은 거라구. 죽은 영혼들도 지하에서 후회를 할거야. 아무것도 모르면서 힘만 믿고 나서기를 좋아했던 우리 아버지 혼령의 후회는 더욱 크겠지."

내 말을 잘 알아듣지 못한 혜순이는 한동안 고개를 무겁게 떨구었다.

나는 정말이지 어른이 되어 내 나름대로 역사를 이해하고 세상을 보는 안목이 터진 이후부터는 아버지의 죽음이 그렇게 헛되게 느껴질 수가 없었다. 억울하기까지 했다. 인간이 살아가기 위하여 어떤 주의를 만들고 그 제도에 휘말려 하나밖에 없는 목숨을 잃는다는 것은 도무지 이해할 수가 없는 일이었다.

적어도 동학군의 한패가 되어 장살을 당한 증조부의 죽음만은 자랑스럽게 생각하고 싶었다. 그러나 아버지의 경우는 달랐다. 설령 아버지가 동학굴에 숨어 있었던 반란군과 싸우다가 죽었다고 해도 그 생각은 마찬가지일 것이다. 이 땅에서는 이미 하나뿐인 고귀한 목숨을 바치면서까지 지켜나가야 할 어떤 이념도 없다고 생각했기 때문이다.

나는 이념 때문에, 그 이념을 지키기 위해서 단 한 사람이라도 희생되어서는 안 된다고 생각하고 있는 터였다. 왜냐하면 인간은 이념을 위해서 존재하는 것이 아니고 이념이 인간을 위해 필요한 것이기 때문이다.

"자, 쪼금만 더 내려가 보자."

나는 골짜기에서부터 시선을 회수하여 혜순이를 보며 말하고 다시 등성이를 내려가기 시작했다. 부처님바위에서 골짜기로 내려가는 길이 나 있었지만, 오랫동안 다니는 사람이 없는 데다가 떡갈나무며 솔새, 한여름에 흰꽃이 피는 까치수영, 잎을 따먹는 뚝갈 등이 허리 높이로 자라 길을 분별하기가 힘들었다.

　골짜기로 내려갈 때는 서두르지 않고 혜순이와 함께 천천히 풀섶을 더듬었다. 이상하게도 월전리 마을의 집들이며 고샅, 사람들은 언제나 생소하게 느껴졌으나, 동학굴 골짜기만은 낯설지가 않았다. 고향을 생각하면 먼저 이 골짜기부터 머리에 떠올랐으며 꿈도 여러 차례 꾸었다. 그 때문에 나는 고향을 떠나 있으면서도 때때로 동학굴 골짜기 안을 맴돌며 살아가고 있는 것 같은 착각에 휘말리곤 하였다. 내 몸과 마음속에 동학굴 같은 골짜기가 언제나 숨 쉬고 있었던 것이다. 그것은 어쩌면 내 핏줄이 말라붙어 버리는 날까지는 변함이 없을 것이라고 생각했다. 그러기에 이따금 나는 내가 동학굴 골짜기의 일부분인 것처럼 생각되기도 하였다.

　밋밋한 상수리나무 등성이를 반쯤 내려오자 가지와 이파리들이 반원 모양을 한 돌감나무가 보였다. 옛날 어머니가 밭에서 김을 맬 때 나는 혜순이를 업고 그 돌감나무 그늘 밑에서 놀곤 했었다. 돌감나무는 자갈밭 귀퉁이에 있었다.

　돌감나무를 보자 나는 갑자기 목울대가 후끈거리는 것을 느꼈다. 목울대가 후끈거리면서 전신이 으스스하게 떨렸다. 무엇인가 보이지 않는 큰 힘이 내 몸속에서 뱀처럼 똬리를 틀며 꿈틀거리고 있는 듯했다. 처음 경험해보는 엄숙하고 경건한 기분이었다. 나는 바람에 흔들리는 돌감나무의 가지들을 보면서 꿈꾸는 기분으로 뛰어갔다.

　어머니의 밭이 그곳에 있었다. 오랫동안 묵혀 있었던 밭은 잡초 한 포기 없이 깨끗하게 뽑혀 거뭇거뭇 불태운 흔적들이 보였으며, 금방 씨를 뿌리기라도 한 듯 말끔하게 호미질을 해놓았다. 그러나 어머니는 보이지 않았다.

"어머니!"

나는 희끗희끗한 어머니 머리의 가르마처럼 호미질로 가지런히 고랑을 파놓은 어머니의 밭을 둘러보며 마음속으로 외쳐 불렀다. 그리고 젊었을 때 밤마다 내가 아버지 몰래 더듬곤 했던 어머니의 젖가슴처럼 포실하고 부드럽게 느껴지는 밭의 흙을 조심스럽게 밟았다.

나는 잡초를 뽑고 말끔하게 땅을 파놓은 어머니의 밭을 보자 어머니를 찾은 것처럼 조금씩 기분이 달뜨기 시작했다.

"엄니!"

혜순이도 뒤따라 밭으로 들어오며 어머니를 불렀다.

적갈색 바탕에 빨간 무늬가 박힌 뿔나비 한 마리가 앉을 자리를 찾지 못하고 밭 위를 작은 날개를 펄럭이다가 돌감나무 쪽으로 힘겹게 날아갔다.

나는 비로소 어머니가 동학굴에 와 있음을 알고 찔레나무며 땅가시 잡초들이 울타리처럼 여러 겹으로 얽혀 있는 밭두렁 너머로 골짜기 안을 눈이 시리도록 들여다보았다.

"오빠, 엄니가, 여기⋯⋯."

혜순이가 돌감나무 밑에서 다급하게 소리쳤다. 나는 혜순이의 목소리 때문에 불길한 예감에 휘말리면서 뛰어갔다. 혜순이는 노랗게 익은 개똥참외 두 개를 양손에 들고 서 있었다.

"엄니가 우리덜 나눠 묵으라고 개똥참외 두 개를 따서 감나무 밑에 나뒀구만이라우."

나는 혜순이가 내민 손에서 주먹만 한 개똥참외 하나를 받아 코에 대고 냄새를 맡았다. 들큼한 어머니의 냄새가 났다.

"어머니!"

나는 개똥참외의 냄새를 맡으며, 지나온 어머니의 삶처럼 고즈넉하고 칙칙한 깊은 골짜기를 향해 목청껏 소리쳤다.

　어머니의 대답 대신에 밭두렁 장구밤나무 덤불 위에서 푸드득 개똥지빠귀새가 날아갔다.

　"이 밭에 씨를 뿌리는 한 어머니는 영원히 살아 계실 것이다."

　내가 그렇게 말하고 와작와작 개똥참외를 베어 먹기 시작했을 때, 우리들 머리 위에 뿔나비가 날개를 펄럭이며 머물고 있었다.

『문학사상』, 1982.9

혜자의 반란

1

혜자는 새벽에 집을 나왔다. 집을 나올 수 있도록 그녀에게 용기를 준 것은 대학 동기인 정순이였다. 한 달 전 만났을 때, 혜자의 푸념을 들고 난 정순은 대뜸 "병신아, 희망 없는 남편 믿고 살기 싫음 당장 나와 버려. 이 나이에 언제까지 희망도 없는 남편만 바라보고 살 수 있겠니?"라고 말하면서 자기 학원의 강사 자리를 만들어 주겠노라고 했다. 정순의 그 말에 몇 번이고 다짐을 받은 혜자는 그날 밤 용기를 내어 남편한테 비수를 들이대듯 헤어지자고 했다. 남편은 그런 혜자를 이죽거리며 비웃었다.

"뭐? 헤어져서 혼자 살겠다고? 엠병아리처럼 겁 많고 나약한 당신이? 혼자서는 무서워서 비행기도 못 타고 동사무소에도 못 가는 주제에 독립을 해?"

남편은 화를 내거나 경악할 줄 알았는데 뜻밖의 반응을 보였다. 남편은 혜자가 어떤 극한상황에서도 아무리 무능한 남자이기는 해도 결국 자기를 의지하지 않고서는 살아갈 수 없을 것으로 생각하고 있는 것이 분명했다. 남편의 그 같은 태도에 더욱 울화가 치민 혜자는 끝내 가출을 서두르게 되었다. 남편은 그 알량한 자존심 때문인지 끝까지 혜자를 붙잡지 않았다. 그토록 소원이라면 어디 네 맘대로 한번 혼자 살아보라는 것이었다.

그리고 얼마 동안이나 견뎌내는가 두고 보겠다는 듯한 반응을 보였다.

이별의 마지막 밤, 부부는 꼬박 등을 돌리고 앉은 채 밤을 새웠다. 그날 따라 밤은 끝이 보이지 않을 정도로 쓸쓸하고 길었다. 그녀는 어둠이 물러가기를 기다리며 남편이 지켜보는 앞에서 가져갈 옷가지 등을 챙겨 비밀번호가 입력된 가죽 트렁크를 열고 채웠다. 두 개의 트렁크 안에는 12년 동안 한 남자의 아내로 살아온 고통과 절망의 내용이 가득 담겨 있었다. 행복했던 기억에 대한 무게는 별로 느껴지지 않았다.

남편의 마지막 배웅을 받고 축축한 어둠의 껍질을 털며 집을 나온 혜자는 날이 밝을 때까지 딸 홍미를 안은 채 지하철역 대합실의 노란색 플라스틱 의자에 꼿꼿하게 앉아 있었다. 마지막 순간까지도 남편한테 자신감 넘치는 모습을 보여주고 싶다는 생각에서 뒷목이 땅기도록 턱끝을 세웠다. 그리고 남편이 눈앞에서 사라진 것을 확인하며 오랫동안 벼려왔던 대로 손가락에서 결혼반지를 뽑아내려고 했다. 그것은 마치 12년 동안 그녀를 꼼짝 못 하도록 결박하고 있는 쇠사슬처럼 몸과 마음을 바싹 옥죄었다. 오른손으로 반지를 잡아당기자 손가락에서 우두둑 소리가 났다. 반지는 손가락 매듭을 붙들고 뽑혀 나가지 않겠다고 발버둥이라도 치는 듯이 잘 빠지지 않았다. 손가락 매듭에 걸려 빠지지 않은 반지를 들여다보면서, 그녀는 간밤에 슬픈 얼굴을 하고 앉아 있었던 남편을 생각했다. 그녀는 남편이 마음속으로는 헤어지기를 싫어한다는 것을 알고 있었다. 그러면서도 남편은 자존심 때문에, 떠나지 말라는 말 한마디 못하고 냉소와 절망이 엉킨 눈빛으로 오랫동안 등을 돌리고 앉은 그녀의 뒷모습만 바라보고 있었다. 그녀는 밤새도록 뒤통수에 구멍이라도 뚫리듯 남편의 눈길을 의식했다. 그녀는 남편의 눈길과 마주치지 않으려고 애쓰면서 불을 켜

놓은 채, 함께 살아왔던 12년의 세월만큼이나 길고 답답하게 느껴진 마지막 밤을 보냈다. 참으로 고통스러운 밤이었다.

그녀는 남편의 냉정하면서도 절망적인 모습을 머릿속에서 털어버리기라도 하려는 듯 거칠게 도리질을 하면서 반지를 잡은 손에 힘을 주고 잡아당겼다. 반지는 여전히 뽑히지 않았다. 손가락에 침을 바른 후 호호 입김을 쏘였다가 다시 힘껏 잡아당겨 보았다. 반지는 손가락의 한 부분이 되어버리기라도 한 것처럼 꼼짝하지 않았다. 손가락 매듭이 끊어지듯 아팠다. 그녀는 마음이 조급해지기 시작했다. 무엇인가 자신이 떠나는 것을 말리고 있는 것인지도 모른다는 생각이 들기도 했다. 손가락에서 반지를 뽑지 못한다면 홀가분하게 떠날 수가 없을 것만 같아, 그녀는 더욱 기를 썼다. 몇 차례 끙끙거린 끝에 드디어 반지가 뽑혔다. 손가락에서 반지가 빠져나갈 때의 기분이 묘했다. 첫가을 뱀이 독기를 뿜어내듯 혀끝을 널름거리며 허물을 벗는 느낌이 이런 것일까.

첫 생리가 있던 날 허파꽈리가 막힌 것처럼 가슴이 답답해서 어머니한테 끌려 체를 내리 갔던 때가 생각났다. 역삼각형의 얼굴에 몸피가 겨릅처럼 깡마른 노파는 앓는 소리를 연신 토해내며 혜자의 배를 한참 동안이나 훑어 올린 후, 마디 굵은 오른 손가락을 목구멍 속으로 깊숙이 집어넣더니 무엇인가를 끄집어 보였다. 그때 코끝이 알싸해오면서 눈에서 생눈물이 찔끔했다. 체쟁이 노파는 익숙한 솜씨로 한순간에 손바닥을 펴 혜자 눈앞에 무클한 고깃덩어리 같은 것을 보였다. 그것을 보는 순간 심한 욕지기를 느꼈다. 그 고깃덩이가 자신의 목구멍에서 나온 것이라고는 믿기지 않았다. 혜자는 체쟁이 집 초록색 철 대문을 나오면서 어머니에게 노파의 손바닥 고깃덩이는 자신의 목구멍에서 나온 것이 아니라고 완강하게 말했다. 어머니는 자신도 알고 있다는 듯 애매하게 고개를 끄덕였다. 그러면서도 어머니는 확신을 갖고 이제 곧 체증이 낫게 될 것이라고 했다. 그런데 신통하게도 집에 돌아오자 답답했던 가슴이 바늘귀만큼 뚫리는 듯한 기분을 분명히 느낄 수 있었다.

혜자는 힘들게 뽑아낸 단단하고 노란 빛깔의 금속성을 손바닥에 놓고 잠시 들여다보았다. 다시 남편의 슬프고 절망적인 얼굴이 떠올랐다. 순간 체를 내고 나서의 콧속이 알알했던 기분을 다시 느꼈다. 뭔가 홀가분한 느낌이 들었다. 결혼식 때 남편이 끼워주었던 금반지 안쪽에는 '영원한 사랑의 굴레'라고 새겨져 있다. 12년 전, 남편은 그 반지를 끼워주면서 "너는 이제 이 사랑의 굴레에 영원히 포박당하고 말았다"면서 여유 있고 자신감 넘치는 목소리로 말했었다. 혜자는 남편의 그 말에 간질간질한 행복감을 느꼈다. 결혼반지가 그녀의 꿈과 희망을 단단하게 묶게 될 줄은 예상하지 못했다. 돌이켜보면 그 결혼반지는 그녀의 삶을 송두리째 결박한 무서운 철삿줄이며 족쇄와도 같았다. 그때서야 비로소 용기를 내어 남편의 포박으로부터 벗어난 것이다. 그리고 그녀는 마음속으로 나는 강한 여자야, 나약한 건 남편이야. 나는 남편의 그늘에서 벗어나 얼마든지 독립할 수 있는 여자야라고 소리쳤다.

혜자는 결혼반지를 숄더백 속에 아무렇게나 집어넣으며 주위를 살폈다. 남편이 어깨를 무겁게 늘어뜨리고 어디엔가 숨어서 마지막 떠나가는 아내의 모습을 슬픈 눈으로 지켜볼지도 모른다는 생각에서 조심스럽게 주위를 살폈다. 남편의 모습은 보이지 않았다. 기분이 츱츱했다.

"엄마, 왜 열차 안 타? 외할머니 집에 간다고 했잖아."

잠에서 깨어난 홍미가 눈을 비비며 거듭 물었다.

"우리는 차를 타지 않아. 정순이 이모를 만나러 갈 거다. 너 정순이 이모 잘 알지?"

그녀는 처음부터 친정에 가 있을 생각을 하지 않았다. 어머니한테 결혼이 실패했음을 보여주고 싶지 않았기 때문이다. 어머니가 그 사실을 알게 된다면 "그것 봐라. 에미 말 안 듣고 끝내 너 하고 싶은 대로 하더니, 그래 결과가 이 모양이냐." 하고 어깃장을 놓을 것이 뻔하다. 친정부모는 처음부터 남편과의 결혼을 반대했다. 남편이 시를 쓴다는 것부터 싫어했다. 게다가 집 한 칸도 없이 시부모까지 모시고 방 두 개짜리 지하실에 세 들어 살 정도로 형편이 좋지 않았기 때문에 그녀의 부모가 한사코 결혼을 반대한 것도 무리는 아니었다. 그러나 그녀는 현섭이와 함께라면 두 사람의 힘으로 알뜰한 새집을 지을 수 있다고 생각했다. 그녀는 벽돌을 쌓는 마음으로 하루하루를 살아왔다. 그렇게 12년을 살아왔는데 어느 날 갑자기 한순간에 그들이 힘겹게 쌓아올린 벽돌이 와르르 무너져버렸다. 남편이 경영하던 출판사가 문을 닫게 된 것이다. 어렵게 장만한 아파트마저 넘어가고 12년 전처럼 다시 지하실 월세방으로 전락하고 말았다. 이제 남편은 다시 벽돌을 쌓아올릴 희망마저 포기하고 말았다. 그녀는 남편이 이토록 쉽게 절망하고 무기력한 남자라는 것을 처음 알았다. 이제 그녀는 남편에게 아무것도 기대하지 않기로 했다.

"당신과 홍미만 아니라면 나는 돌아오지 않았을 거야."

말 한마디 없이 집을 나가 사흘 만에 거지꼴이 되어 집에 돌아온 남편의 그 말에 혜자는 참을 수 없는 배신감을 느꼈다. 그녀는 통곡이라도 하고 싶었다. 그녀가 남편한테 짐이 되고 있다는 것을 알고서도 그대로 엉겨 붙어 있고 싶지가 않았다. 남편의 그 말은 그들 모녀만 아니라면 얼마든지 자유로워질 수 있다는 의미로 들렸다.

혜자는 우유 두 봉지를 사서 홍미와 마시고 나서 트렁크를 끌기 시작했다. 그곳에서 정순이네 학원까지는 시내버스 세 정거장쯤 되는 거리였다. 두 개나 되는 무거운 트렁크를 혼자서 끌고 지하철역에서 정순이네 학원까지 가기는 너무 멀고 힘들었다. 마치 남편과 결혼하여 살아온 지난 12년간의 삶만큼이나 고통스러웠다. 3월의 삽삽한 날씨였는데도 트렁크를 끈 지 10분도 안 되어 온몸은 땀으로 홍건히 젖었다. 그런데도 혜자는 마음속으로 나는 강한 여자야, 나는 나약하지 않아, 라고 외쳐대며 잠시도 발걸음을 멈추지 않았다.

지금 혜자에게는 정순이가 유일한 희망의 밧줄이었다. 정순이와 혜자는 대학 때 같은 '소설시대'의 동인이었다. 서른이 넘어서야 건축업을 하는 남자와 결혼한 정순이는 몇 년 전부터 하계동에서 글짓기학원을 운영하고 있다. 정순이는 자신의 글짓기학원에서 아파트 주부들을 상대로 소설 창작을 지도하고 있다. 2년 전에 혜자 남편의 출판사에서 『수채화 같은 사랑』이라는 소설을 자비출판한 후로는 소설가 행세를 하는 것 같았다. 혜자는 그녀의 소설을 열 장도 넘기지 못하고 조소를 짓씹으며 쓰레기통에 던져버렸다. 혜자는 학창 시절부터 정순이의 문학적 재능에 대해서는 은근히 무시를 해왔다. 그녀는 문학을 고뇌의 대상으로 인식하기보다는 몸에 뿌리는 향수쯤으로 생각했다. 문학을 사치로 생각하는 정순이를 무시하지 않을 수 없었다. 그런데도 정순이는 혜자한테 혼쾌히 강사 자리를 마련해주겠다고 했다.

지하철역에서 아파트 단지 입구 괴테글짓기학원까지 가는 데에 한 시간 반이나 걸렸다. 3층 건물 앞에 이르렀을 때 그녀는 황갈색의 육각형 보도

블록에 트렁크를 엎어놓고 그 위에 걸터앉아 숨을 몰아쉬며 땀을 닦았다.

혜자는 트렁크에 걸터앉은 채로 몸을 돌려 건물 끝 모서리에 쇠기둥을 세우고 길게 걸린 간판을 올려다보았다. 청색 바탕에 하얀 고딕체 글씨로 쓴 간판은 층별로 칸막이를 하듯 일정하게 나뉘어져 있었다. 맨 3층은 괴테글짓기학원, 2층은 김치과, 1층은 진월비디오와 또와식당, 그리고 지하실은 커피숍 꿈길이다. 혜자는 오랫동안 간판을 바라보았다. 3월의 아침 햇살을 흥건하게 받고 있는 간판이 새처럼 날개를 치며 하늘로 솟구칠 것만 같았다. 글짓기학원 건물 오른쪽은 아파트 단지 입구이고 왼쪽은 머리방, 식료품, 부동산, 베이커리, 만물슈퍼, 과일가게 등 아파트 상가들이 즐비하게 어깨를 맞대고 있다. 글짓기학원 맞은편은 3층 건물로 산부인과병원, 교회, 은행, 양장점, 치킨가게, 이발소 등이 눈에 띄었다.

그녀는 트렁크를 끌고 커피숍이 있는 가파른 지하 층계로 내려섰다. 이른 아침이라 그런지 손님이 한 사람도 없는 커피숍은 음습하고 답답하게 느껴졌다. 그녀는 문득 결혼 초기 시부모와 함께 지하실 셋방살이를 하던 때가 생각났다. 메마른 계절에도 곰팡냄새 때문에 생머리가 지끈거렸다. 가족들 몸에서까지 곰팡내가 났다. 지하 방은 너무 어두워서 불을 켜지 않으면 신문도 읽을 수 없었다. 어둠 때문에 남편의 얼굴이 안타깝게도 자꾸 흐릿해지는 것만 같았다. 그 시절 혜자는 하늘과 햇살을 볼 수 있는, 창문이 달린 방에서 사는 것이 소원이었다. 어느 날 그녀는 크레파스로 정성껏 골목 쪽의 벽에 작은 창을 그렸다. 그리고 그림 속의 창문 위에 못을 박아 레일을 부착시킨 후 분홍빛 커튼을 쳤다. 그 커튼을 열어젖히기만 하면 파란 하늘과 눈부신 햇살이 달려들 것만 같았다. 혜자는 그 하늘빛 커튼을 바라보는 것만으로 파란 하늘과 섬광과도 같은 햇살을 느낄 수가 있었다. 시부모님은 벽에 커튼을 친 며느리를 이상한 눈으로 흘겨보았다. 남편은 슬픈 얼굴로 안개 같은 미소를 흘렸을 뿐이었다.

"언젠가는 꼭 큰 창문이 달린 우리 집을 가질 거예요. 분홍빛 커튼을 젖히면 꿈같은 하늘과 초록의 산이 한달음에 성큼 달려드는 그런 집을 갖고 말거라구요. 언젠가는 꼭 통유리 창문이 달린 집을 갖고 말 테니 두고 보세요."

그때 혜자는 남편에게 똑같은 말을 되풀이했다. 그때까지만 해도 그녀에게는 분홍빛 커튼 색깔보다 더 야무진 꿈과 희망이 넘쳤다.

정순이가 커피숍 꿈길에 나타난 것은 12시가 거의 다 되어서였다. 누드골드 색상의 영국제 바바리코트에 연둣빛 스카프를 머리에 두르고 나온 정순이는 자리에 앉자마자 파출부에 대한 비난부터 쏟아놓았다. 정순이에게서는 쁘아종 땅뜨 향수 냄새가 진동했다.

"혜자 너, 정말 집을 나왔구나. 아이까지 데리고 나왔어? 아이는 두고 나오지 그랬니. 현섭 씨는 뭐라고 하던?"

정순은 두 개의 트렁크와 홍미를 번갈아 보더니 혜자의 가출에 약간 뜨악해 보이는 표정을 나타냈다. 조금은 부담스러워하는 눈치가 보였다. 혜자는 대답 대신 정순의 손가락에서 광물질의 날카로운 빛을 발하는 다이아 알맹이를 바라보았다. 돈으로 따지면 몇백은 나갈 것 같았다. 그만한 돈만 있었던들 집을 나오지 않았을지도 모른다는 생각이 들었다.

"전철역까지 트렁크를 들어다 주고 갔어."

"붙잡지 않았어?"

"붙잡을 정도면 희망이라도 있게? 어디 자신 있으면 니 맘대로 살아보라는 태도였어."

"두 사람 사이가 그렇게 됐니?"

"절망적이야. 기대할 것이 없는 사람이라구. 더욱이 화가 치민건, 자기가 아무리 무능한 남편이지만 결국은 내가 자기에게 되돌아오리라는 확신을 갖고 있다는 거야. 나를 아주 무능하고 나약하고, 형편없는 여자로 보는 거지."

혜자는 힘들게 반지를 뽑아버려 한껏 자유로움을 느끼는 손으로 커피 잔을 잡으며 말했다.

"현섭 씨가 안됐다."

"아무 희망도 없는 사람 쳐다보고만 있으면 뭐 해. 일찌감치 나라도 새 출발을 해야지."

"현섭 씨 능력 있는 사람 아니냐?"

"능력? 무슨 능력? 책 만드는 능력? 팔리지도 않는 책 잘 만들기만 하면 뭐 하니? 넌 정말 남자의 능력이 뭔지 몰라서 그런 소릴 하는 거니?"

물음표를 던진 혜자의 입가에 모멸도 자조도 아닌, 애매한 웃음이 흘렀다.

"하긴 그래. 어떤 면에서는 속물일수록 능력 있는 남자라고 할 수도 있어."

"어차피 속물이라면 능력 있는 속물이 낫지."

혜자가 생각하기에 무능하고 나약한 것은 그녀 자신이 아니라 남편이었다. 남편은 썩은 사과처럼 너무 물러 터져서 모진 구석이 없는 것이 문제였다. 남을 해치는 것은 안 되지만 최소한 장애에 부딪혔을 때 자신을 추스를 수 있는 자기 방어력은 있어야 하지 않겠느냐 싶었다. 남편은 요즘같이 세상이 어지러울 때는 자신 혼자도 제대로 버티고 살아갈 수 없는 사람인 것 같았다. 남편은 그저 평화시절 호경기 때나 살아갈 수 있는 사람이라고 생각했다.

"현섭 씨는 진실한 남자야. 역시 좋은 책이나 만들고 시를 쓰며 살아갈 수밖에 없는 사람이지."

"그이는 좋게 말해서 얼빠진 이상주의자야. 그런 이상주의자가 어떻게 이 험한 아엠에프 시대를 살아갈 수 있겠어."

"현섭 씨가 정말 안됐다. 현섭 씨 불쌍해서 어쩌니? 현섭 씨한테는 칼이 없으니까 문제야. 능력 있다는 남자들을 보면 저마다 가슴에 칼을 품고 살거든. 능력 있는 남자들이 열심히 사는 것을 보면 마치 전쟁을 치르기 위해서 날마다 칼을 갈고 있는 것 같단 말야. 시퍼렇게 칼날을 세워놓고 이익을 위해서는 언제라도 누구를 찔러버릴 것처럼 위험한 데가 있어. 헌데 현섭 씨한테는 그게 없어. 남을 해치기 위한 칼이라기보다는 최소한 자기를 지키고 다그치기 위한 칼은 가지고 있어야 하는데 말야. 나는 우리 남편이 이익을 얻기 위해서 칼을 갈고 있는 것을 볼 때마다 오싹 소름이 돋곤 한단다. 그리고 때때로 그 칼로 경쟁자들을 무자비하게 찔러버리는 것을 보면서 사는 게 익숙해졌단다. 건설업계에 경쟁자가 오죽 많아야지. 그런데 혜자 너는 현섭 씨가 자신만의 이익을 위해서 칼을 가는 걸 한 번도 보지 못했을 거다. 현섭 씨 정말 안됐어."

"그 사람은 우리 모녀를 짐으로 생각하는 사람이야. 짐이 되는 사람을 어떻게 의지하고 살아갈 수 있겠니."

"넌 능력 있는 남자를 원하고 있구나. 원한다면 아엠에프 시대에 오히려 더 잘나가는 아주아주 능력 있는 남자를 소개해줄게."

혜자는 정순이의 그 말에 쓸쓸하게 미소를 삼켰다. 혜자는 정순이가 앞으로 어린 딸을 데리고 살아갈 길이 막막한 친구인 자신보다는 그녀의 남편에 대한 동정적인 태도를 취한 것을 보고 은근히 감정이 뒤틀렸다. 정순은 혜자 자신을 마치 가정과 남편을 버린 IMF시대의 비정한 여자로 매도하는 대신, 현섭을 아내한테 버림받은 불쌍한 남자로 생각하는 것이 분명했다.

"남자가 칼을 갈면서 살아간다면 여자는 마음속에 꽃을 가꾸고 산다고나 할까? 왜 우리 속담에 어려울 때 남자는 칼을 갈고 여자는 거울을 본다는 말이 있지 않니. 남자가 칼을 가는 동안에 여자는 누구에겐가 그 꽃을 꺾어주기 위해 정성스레 가꾸지. 다 시들어 빠지도록 평생 단 한 번도 꽃을 꺾어주지 못한 여자도 있겠지만 말야. 헌데 말야, 내가 고이 가꾼 꽃이 지금은 칼로 변해버렸지 뭐니. 아마 여자는 남편을 닮아가는가 봐. 지금 고백하는데 사실은 나도 가끔은 너를 찌르고 싶었단다. 나는 너를 경쟁자로 생각했거든. 너는 나보다 잘생겼고 소설도 더 잘 썼지 않니. 그리고 내가 좋아한 현섭씨도 낚아채갔고, 헌데 지금은⋯⋯."

그러면서 정순은 상반신을 앞으로 꺾어 무슨 큰 비밀이라도 탐지해내려는 듯 자신감 넘치는 표정으로 혜자의 눈을 찬찬히 들여다보았다. 아직 정순이는 현섭에 대한 옛날의 연둣빛 감정을 정리하지 못한 듯싶었다. 혜자는 그런 정순이에 대해 질투심보다는 오히려 안타깝고 측은한 생각이 들었다. 자신이 보기에 한갓 무기력하고 무책임한 현섭에 대해 능력 있는 사람이라거니, 진실한 남자라거니 하면서 달콤한 찬사를 늘어놓는 정순이를 실컷 비웃어주고 싶었다. 그러면서도 한편으로는 겉으로 보기에, 바보 같은 푼수끼와 천박한 허영기가 온몸에 덕지덕지 눌어붙어 있는 정순이가 조금은 부럽기도 했다.

2

정순이의 배려로 혜자는 그날부터 괴테글짓기학원에 불안하나마 임시 거처를 마련했다. 고압선 전깃줄에 둥지를 친 까치처럼 그녀는 불안했다. 그들 부부는 결혼 5년 만에 고압선이 지나가는 동네에 방 두 개짜리 낡은 아파트를 장만했다. 고압선 때문에 아파트가 엄청 쌌다. 5층 꼭대기 아파트 베란다에서 보면 고압선이 손에 잡힐 듯 가깝게 지나갔다. 그러나 그들은 고압선 때문에 불안을 느끼지는 않았다. 오히려 그 고압선 때문에 싼 아파트를 장만할 수 있어서 다행으로 여겼다. 그런데 어느 날 그 고압선 단자 위에 까치 부부가 둥지를 치기 시작하는 것을 보면서 불안해지기 시작했다. 혜자는 아침저녁으로 완성되어가는 고압선 위의 까치집을 보면서 조릿조릿 심장을 태웠다. 그리고 빨간 조끼 차림의 한전 직원들에 의해 까치집이 해체되는 것을 보면서 그녀는 소중한 것을 빼앗겨버린 것처럼 허전했다. 지금 그녀 자신이 까치 대신에 고압선에 매달려 있는 것처럼 불안한 것이다.

"난 말야. 요즘 혜자 너한테 관심이 많아졌단다. 아엠에프 시대를 맞아 갑자기 무능력해진 엘리트 남편을 버리고 가출한 여자의 삶을 소설로 쓰고 싶거든. 너를 볼 때마다 입센의 노라가 생각나기도 해서 말야. 우리 학교 다닐 때, 집을 나온 노라는 그 후 어떻게 되었을까 하고 토론을 한 적이 있었던 것 기억나니? 그때 나는 혼자 독립해서 잘살았을 것이라고 했고, 너는 생활 능력이 없는 나약한 여자이기 때문에 노라는 창녀가 됐을 거라고 했었잖아."

이틀째 되는 날 주부 소설 창작 강의를 끝낸 정순이는 혜자가 타준 커피를 홀짝거리면서 이죽거리듯 말했다.

혜자는 홍미와 함께 학원 사무실에서 까치처럼 먹고 자는 일을 해결했다. 정순이는 그들 모녀를 위해 헌 냉장고며 이부자리, 접고 펼 수 있는 캠프용 침대, 전기밥솥 등 간단한 취사도구까지 사무실에 넣어주었다. 학원 사무실은 그야말로 혜자 모녀의 살림방이 되고 만 것이다. 정순이는 공간이 비좁을까 봐 자신의 책상까지도 치우는 등 세심한 배려를 아끼지 않았다. 혜자는 그런 정순이에 대해 사무치도록 고마움을 느꼈다. 그동안 정순이를 은근히 멸시해왔던 자신을 반성하기도 했다

혜자가 맡은 중학생 창작반은 오후 5시에 시작해서 6시 30분에 끝난다. 중학생 창작반 수업이 끝나면 학원은 문을 닫는다. 점심때 수강생들과 어울려 나간 정순은 다시 학원에 돌아오지 않는다. 2층 치과가 문을 닫는 7시 이후부터 학원은 난파선과도 같은 어둠의 침묵 속에 가라앉는다. 이때쯤이면 혜자는 안에서 교실 문을 잠그고 자신을 좁은 사무실 안에 철저하게 은닉시킨다. 그 순간만은 성주처럼 호젓한 평화로움을 느낄 수 있다. 정순은 밤 9시쯤에 전화를 걸어 아무 일 없느냐고 사무적인 점검을 할 뿐이다. 혜자는 정순이의 전화를 받고 나서야 불을 끄고 잠자리에 들게 마련이다. 그러나 처음 며칠은 무서워서 잠을 잘 수가 없었다. 교실과 복도에서 쉴 새 없이 발소리가 들리는 것만 같았다. 교실 밖에 누가 서 있는 것 같아 밤에는 화장실에도 가지 못했다. 바람에 유리창이 덜컹거리기만 해도 숨을 죽인 채 홍미를 끌어안고 마른 새우처럼 몸을 웅크렸다.

어느 날 혜자는 작두춤을 추는 무당처럼 남자들의 시퍼런 칼날 위에 서 있는 자신을 발견하고 까무러치고 말았다. 불안하기만 한 학원 생활을 시작한 지 일주일 째 되는 날 밤이었다. 10시쯤, 학생들의 작문을 다 읽고 나서 막 소파에 몸을 뉘려고 하는데 옛날 영화에서 범인을 잡으러 온 경

찰들처럼 거칠게 문을 두드리는 소리가 들렸다. 현기증 나도록 놀란 혜자는 불을 끄고 숨을 죽였다. 그러나 밖에서는 빨리 문을 열라고 소리치는 남자 목소리가 더욱 드세어지면서 벼락 치듯 문을 두드렸다. 혜자는 파출소에 신고할까 하다가 참았다. 아직 1층과 지하 커피숍에서 영업할 시간인데 강도나 도둑이 소리소리 지르며 침입하지는 않을 것이라는 생각이 들었다. 혜자는 불을 다시 켜고 교실로 나가, 숨구멍 막히듯 겁먹은 목소리로 누구냐고 물었다. 문밖에서 도어 손잡이를 잡아 흔들면서 화난 목소리로 뭐라고 퍼부어댔으나 자세히 알아들을 수가 없었다. 당장 문을 열어주지 않으면 문을 박살 낼 기세였다. 혜자는 버릇처럼 두 손바닥으로 가슴을 다독이며 잠시 숨을 가다듬고 나서 교실에 불을 켜고 도어를 열어주었다. 그러자 밤색 신사복 차림의 40대 중반쯤에 대리석 조각처럼 단단해 보이는 남자가 인상을 험하게 구기며 다짜고짜 혜자를 밀치고 안으로 들어서는 것이었다. 턱이 각 진 그는 오만하고 위압적이었다. 여전히 겁에 질린 혜자가 누구냐고 거듭 물었으나 남자는 무례한 침입자처럼 대꾸 한마디 없이 홍미가 세상모르게 잠들어 있는 사무실 문을 열어젖혔다.

"형, 이거야 원. 여기다가 아파트를 꾸몄구만. 가스레인지에다 전기밥솥까지?"

근육질 얼굴에 눈초리가 매달리고 코가 덜렁한 신사복 차림이 사무실 안을 살피며 후벼 파는 투로 퉁겨댔다.

"아니, 도대체 누구신데 이 밤중에 쳐들어와서 이러시는 거죠?"

혜자는 이 남자가 사람을 해칠 것 같지는 않다는 생각이 들자 애써 목소리를 세우고 따지듯 물었다.

"누구냐아? 댁이야말로 누구요?"

남자가 오만하고도 위협적인 눈빛으로 혜자를 들었다 놓았다 하며 물었다. 혜자는 서슬이 퍼런 그 남자를 똑바로 쳐다볼 수가 없을 정도로 주눅이 들어 한사코 시선을 무겁게 내리깔았다.

"전 이 학원의 서무이고 강사예요."

혜자는 턱끝에 힘을 주려고 애썼으나 목소리가 자신감이 없이 목구멍 안으로 잦아들었다. 그녀는 이상하게도 낯선 남자 앞에서 자꾸만 수치심이 얼굴 가득히 부풀어 올랐다. 그때서야 그녀는 초등학교 신체검사 때 낡은 속옷 때문에 창피를 느꼈던 것처럼 사무실 안의 남루한 삶이 새삼스럽게도 부끄러움으로 달아오른 것이었다.

"당장에 살림들을 치우시오. 여기서 취사 취침이 불가하다는 것 몰라요?"

남자는 잠시 잠든 홍미와, 당혹감을 감추지 못해 안절부절못해 하는 혜자를 무섭게 휘감아보고 나서 어색해 보일 정도로 심하게 두 어깨를 흔들며 나갔다.

그날 밤 혜자는 밤새도록 고압선에 감전된 까치처럼 심장이 새까매지도록 떨며 잠을 이루지 못했다. 두려움과 수치심으로 심장이 계속 후끈거렸다. 그녀는 홍미 옆에 무릎을 감싸고 앉은 채 새벽을 맞았다.

아침 일찍 정순이한테서 전화가 왔다.

"어젯밤에 정 사장이 들이닥쳤다며? 그 사람 건물주야. 미처 이야기 못한 내 잘못이 크다. 그래 봬도 정 사장 화끈한 사람이야 얘. 정 사장이 네 인상이 좋았다던데? 너한테 호감이 있나 보더라. 밤중에 사무실로 쳐들어갈 때까지만 해도 당장 밖으로 몰아낼 생각이었는데 네 인상이 좋아서 마음이 약해졌다니 뭐냐. 그래서 말인데 오늘 우리 셋이서 같이 저녁을 먹기로 했어."

정순은 전화로 건물주 정 사장에 대해 연신 침을 발라가며 듣기 싫을 정도로 지루하게 늘어놓았다. 학원 건물 말고도 빌딩이 세 채나 되고 양수리 근처에 많은 땅을 갖고 있는 알부자라는 것이었다. 그러면서 정순이는 정 사장 괜찮은 남자라는 말을 쫀득쫀득 짓이겨가며 여러 차례 되풀이했다. 정 사장이 건물주라는 말을 듣는 순간 장대로 고압선의 까치집을 허물어뜨리던 빨간 조끼 한전 직원이 떠올랐다.

그날 저녁 혜자는 홍미를 1층 또와식당에 맡기고 정순이를 따라 정 사장과의 저녁 식사 약속 장소인 일식집으로 이끌려갔다. 혜자는 전날 밤의 수치심 때문에 마음이 내키지 않았으나 거절할 수 없었다. 젊은 여자에게 가난이 이토록 부끄러운 것인지는 미처 몰랐다.

"정 사장이 네 인상이 좋다고 했으니까 잘해봐. 그 사람 가까이해서 하나도 손해 볼 일 없을 거야. 네 말마따나 능력 있는 속물이니까 말야. 역시 남자란 약간 속물끼가 있어야 재미있어 애. 이 세상에는 현섭 씨처럼 여리고 지적인 남자가 있는가 하면 정 사장같이 강하고 속물끼 많은 남자도 있는 법이야. 그래야 세상이 살 만하지 않겠니? 속물끼 많은 남자일수록 능력이 있으니까 잘해보라구. 여자의 행복은 속물끼 많은 남자한테 있는지도 모른단다. 그리고 지금처럼 어려울 때는 정 사장같이 능력 있는 남자들의 세상이 되는 거 아냐? 정 사장은 아엠에프 맞아서 더 좋아졌어."

정순이는 차를 운전하면서까지 지나치다 싶을 정도로 정 사장에 관한 이야기를 걸쭉하게 늘어놓았다. 약속 시간까지는 10분쯤 남았는데도 정 사장이 미리 와 있었다.

"어젯밤에는 실례가 많았습니다. 원장님하고 대학 동창이라는 사실을 몰랐거든요."

정 사장 쪽에서 먼저 부드러운 얼굴로 사과를 했다. 다시 본 그의 얼굴은 세워놓은 직사각형의 붉은 벽돌처럼 딱딱하고 비정해 보이기는 했으나 혜자를 대하는 태도만은 부드럽고 정중했다. 그녀는 자신의 허기진 마음을 감추기 위해 처음부터 두꺼운 방탄벽을 세우고 그를 대했다. 그들은 저녁 먹기 전에 생선회를 안주 삼아 맥주부터 마셨다. 혜자는 술이라면 특별한 거부감을 느끼고 있지 않았기 때문에 권하는 잔을 사양하지 않고 넙죽넙죽 받아 마셨다. 그러나 그녀는 되도록 말을 삼갔다. 대화는 주로 정순이와 정 사장이 주고받았다. 두 사람의 대화는 처음에 골프 이야기로 시작되더니 IMF 사태로 발전했다.

"아엠에프 때문에 정 사장님은 더 좋아지셨죠?"

"은행 돈 쓴 사람들이 문제지요. 나야 은행 돈을 쓰지 않으니까요. 가지고 있는 달러를 한창 시세 좋을 때 팔아서 재미 좀 봤지요."

"어머, 역시 사장님은 능력이 있으셔요. 전 작년 가을에 부부가 캐나다에 갔다 오면서 남겨온 달러를 천 원 할 때 몽땅 팔았지 뭐예요."

"나는 아엠에프가 딱 터질 때부터 최소한 천오백 원은 갈 거로 예측하고 끝까지 버텼답니다."

"그래서 아엠에프가 터지고 나서 오히려 쏠쏠하게 재미를 보는 사람이 많다지 뭐예요. 돈 많은 사람들은 이자 높고 달러 값 오르는 바람에 웃음이 절로 나와 마스크를 하고 다닌다지 뭡니까?"

"능력 있는 사람들이란 세상이 어지러울 때 한몫 잡는다고 하지 않습니까. 재벌 중에도 육이오 때 한밑천 장만한 사람들이 많지요. 세상이 어려울 때일수록 능력 있는 사람들이 실력 발휘하기가 좋아요."

두 사람의 대화를 들으면서 혜자의 술잔 비우는 속도가 빨라졌다. 그녀는 저항하듯 술을 마셨다. 자꾸만 마셔도 취하지 않았다. 그녀는 그들 두 사람과는 손을 잡고 함께 삶의 원을 그릴 수 없음을 알았다. 손이 닿을 수 없는 아득한 거리감을 느꼈다. 그 거리감은 소외감으로 이어졌고 소외감은 다시 참을 수 없는 슬픔과 고통이 되었다.

저녁을 먹으면서 밤늦도록까지 맥주를 마셔 흥건하게 취한 그들은 11시가 넘어 다시 노래방으로 자리를 옮겼다. 노래방에서도 정 사장과 정순이 두 사람이 일어선 채로 주고받는 식으로 노래를 계속 불렀다. 노래를 부를 때 정 사장은 울부짖는 목소리로 고성을 질러대며 몸부림치듯 어깨를 거칠게 흔들어댔고, 정순은 사금파리 깨지는 목소리와 함께 허리를 쥐어짜듯 몸을 꼬았다. 그들의 노래 부르는 태도는 그들의 삶처럼 치열했다. 혜자는 소파에 앉아서 두 사람이 자신을 폭발시키듯 격렬하게 노래 부르는 양을 구경했다. 그들은 모르는 노래가 거의 없어 보였다. 그들은 미친 듯 노래를 불렀다. 감정보다는 목소리와 몸부림이 앞섰다. 혜자는 문득 두 사람이 몸을 흔들며 노래를 부르는 양은 마치 그들이 살아가는 모습과 비슷할지 모른다는 생각이 들었다. 그들은 그렇게 가슴속에 시퍼렇게 날이 선 칼을 품은 채 싸움을 하듯 치열하게 살아가고 있는 것인지도 몰랐다. 그들은 단 한 번도 혜자에게 마이크를 넘겨주지 않았다.

"난 요즘 혜자 너를 보면 행복을 느낀다. 네가 나를 행복하게 해주었어."

정 사장이 노래를 부르는 사이 정순이가 마이크를 든 채 혜자 옆에 앉으며 가쁜 숨소리를 내며 말했다. 정순의 그 말이 오랫동안 혜자의 뇌리에서 부스럭거렸다.

잠시 후 정순이는 혜자를 향해 겨울비처럼 음습한 미소를 날려 보낸 후 일어서더니 지금까지와는 달리, 한껏 감정을 낮게 가라앉혀 느린 노래를 불렀다. 그때 정 사장이 혜자에게 손을 내밀며 춤을 추자고 했다. 혜자는 사양하지 않고 일어서서 브루스 곡에 몸을 실었다. 정 사장은 왼쪽으로 가볍게 혜자의 허리를 감고 각진 턱을 내려 얼굴을 가까이 밀착시켰다. 혜자가 정면으로 고개를 쳐들자 정 사장의 크고 두툼한 입술이 눈에 들어 오면서 마늘 냄새와 함께 뜨거운 콧김이 확 풍겨왔다. 정 사장의 품은 생각보다 포근하고 따뜻했다. 그러나 그녀는 여전히 고압선에 매달려 있는 기분으로 불안하게 몸을 움직였다. 춤을 추는 동안에도 조금 전 정순이가 한 말이 귀찮도록 뇌리를 후벼 팠다.

"혜자 씨, 아엠에프 벼락 맞고 남편과 헤어져서 집을 나오셨다면서요. 잘하신 겁니다요. 애시당초 가능성이 없는 남자라면 일찌감치 헤어지는 게 상책이죠. 능력 없는 남자 믿고 살다가는 평생 고생이지요. 남자의 능력은 요즘같이 어려울 때 그 진가가 나타나는 겁니다. 혜자 씨, 이제 걱정 마십시오. 제가 도와드리죠."

정 사장이 혜자의 오른쪽 귓바퀴에 입을 가까이 가져다 대고 속삭였다. 혜자는 정순이의 노래가 끝나기를 기다리며 무심히 듣고만 있었다. 정 사장의 그 말은 아무런 의미도 없이 잠시 그녀의 귓바퀴를 맴돌다 마늘 냄새와 함께 주황색 불빛 속으로 사라졌다. 그녀는 정 사장의 품에 안겨서도 마음은 여전히 알 수 없는 슬픔과 그리움에 젖었다. 자신의 한 몸도 제대로 가누지 못하고 깊은 절망에 빠져있을, 풀잎처럼 나약한 남편의 모습이 머릿속에 가득했다. 머릿속에서 부피 자람을 하고 있는 그의 존재를 소멸시키기가 쉽지 않을 것 같았다. 그리고 그의 모습을 완전히 제거하기 전에는 결코 자신의 삶이 자유롭지 못하리라는 것도 그녀는 잘 알고 있었다. 그러나 그것은 자신이 살아 있는 한 영원히 불가능할지도 몰랐다. 그것은 남편도 마찬가지일 것이라고 생각했다.

세 사람은 밤 12시가 넘도록 노래방에서 흥청거렸다. 정순이의 남편이 노래방에 모습을 나타낸 것은 새벽 1시 가까워서였다. 참나무 토막처럼 덩치가 큰 정순이 남편은 어디서 한차례 술판을 치르고 온 듯 약간 건들거리는 태도로 기웃기웃 노래방 안으로 들어섰다. 정 사장과 정순 남편이 악수를 하며 몇 마디 인사치레의 대화를 주고받았다. 그들은 잘 아는 사이 같아 보였으나 허물없을 정도로 가까운 것 같지는 않았다.

"여보, 나 오늘 밤에 노래 몇 곡이나 부른 줄 알아요?"

노래를 끝낸 정순이가 남편 가까이 바짝 다가가서 팔짱을 끼고 은근한 눈빛으로 빤히 얼굴을 쳐다보며 혀짤배기 목소리로 아양을 떨듯 물었다. 정순의 그 모습이 어린아이처럼 철없어 보였다.

"처음부터 계속해서 마이크를 놓지 않았겠지. 그렇죠, 정 사장님?"

몇 년 전이나 지금이나 약간 비정상적으로 보일 정도로 투실투실한 몸에 얼굴이 찐빵처럼 부풀어 오른 정순이 남편은 어설픈 웃음을 버릇처럼 흘렸다.

"노래하는 인생처럼 행복한 인생은 없잖아요?"

정순이가 남편의 오른팔에 매달린 채 노래할 때처럼 몸을 흔들어대며 말했다. 정순이 남편은 그런 아내를 흐뭇한 표정으로 오랫동안 내려다보았다.

정순이 남편의 등장과 함께 그날 밤 노래판은 그것으로 끝났다. 밖으로 나온 혜자는 비로소 숨을 크게 들이쉬면서 해방된 기분으로 어둠 속의 하늘을 쳐다보았다. 어둠의 장막이 낮고 무겁게 깔린 하늘은 별 하나 보이지 않아 죽음처럼 적막했다. 행인이 끊긴 거리 또한 낯설어 보일 정도로 조용하고 을씨년스러웠다.

노래방 건물 밖에는 정순이 남편이 아내를 데려가기 위해 몰고 온 고급 승용차가 세워져 있었다. 자동차 안이 분위기 좋은 음악과 함께 잠들고 싶을 정도로 아늑해 보였다. 혜자는 처음으로 정순이를 부러워했다. 그녀의 소설 같지도 않은 글을 읽을 때나, 저녁을 먹으면서 정 사장과의 세속적인 대화를 들을 때까지만 해도, 혜자는 마음속으로 정순이를 무시할 수 있었다. 그러나 그날 밤, 정순이가 부러웠다. 비록 문학은 성공하지 못했을지라도 그녀의 결혼은 성공한 것처럼 보였다. 혜자는 정순이의 부부에게서 최소한의 예의와 안락과 책임과 평화를 확인할 수 있었다.

"내가 기회를 만들어 주었으니까 오늘 밤 잘해봐."

정순이가 혜자의 귀에 화끈거리는 입김을 불어 넣으며 헛바닥이 쩍쩍 달라붙는 목소리로 말했다. 혜자는 정순이가 무슨 말을 하는 건지 잘 몰랐다.

"혜자 씨는 내가 책임질 테니 걱정 마십쇼."

정 사장이 한사코 정순이 부부를 차 안으로 떠밀어 넣으며 말했다. 혜자는 정 사장의 그 말에 저항감과 부끄러움을 동시에 느꼈다. 책임진다는 말이 섬뜩하기까지 했다. 정순이 부부는 정 사장과 혜자를 인적이 끊긴 어둠 속에 남겨둔 채 먼저 떠났다. 혜자는 정순이가 자동차 안에서 두 사람을 향해 손을 흔들며 흘려보낸 애매한 표정이 싫었다. 정순이 부부가 탄 자동차가 어둠 속으로 미끄러지는 것을 보면서 혜자는 택시를 잡기 위해 인도에서 도로 쪽으로 내려섰다. 그녀는 노래방에 있을 때부터 홍미 걱정 때문에 계속 좌불안석이었다. 지금쯤 식당 문도 닫았을 텐데 홍미가 어떻게 하고 있는지 불안했다. 홍미가 엄마를 부르며 밤거리를 헤매고 있을 것만 같았다.

"자, 이제는 우리 두 사람만 남았구만요."

정 사장이 도로 쪽으로 내려서더니 우악스럽게 혜자의 손을 잡았다. 순간 그녀는 마치 파충류의 냉습한 비늘이 몸에 닿은 것처럼 섬뜩함을 느꼈다. 불쾌감보다는 두려움으로 심장이 덜컥 오그라들었다. 지금까지 살아오는 동안 이렇듯 심신이 한꺼번에 결박당한 듯 단단히 손을 붙잡혀본 적은 단 한 번도 없었다. 손목을 비틀며 뿌리쳐보려고 했으나 워낙 힘을 주어 단단히 움켜잡고 있었기 때문에 정 사장의 손아귀에서 벗어날 수가 없었다.

"모퉁이에 내 오피스텔 빌딩이 있으니 조용히 내 방에서 차 한잔합시다."

그러면서 정 사장은 혜자의 손목을 끌고 인도로 올라섰다.

"사장님 죄송해요. 너무 늦었으니 가봐야겠어요. 아이도 걱정되고……"

혜자는 되도록 정 사장의 비위를 상하지 않도록 한껏 마음을 다독이며 간절하게 매달리는 목소리로 말했다.

"차 한잔 마시자는데 왜 이래요?"

정 사장은 약간 위압적인 목소리로 퉁겨대며 더욱 거칠게 혜자의 손목을 잡아끌고 가로등 불빛이 푸른빛으로 출렁이는 큰길 모퉁이로 향했다. 혜자는 정 사장한테 끌려가서는 안 될 것 같았다. 주위를 둘러보았지만 어둠의 공간에서 움직이는 것이라고는 아무것도 없었다. 그녀는 위기에서 벗어나야 한다는 생각뿐이었다. 그녀는 차 한잔하자는 정 사장의 의도를 알고 있었다. 그녀는 두 다리에 힘을 모으며 온몸으로 버티기 시작했다. 그러자 정 사장은 잠시 걸음을 멈추더니 혜자의 손목을 비틀며 어둠 속으로 그녀를 찔러보았다. 혜자는 손목이 너무 아파 비명을 지르고 싶었지만 참았다.

"남편 팽개치고 집을 나온 주제에 뭐 잘났다고 빼는 거야? 찍소리 말고 따라오기나 해. 지금 이 세상에는 너 같은 여자들로 가득 차 있다는 거 몰라?"

이미 정 사장의 폭력적인 목소리는 정상이 아니었다. 그는 이성을 잃어버린 듯했다. 일식집에서 술을 마실 때의 예의 바른 그가 아니었다. 춤을 출 때 그에게서 느꼈던 포근함과 따뜻함 대신, 야만적인 폭력성만을 그대로 드러내 보였다. 순간 혜자는 두려움으로 온몸에서 피가 한꺼번에 빠져나가는 듯했다. 너처럼 나약하고 겁 많은 여자가 어떻게 이 험한 세상을 살아갈 수 있겠느냐며 비웃음 섞인 목소리로 퉁겨대던 남편의 말이 뇌리에서 맴돌았다.

"사장님, 사장님, 왜 이러세요. 제발, 놓아주세요."

혜자는 울먹이는 목소리로 다시 한번 다급하게 간청했다. 그러나 정 사장은 뼈가 으스러지도록 그녀의 손목을 비틀어 움켜잡은 채 개 끌듯 하였고 그녀는 끌려가지 않으려고 두 다리에 힘을 모으고 필사적으로 버둥댔다.

"이런 개 쌍년 봐라? 너 돈 필요 없어? 나는 너 같은 년들의 심리를 잘 안단 말야. 나는 너 같은 년들만 찾아서 잡아먹은 아엠에프 귀신이다 이거야. 네가 무능력한 남편을 버리고 집을 나온 건 나같이 능력 있는 남자를 만나기 위해서라는 걸 알아. 내가 오늘 밤에 능력 있는 남자가 어떤 건지 확실하게 보여줄 거니까 찍소리 말고 따라오기나 해. 이 개 쌍년아."

정 사장은 어둠이 삐걱거릴 정도로 큰소리로 고함을 지르더니 다짜고짜 혜자의 오른쪽 뺨을 후려치는 것이었다. 혜자는 순간 정 사장의 돌발적인 태도에 경악했다. 그것은 예기치 못한 사건이었다. 그녀는 아픔보다는 놀라움과 두려움으로 의식을 잃고 비틀거렸다. 심장의 박동이 뚝 멎어버린 듯했다. 미처 비명을 지를 겨를조차 없었다. 혜자는 지금까지 누구에게 단 한 번도 손찌검을 당해본 적도 없거니와 이처럼 절박하고 당혹스러운 위기에 처해본 일이 한 번도 없었기에 놀라움과 두려움이 더욱 컸다. 정 사장이 "네 이년 오늘 밤에 내 손에 한 번 뒈져봐라" 하고 계속 중얼대면서 갑작스럽게 혜자의 얼굴이고 머리에 마구 주먹을 가해왔다. 혜자는 두 손으로 얼굴을 감싸 쥐면서 길바닥에 주저앉고 말았다. 인적이 끊긴 밤길이라 누구에게 도움을 청할 수도 없었다. 정 사장은 발길질까지 했다. 허구리를 걷어차인 그녀는 신음과도 같은 외마디 비명을 질렀다. 정 사장은 길바닥에 쓰러져 비명을 지르고 있는 혜자의 머리카락을 휘어잡아 일으켜서는 다시 주먹질과 발길질을 퍼부어댔다.

혜자는 이대로 얻어맞고 있다가는 영락없이 죽을 것만 같았다. 계속 비명을 질렀지만 어둠 속에서 그녀를 도와줄 사람이 아무도 나타나지 않았다. 그때 후두두 빗방울이 떨어졌다. 빗방울이 몸에 떨어지는 순간 혜자는 정신이 번쩍 들었다. 그리고 도망쳐야 한다는 생각을 했다. 그녀는 두 팔로 정 사장의 왼쪽 가랑이를 힘껏 붙들고 괴성을 지르며 벌떡 일어섰다. 방심하고 있던 정 사장이 빗물로 축축해진 길바닥에 나자빠지고 말았다. 혜자는 자신의 순간적인 힘에 놀랐다. 그녀는 어깨에 메고 있던 숄더백으로 정 사장의 머리를 마구 후려쳤다. 구두를 벗어들고 뾰족한 구두굽으로 미친 듯 정 사장의 머리를 찍어대며, 나는 강한 여자다, 나는 엠병아리가 아니야 하고 비명처럼 소리를 질러댔다. 그녀는 길바닥에서 보도블록을 뜯어내 정 사장의 머리에 내려쳤다.

정 사장은 빗물이 고인 길바닥에 널브러진 채 미동도 하지 않았다. 죽었을지도 모른다는 생각이 들었다. 그때서야 그녀는 구두를 벗어든 채 빼꼼하게 불빛이 새어 나오고 있는 목욕탕 골목으로 뛰어 들어온 힘을 다해 도망쳤다. 숨이 멎을 정도로 한참을 뛰다 보니 가로등 불빛이 푸르게 가라앉은 큰길이 보였다. 그녀는 다시 큰길을 건너 전화 부스 안으로 몸을 숨겼다. 비에 흠씬 젖은 몸에서 전화 부스 바닥으로 빗물이 뚝뚝 떨어졌다. 숨이 가라앉자 오랫동안 물막이를 해두었던 봇물이 한꺼번에 터진 듯 설움이 목울대를 타고 격렬하게 뻗질러 올랐다. 그녀는 울음을 참기 위해 온몸을 부르르 떨며 어금니를 악물었다. 슬픔이 분노로 변했다. 그때서야 혜자는 조금 전, 정순이가 남편의 차에 오르면서 "내가 기회를 만들어 주었으니까 오늘 밤에 잘해봐"라고 했던 말뜻을 알아차린 것이었다. 그러나 혜자는 정순이에 대한 원망보다 남편에 대한 분노가 더 컸다.

"벼엉신, 머저리 밥통. 남자는 끝까지 자존심과 가족을 지켜야 하는 건데, 처자식 하나도 건사 못한 게 사내새끼야? 능력이라고는 담배씨만큼도 없는 모지리 밥통. 병신 머저리. 그러고도 내가 엠병아리 같은 여자라고?"

혜자는 분을 삭이기 위해 남편에게 욕을 퍼부어대며 전화 부스 바닥에 퍼지르고 앉은 채 다급하게 숄더백을 더듬었다. 얼어붙은 듯한 온몸이 흥건하게 녹으면서 목과 어깨, 그리고 허구리에 심한 통증이 엄습해왔다. 오른쪽 눈이 잘 보이지 않아 힘겹게 팔을 들어 올려 눈언저리를 쓸어보았더니 삶은 고구마처럼 뭉툭한 게 손에 잡혔다. 오른쪽 관자놀이 언저리가 욱신거리면서 축축한 게 흘러내렸다. 혜자는 부어오른 자신의 얼굴이 피투성이가 되어 있음을 알아차렸다. 통증과 함께 가물가물 졸음이 쏟아져 왔다. 그녀는 그 와중에서도 숄더백에 손을 넣고 무엇인가를 열심히 찾고 있었다. 결혼반지가 쉽게 손에 잡히지 않자 불안해지기 시작했다. 자신의 삶에서 가장 소중한 것을 잃어버리기라도 한 것처럼 가슴이 공허하게 무너져 내리는 것 같았다. 숄더백 안을 더듬는 손끝까지 떨렸다. 참담한 기분이었다. 참았던 울음의 봇물이 다시 터지려는 순간, 손끝에 금속성의 촉감을 느꼈다. 손가락에 잡힌 반지는 따뜻했다. 그녀는 반지를 꼬옥 쥐며 비로소 길게 안도의 날숨을 내뿜었다. 그때서야 팔딱거리던 마음이 가라앉으며 비에 젖은 어둠 속의 축축한 도로가 희미하게 눈에 들어왔다. 그녀는 이대로 주저앉아서는 안 된다는 생각을 하면서 두 손으로 무릎을 짚고 일어섰다. 그녀는 천천히 전화 부스에서 나가 끝이 보이지 않은 어둠의 터널 속을 걷기 시작했다. 일주일 전 집을 나올 때처럼 턱끝을 빳빳하게 쳐들고 도전적인 몸짓으로 당당하게 걸으면서, 그녀는 마침내 마음자리 한가운데에 불빛 같은 칼날을 세웠다. 후두두 후두두……. 푸른 칼날 위에 굵은 빗방울이 부서지고 있었다.

『문학사상』, 1999.3

문고리

"지발 덕분에 문고리 꼭 좀 사오그라잉. 무쇠서 통 잠을 못 자겠당께."

밤새 무겁도록 주황빛 커튼에 매달렸던 미명의 마지막 어둠이 허물을 벗을 때까지 기다렸다가 전화를 걸자, 어머니는 완연히 잠에서 깨어난 듯 칼칼하게 목소리를 세우고는, 방 문고리를 사올 것부터 거듭 다그쳤다.

"암턴, 오늘 엄니 모시러 갈 테니 준비하고 계세요."

나는 신경질적으로 말하고 동댕이치듯 수화기를 놓았다. 요즈막 어머니는 전화를 할 때마다 습관적으로 문고리를 사 오라고 성화였다. 그동안 방문 걸어 잠그지 않고도 혼자서 잘 살아온 어머니였는데, 갑작스레 노망이 들었는지 문고리 타령인가 싶어 짜증이 끓었다. 한 달 전 엔가도 장대비가 퍼붓던 날 밤에 혼자 사는 어머니가 걱정되어 거듭 자반뒤집기를 하다가 전화를 걸었더니 버릇처럼 문고리가 없어 무서워 죽겠다고 했다. 가진 것 없이 홀몸으로 애면글면 딸 하나를 키우면서도 무섬증이라고는 모르고 살아온 어머니였다. 그런 어머니가 74의 나이에 무엇이 그렇게 무섭다는 것인가.

"늙어갈수록 무섬증이 생기는 벱여. 젊었을 적에는 뵈이지 않았던 것도 눈에 선하게 밟히고, 잊어부렀던 것도 다시 아롱아롱 생각나고……."

언젠가 어머니가 전화기에 대고 실낱같은 한숨을 나지막하게 버무려

가며 혼잣말처럼 말했다.

"나이가 많으면 죽는 거밖에 무서울 게 뭐가 더 있겠어요?"

나도 모르게 엇나간 마음에 빈정거리자 어머니는 한동안 대꾸가 없었다. 그때, 나는 생각 없이 어깃장 놓듯 그렇게 뚜벅 퉁겨내고 나서 곧 후회했다.

나는 여느 때와 같이 혼자 덩그렇게 식탁에 앉아서 아침을 먹었다. 나는 언제나 혼자 밥을 먹고, 혼자 커피를 마시며, 혼자 음악을 듣고, 혼자 텔레비전을 보고, 혼자 괴로워하고, 혼자 울고, 혼자 슬퍼하고, 혼자 헛웃음치고, 혼자 새우처럼 웅크리고 잠을 잤다. 이제는 혼자 밥 먹는 것도 익숙해져 울컥 뻗질러 오르는 슬픔 따위에 음식이 목에 걸리는 일은 없었다. 그렇지만 아파트에 혼자 있다가 심장마비라도 일으켜 덜컥 죽게 된다면 어떻게 할까 하는 두려움에 사로잡히기도 한다. 나는 혼자 죽는 것이 제일 두렵다. 사실 낮이고 밤이고 혼자만이 질긴 시간의 무덤 속에 갇혀 있는 것은 죽음과 다를 바 없다. 나는 밤낮으로 깊은 잠에 빠진 채 삶과 죽음의 경계를 뚜렷하게 의식하지 못할 때가 종종 있다. 그럴 때면 죽음이 가까이 오고 있는 것처럼 느껴지기도 한다. 어쩌면 딸을 멀리 시집보낸 후 20년 이상 혼자 외롭게 사는 어머니도 나와 똑같은 두려움을 느끼고 있는 것인지도 모른다.

혼자 먹는 아침이었지만 여느 때와 같이 성찬을 마련했다. 절망하지 않기 위해서였다. 그러나 나를 위한 성찬은 아니다. 남편과 아이들이 좋아하는 음식을 장만해서 제사상을 차리듯 식탁 위에 잔뜩 늘어놓기라도 해야 살아 있다는 느낌이 들었다. 나는 아침을 먹으면서 역시 고향 집에서 나처럼 혼자 밥상을 대하고 있을 어머니를 떠올렸다. 어머니의 밥상은 언제나 부끄러울 정도로 초라했다. 신 김치나 멀건 시래기 국이면 충분했다.

　나는 기계적으로 밥알을 씹으면서 하늘 끝을 쳐다보듯 먼 시선으로 세 개의 빈 식탁 의자를 바라보았다. 내 옆은 딸의 자리였고 맞은편 의자는 남편과 아들 자리였다. 그러나 세 개의 식탁 의자에서 그들의 체온과 냄새는 사라진 지 이미 오래되었다. 이제는 그리움마저 슬픔이 되어 괴롭혔으며 그들 모습은 빛바랜 흑백사진처럼 희미한 환영으로 눈앞에 어른거릴 뿐이다.

　4년 전, 결혼 15년 만에 18평 낡은 연립주택에서 새로 지은 32평짜리 이 아파트로 이사를 오고, 태국에서 수입했다는 티크제 둥근 식탁과 등받이에 음각으로 연꽃이 조각된 네 개의 의자를 들여놓았을 때까지만 해도, 내 시선은 언제나 눈앞의 남편과 두 아이에 친친 묶여 있곤 했다. 그때가 행복했다. 32평의 새 아파트와 네 개의 식탁 의자는 내게 평화와 희망의 명징한 공간이었다. 그러나 의자가 하나씩 비기 시작하면서부터 내 시선은 차츰 빛을 잃고 허무하게 멀어져갔다.

　식탁 의자가 하나씩 비기 시작하자, 나는 몸을 떨어가며 차례대로 그것들을 베란다 창고 속에 처넣어버렸다. 네 식구가 오불오불 둘러앉아서 함께 밥을 먹었던 때의 기억조차 희미했다. 언제부터인가 식탁은 세 개의 의자로 충분했고, 다시 나 혼자 밥 먹을 때가 많아 두 의자를 채우는 날도 드물었다. 화가 난 나는 먼저 남편의 의자를 치웠고 두 번째는 아들의 것을, 그리고 세 번째는 딸의 의자를 치웠다. 한동안 나는 의자 하나만을 놓고 살았다. 최근에야 세 개의 의자를 창고에서 다시 꺼내 제자리에 놓았다. 그때야 나는 비로소 끼니를 찾아 밥을 먹게 되었다.

　나는 아침을 먹고 나서야 거실 커튼을 젖히고 베란다 창문을 훨쩍 열었다. 베란다 창문을 드밀고 들어온 아침 바람을 통해 나는 조심스럽게 세상과의 접촉을 시도한다. 현관문은 온종일 육중하게 잠겨져 있다. 나를 찾아오는 사람이 없는 터라, 외출할 때를 제외하고는 열리지 않는 날이 많다. 외출했다가 혼자 아파트에 들어서서 현관문을 열 때면, 쓸쓸한 바람이 사방에서 엄습해오면서 죽고 싶도록 외롭다. 그 때문에 나는 되도록 외출을 하지 않는다.

나는 여전히 멀고도 메마른 시선으로 창밖 너머 연분홍 치마를 휘두른 듯 산벚꽃으로 뒤덮여 희불그레하게 빛나는 야트막한 앞산을 바라보았다. 어느덧 절망의 흰 파편 같은 산벚꽃이 후루루 지고 있는 산에 초록빛이 물너울처럼 번지기 시작했다. 12층 아파트에서 내려다본 4월의 산은 슬프도록 아름다웠다. 4년 전 이 아파트로 이사 왔던 때도 산은 온통 산벚꽃으로 휘덮여 바람이 건듯 불기만 해도 꽃잎이 눈발처럼 날렸다. 중학교 3학년짜리 딸 지현은 꽃비가 내린다고 소리치며 베란다 창에 찰싹 달라붙어 있곤 했다.

"저 산벚꽃 말야, 많은 꽃송이가 어울릴수록 더 아름답다니까. 가족도 마찬가지야, 산벚꽃처럼 한데 어울려야 행복할 수 있거든."

이사 온 그해 차장으로 승진한 남편은 황톳빛 물소 통가죽 소파에 느긋하게 파묻히듯 앉아 커피를 홀짝거리다 말고 산벚꽃이 만발한 앞산을 바라보며 말했다. 남편의 그 말이 떠오르자, 가슴 밑바닥으로부터 절망감이 가슴앓이처럼 밀려오면서 슬픔과 분노가 후비질 하듯 온몸을 전율처럼 훑어 내렸다. 남편의 말마따나 벚꽃은 무더기로 어울림 해야 더욱 아름답다면 사람 역시 누군가와 함께 있어야 사람다워 보일 수 있지 않겠는가 싶었다. 그렇다면 나는 누구와 함께 있어야 아름다울 수 있겠는가. 지금

내 곁에 아무도 없음이 슬프도록 외로웠다.

앞산은 다음 해도 그 다음 해도 어김없이 산벚꽃으로 희붉게 물들이곤 했다. 그런데 산벚꽃을 세 번째 맞던 해 봄, 식탁 의자 하나가 자주 비게 되었다. 남편의 의자였다. 어느 날부터인가 남편이 갑자기 변하기 시작했다. 신경질이 많아지면서 넥타이와 와이셔츠며 외모에 신경을 쓰는가 싶더니 이 핑계 저 핑계로 외박이 잦아졌다. 지방 출장이라며 한 달이면 2, 3일씩 집을 비우기 일쑤였다. 남편의 외박이 잦아지면서부터 재수를 하고 있는 아들 영백까지 비뚤어지기 시작했다. 밤 12시가 넘어서야 도둑고양이처럼 들어와서는 내가 일어나기도 전에 슬그머니 나가곤 하더니, 어느 날 파출소에서 보호자를 찾는 전화가 걸려왔다. 영백이는 텔레비전에서 자주 보았던 범죄자처럼 감색 추리닝을 머리끝까지 뒤집어쓴 채 얼굴을 꾸겨 박고 있었다. 영백이는 친구들과 함께 학교 주변에서 그동안 상습적으로 학생들에게 폭력을 휘두르고 돈을 갈취했다고 했다. 나는 그 순간 12층 아파트가 와르르 무너지고 그 밑바닥에 깔린 채 꼼짝 못하고 숨을 헐떡이고 있는 것처럼 참담한 기분이었다. 목이 찢어지도록 통곡하고 싶었다. 믿고 기대했던 영백이의 배신은 절망을 넘어 분노로 변했다. 분노는 곧 강물과도 같은 거대한 슬픔을 몰고 왔다. 영백이가 경찰서로 넘겨지던 날 밤, 남편과 나는 불도 켜지 않은 채 어둠 속에 마주 앉아서 미친 듯 말로 서로를 난도질하며 싸웠다. 영백이가 그렇게 되기까지 무엇하고 있었느냐고 분노를 비수처럼 휘두르며 서로의 가슴에 아물 수 없는 상처를 냈다.

그 후 남편의 외박은 더욱 잦아졌으며 동료 여직원과 바람을 피운다는 소문이 내 귀에까지 들려왔다. 남편은 지금도 지방 순회 출장 중이라면서

5일째 집을 비우고 있다. 마지막까지 식탁에서 나와 마주 앉아 있었던 것은 지현이었다. 그러나 지현이마저 대학에 가는 것을 포기하고 PC방에서 아르바이트를 한다면서 자주 집을 비우기 시작했다. 지현이는 한 달 전 자유롭게 살겠다면서 가방을 싸들고 나가버렸다. 지금은 패스트푸드 점에 나다니며 방을 얻어 혼자 살고 있다. 어렵사리 딸을 찾아가 붙들고 울면서 집으로 가자고 매달려보았으나 매몰스럽게 거절당했다. 지현이는 "난 지금이 행복해"라는 말만 되풀이했다.

세 개의 의자가 비자, 한때 평화와 희망의 공간이었던 아파트는 나에게 끝없는 절망의 구덩이 속처럼 어둡고 답답하기만 했다. 깊숙한 블랙홀에 빠져 있는 것처럼 앞이 보이지 않게 되자 죽음만을 생각했다. 나는 32평의 쓸쓸한 빈 공간에 아이들 대신 어머니를 모셔오기로 했다.

영백이와 지현이가 그렇게 된 것은 내 탓이다. 대학에 들어가는 것만이 인생에서 성공할 수 있는 길이라고 생각한 나의 허황된 욕심이 그들을 망치게 만든 것이다. 처음 면회 갔을 때 영백이는 떠름한 웃음을 흘리며 "엄마 내 걱정 마. 차라리 마음이 평화로워"라는 말을 되뇌고 있었다. 행복하다거나, 차라리 마음이 평화롭다거나 하는 그들의 말이 인생을 포기했다는 소리로 들려 더욱 가슴이 미어졌다. 내 삶이 뿌리째 뽑혀져버린 듯 몸을 가누기조차 힘들었다.

어머니를 모시러 가기 위해 아파트를 나서려고 할 때 남편한테서 전화가 걸려왔다.

"여보, 벌써 산벚꽃 다 졌지? 나 말야, 예정보다, 사흘쯤 더 늦겠어."

남편은 띄엄띄엄 말을 잇더니 일방적으로 전화를 끊어버렸다. 전류를 타고 가느다랗게 흘러온 남편 숨소리가 뼛속까지 휘저어놓았다. 나는 수화기를 놓고 현관으로 나와 구두를 신다 말고 왈칵 울음이 쏟아지려는 것을 참느라 마른침을 거듭 삼켰다. 울음을 참기 위해 헛기침까지 하던 나는 아파트 현관문을 보면서 문득 어머니가 부탁한 문고리를 떠올렸다. 아파트가 열쇠 대신 비밀번호나 카드지문감식으로 바뀐 세상에, 아직 문고리라니 나도 모르게 피식 쓴웃음이 났다. 그런데 문고리를 어디서 산담. 슈퍼에는 없을 거고 철물점이나 대장간에 가야 할 텐데. 철물점은 어디에 있지? 나는 문고리를 살 일이 귀찮아졌다. 하기야 어머니를 우리 집으로 모셔올 텐데 문고리가 무슨 필요가 있겠는가.

엘리베이터를 타고 지하 주차장에서 내리자 베이지색 카디건을 걸친 1302호 남자가 돌기둥처럼 크고 단단한 모습으로 나를 기다리고 서 있었다. 그는 나를 대할 때마다 당당한 체격에 어울리지 않게 소년처럼 상큼한 미소를 흘리곤 했다.

"어디 멀리 가시는 모양이죠?"

그가 내 손의 작은 여행용 가방을 보고 서너 걸음 다가서며 울림이 좋은 목소리로 입을 열었다.

"강진 친정어머님한테요."

나는 되도록 형식적으로 간단히 대답하고 서둘러 자동차가 주차되어 있는 출구 쪽으로 걸어갔다. 그가 내 뒤를 따라왔다. 1302호 남자를 알게 된 것은 지난겨울 차를 빼다가, 새로 뽑은 그의 흰색 자동차 꽁무니를 들이받아 한 뼘 정도 긁힌 자국이 생긴 일 때문이었다. 배상을 해주겠다고 했는데도 한사코 마다하면서 정 미안하게 생각한다면 차 한 잔 사달라고 했다. 우리는 아파트 단지 건너편 2층에 있는 커피숍에 마주 앉게 되었고 그가 두 달 전에 우리 아파트 위층으로 이사를 왔다는 것을 알았다. 그는

3년 전 이혼을 하고 고등학생 딸과 살고 있다는 것과, 아파트 단지 모퉁이에서 헬스클럽을 운영하고 있다는 것을 말했다. 그 후 우리는 순전히 그의 요청으로 세 차례 더 만나 차를 마셨고 딱 한 번 저녁을 먹었을 뿐인데 크리스마스에 케이크와 장미를 보내왔다. 나는 그가 내게 특별한 호감을 갖고 접근해오고 있음을 알고 더 이상 만나지 않기 위해 애써 마음을 다잡고 있는 참이다.

"언제 오시죠?"

내가 자동차 문을 열고 허리를 구부렸을 때 그가 정중하게 물었다.

"가봐야 알겠어요."

나는 되도록 그를 보지 않으려고 애쓰면서 자동차에 키를 꽂고 돌렸다. 그가 뭐라고 말을 하고 있는 것 같았으나 차창이 내려져 있는데다가 엔진 소리 때문에 그의 목소리가 음습한 지하실의 넓은 허공으로 산산이 흩어져버려 알아들을 수 없었다. 나는 다만 그를 향해 목례를 해 보이며 주차장을 빠져나왔다. 웬일인지 그가 두려웠다.

잡념을 털어버리기 위해 라디오 버튼을 누르고 볼륨을 높였다. 이산가족 상봉 뉴스가 생중계되고 있었다. 북에서 온 68세 아들이 92세의 어머니를 만나 큰절을 올리고 있습니다. 6·25 때 행방불명으로 죽은 줄만 알았던 아들을 50년 만에 만난 어머니는 할 말을 잃고 눈물을 흘리며 늙은 아들의 얼굴만 쓰다듬고 있습니다. 아나운서의 목소리는 흥분해 떨고 있었다. 이산가족 상봉 뉴스가 남의 일 같지 않아 가슴이 싸하게 아려왔다. 51년 전에 자취를 감추어버린 아버지 때문인지도 몰랐다. 어머니 말로는 결혼 이듬해 여름, 그러니까 50년 7월 29일, 아버지는 몸을 피하고자 월출산으로 들어간 후 소식이 끊겼다고 했다. 시신이라도 찾기 위해 월출산을 다 뒤졌지만 흔적조차 찾을 수 없었다고 했다. 어머니는 어디서 무슨 소리를 들었는지 아버지가 인민의용군으로 끌려갔을지도 모른다고 했다.

어머니는 지금까지 아버지가 살아 있을 것이라고 믿고 있는 것 같았다. 한때 어머니는 아버지가 살아서 월출산을 헤매고 있을 것으로 생각했는지, 걸핏하면 산매山魅 들린 사람처럼 월출산을 쏘다니곤 했다. 어머니는 한여름 들에서 콩밭을 매거나 두엄을 내다가도 벌떡증이 일어나면 턱끝을 쳐들고 정신없이 월출산 경포대 골짜기나 무위사 뒷산 동백 숲으로 빨려 들어가곤 했다. 그런 어머니를 찾아 나 역시 수도 없이 월출산을 헤매야만 했다. 어머니는 얼굴과 손이 가시에 긁힌 몸으로 기진맥진해서 산속에 쓰러져 있기도 했다. 어떤 때는 두 팔을 벌려 무위사 선각대사 탑비의 돌거북 등을 끌어안은 채 얼굴을 박고 쓰러져 있는가 하면 대웅전 옆 월출산 산신각 앞에 엎드려 있기도 했다. 제발 이러지 말고 시집이나 가버려. 돌아오지 못할 아버지 기다리지 말고 시집이나 가라니까. 엄마 때문에 나까지 미치겠어. 엄마가 정신 못 차리면 내가 나가버릴 거야. 어머니를 부축해 집에 돌아오면서 나는 어머니의 상반신을 거칠게 흔들며 울부짖듯 소리치곤 했다.

나는 진심으로 어머니가 개가하기를 바랐다. 나의 그 같은 바람은 어머니보다는 나 자신을 위해서였는지 몰랐다. 아버지의 환상에 사로잡힌 채 운명에 순명하듯 살고 있는 어머니가 너무 불쌍해 보여서라기보다는 그런 어머니의 삶이 나까지도 어둡고 음울하게 만들었기 때문이었다. 그런 어머니 때문에 나는 단 하루도 어머니를 잊고 마음 편하게 친구들과 어울릴 수가 없었다.

어머니는 밤이 되면 문고리를 안으로 걸고 숟가락을 끼워 넣은 후에야 잠자리에 들곤 했다. 낮에 일을 나갈 때 밖의 문고리는 걸지도 않으면서도 밤만 되면 어김없이 문고리 단속을 했다. "문고리를 잠가놓으면 아부지가 어뜨케 들어오라고 그래?" 내가 초등학교에 다닐 때 뚜벅 묻자 어머니는 "이년아, 느그 아부지를 잘 맞기 위해서 그러는겨" 하면서 내 머리를 쥐어박았다. 지금 생각해보니 어머니의 그 문고리는 어머니 자신을 지키기 위한 최후의 방패였던 것 같다.

영백이를 낳고 친정에 갔을 때 문고리가 없어진 것을 발견한 나는 적이 놀랐다. 언젠가 문고리가 빠져 있어 다시 박아야겠다고 생각하고 방구석에 밀쳐놓았는데 찾아보니 없어졌다고 했다.

"인자는 보쌈을 해가도 모르게 징허게 잠이 잘 와야. 늙어서 그런갑다."

"아부지를 포기했기 때문이제? 인제 아부지가 살아서 돌아올 수 없다고 생각한 거제?"

다그쳐 묻자 어머니는 순간 놀란 얼굴로 연두색 배추벌레처럼 찔끔 몸을 움츠리는 것 같더니 게슴츠레 눈을 감고 잠깐 동안 생각에 잠겼을 뿐이었다. 나는 그 같은 반응으로 미루어 어머니가 문고리 없이도 깊은 잠을 잘 수 있다는 것은 이제 아버지를 완전히 포기했기 때문이라고 믿었다. 그 대신 온몸이 으스러지도록 억척스럽게 일을 했다. 낡은 몸뻬에 지게를 진 어머니의 모습은 여리기만 한 여자가 아니었다. 그런 어머니가 무척 안쓰러워 보였다. 차라리 문고리를 걸어 잠그고 나서야 잠을 이룰 수 있었던 때가 훨씬 어머니다워 보였던 것이다.

그 후로 어머니는 문고리를 걸지 않고도 깊은 잠을 잤다. 그러던 어머니가 왜 갑작스레 문고리 타령을 늘어놓는 것일까. 나는 어머니가 언제부터 무슨 연유로 무섬증이 되살아나게 된 것인지 알고 싶었다. 그게 언제부터였을까. 작년 이른 여름 무렵이었던가. 밤늦게 어머니한테서 전화가 걸려왔다. "우리 대통령이 이북에 가서 김일성 아들을 만나갖고, 거 머시냐, 육이오 때 헤어진 이산가족을 만나게코롬 했담서야. 말 들은께 육이오 때 행방불명되얐던 사람덜이 이북에 살고 있다고 허는듸⋯⋯." 어머니는 차마 아버지 말은 꺼내지 않았다. 약간 흥분된 목소리였다. 그러고 보니 그 후로 문고리 타령이 시작된 듯싶었다.

출발할 때까지만 해도 하늘이 거무죽죽하게 가라앉아 있었는데 한낮이 되면서부터 낮은 구름이 서서히 걷히면서 햇살이 산벚꽃처럼 화사하게 퍼지기 시작했다. 나주를 거치고 영산포를 지나, 신북에서 모퉁이 하나를 감고 돌자 월출산이 하늘 끝자락에 덩싯 떠올랐다. 철갑을 에두른 듯 암석으로 덮인 월출산은 4월 한낮의 햇살을 온몸에 받아 갈백색으로 빛났다.

젊어서 어머니는 온종일 고목처럼 앉거나 서서 월출산을 바라보며 살았다. 그것은 아버지에 대한 간절한 그리움과 애타는 기다림이라는 것을 나는 오래전에 알았다.

"어쩔 때는 월출산이 꼭 느그 아부지맹키로 징허게 몰강시러워 뵈인당께. 그라고 수시로 월출산 색깔이 변해야. 찬찬히 보니께 아홉 가지로 변허는 날도 있드만. 그럴 때는 꼭 내 맘 같드랑께. 에미도 살 것인가 죽을 것인가 하루에도 여러 번 맴이 오락가락했으니께."

그러면서 어머니는 하루에도 여러 차례 변한다는 월출산의 색깔에 대해서 어눌한 말투로 땀직땀직 말을 이었다. 월출산은 늦은 가을 하늘이 맑은 날, 해 뜨기 전 이슬아침에 여러 가지 색깔을 골고루 드러낸다고 했다. 산꼭대기의 거무스름하기도 하고 희백색이나 짙은 갈색의 바위 색깔이며, 중턱 아래 잡목 숲의 야청빛과 갈매나무 열매와 같은 심록색, 산벚꽃나무와 옻나무 등이 들어찬 야산 쪽의 주황색깔이 그렇다. 또 해가 떠오르면 바위에 햇살이 잘게 부서지면서 산은 온통 희부옇게 출렁이고, 해가 천왕봉 정수리에 살포시 얹힐 무렵이면 산은 다시 엷은 갈색과 회색으로 변한다. 해질 무렵 서쪽 하늘에 노을이 타오르면 바위고 나무들이고 팥죽색깔이 된다.

"노을이 꼴까닥 사그라지고 칙칙한 산 그리메가 깔리기 직전에 월출산 품안에 들어앉어 있는 바우나 나무 풀잎사구, 바우에 핀 이끼 하나꺼정도 저저끔 지 색깔을 확실허게 보여주고 있어야. 사람도 목심 거두기 직전에 본 모습을 보여준다는디…… 사람이나 산이나 마찬가진개벼야."

어머니는 월출산의 색깔에 대해 계속 이야기했다. 비 오는 날의 월출산은 가는 빗줄기 사이로 오히려 더욱 선명한 자태를 드러낸다. 그리고 비가 그치면 온 산의 바위가 흑갈색을 띠고 그 위의 물 머금은 바위옷은 짙은 초록빛으로 선명하게 빛난다. 이 외에도 월출산은 구름에 휘감길 때나 안개에 스칠 때도 다른 모습이 된다.

덕진을 지나 영암에 가까워지자 월출산은 갑자기 몸을 부풀려 하늘로 치솟은 것처럼 우람한 자태를 한꺼번에 드러내며 한눈에 들어왔다. 영암 입구에서 출렁이는 눈빛으로 바라본 월출산은 하늘의 금관처럼 존엄해 보여 함부로 범접할 수 없을 것 같았다. 오랜만에 다시 본 월출산이 내게는 약간 두려운 존재로 다가왔다. 월출산을 다시 본 것이 몇 년 만인가. 그러고 보니 지금의 새 아파트로 이사 오던 해 여름, 가족과 함께 피서 겸 다녀간 후 처음인 것 같다. 그만큼 오랫동안 어머니를 망각하며 살아온 것이다.

　나는 월출산을 오른쪽으로 천천히 비껴 젖히며 산벚꽃을 가까이 보기 위해 일부러 터널을 피해 구도로를 타고 불티재를 추어 올랐다. 길 양편의 산자락에는 산벚꽃이 멍울멍울 피어오르고 있었다. 산벚꽃을 보자 문득 아이들과 남편 얼굴이 떠올랐다. 꽃잎이 두 아이 얼굴로 보이면서 습관적으로 울음이 쏟아지려고 했다. 불티재를 넘으면 강진 땅이다. 차창문을 연 채 불티재를 넘은 나는 경포대 입구 월남리 앞에서 잠시 자동차를 세웠다. 월출산의 뒤쪽은 영암 쪽에서 바라본 것과 또 다른 모습이다. 월남사 터에서 보는 월출산 산정은 바위에 먹줄을 쳐서 자귀로 깎고 끌로 쫀 다음 대패로 밀어 다듬어놓은 듯한 기암괴석이 하늘 닿게 층층이 치솟아 있고 뒷자락은 넓고 펑퍼짐한 것이 한껏 여유로워 여러 개의 골짜기와 야트막한 구릉을 이루었다. 월출산은 경포대 입구 월남사 터에서 바라보는 모습이 가장 장관이다. 자동차에서 내린 나는 턱끝을 쳐들어 월출산을 바라보다 말고 나 자신도 모르게, 아버지 하고 마음속으로 외쳐 불렀다.

　우리 집은 무위사 입구 운천저수지 안 마을 첫 들머리 대밭 모퉁이에 있다. 대밭이 가까운 터라 나는 밤낮으로 귀가 먹먹하도록 온갖 새소리를 듣고 자랐다. 대밭 부근에는 참새 외에도 지빠귀, 방울새, 박새, 멧새, 까치, 까마귀 등이 바글거렸고 밤에는 뒷산에서 부엉이가 내려와 낭자하게 울어댔다. 늦가을 해질 무렵에는 온통 대밭이 갈까마귀 떼로 검게 묻히곤 했다. 우물 옆에는 큰 홍매화나무가 있어 4월이면 몸살 나도록 고혹적인 진홍색 꽃을 피웠다. 내 몸에 초경이 있던 날 어머니는 톱으로 흐무러지게 꽃이 핀 홍매화나무 밑동을 베어버렸다. 어머니는 "여자들만 사는 집

구석에 기생꽃이 피면 사나그덜 눈이 뒤집히는 겨"라고 했다. 어머니는 꽃이 아름답지만 열매를 맺지 못하는 홍매화를 기생꽃이라고 불렀다. 어머니 영향으로 남자에 대한 결벽증이 심했던 나는 혼기가 차도록 남자 한 명 사귀지 못했다. 결국 서른이 넘어서야 파전 무렵의 팔다 남은 딸이처럼 떠밀리듯 사고무친의 고아원 출신 남편에게 시집을 갔다.

어머니는 내가 집 앞으로 차를 몰고 바짝 들어가자 쑥색 몸뻬에 철 지난 밤색 스웨터 차림으로 대밭 모퉁이에서 휘적휘적 내려오고 있었다. 어머니는 분명 내 전화를 받고 딸이 좋아하는 쑥부쟁이 나물을 뜯기 위해, 무위사에서 큰길로 뻗은 신작로가 한눈에 내려다보이는 언덕배기에 올라가 눈이 빠지게 운천저수지 쪽을 지켜보고 있었을 것이다. 나는 차에서 내려 어머니가 가까이 오기를 기다리고 서 있었다. 끝없는 사막을 건너온 낙타처럼 지치고 늙어버린 어머니는 전보다 허리가 더 휘고 걸음걸이도 한껏 더디어진 것 같았다.

"문고리 사 왔냐?"

오랜만에 딸을 대한 어머니는 집 안에 들어서기도 전에 생뚱맞게 문고리부터 물었다. 얼굴 가득 저승꽃이 핀 어머니의 얼굴을 보고 울적해졌던 나는 금세 기분이 납작해졌다. 영백이와 지현이 소식부터 물으면서 살갑게 대해주면 얼마나 좋을까. 어머니는 언제나 그런 식이다. 나를 대하면 말투부터가 툭박졌고 아무것도 아닌 일에 까탈을 부리기 일쑤였다. 어머니의 그 같은 태도에 물벼락 뒤집어쓴 것처럼 정나미가 뚝 떨어질 때가 많았다. 어머니의 강한 다그침에 오갈 든 나는 아무 말도 할 수가 없었다. 녹슨 양철 대문과 방문은 훨쩍 열려 있었다. 나는 손가방을 동굴처럼 어두컴컴한 방 안에 팽개치듯 던지고 마루 끝에 앉아 얼핏 문고리가 없는 방문을 보았다. 창호지 색이 누르무레하게 바랜 외짝 문에는 문고리 대신 손때로 새까매진 손잡이 노끈이 묶여져 있었다.

어머니는 시집와서 50여 년 동안, 너무 오래되어 문살이 어긋나고 버그러진 이 문 하나만을 여닫으며 살아왔다. 이 문짝 하나에 몸과 마음을 의지하고 외로움과 고통을 참고 견디며 살아왔을 어머니. 그런 어머니의 삶은 얼마나 건조하고 단조로운가. 그러나, 지문 감식기에 의해 굳게 잠겨 있는 아파트 현관문이 두 아이를 가두는 철책이었다면 문고리마저 빠져나간 외짝 문은 어머니에게 유일한 그리움과 사랑의 통로가 아닌가. 견고하면서도 조금은 화려한 아파트 문은 두 아이에게는 탈출을 위한 마지막 출구였는지도 모른다. 그런가 하면 어머니의 초라하고 오래된 문 또한 열려 있으면서도 어머니에게는 자유롭게 출입하는 것을 허용하지 않았다. 어머니는 문이 열려 있는데도 월출산을 벗어날 수 없었다. 내가 어머니를 모셔가기로 한 것도 따지고 보면 어머니를 자유롭게 해주기 위해서인지도 모른다. 어머니의 자유로움이 결국 나를 자유롭게 할 수 있으니까. 그 생각을 하는 순간 내 머릿속에서 비밀번호에 의해 잠겨진 견고한 아파트 문과 문고리가 빠져나간 외짝 문은 하나로 겹쳐졌다.

나는 마당 안을 휘둘러보며 어머니의 흔적들을 눈여겨보았다. 봄인데도 앞마당에는 여전히 화초 한 잎 보이지 않았다. 나는 부엌 안으로 들어가 보았다. 유리도 없는 낡은 찬장 안에는 아버지 밥그릇이었다는 놋주발과 대접, 보시기, 내가 가져다준 찻잔과 종지며 크고 작은 접시들이 정갈하게 정리되어 있었고 살강에는 사기 밥그릇이며 국그릇이 엎어져 있었다. 다른 것은 몰라도 아버지 놋주발과 대접 외에 숟가락은 가지고 가야 할 것 같았다.

부엌에서 나온 나는 다시 헛청으로 들어갔다. 허물어진 벽을 뚫고 한줄기 봄 햇살이 폭포처럼 쏟아져 들어와 헛청은 그렇게 어둡지 않았다. 멍석이며 멱둥구미, 망태기, 짚, 소쿠리 등이 아무렇게나 처박힌 더그매는 거미줄이 몇 겹으로 엉겨 붙었고 지게며 삼태기, 도리깨, 오쟁이, 똥장군 등이 어지럽게 나뒹굴고 있는 한쪽 구석에는 쇠스랑이며 삽, 괭이, 호미 등 농기구들이 널브러져 있었다. 나는 다시 참담해진 기분으로 덕지덕지 녹이 슨 농기구들을 내려다보았다. 지게에 벼 가마니를 지고 끙끙대며 마당 안으로 들어서는 어머니 모습이 떠올랐다. 그 무렵에 농기구들은 하나같이 칼날처럼 번쩍였다. 어머니는 호미나 괭이에 녹슬 새도 없이 뼈가 으스러지도록 땅을 팠다.

타박타박 걷기 시작했을 그 무렵, 나는 방 안에 갇혀 있는 날이 많았다. 어머니가 방문을 걸어 잠그고 품팔이 일을 나가는 날이면 나는 온종일 방 안에 갇힌 채 더러운 걸레를 질겅질겅 씹으며 어머니를 기다렸다. 울다가 울다가 잠이 들었다 깨어나면 더 배가 고파서 걸레라도 씹어야만 혼자 있음의 무서움을 견뎌낼 수 있었다. 나의 걸레 씹는 버릇은 그 후로도 한동안 없어지지 않았다. 나는 중학교에 들어가기 전까지만 해도 혼자 집에 있을 때면 나도 모르게 걸레를 씹곤 했다.

나는 날이 붉도록 녹이 슨 호미 한 자루를 집어 들고 헛청에서 나왔다.

"뜬금없이 호맹이는 왜?"

"가져갈려구요."

"콩밭 매러 갈래?"

어머니의 빈정거리는 말에 나는 피식 웃었다. 언젠가 내가 공부하기 싫어 죽겠다고 하자, 어머니는 이 세상에서 제일 하기 싫은 것은 6월 염천에 콩밭 매는 일이라고 했던 기억이 났다.

"호강시런 소리 말어 썩을 년아, 푹푹 찌는 한여름에 콩밭에 한나절만 앙거 있어봐라. 땡볕은 이글거리제, 땅에서 뜨거운 짐은 푹푹 솟제, 땀은 비 오듯 허제, 목은 활활 타제, 허리는 끊어질라고 허제, 악 쓰시로 애기를 낳고 말제 콩밭은 못 매야."

어머니는 그렇게, 평생을 한여름 땡볕 속에서 콩밭 매듯 살아왔다. 어머니는 어쩌면 외로움과 그리움을 이겨내기 위해서 오기를 부리듯 일을 무서워하지 않고 살아왔을지도 모른다.

"냉큼 문고리나 줘. 당장 오늘 저녁부텀 문고리 걸고 자야 씨겄다."

"안 사왔어요."

"뭣이 어째?"

"우리 집으로 가실 텐데 문고리가 왜 필요해요."

"느그 집에 안 갈겨."

어머니는 예기치 않게 화를 냈다. 어머니는 화가 가라앉지 않은 듯 저녁을 먹고 나서도 한마디도 말을 걸어오지 않았다. 밥상을 치우자 어머니는 등을 돌린 채 텔레비전 앞에 앉아 있었다. 드라마가 끝나고 뉴스가 시작되었다. 의용군에 끌려가서 소식이 끊겼던 남편이 51년 만에 남쪽의 아내와 아들을 만나는 장면이 화면에 나오자 어머니는 텔레비전 앞으로 바짝 다가앉으며 거듭 마른침을 삼키더니 이내 눈시울을 붉혔다.

"오메 오메, 살아 있었구만잉."

해녀들 숨비소리처럼 가슴 저미는 어머니의 긴 한숨이 듣기 싫어진 나는 텔레비전에서 시선을 거두고 윗목의 반닫이 빼랍을 열었다. 어머니가 시집올 때 해왔다는 오동나무 반닫이 맨 아래 칸에는 세 벌의 한복이 차곡차곡 들어 있었다. 바닥에는 시집올 때 입은 노랑 저고리에 연분홍 치마 한 벌이, 그 다음에는 내가 시집갈 때 해 입은 옥색 치마저고리가, 맨 위에는 회갑 때 해준 연두색 치마저고리와 가지색 두루마기가 들어 있었다. 모두 새 옷 그대로였다. 나는 한 벌 한 벌 꺼내 방바닥에 놓고 나서 얼핏 고개를 돌려 어머니를 보았다. 이산가족 뉴스가 끝났는지 어머니는 손등으로 연신 눈물을 훔치고 있었다.

"새 옷 그대로구만. 진작 입으실 것이지 왜 안 입고 쳐 쟁여놓았어. 유행 지나서 이제 못 입겠네."

나는 짜증스런 목소리로 내질렀다.

"호강시런 소리 허고 자뿌라졌네. 내 생전에 새 옷 입을 날이 메칠이나 있었다고 시덥잖은 소리여. 시집와서 이날꺼정 좋은 날이 메칠이나 있었다고."

어머니가 시울이 크렁하게 젖은 비탄의 눈으로 나를 흘낏 돌아보며 푸념처럼 말했다. 어머니의 그 말이 가시가 되어 심장을 후비듯 가슴이 따끔거렸다. 내 기억에 어머니가 게염나게 새 옷을 차려 입고 꽃단장 해 본 적이 몇 번이나 있었던가. 딸 졸업식과 큰집 오빠와 두 언니 결혼식, 그리고 내가 시집가던 날과 당신의 환갑, 진갑 잔칫날 말고는 언제나 낡아빠진 스웨터와 휘주근한 쑥색 몸빼 차림이 아니었던가. 어머니가 시집와서 비단옷을 차려입은 날은 기껏 열흘도 못 될 것 같았다. 어머니의 삶은 세 벌의 비단옷과 여남은 번의 꽃단장이 전부란 말인가.

"우리 집에 갈 때 연두색 치마저고리 입는 것이 좋겠네."

나는 방바닥에 벌여놓은 세 벌의 비단옷을 가지런히 개켜 반닫이에 차곡차곡 넣으며 말했다.

"안 간당께."

나는 향해 돌아앉아 정색을 하고 말하는 어머니의 태도는 의외로 단호했다.

"어머니 왜 그래?"

어머니는 애잔한 눈빛으로 한참 동안 나를 안타까이 쓸어보더니 앉은걸음으로 다가와 말 대신 서너 차례 어깨를 토닥거려주었다. 작고 앙상한 어머니의 손은 오랫동안 내 등에 머물러 있었다. 어려서 잠들기 전 어머니의 젖가슴을 움켜쥐었을 때처럼 마음이 푸근해졌다. 나는 기분이 울컥해져 더 이상 어머니의 얼굴을 마주 보고 앉아 있을 수가 없어서 벌떡 일어나 이부자리를 깔았다. 내가 잠자리를 보는 동안 어머니는 문고리 대신에 방문 손잡이 노끈을 배목에 걸고 다시 비녀목 대신 손가락을 묶었다. 어머니는 그렇게라도 해야 안심이 되는 모양이었다.

"그런데 왜 갑자기 문고리가 없어 못 주무시겠다는 거예요?"

"꼭 누가 올 것만 같어."

"저승사자가 어머니 데리러?"

"느그 아부지가 나를 데리러 올까 무섭다."

"살아서 돌아온다면 왜 무서워요?"

"오십 년 만에 만나는디 안 무섭겠냐? 시푸런 시물세 살에 헤어져서 쪼그라진 일흔넷에 만나는디 겁나게 무섭제잉."

"아직도 아부지 못 잊고 있구만."

"실은 느그 아부지 얼굴 폴째 잊어부렀다. 무장 무장 생각이 더 안 나야. 얼굴 생각해낼라고 헌다치면 월출산만 덩실허게 떠오른당께."

"나는 얼굴도 모르니 얼마나 답답하겠어. 나는 아무것도 떠오르지 않아."

"얼굴 잊어부린 거는 죽은 거보담 더 무서운겨."

"그러니까 아부지 잊고 그냥 우리 집으로 가."

"월출산이 저그 있는디 어찌코롬 가야. 에미는 시방도 월출산만 보면 느그 아부지 본 거맹키로 가슴이 벌렁거린단다. 애미헌티는 월출산이 느그 아부지여. 월출산이 느그 아부지라면 나는 월출산 할미꽃이고."

나는 더 할 말이 없었다. 어머니와 나는 나란히 누웠다. 어머니 말마따나 얼굴 잊는 것은 죽음과도 같은 것일지도 몰랐다. 잊을 수도 없고 잊히지도 않는 얼굴을 가슴에 품고 사는 것만도 행복으로 알아야 하지 않겠는가 싶었다. 어쩌면 삶이란 그리운 얼굴 잊지 않기 위해 몸부림치는 것인지도 모른다는 생각이 들었다. 그리고 잊히지 않은 얼굴들과 더불어 오늘의 내 삶이 가능하리라는 믿음이 생겼다.

늦은 봄 고향의 밤은 소름이 돋도록 적막했다. 마을의 개 짖는 소리도 들리지 않았고 어릴 적 나를 괴롭혔던 대밭의 새들도 어디로 날아가 버렸는지 울지 않았다. 잠을 못 이루고 뒤척이는데 갑자기 집 안 어디에선가 뚝딱뚝딱 삭정이 부서지는 듯한 소리가 났다. 나는 깜짝 놀라 일어나 앉았다.

"집이 너무 오래되야서 삐그덕거림시로 한쪽으로 기울어져가는 소리여. 밤에 누워 있으면 문이 저절로 소리도 없이 열리는 날도 있어야. 그때는 참말로 무섭단다. 이 집 무너지기 전에 내가 먼첨 죽어야 쓸 것인듸……."

어머니의 말에 나는 다시 허물어지듯 자리에 누웠다. 크지도 화려하지도 않은 작은 꿈 하나를 위해 몸 바쳐 살아왔던 지나온 시간들이 너무 허무했다. 수년 동안 공들여 가까스로 잡은 파랑새를 놓쳐버린 기분이었다. 숨 돌릴 만큼 생활에 여유가 생기자 믿었던 남편이 남자 특유의 거만한 몸짓으로 변하기 시작하더니 가정에서 차츰 멀어져갔는가 하면 두 아이마저 손가락 사이로 빠져나가 버렸다. 지금 그들은 더 이상 내 희망의 대상이 되지 못했다. 가족의 행복만을 위해 자신을 돌보지 않고 앞만 보고 달리듯 살아오는 동안 모든 꿈을 잃어버리고 만 것이다. 회한의 눈물은 그칠 줄 모르고 하염없이 흘러 베갯잇을 적셨다.

"울어싸면 병 생긴다. 그만 자그라."

몸을 뒤척이며 나지막하게 말하는 어머니의 목소리도 촉촉하게 젖었다.

"엄니, 죽고 싶어. 나 헛살았어. 혼자 내버려두면 언제 죽어버릴지 몰라."

"에미도 살아왔어. 죽을힘으로 살아있는 느그 새끼들이나 힘껏 보듬어줘."

어머니는 큰 소리로 나무랐다.

"우리 영백이 지현이 어쩌까."

나는 가슴 밑바닥으로부터 분수처럼 뻗쳐오르는 절망감을 감당하지 못해 두 손바닥에 힘을 주어 얼굴을 감싸 안고 깊숙하게 엎드렸다. 어머니가 내 등을 다시 토닥거렸다. 어머니의 손바닥이 까끌까끌하게 느껴졌다. 나는 몸을 돌려 어머니 품에 얼굴을 묻었다. 울음을 그칠 수가 없었다. 애잔한 덧정이 뭉클 솟구쳐 나를 끌어안은 어머니도 끝내 울음을 참지 못하고 흐느끼기 시작했다. 모녀는 오랫동안 부둥켜안은 채 소리 내어 울었다.

핸드백에 넣어둔 휴대전화의 멜로디가 울린 것은 조금 후였다. 뜻밖에도 1302호 남자의 목소리임을 안 나는 당혹감과 함께 얼굴이 화끈 달아올랐다. 그는 밤에 호남고속도로를 달려 방금 광주에 도착했다면서 날이 밝는 대로 영암 도갑사나 강진 다산초당에서 만났으면 했다.

"이 환장하게 찬란한 봄날을 그냥 보낼 수는 없지 않아요?"

1302호 남자의 목소리에서는 그가 좋아한다는 로제와인 냄새가 확 풍겼다.

"뉘겨? 박 서방이냐?"

남자 전화라는 것을 눈치 챈 어머니가 벌떡 일어나다가 앉으며 다그치듯 물었다. 나는 무겁게 고개를 가로저었다. 밤늦게 외간 남자한테서 전화라니, 어머니는 나를 의심하고 있음이 분명했다. 나는 그냥 조금 아는 사람이라고 얼버무렸다. 어머니는 아무래도 마음이 놓이지 않은 듯 오랫동안 자리에 눕지 않고 거푸 마른침을 삼키며 어둠 속에 꼿꼿하게 앉아 있었다.

아침에 일어나보니 어머니가 보이지 않았다. 작별인사를 하려고 이웃에 가셨겠거니 했는데 해가 덩싯 떠오른 후까지도 돌아오지 않았다. 도대체 어머니는 어디로 사라진 것일까. 월출산을 쏘다니는 병이 다시 도진 것일까. 아니면 딸네 집에 가지 않으려고 미리 피해버린 것일까.

나는 마지막으로 집 안 구석구석을 둘러보았다. 어머니의 방에 들어가, 내가 살아온 역사를 한눈에 볼 수 있는 사진들로 가득 메워진, 낡고 오래된 액자를 뜯어 보자기에 싼 다음, 부엌 찬장에서 아버지의 놋그릇을 챙겼다.

헛청의 녹슬거나 거미줄에 엉킨 농기구들도 눈여겨 보아두고 마당으로 나왔다. 집 안의 모든 것이 내 자신의 한 부분인 것처럼 가깝게 다가왔다. 그런데도 오랫동안 소중한 것들을 잊고 살아온 자신이 부끄러웠다. 나는 어느 것 하나 자신의 존재와 무관하지 않다는 것을 절감할 수 있었다. 그것들은 어머니의 흔적일 뿐 아니라 나의 흔적이기도 했다.

그사이 1302호 남자한테서 여러 차례 전화가 왔다. 아침에는 영암에 도착했다는 전화였고 그로부터 한 시간쯤 후에는 강진에 와 있다고 알려왔으며 정오쯤에는 다산초당이라고 했다. 나는 가져갈 것들을 챙겨 자동차에 넣어두고 나서 어머니가 돌아오시기만을 기다렸다.

어머니는 해가 설핏해서야 허위허위 가쁜 숨 몰아쉬며 집에 들어오더니 수도꼭지를 틀고 손바닥에 찬물을 받아 벌컥벌컥 마셨다. 나는 마루 끝에 앉은 채 토라진 시선으로 어머니를 냉랭하게 바라보았다. 냉수를 마시고 숨을 고른 후 어머니는 몸뻬 허리춤에서 배목에 사슬까지 달린 문고리 두 쌍을 꺼내더니 내 눈 앞에 대고 짤랑짤랑 흔들어 보였다.

"솔찬이 무겁다야."

어머니는 문고리를 사기 위해 읍내까지 갔다 온 모양이었다.

"한 개는 늬 몫인께 갖고 가. 맘속 단단히 붙들어 걸어 잠그고 단속 잘허란 말여. 맴이 허할수록 독해야 쓴다. 아파트에 살아도 문고리는 간직혀."

문고리 한 쌍을 마루에 던진 어머니는 광으로 들어가 망치를 가지고 나오더니 내게 문짝을 붙들라고 하고 문고리를 박기 시작했다. 어머니의 어디에 그런 힘이 있는지 망치질 소리가 허공으로 멀리 날아가 월출산을 쩡쩡 울렸다. 문짝을 세운 채 문고리를 박는 일은 받치는 힘이 약한 탓으로 생각보다 그리 간단하지 않았다. 어머니는 땀을 뻘뻘 흘려가며 문고리를 박고 나서 방으로 들어가더니 밖으로 나오지 않았다. 나는 바깥 문고리 대신 문살에 묶인 손잡이를 힘껏 잡아당겼으나 안으로 잠긴 방문은 열리지 않았다. 나는 거듭 어머니를 부르며 거칠게 손잡이를 잡아당겼다. 그러나 비녀목에 숟가락이 꽂힌 방문은 끝내 열리지 않았다. 잠시 월출산을 바라보며 숨을 돌이켰다가 다시 손잡이를 잡아당겼다. 여전히 방문은 열리지 않았다.

방문 여는 것을 포기한 나는 어머니가 내게 간직하라며 마루에 던져놓은 문고리를 집어 들었다. 무겁지도 가볍지도 않았다. 무거운 듯 가벼웠고 가벼운 듯 무거웠다. 그 무게가 어머니의 짓눌린 삶처럼 느껴졌다. 문고리는 어머니의 곤곤한 삶을 지탱해준 버팀목일지도 몰랐다. 그렇다면 나에게 이 문고리는 무엇이란 말인가. 왜 어머니는 내게 문고리를 간직하라는 것인가. 나의 문고리는 비녀목이 달린 쇠붙이가 아니라 나 자신을 일으켜 세울 수 있는 힘이라고 생각했다. 나 혼자 쓰러져 있을 때 아무도 내 손을 잡아주지 않았다. 내가 필요할 때 남편과 아이들은 내 곁에 있지 않았다. 내가 나 자신을 일으켜 세우고 지킬 수 있는 것은 오직 스스로 일어서는 힘뿐이라는 것을 깨달았다. 그렇다고 어머니가 내게 준 문고리를 던져버릴 수는 없었다. 나는 오랫동안 문고리를 들고 있다가 재킷 호주머니에 깊숙이 넣고 만지작거렸다. 금속성의 문고리는 금세 어머니의 체온처럼 따뜻해졌다. 문고리를 내게 준 어머니의 깊은 마음을 알 수 있을 것도 같았다.

　나는 목이 말라 문고리를 손에 든 채 수도꼭지가 있는 우물터 쪽으로 가서 허리를 구부렸다. 그때 나는 돌담 옆에 서너 뼘이나 되는 가녀린 가지에 진홍색 홍매화가 멍울멍울 피어 있는 것을 발견하고 탄성을 질렀다. 옛날 어머니가 잘라버렸던 홍매화 고목 밑동에서 새 가지 하나가 어머니 몰래 살며시 돋아나 활짝 꽃을 피워낸 것이다. 나는 그렇게 한참이나 쪼그리고 앉아 내 초경의 빛깔처럼 붉디붉은 홍매화를 들여다보았다. 홍매화의 빛깔과 향기가 쩌릿쩌릿 내 몸 속으로 파고드는 것 같았다. 순간 나는 술에 취한 듯 충동적으로 남자가 그리워졌다. 그때 재킷 주머니 속에서 휴대폰이 다급하게 울렸다. 1302호 남자의 전화일 것이다. 전화벨 소리가 계속 울려 재킷 속으로 손을 넣었다. 휴대폰 대신 문고리가 손에 잡혔다. 나는 전화벨 소리가 끝나기를 기다렸다가 휴대폰을 꺼내 들고 폴더를 열었다. 나도 내 문고리를 간직하기 위해서 남편을 만나 해결할 것이 있을 것 같았다. 나는 남편에게 전화를 걸었다. 남편이 집을 나간 후 내쪽에서 먼저 전화하기는 처음이다.

"만나야겠어요. 수요일 영백이 면회 가기로 했으니 그 전에 연락 주세요." 부재중이어서 메시지를 남겼다. 이유도 없이 또 습관적으로 울컥 울음이 복받쳤다. 어느새 월출산의 거대한 산그림자가 달음질치듯 마을 쪽으로 기어 내려오면서 산색이 암녹색으로 서서히 변하고 있었다. 산 그림자에 묻힌 집 앞 산자락의 산벚꽃이 유난히 아름다워 보였다.

『문예중앙』, 2001.봄

늙으신 어머니의 향기

아파트 현관문을 따고 들어서자 어머니 냄새가 포연처럼 훅 기습해 왔다. 나는 역겨움 때문에 자신도 모르게 표정이 납작하게 일그러졌다. 냄새는 순식간에 공격하듯 온몸에 달라붙었다. 어머니의 냄새는 너무도 강렬해서 질식할 것만 같았다. 내가 회사에서 돌아올 때마다, 기다렸다는 듯이 나를 맞는 것은 언제나 아내가 아닌, 어머니의 냄새였다. 아내는 어머니 냄새 때문에 잠시도 집에 붙어 있으려고 하지 않았다. 아내는 일주일째 집에 돌아오지 않았다. 이혼하고 혼자 사는 언니가 아파서 병구완을 해야 하기 때문이라고 하지만 그것은 핑계에 지나지 않는다. 아내가 돌아오지 않는 것은 어머니의 냄새 때문이라는 것을 나는 잘 알고 있다.

"어머니의 냄새는 보통 냄새가 아니어요. 두엄 썩는 냄새, 아니 제초제 냄새를 맡고 있는 것 같아요. 집에 있으면 냄새 때문에 식욕도 떨어지고 생머리가 지끈거려요. 병이 나겠다니까요. 꼭 무서운 바이러스 같다고요."

내 귀에서는 언제나 아내의 짜증 섞인 투정이 윙윙거리게 마련이다.

"세상에, 제초제 냄새라니……."

나는 아내의 엄살이 좀 지나치다 싶었다. 하기야 온종일 어머니의 냄새에 파묻혀 집 안에 들어박혀 지낸다는 것은 고역임을 알고 있다. 그렇다고 어머니의 냄새를 바이러스와 제초제에 비유하다니.

어머니는 아직 노인정에서 돌아오지 않았다. 오늘은 토요일이라 일찍 돌아올 것이다. 기실 어머니는 낮 동안은 거의 노인정에서 보낸다. 내가 출근할 때쯤 몸단장을 하고 노인정에 나갔다가 날이 어둑해져서야 돌아온다. 아내가 집에 없는 날은 저녁밥을 짓기 위해 여느 날보다 두어 시간쯤 빨리 서둘러 귀가한다.

집에 돌아온 나는 베란다 창문부터 활짝 열었다. 태풍이 몰려온다는 예고와 함께, 온 세상이 삐걱거릴 정도로 아침부터 바람이 거칠게 불었다. 바람 소리가 마치 제재소 기계톱 돌아가는 소리처럼 날카롭다. 나는 주방의 작은 창을 비롯해서 안방과 서재, 어머니의 방문 등 집 안의 바람구멍이라고 생긴 것은 모두 열어젖혔다. 어머니는 노인정에 갈 때마다 먼지가 무섭다면서 창을 꼭꼭 닫았다. 그 때문에 어머니의 냄새는 더욱 온 집 안에 찐득거릴 정도로 무겁게 가라앉았다.

창을 열고 바람을 맞아들였지만 어머니의 냄새는 좀처럼 기세가 꺾이지 않았다. 이제 어머니의 냄새는 집 안 구석구석에 고약처럼 끈끈하게 달라붙어 있어 모든 틈새에서 여러 가지 냄새를 한꺼번에 내뿜고 있다. 어쩌면 냄새가 살아서 숨을 내쉬고 있는 것인지도 모를 일이다. 현관이며 거실, 주방과 안방, 서재, 화장실은 물론 거실의 소파, 식탁, 벽, 텔레비전에까지 냄새가 켜켜이 짙게 배어 있었다. 집 안의 모든 가구와 방바닥, 벽에 걸린 장미꽃 그림에서까지 어머니의 냄새가 났다. 냄새는 이제 유기체처럼 조직적으로 일사불란하게 움직이는 것 같았다. 나는 이제 그 냄새의 발원지가 어디인 것조차 알 수 없었다.

일주일 전, 아내가 집에 있을 때까지만 해도 어머니의 냄새가 이렇듯 온 집 안을 빈틈없이 장악하지는 않았었다. 그때까지만 해도 냄새는 어머니의 방과 현관, 어머니가 주로 쓰는 거실에 딸린 화장실과, 어머니 자리로 정해진 거실의 소파 주변에 진을 치고 있었다. 그러던 것이, 아내가 나가고 나자 하루 이틀 시간이 갈수록 그 냄새는 야금야금 영역을 넓혀 갔고 닷새쯤 지나자 온 집 안을 완전히 장악해 버렸다. 어머니의 냄새에 점령당한 우리집의 어디에도 이제 아내의 냄새는 남아 있지 않았다.

나는 날이 갈수록 더 깊어져 가는 냄새에서 어머니의 강한 숨결을 느낄 수가 있었다. 어머니는 팔십이 넘었지만 아직 생의 욕망이 왕성하다. 식탐도 많고 시기심이며 질투심도 대단하다. 오십 줄의 아내보다 오히려 어머니의 기세가 왕성해 보였다. 아내는 그런 어머니의 기세에 오랫동안 눌려 살고 있다.

나는 허드레옷으로 갈아입고 거실 소파에 앉아 나의 하루 동안 쌓인 피로의 무게만큼이나 깊숙이 침잠하듯 파묻혔다. 냄새가 여러 겹으로 친친 나를 에워쌌다. 내가 냄새에 꼼짝없이 결박당하고 있다는 것을 느낄 수가 있었다. 열어 놓은 베란다 창문으로, 툭 트인 외곽 도로를 휩쓸고 달려온 바람이 뭉텅뭉텅 떼 지어 몰아쳤다. 15층 베란다 창문을 들이밀고 들어온 초가을 오후의 거친 바람의 냄새는 다소 눅눅하면서도 싫지 않을 만큼 차가웠다. 나는 코끝으로 바람의 냄새와 어머니의 냄새를 확연히 구분할 수가 있었다.

"지난번에 우리 집에 왔던 내 친구 정자는 화장실 변기에서 시궁창 썩는 냄새가 올라오는 것 같다고 하더라구요. 내내 코를 쥐어 막고 있다가 냄새 때문에 오래 못 있겠다면서 금방 갔어요. 날씨가 후텁지근할 때는 더 심하다니까요. 이제는 냄새가 진득찰처럼 내 몸에 쩍쩍 달라붙어요. 밖에 나가면 친구들이 자꾸 나한테서 냄새가 난다고 할 정도라고요. 향수를 뿌려 봐도 날마다 아침저녁으로 목욕을 해봐도 소용없어요. 비누와 향수로는 어머니 냄새를 제압할 수 없어요. 목욕으로는 내 몸에 깊숙하게 밴 냄새를 벗겨 낼 수가 없다니까요. 우리 집은 소금에 전 간고등어처럼 온통 어머니 냄새에 푹 절어 있어요."

나는 아내의 푸념을 떠올렸다. 아내는 그러면서 상반신을 부르르 떨며 진저리를 치곤 했다. 그때마다 나는 귀를 틀어막고 싶었다. 솔직히 아내가 드러내 놓고 어머니의 냄새에 대해 짜증을 내는 것이 듣기 싫었다.

"우리도 늙으면 냄새가 나게 돼 있어."

"사람마다 자기 냄새를 갖고 있지요. 그렇지만 남의 영역을 침범하지는 않아요. 어머니는 유별나요. 노인들의 고약한 냄새는 다 욕심에서 나온다구요. 친정어머니는 깨끗하게 마음을 비우고 사시니까 냄새가 안 나지 않아요."

"우리 어머니는 욕심이 많아서 냄새가 난다 이거야?"

"욕심이 많지요. 특히 생에 대한 집착이 너무나 강해요. 몸에 좋다는 약이라면 무엇이든지 사서 드시는 것 몰라서 그래요? 얼마나 더 살고 싶은지 원, 개 고으며 흑염소 고, 붕어즙에 관절에 좋다니까 고양이 고까지 드셨지 않아요. 지금 냉장고에는 드시다가 만 사슴 육골즙 팩이 널려 있다니까요."

"그건 몸이 약하시니까……. 젊어서 워낙 고생을 많이 하셨어……."

"옷 욕심은 또 얼마나 많다고요. 친정어머니는 죽을 날이 가까운데 무슨 새 옷이냐면서 절대 옷을 사 입지 않아요. 지난 추석에 친정에 가서 장롱을 열어 봤더니 헌 옷을 다 없애 버렸더라고요. 죽을 때 자식들이 불태우려면 힘들다면서 미리 없애 버렸다나요. 한데 당신 어머니는 지금도 자식들이 용돈만 드리면 새 옷부터 사 입으신다고요. 어머니 장롱 한번 열어 볼래요? 팔순 노인이 무슨 옷 욕심이 그리 많으신지."

나는 아내의 말에 더 할 말이 없었다. 어쩌면 아내의 말이 맞을지도 몰랐다. 어머니는 동물적 본능에 가까울 정도로 생에 대한 집착이 강했다. 조금만 아프거나 배고픈 것도 참지 못했다. 노인정에서 점심 먹은 것이 조금 부실한 날은 해가 떨어지기도 전에 허기진 모습으로 집에 돌아와서 숟가락을 들고 밥통부터 찾곤 했다. 이 때문에 우리집 전기밥통에는 언제나 밥이 준비되어 있게 마련이다. 밥이 없으면 아무렇지 않은 일에도 까탈을 부리며 심하게 며느리를 닦달했다. 어머니한테 밥은 곧 생명이며 에너지원이다. 어머니는 또 몸의 컨디션이 조금만 나빠도 아이들처럼 엄살을 떨며 당장 병원에 찾아가 주사 맞는 것을 좋아했다. 노인네들이 항생제 주사를 많이 맞는 것이 좋지 않다는 말을 해도 듣지 않았다. 우리 가족들 중에서 해마다 가장 먼저 독감 예방주사를 맞는 것도 어머니다.

어머니가 젊었을 적에는 그렇지가 않았다. 배고픈 것도 잘 참았고 아무리 아파도 자리보전하거나 약을 먹지도 않았다. 몸살이 나서 끙끙 앓으면서도 휘청거리며 호미를 들고 밭에 나가는 모습을 자주 보았다. 젊었을 적 어머니는 자신의 몸을 전혀 돌보지 않았다. 아무리 배가 고파도 먹을 것이 있으면 자식들 입에 먼저 넣어 주는 것으로 행복해하였다. 자신보다 가족을 위해서 희생하는 것을 삶의 보람으로 생각하는 것 같았다. 어머니의 삶은 궁핍과 땀과 희생과 인종의 그것이었다. 한창 젊은 시절에는 아버지한테 소박을 당해 눈물 대신 땀을 흘리는 것으로 외로움을 참았다. 첩질이나 하면서 세월을 보냈던 반거충이 아버지가 세상을 뜨자, 어머니는 남은 식구들의 생계를 떠맡았다. 계속된 궁핍의 고통 속에서도 우리 식구가 살아남을 수 있었던 것은 순전히 어머니의 희생 때문이었다. 우리 식구의 생명줄을 머리에 이고 버둥거렸던 어머니의 모습은 내 가슴속에, 이 세상에서 가장 아름답고 강한 존재로 살아 있었다.

그러던 어머니가 달라진 것이다. 곰곰이 생각해 보니 나이가 들고 자식들이 저마다 앞가림하고 살게 되자, 특유한 어머니의 냄새를 피우기 시작한 것 같다. 더 정확히 따져 보면 도시로 나와 아들 며느리와 함께 살기 시작하면서부터인지도 모른다. 따로 살 때는 그렇지 않았는데 함께 살면서부터 고부 사이가 서서히 버그러지기 시작했다. 아내의 짜증 섞인 투정질에서 그것을 느낄 수가 있었다. 그 무렵부터 말로 형언할 수 없는 어머니의 냄새가 솔솔 풍기기 시작했다. 내 코에 어머니의 냄새는 오래된 신 김치에서 나는 군내 같기도 하고, 쿠리한 된장 냄새, 서지근한 땀 냄새, 퀴퀴한 곰팡이 냄새, 고리고리한 멸치젓 냄새, 꿀꿀한 두엄 썩는 냄새, 짭조름한 오줌버캐 지린내, 고리착지근한 발가락 고린내, 생고등어 비린내, 시금털털, 고리탑탑, 쓰고 시고 짜고 매운 냄새 등이 적당한 비율로 뒤섞여 있는 것 같았다.

나는 어머니의 냄새가 역겹다고 느껴질 때마다 젊었을 때의 어머니를 떠올리곤 한다. 젊은 시절 어머니의 냄새는 풀잎 향기보다 상큼했다. 아내가 외출할 때 몸에 뿌리는 불란서 향수보다 더 향기로웠다. 어머니의 냄새가 너무 좋아 잠시도 떨어져 있기가 싫었다. 친구들과 싸움질을 하다 얻어맞고 분이 머리끝까지 치솟아 있을 때도 어머니 냄새를 맡고 있으면 마음이 차분하게 가라앉으면서 스르르 잠이 들곤 했다.

아버지가 문지방 위 널빤지에 가지런히 올려놓은 흰 고무신을 꺼내 칼칼하게 닦는 날이면 어머니도 어김없이 친정 나들이를 서둘렀다. 아버지가 흰 고무신을 닦아 신고 옥색 두루마기 자락 펄럭이며 코재 너머 난초 네 집에 가고 나면, 어머니 또한 새뜻하게 몸단장을 하고 친정 나들이를 하게 마련이었다. 그때마다 어머니는 나를 데리고 화난 걸음으로 길을 떠났다. 연분홍 치마에 연두색 저고리를 곱게 차려입은 어머니한테서는 달콤한 박하 분 냄새가 솔솔 내 콧속을 간질였다.

봄에 산나물을 캐러 간 어머니는 어김없이 찔레와 송기를 꺾어 왔다. 한보따리의 산나물을 머리에 이고 해 질 무렵에 돌아온 어머니한테서는 쌉쏘름한 찔레순 냄새와 들큼한 송기 냄새가 났다. 송기 껍질을 벗겨 먹으면서 나는 생큼한 송기 냄새에 취해 연신 코를 킁킁거렸다. 깊숙한 산에 들어가 산나물을 캐 나르는 봄철 내내 어머니의 몸에서는 아카시아 꽃향기보다 더 알큼한 취나물 냄새가 눅직하게 배어 있었다. 봄 내내 산나물 냄새가 온 집 안에 가득 흘렀다.

부엌에서는 언제나 진간장과 된장 냄새와 함께 어머니 냄새가 풍겼다. 어머니의 냄새는 배고픔을 없애 주었다. 부엌에서 나는 어머니 냄새는 솥뚜껑을 열었을 때 연기처럼 훅 솟구치는 뜨거운 김과 함께 회를 동하게 만든 구수한 밥 냄새와 같았다. 그 시절 부엌은 어머니에게는 또 하나의 방이었다. 어머니는 집에 있을 때 대부분의 시간을 부엌 안에서 지냈다. 들에서 농사일을 하고 지친 몸으로 돌아온 어머니는 부엌에 들어가기만 하면 생기를 되찾곤 했다. 어머니는 부엌에서 끝이 뭉뚝하게 탄 부지깽이로 부뚜막을 두드려 가며 육자배기 가락으로 신세타령을 흥얼거리기도 하고, 때로는 내 눈을 피해 옆으로 살짝 돌아앉아 옷고름으로 눈물을 찍어내기도 하였다.

한여름 한낮, 해 뜨기 전에 밭에 나간 어머니는 온종일 콩밭을 매고 해가 져서야 지쳐서 돌아오곤 했다. 질퍽하게 땀에 젖은 어머니는 몸을 씻지도 못하고 설거지를 끝내자마자 나무토막처럼 쓰러져 곤하게 잠이 들곤 했다. 그때 나는 어머니의 땀 냄새가 조금도 싫지가 않았다. 오히려 잘 익은 개똥참외 냄새처럼 달콤하기만 했다.

"이놈아, 징그럽다. 냉큼 손 치워라."

석유 등잔불을 끄고 어머니한테 바짝 모로 붙어 누워서 젖가슴을 만지작거릴라치면 어머니는 한사코 거칠게 내 손을 뜯어내곤 했다.

"엄니 냄새가 겁나게 좋다."

"어따 이놈에 자슥, 땀 냄새 쉰 냄새가 멋이 좋다고그려."

"그래도 나는 엄니 냄새를 맡고 있으면 잠이 솔솔 잘 온당께."

"시방은 그래도 후제후제 색시 얻으면 늙어 빠진 어매 냄새 싫어헐 거다."

"아녀, 나는 엄니 냄새만 좋아헐겨."

"두고 볼텨."

"두고 봐. 엄니 냄새를 맡고 있으면 배고픈 것도 목마른 것도, 더운 것도 추운 것도 다 잊을 수가 있어. 그렁께 엄니 냄새는 마술 냄새여."

지난날을 떠올리는 나는 씁쓸하고 공허하게 웃었다. 왠지 부끄러움으로 심신이 위축되는 것 같았다.

내가 신문사에 취직이 되어 어머니를 도시로 모셔 오던 해의 초여름이었다. 아침에 집을 나간 어머니가 저녁식사 때까지도 돌아오지 않았다. 나는 얼마나 섭섭하게 했으면 어머니가 집을 나갔겠느냐며 애먼 아내만 닦달했다. 길도 잘 모르는 어머니가 해가 지도록 연락이 없자, 걱정이 되어 온 식구가 찾아 나섰다. 어머니는 밤이 되어서야 큰 보퉁이를 머리에 이고 헐근거리며 돌아왔다. 나는 신경질을 부리며 빼앗다시피 하여 보퉁이를 풀어 보았다. 어머니의 보퉁이 속에는 보리 이삭이 빵빵하게 들어 있었다. 온종일 보리밭에서 보리 이삭을 줍느라 날 저문 것도 몰랐다고 했다. 나는 어이가 없어 허파에서 바람 빠지는 소리를 내며 헛웃음을 쳤다. 아내는 어머니의 그런 행동에 대해 창피하다면서 남들이 알까 두렵다는 말을 했다.

"이삭 줍는 것을 부끄러워하면 천벌을 받는겨."

어머니는 오히려 아내를 꾸짖었다. 어머니는 어쩔 수 없는 농사꾼이었던 것이다. 어머니는 곡식알은 땅의 혼령이라는 말을 자주했다. 어머니는 곡식 알갱이를 혼령 대하듯 소중히 했다. 농사를 지을 때, 콩 타작하는 날이면 대꼬챙이와 종지를 들고 쪼그리고 앉아 마당에 박힌 콩알을 낱낱이 파 모으곤 했던 어머니였다.

다음 날 어머니는 2층 옥상에서 보리 이삭을 말리고 방망이로 두들기거나 손으로 비벼 탈곡한 다음, 알갱이를 빻아서 볶아 미숫가루를 만들었다. 어머니가 주워 온 이삭으로 손수 만든 보리 미숫가루는 혀끝이 간질간질하도록 꼬소름했다. 미숫가루를 타 먹었던 그해 여름 동안 어머니한테서는 참기름보다 더 고소한 냄새가 내 입맛을 자극했다. 그리고 어머니의 이삭줍기는 몇 년 동안 계속되었다. 그만두라고 사정하며 말렸지만 소용이 없었다.

이듬해 봄, 나는 『오래된 향기』라는 첫 시집을 내고 출판기념회를 열었다. 친지들이 보낸 축하 화분을 집으로 옮겨놓았다. 동백, 홍매화, 산철쭉이 좋았지만 그중에서도 가지가 찢어지도록 흰 배꽃이 활짝 핀, 앙증맞은 분재가 마음에 들어 거실과 안방에 들여놓았다. 그런데 다음 날 아내와 내가 부부 동반 동창회에 나갔다 돌아와서 화분의 꽃이 모두 뿌리째 뽑혀

져 버린 것을 보고 놀랐다. 화분에는 꽃 대신 한 뼘 길이쯤의 가지와 고추
모종이 심어져 있었다.

"우리헌테 꽃이 무신 소용이여. 들이나 산에 가면 얼매든지 볼 수가 있
잖여. 도회지에서는 흙 한 주먹이 참말로 아쉬워야. 꽃만 보라고 있으면
뭣 헌다냐. 꽃 대신에 까지나 고치를 심어서 반찬 해 묵어야제."

어머니는 화분의 꽃을 가위로 가지런하게 잘라서 실로 친친 묶은 다음
벽에 걸어 놓았다며 그렇게 말했다. 그것뿐이 아니었다. 어머니는 빗물
받이 함석 홈통 아래, 마당에 깔린 두껍고 단단한 시멘트를 깨고 흙을 북
돋은 다음 그 자리에 호박을 심었다. 물을 뿌리고 닭전머리 기름집에 가
서 얻어 온 깻묵을 거름으로 주어, 호박은 튼실하게 줄기를 뻗었다. 어머
니는 아이들 방 유리창에 바자를 세우고 호박 넝쿨을 2층 옥상으로 올렸
다. 2층 양옥이 온통 호박 넝쿨로 푸르게 뒤덮이게 되었다. 아내가 한사
코 말렸지만 어머니는 끝내 듣지 않았다. 호박 넝쿨 때문에 아내와 어머
니는 여러 차례 충돌이 있었다. 고부간의 갈등 속에서 호박 넝쿨은 그해
여름 내내 어머니의 왕성한 삶처럼 줄기차게 뻗어 올랐다. 드디어 노란
호박꽃이 피고 벌들이 날아들었다. 어머니한테 집의 외관 따위는 문제가
되지 않았다.

"이제야 사람 사는 집 같구나. 고약시런 쎄멘트 냄새만 맡다가 호박꽃
냄새를 맡으니께 맥힌 가슴이 뻥 뚫리는 것 같구만."

어머니는 아내의 눈 흘김 따위는 신경을 쓰지 않고 흐뭇한 얼굴로 호박
넝쿨을 바라보았다. 그해 여름 우리 집 식탁은 풋고추와 가지나물, 애호박
나물, 호박잎 된장국 등으로 푸짐했다. 특히 뜨거운 쌈에 살짝 데친 호박
잎에 밥을 싸고 참깨 버무린 양념간장을 곁들여 먹는 호박잎쌈은 별미였

다. 나는 젊었을 적 어머니가 머리에 이고 온 산나물 보퉁이에서 찔레 냄새와 송기 냄새를 다시 맡아 본 느낌이었다. 그러고 보니 어머니가 고향의 땅을 버리고 도시에 온 후부터 달라진 것 같았다.

아이들도 호박잎쌈을 잘 먹었다. 그러나 아내는 어머니가 가꾸어 만든 반찬은 아예 입에 대지도 않았다. 이때부터 아내와 어머니 사이에 냄새 전쟁이 시작되었다.

"그렇게도 맛나요? 그래요. 어디 잘 먹어 봐요. 그러면 내년에도 우리 집은 호박 넝쿨로 뒤덮이겠네요."

아내는 입을 비쭉이고 눈을 흘기며 그렇게 비아냥거렸다. 나와 아이들이 어머니가 만들어 준 반찬을 맛나게 먹는 것에 대해 노골적으로 불만을 토했다. 아내는 시장에서 사 온 야채와 고기로 따로 반찬을 만들었다. 어머니는 당신이 화분에서 손수 가꾼 채소로, 아내는 아내대로 따로 시장을 보아 반찬을 만들었기에 식탁은 늘 성찬이었다. 아내는 아이들 구미에 맞추기 위해 고기를 주재료로 썼다. 처음에는 할머니가 만들어 준 반찬을 맛나게 먹던 아이들도 불고기나 튀김 등 제 엄마 요리 쪽으로 기울어졌다. 어머니가 자신 있게 만드는 반찬은 된장국과 호박나물, 가지무침이고, 아내의 핵심 메뉴는 불고기와 돼지고기 김치찌개, 닭튀김이었다. 나는 어머니의 된장국을 좋아했다. 쌀뜨물에 된장을 알맞게 풀고 애호박과 호박잎, 풋고추를 담방담방 썰어 넣은 다음 멸치를 동동 띄워 보글보글 끓인 된장국은 냄새도 구수하거니와 매큼들큼한 맛이 일품이다. 된장국은 뜨거울 때 호호 불어 가며 떠먹어야 제맛을 느낄 수가 있다. 젖을 뗀 후부터 줄곧 먹어 온 어머니의 된장국 맛은 이제 내 체질과 성격을 만들었다. 물론 아내의 돼지고기 김치찌개도 맛이 좋다. 얼큰한 김치찌개를 먹고 나면 온몸이 후끈 달아오르면서 기분이 개운해진다. 나는 아내가 끓여 주는 김치찌개를 먹을 때면 소주 한잔 생각이 간절해진다.

아내와 어머니는 소리 없는 전쟁을 하고 있는 것 같았다. 내 입장은 난처해졌다. 나는 어머니의 반찬과 아내의 반찬을 적당히 섞어 가며 먹었다. 아이들도 처음에는 눈치를 못 채고 입맛에 따라 반찬을 선택해 가며 먹었지만, 할머니가 만든 반찬과 어머니가 만든 반찬을 구별하기에 이르렀고 젓가락질을 할 때마다 은근히 엄마와 할머니의 눈치를 보는 것 같았다. 그리고 이때부터 아내와 어머니 사이에는 서로 주방을 점유하기 위해 노골적인 암투가 시작된 듯했다. 주방을 점유하기 위한 첫 단계는 냉장고 반찬 진열에서부터 시작되었다. 어머니는 아내가 밖에 나간 사이에 냉장고 안의 반찬들부터 어머니 식으로 위치를 바꿔 버린다. 아내가 이것을 용납할 리가 없다. 집에 돌아온 아내는 먼저 냉장고부터 열어 보고 아내 식대로 진열을 다시 하게 마련이었다. 어머니의 주방 출입이 잦아진 것도 이때부터였다. 어머니는 아내가 외출해서 조금만 늦을라치면 기회는 이때다 싶게, 혼자 주방을 독점하고 서둘러 저녁을 짓고 반찬을 준비하느라 바쁘다. 어머니의 주방 독점을 위한 노력은 생에 대한 집착만큼이나 집요했다. 이 때문에 아내는 차츰 살림에 짜증을 내기 시작했고 의식적으로 밖으로만 나돌았다. 그러다가 아내는 이래서는 안 되겠다 싶으면 외출을 했다가도 서둘러 귀가해서는 어머니가 노인정에서 돌아오기 전에 저녁밥 준비를 하곤 했다. 이런 날의 식탁은 풍성했다. 마침내 아내가 주방을 점유하게 되면 어머니는 한 발짝 물러나서 다시 호시탐탐 권토중래의 기회를 엿보다가 재빠르게 탈환한다. 이렇게 하여 주방 점유를 둘러싼 아내와 어머니 사이의 숨 가쁜 쟁투는 계속되었다. 어머니의 냄새가 부쩍 심해진 것도 이때부터였다.

바람이 드세어졌다. 기계톱 같은 이빨이 으르렁거리며 유리창을 물어뜯었다. 열어 놓은 집 안의 모든 유리창이 몸살 나도록 덜컹거리면서 벽에 달린 달력이 날아갔다. 아무래도 태풍이 곧 상륙할 모양이다. 창문을 닫아야 할 것 같았다. 그때 어머니가 헐근거리며 노인정에서 돌아왔다.

"하느님이 미쳤구만. 저눔에 바람 땜시 애써 키운 나락 다 씨러지겠다. 하늘도 매정허시제, 한 열흘만 더 참아 주시지 않고."

어머니는 나는 안중에도 없는 듯 베란다의 창문을 닫으며 푸념을 늘어놓았다. 고향을 떠나 도시로 나온 지도 십여 년이 지났건만 어머니는 지금도 농사 걱정이다.

이틀 뒤, 태풍은 상륙하기 전에 바다에서 소멸을 했다고는 하나 여전히 바람이 윙윙거렸다. 나는 바람이 부는 동안 집 안의 모든 창문을 열어 두고 거센 바람이 냄새를 휩쓸어 가버리기를 바랐다. 그러나 바람은 냄새를 조금도 약화하지 못했다. 그 어떤 강한 바람도 어머니의 냄새를 잠재우지는 못했다. 시간이 흐를수록 어머니의 냄새는 더욱 깊고 무겁게 집 안 구석구석으로 더끔더끔 짜들어 갔다. 하루가 다르게 코끝으로 냄새의 부피와 두께를 느낄 수가 있었다. 방학이 끝나 아이들까지 서울로 떠나고 없어, 어머니의 냄새는 무섭도록 강렬하게 확산했다. 나는 어머니의 냄새가 집 안을 완전히 장악하는 것을 언제까지나 방치해두고 있을 수는 없다고 생각했다. 질식할 것만 같은 어머니의 냄새를 약화하는 방법은 아내를 집으로 데려오는 길밖에 없었다. 나는 다음 날 처형 집으로 가서 다짜고짜 설명도 없이 아내를 차에 태우고 돌아왔다.

"당분간 동생 집에 가 계시도록 할 테니, 당신은 제발 집에 있도록 해."

"동생이 어머니를 모시기라도 한답디까?"

반강제로 떠밀리다시피 하여 차에 탄 후 말 한마디 없이 뚱해 있던 아내가 내 말을 비아냥거렸다.

"당분간이라도 모시도록 하지."

"당분간이라고요?"

"그래. 집 안에 찌든 냄새를 없앨 동안만이라도."

"냄새를 없앤다고요? 어떻게요?"

아내의 불만은 여전히 턱끝까지 차올라 있었다. 나는 자동차 안에서 아내한테 냄새를 없애겠다고 거듭 약속을 했다. 오랜만에 집에 돌아온 아내는 잔뜩 주눅이 들어 어깨를 움츠리고 숨을 죽인 채 우묵한 눈을 연신 껌벅거리며 어머니 눈치를 살폈다.

"살림허는 여자가 집을 멀리하면 종당에는 공중에 뜨고 마는겨."

예상했던 대로 어머니는 가시 돋친 목소리로 한바탕 쏘아댔다. 아내는 얼굴이 창백해지더니 현기증을 일으키며 흐물흐물 쓰러지고 말았다. 가까스로 안방으로 기어들어 가서는 이불을 뒤집어쓰고 누워 버렸다.

"냄새 때문에 숨을 쉴 수가 없어요."

아내가 이불을 뒤집어쓴 채 물기 젖은 목소리로 힘없이 말했다.

나는 그런 아내를 탓할 수가 없었다. 온종일 누워 있어도 좋으니 집에 있어 주는 것만으로도 만족해야만 했다. 나는 우선 창문부터 열고 코끝이 아리도록 안방에 라벤더 향수를 듬뿍 뿌려댔다. 아내가 누워 있는 사이 어머니는 기세 좋게 주방에서 달그닥거리며 저녁을 준비하고 있었다. 예상했던 대로 아내는 주방에 나와 보지 않았고 저녁을 먹지도 않았다.

"네 처 아프냐?"

식탁에 마주 앉아 저녁을 먹던 어머니가 마뜩잖은 표정으로 뚜벅 물었다.

"어머니 목욕은 자주 하세요?"

나는 대답 대신 밥그릇에 시선을 박은 채 생뚱맞게 물었다.

"왜? 에미헌테서 냄새날까 싶어서?"

"어머니는 우리 집에서 아무 냄새도 못 맡으세요?"

"냄새? 사람 사는 집에서 사람 냄새가 나겄제잉. 그리고 살림살이 냄새도 날 것이고. 아무 냄새도 안 나면 워디 사람 사는 집이간듸, 그것이사 귀신이 사는 집이제잉."

"어머니한테서 나는 냄새는 무슨 냄새지요?"

"나헌테서 냄새가 나냐?"

"모르셨어요?"

"나헌테서 무신 냄새가 난다고 그려."

"아주 심해요."

"어떤 냄새?"

"모르겠어요."

어머니는 고개를 좌우로 돌려 가며 자신의 몸에서 나는 냄새를 맡느라 연신 코를 벌름거리며 킁킁거렸다.

"아무 냄새도 안 나는듸. 절대로 내 몸에서 나는 냄새가 아녀."

어머니는 '절대로'라는 말에 힘을 주어 단호하게 부인했다.

"자, 어디 한번 맡어 봐."

그러면서 어머니는 상반신을 내 앞으로 바짝 꺾으며 재촉했다. 나는 더할 말이 없어 부지런히 숟가락질만 해댔다.

"이놈아, 에미한테서 나는 냄새는 에미가 자식 놈들을 위해서 알탕갈탕 살아온, 길고도 쓰디쓴 세월의 냄샌겨."

어머니는 깊은 한숨을 섞어 가며 말했다. 쓰디쓴 세월의 냄새라는 어머니의 말이 명치끝을 후벼 팠다. 길고도 쓰디쓴 세월의 냄새라니…….

다음 날 새벽, 나는 세탁기 돌아가는 소리에 퍼뜩 잠이 깼다. 밖에 나가 보니 집 안의 모든 창문이 훨쩍 열려 있었다. 아내는 세탁기에서 탈수가 된 옷가지들을 꺼내 베란다 빨랫줄에 널다 말고 나를 보더니 싱긋 웃어 보이기까지 했다. 순간 아내의 돌변한 태도에 놀란 내 동공이 확대되었다. 어제저녁까지만 해도 숨을 쉴 수 없다면서 기력이 빠져 있던 아내였는데 갑자기 이슬 머금은 풀잎처럼 싱그러워 보였다. 세탁을 끝낸 아내는 진공청소기를 끌고 다니며 구석구석 청소를 하기 시작했다. 청소를 끝내자 아침을 준비하느라 부산을 떨었다. 경쾌한 도마질 소리와 개수대에서 그릇 달그락거리는 소리, 매큼한 김치찌개 냄새가 온통 집 안을 뒤덮고 있었다. 아내가 돌아오자 집 안은 생기가 넘쳤다. 아침 식사 시간이 다 될 때까지도 어머니는 방에서 나오지 않았다. 어머니는 아마 아내 때문에 밀려난 냄새와 함께 기회를 엿보며 방 안에서 똬리를 틀고 있는 것이 분명했다. 밥상을 다 차려 놓은 후에야 밖으로 나온 어머니는 몇 숟갈 뜨는 둥 마는 둥 하고 쌩하게 찬바람을 일으키며 노인정으로 갔다.

아내가 집에 돌아온 후부터, 집 안을 장악했던 어머니의 냄새가 조금씩 약화되기 시작했다. 안방은 아내의 냄새를 완전히 회복했고 주방과 거실에서는 소강상태였다. 점점 세력이 약화된 어머니의 냄새는 주방과 거실에서조차 오래 버티지 못했다. 닷새가 지나자 어머니의 냄새는 어머니의 방과 어머니가 혼자 사용하는 화장실 안으로 뒷걸음질 쳐 기어들어 가고 말았다. 나는 어머니의 냄새가 아내의 냄새에 위압당해 가는 동안 숨 가쁜 긴장감을 느꼈다. 마치 파워 게임을 하고 있는 것 같았다. 두 여자의 냄새를 통해서 나는 힘의 팽창과 몰락을 온몸으로 느꼈다. 그리고 그 힘은 삶의 욕망이고 생존의 몸부림이라는 것을 알았다.

그것은 참으로 치열한 생명의 몸부림 같은 것이었다. 그런데 이상한 것은 아내의 냄새는 어머니의 냄새를 물리친 다음에 스스로 소멸한다는 것이었다. 일단 냄새로 냄새를 평정한 다음에는 무색무취의 상태에서 방어를 유지했다. 그러니까 아내의 냄새는 제취제 역할만을 한 셈이었다.

나는 아내가 돌아온 것을 계기로, 무취의 상태로 돌아간 아내의 냄새처럼 어머니의 냄새를 완전히 소멸해 버릴 생각을 했다. 나의 이 같은 계획은, 내 정년이 가까워지면서 조금씩 침잠해 가고 있는 우리 집의 분위기를 활성화하고 싶었기 때문이었다.

그날 밤 나는 새 아파트를 분양받아 이사한 동생 집을 찾아가, 자세한 이유는 묻지 말고 한 달 동안만 어머니를 모셔 달라고 부탁을 했다. 동생은 무엇 때문이냐고 거듭 물었다. 나는 동생 부부한테 어머니의 냄새 때문이라는 말을 차마 할 수가 없었다. 동생 부부는 서로의 얼굴을 쳐다보며 난감한 표정을 지었다. 지금까지 동생은 단 한 번도 어머니를 모셔 보지 않았다. 어머니도 동생 집에 가면 겨우 하룻밤을 넘기고 서둘러 돌아와 버리곤 했다. 작은아들 집은 불편하다는 것이었지만 속내는 밥 한 끼라도 축내고 싶지 않은 어머니의 배려 때문이라는 것을 나는 잘 알고 있는 터였다. 나는 어머니를 모실 동안 반찬값이라도 보태라면서 준비해 간 돈 봉투를 내놓았다. 마지못해 동생은 제수와 함께 잠깐 조카들 방으로 나갔다 오더니 한 달 동안 약속을 지켜야 한다는 받고서야 내 요청을 받아들여 주었다.

"어머니가 안 계시니 한결 냄새가 덜한 것 같죠?"

아내가 진공청소기를 밀며 약간 달뜬 목소리로 말했다. 그러나 나는 냄새의 정도 차이를 전혀 느낄 수가 없었다.

동생이 어머니를 모셔 간 다음 날부터 나와 아내는 본격적으로 어머니의 냄새 제거 작업을 시작했다. 먼저 어머니의 방을 여러 차례 쓸고 걸레질을 했다. 나는 난생처음으로 어머니의 방을 청소하면서, 어렸을 적 할아버지 방에서 빈대를 잡던 기억을 떠올렸다. 할아버지를 생각할 때마다 빈대 냄새가 내 머릿속의 틈새를 후벼 파는 것 같았다. 할아버지가 혼자 거처하던 건넌방에서는 언제나 담뱃진 냄새와 빈대 냄새가 진동했다. 수수 알갱이만 한 크기에 진한 밤색의 동글납작한 빈대는 낮 동안에는 벽과 문, 목침 등 방 안의 모든 틈새에 죽은 듯 숨어 있다가도 밤만 되면 구물구물 기어 나왔다. 할아버지는 빈대 잡는 방법을 잘 알고 있었다. 한밤중에 불을 켜고 벽이고 방바닥에 기어 다니는 빈대를 파리채로 후려친 다음 손톱으로 잔인하게 꾹꾹 으깨어 죽였다. 그 때문에 벽에는 온통 빈대 핏자국으로 얼룩져 있었다. 할아버지는 또 틈새에 담배 연기를 입으로 불어 넣어 빈대가 기어 나오게 했으며 화롯불에 벌겋게 달군 부젓가락을 목침이나 문 틈새에 쑤셔 대기도 했다. 매캐한 연기와 함께 빈대가 타는 노린내가 진동했다. 새까맣게 그을린 틈새에는 한동안 빈대가 살지 않았다. 그러나 얼마 못 가서 다른 빈대가 들어와 살았다. 이럴 때 할아버지는 틈새에 코를 갖다 대고 냄새를 맡아 빈대가 있음을 알아차리고 다시 부젓가락을 쑤셔 댔다. 결국 빈대는 냄새 때문에 죽임을 당하고 말았다. 나는 냄새 때문에 죽은 바보 같은 빈대가 불쌍했다. 그런데 빈대가 죽을 줄 알면서도 냄새를 피우는 것은 생존을 알리는 메시지 같은 것일지도 모른다는 생각을 했다. 나 여기 살아 있다고 하는 아우성 같은 것일지도 모른다는 생각을. 빈대 잡으려다 초가삼간 태운다는 속담을 대할 때마다 할아버지가 부젓가락으로 빈대를 잡던 그때 일이 떠오르곤 했다. 할아버지는 빈대 잡는 것을 은근히 즐기는 것 같았다. 할아버지가 세상을 뜨자 건넌방 빈대 냄새도 사라졌다. 건넌방 빈대들은 대들보가 컹컹 울릴 정도로 해묵은 할아버지의 밭은기침 소리를 들어가며 할아버지와 생존을 같이했다. 아마 그중 몇 마리는 무덤까지 따라갔을지도 몰랐다.

나는 어머니 방 벽에 향수를 뿌렸다. 화장실에 아로마 향 촛불을 켜고 방 구석마다 준비해 온 숯을 넣어 두었으며 녹차 찌꺼기까지 방바닥 여기저기에 넣어놓았다. 어머니의 방 안에 있는 반닫이며 텔레비전, 보료, 이불, 옥돌 전기장판, 베개, 가방, 사각거울, 벽에 걸린 액자, 뻐꾸기 벽시계, 헌 옷가지 등도 베란다로 꺼냈다. 그리고 반닫이 안에 들어 있는 옷이며 버선 한 짝까지도 모두 집게로 집어 빨랫줄에 널고 바람을 쐬었다.

"여보 여보, 이게 다 뭐죠?"

어머니의 반닫이 속에 있는 것들을 꺼내던 아내가 낡고 희부옇게 색이 바랜 무명천 보따리를 풀어 보다가 다급하게 소리쳤다. 나는 어머니 방에 걸레질을 하다 말고 베란다로 나왔다. 아내는 오른손으로 코를 쥐어 막고 있었다. 풀어헤친 보따리에서 이상한 냄새가 훅 덮쳐왔다. 보따리 속에는 녹슨 호미와, 오래된 손저울, 함석 젓 주걱, 판자로 짠 손때 묻은 되, 때에 전 흰 다후다 천의 돈주머니, 짙은 밤색의 나일론 머플러, 땟국에 전 앞치마 등이 들어 있었다. 나는 검정 고무줄로 친친 묶여 있는 돈주머니를 풀고 그 속에서 손바닥만한 수첩을 꺼냈다. 네 귀퉁이가 희치희치 닳고 종이 보푸라기가 푸수수한, 낡고 희누르스름하게 빛이 바랜 수첩에는 뭉뚝한 연필 심지에 침을 발라 가며 꾹꾹 눌러쓴 어머니의 서투른 글씨들이 삐뚤빼뚤 꿈틀거리고 있었다. 안골 큰 점백이네 간고등애 한 손. 쑥실 은 행나무집 며루치 한 되빡. 샛골 양철대문집 양재물 두 근. 쌩오지 키 작은 과수댁 빨랫비누 두 장. 그 수첩은 어머니의 외상 장부가 분명했다. 내가 대학에 다닐 무렵 어머니는 도붓 장사를 시작하여 아들 뒷바라지를 했다. 도붓 장사를 그만두고 농사를 짓게 된 것은 내가 대학을 졸업하고 취직을 하면서부터였다.

"이게 다 뭐예요?"

아내가 주걱처럼 생긴 젓 주걱을 들고 물었다. 나는 어머니가 여자의 몸으로 젓 지게를 지고 딸랑딸랑 종을 울리며 마을을 떠돌면서 젓 주걱으로 새우젓을 떠서 팔던 모습을 떠올렸다. 그 무렵 어머니한테서는 푹 삭은 젓국 냄새가 진동했다. 젓 주걱에서는 그때의 어머니 냄새가 강하게 풍겼다. 어머니가 나를 대학에 보내기 위해 오랫동안 도붓장수며 젓 장수를 했다는 것을 알 턱이 없는 아내는 냄새나는 보따리 속의 이상한 물건들에 대해 의문을 갖기에 충분했을 것이다.

"노망나신 거 아녜요? 어디서 이런 쓸데없는 물건들을 주워다 놓은 거죠?"

아내는 젓 주걱으로 녹슨 호미며 손저울과 되를 쿡쿡 쑤셔 대며 거듭 물었다. 나는 말 없이 녹슨 호미를 집어 들었다. 오랜 세월 손때 먹은 호밋자루가 번질거렸다. 물로 칼칼하게 씻은 듯 흙이 묻지 않은 호미 날 쪽에 불긋불긋 녹이 슬어 있었다. 예전에 어머니는 농사꾼 집에서 호미나 낫 등 농기구에 쇠꽃이 피면 집 안이 망한다는 말을 입버릇처럼 되뇌곤 했었다. 나는 호미를 들고 냄새를 맡아 보았다. 손때 먹은 자루에서는 시지근한 땀 냄새가 났고 녹슨 날에서는 비릿한 녹내가 났다. 그러고 보니 어머니가 오랫동안 간직해 온 보따리에서는 고리고리한 새우젓국 냄새를 비롯해서 짭조름한 간고등어 냄새, 시큼한 쇠꼴 냄새, 비리척지근한 멸치 냄새가 한데 어우러져 참으로 묘한 냄새를 만들고 있었다. 여러 가지 냄새들은 저마다의 색깔로 치장을 하고 소리를 내며 꿈틀대는 것 같았다. 그 냄새들이 아우성치며 내 뼛속으로 파고들고 있었다. 냄새는 타오르는 불꽃처럼 따뜻하게 나를 감쌌다. 나는 그 냄새의 한 부분이라도 되는 것처럼 모든 거부감이 일시에 사라졌다. 나는 그때서야 어머니 냄새의 진원지를 확실하게 알 수 있게 되었다.

"보따리 당장 갖다 버려야겠어요."

나는 아내의 그 말에 심한 저항감을 느꼈다. 나와 아내는 어머니의 보따리를 버려야 한다거니 버려서는 안 된다거니 한동안 실랑이를 했다.

"도대체 이런 허접스레기를 버리지 못하겠다는 이유가 뭐예요?"

"뭐? 쓰레기?"

"아니면 보물이라도 되나요?"

아내의 목소리가 도전적으로 변했다. 그때 전화벨이 울렸고 동생의 다급한 목소리가 떨려 왔다.

"형님, 혹시 어머니 집에 오시지 않았어요?"

"어머니가 우리집에 오시다니, 무슨 소리야?"

나는 그 순간 불길한 예감에 휘감겼다.

"큰일 났네. 어머니가 없어졌어요."

"없어지다니, 자세하게 이야기해 봐."

"우리 집에 오신 후 맥이 빠진다면서 밥도 안 드시고 방 안에만 누워 계셨거든요. 그런데 아침에 일어나 보니 안 보여요."

나는 할 말을 잊고 한숨만 길게 내쉬었다. 갑자기 머릿속에 어머니의 얼굴 윤곽이 그려지지가 않았다. 동글납작한 얼굴에 끝이 살짝 매달린 가느다란 눈도, 뭉뚝한 코도, 크고 도톰한 입도 떠오르지 않았다.

"혹시 너, 어머니한테서 냄새난다고 했냐?"

나는 생뚱스러운 질문을 하고 나서 곧 후회했다.

"무슨 냄새? 그런 말 안 했는데요. 어머니한테서 어머니 냄새가 나겠죠 뭐."

"알았다. 어머니 꼭 찾아야 한다."

나는 전화를 끊고 허둥지둥 옷부터 꿰입었다. 갑자기 현기증이 일면서 가슴이 떨려 왔다. 자동차를 몰고 집을 나섰다. 어디로 가야 어머니를 찾을 수 있는지는 알 수 없었으니 우선 도시를 빠져나가야 한다는 생각이 스쳤다. 큰길을 향해 달리는 동안 어머니가 했던 말이 뇌리에서 자꾸 부스럭거렸다. 그 냄새는 몸에서 나는 것이 아니라 당신이 살아온 쓰디쓴 세월의 냄새라는 말이 벌겋게 달궈진 부젓가락처럼 오목가슴을 뜨겁게 파고들었다. 젊어서 남편을 잃고 병든 시아버지와 어린 두 자식을 위해 짐승처럼 살아온 어머니. 그것은 어머니가 살아온 신산한 세월이 발효하면서 풍겨져 나온 짙은 사람의 향기였다. 고통스러웠던 긴 세월의 더께 같은 것. 어머니의 냄새는 팔십 평생 동안 푹 곰삭은 삶의 냄새이며, 희로애락의 기나긴 시간에 의해 분해되는 유기체의 냄새가 분명했다. 나는 갑자기 어머니의 냄새가 내 몸의 모든 핏줄 속에서 꿈틀거리는 것을 느꼈다.

도시를 빠져나온 나는 무작정 고향으로 가는 국도를 타고 달렸다. 황금빛 들판에는 벼들끼리 온몸으로 서로에게 부대끼며 물결치고 있었다. 땅의 혼령들로 가득한 그곳에서 어머니의 냄새가 바람처럼 훅 덮쳐왔다. 나는 국도변에 차를 세우고 길게 숨을 들이켰다. 어머니의 향기로운 냄새가 아우성치며 온몸의 핏줄 속으로 빨려 들어왔다. 어머니의 향기가 사무치게 그리웠다.

『문학사상』, 2003.11(*'늙은 어머니의 향기' → '늙으신 어머니의 향기'로 작품명 변경.)

대나무 꽃피다

1

갈색 대나무 숲 위로 눈이 풀풀 내린다. 벌써 사흘째, 하늘 한 귀퉁이가 무너져 내리기라도 하듯 내리고 있다. 마루 끝에 대나무처럼 꼿꼿하게 허리를 펴고 선 김봉도는 하염없이 대나무 숲에 눈 내리는 광경을 바라보고 있다. 바람이 불자 고기 떼가 굼실굼실 파도타기를 하고 있다. 이곳 달여울에서 태어난 후 육십 평생을 한결같이 바라본 광경이지만 늘 정겹고 아름답다. 볼수록 새롭기만 하다.

회색빛으로 바싹 마른 대나무 잎끝에 희끗희끗 눈송이가 매달려 있다. 다시 대나무에 꽃이 핀 것 같다. 작년 늦봄에 온 대나무밭에 대나무꽃이 피었었다. 처음 본 대나무 꽃이었다. 꽃 같지 않은 꽃. 검불 같은 꽃. 꽃이라고 해서 다 아름다운 것은 아닌 것 같았다. 엷은 갈색에 벼꽃 모양으로 볼품없는 꽃들이 눈곱처럼 주절주절 매달려 있었다. 아침에 눈을 떠 보니 대나무 숲이 온통 갈색 꽃물결을 이루었다. 60년 만에 핀 꽃이라고 했다. 사람으로 말하자면 회갑을 맞은 셈이다. 대나무꽃이 피던 날 학자들과 기자들이 몰려왔다. 대나무에 꽃이 피는 이유는 기가 부족하기 때문이라고 했다. 생체의 기가 부족하여 생존을 위협받은 대나무는 자신이 보유한 모든 생체의 기를 대나무 잎 끄트머리로 모아, 하루 동안만 꽃을 피우고 죽미竹米라고 하는 열매를 맺어 바람에 날려 보낸 다음 서서히 죽어 간다고 했다.

60년 동안 짙푸름과 꼿꼿함을 지탱하느라 생체의 기가 쇠진할 만도 했다. 대나무 꽃은 아름다움이 아니라 슬픔이었다. 대나무는 하루 동안 꽃을 피우고 나서 널따란 군락지가 한꺼번에 잿빛으로 죽어 갔다. 꽃이 지고 나자 잎부터 파삭하게 말라 갔다. 맨 우듬지 잎부터 아래로 내려가면서 죽어 갔다. 머지않아 갈색의 잎이 지고 줄기마저 메말라 버리고 나면 뿌리도 썩게 될 것이다. 대숲은 지금도 차가운 눈을 맞으며 간신히 꼿꼿함을 지탱하면서 죽음이 계속되고 있다. 죽어 가면서조차 대나무는 처연함을 잃지 않았다. 바람이 불어 대나무 숲이 흔들릴 때면 불이 붙기라도 하듯 사삭사삭 소리조차 메마르게 들려왔다. 대나무가 죽어 가면서 내는 소리. 사철을 푸르고 꼿꼿했던 대나무가 단 하루 동안, 보잘것없는 꽃을 피우고 죽다니……. 그는 어려서부터 이날까지 마음이 무겁거나 울적할 때는 마루 끝에 서서 대밭을 바라보는 버릇이 있다. 그는 이제 자신도 대나무꽃을 피울 때가 왔다고 생각했다. 나이 육십을 넘으면서부터 현재와 과거가 한눈에 겹쳐 보였다. 현재보다 과거가 더욱 선명한 모습으로 다가왔다. 대밭을 보고 있노라면 자꾸만 지나간 일들이 물너울 일렁이듯 되살아났다. 유년 시절 할머니와 함께 죽순을 꺾던 일이며, 열 살 안팎 무렵, 한겨울 깊은 밤에 대를 흔들어 잠든 채 떨어진 갈까마귀를 잡던 일, 6·25 때 총소리만 들리면 온 식구가 허겁지겁 대밭으로 숨던 일들이 눈에 선하다. 지금 김봉도는 예순두 번째 생일을 맞아 집에 내려올 둘째 아들과 며느리, 손자를 만날 생각으로 철부지 아이처럼 달떠 있다. 그는 유치원에 들어간 손자에게 대나무 장난감을 만들어 주고 싶었다. 아장골 쪽에서 거친 서북풍이 불어오자 눈발이 어지럽게 흩날렸다.

"아아, 달여울 주민 여러분, 오늘은 예고했던 대로 읍내 고향사진관에서 영정 사진을 찍으러 오는 날입니다요. 육십 세 이상 노인들께서는 점심 드시고 한 시꺼정 마을 회관으로 나오시기 바랍니다요. 육십 세 이하는 해당이 안 되니께 육십 세 이상만 나오셔야 합니다요. 영정 사진이니께 가급적이면 복장과 용모를 때깔 나게 단정히 허고 나오시기 바랍니다요."

확성기에서 왕왕대며 퍼져 나온 이장의 목소리가 눈보라 속에서 춤을 추듯 고르지 않게 찢어지고 흩어졌다.

"사진 박으러 오라는디 냉큼 안 일어나고 멋 허는가."

방에 들어온 김봉도는 아랫목에 겨릅처럼 깡마른 몸으로 흐무지게 누워 있는 아내를 내려다보았다. 늙은 아내는 언제부터인가 맥을 못 추고 땅속으로 깊숙이 가라앉듯 시들시들해 갔다. 손가락 하나 까딱하기 싫다며 종일 누워 있기만 하는 아내. 읍내 병원에 가 봤다더니 무력증이라고 했다. 체력이 급속도로 결핍되는 데서 오는 증세라고 했다. 아내도 기가 쇠하여 대나무처럼 꽃을 피우려 하는 것인지도 모른다. 그러고 보니 아내가 시름시름 앓게 된 것은 대나무에 꽃이 피기 이전부터였던 것 같다. 병원에서 무력증이라는 진단을 받고 오던 날 아내는 "새끼들이 내 속을 다 파묵어 부러서 안 그려요"라고 했다. 그렇다면 자식들은 어미의 살을 뜯어먹고 산다는 갈대밭 염낭거미 새끼들이란 말인가. 김봉도는 아내의 그 말에 마음속으로 깊숙하게 고개를 끄덕였다. 네 명의 자식들이 어미의 기를 다 빨아먹어 버린 것과 같다고 생각했다. 5 · 18 때 고등학생이었던 큰아들 진구가 행방불명이 된 데다, 딸 진숙이 년마저 3년 전에 집을 나간 채 소식이 없으니, 그런 말을 할 만도 했다. 사 남매를 낳았으나 지금 그들 곁에는 아무도 없다.

"공짜로 영정 사진을 박어 준다는디 언능 가세."

"나는 안 박을랑께 이녁이나 박고 오씨요."

"왜 또 심통이여?"

"나는 아직 준비가 안 되었어라우."

"무신 준비?"

"죽을 준비가 안 되었당께라우."

아내는 목이 마르는지 생선 비늘 같은 거스러미가 가칠가칠하게 돋은 입술에 침을 바르고 나서 두 주먹으로 허리를 두드리며 신음과 함께 모로 돌아누워 버렸다.

"죽는디 무신 준비가 필요하다고 그래싼가."

"준비를 다 해 놓고 죽어야 편안허게 눈을 감지라우."

"어거지 부리지 말고 언능 일어나."

"나는 영정 사진 안 박어라우. 막내꺼정 장개보내고 증손자 볼 때꺼정 살라요."

"그려. 준비된 내가 먼첨 천당에 가서 자리 잡어 놓고 나면 자네는 싸묵 싸묵 오소."

김봉도의 말에 아내는 코웃음을 치고 힘겹게 일어나서 손잡이가 떨어 져 나간 오래된 이불장 옷걸이에 걸어 놓은 흰 와이셔츠와 하늘색 바탕에 물방울무늬 넥타이며 짙은 밤색 양복을 꺼내 방바닥에 가지런하게 놓았 다. 김봉도는 낡은 초록색 가죽점퍼를 벗고 와이셔츠에 넥타이를 맨 다음 양복저고리를 입었다.

"바지도 갈아입으씨요."

"영정 사진 받는디 무신 아랫도리는……."

그는 입고 있던, 무릎께가 튀어나온 감색 추리닝 바지를 툭툭 털고 나서 손가락으로 갈퀴질하듯 머리를 쓱쓱 훑으며 밖으로 나갔다. 아내는 끝내 따라나서지 않았다. 그는 아내의 마음을 헤아리고도 남았다. 아내는 결코 죽음을 두려워하는 것이 아니라는 것도 알고 있다. 대문 밖에 나서자 바람이 송곳 끝처럼 따끔거렸다. 아카시아꽃만큼이나 굵어진 눈발이 바람에 휘익휘익 휩쓸렸다. 김봉도는 눈이 푹신하게 쌓인 고샅에 삐뚤삐뚤 갈지자로 고무신 발자국을 찍으며 마을 회관으로 향했다. 그는 농협 창고 앞에 이르자 얼핏 걸음을 멈추고 걸어온 길을 돌아보았다. 그가 걸어온 흔적이 금세 눈에 파묻혀 버린 것을 보았다. 늘 보아 온 일이지만 이날은 왠지 기분이 묘했다. 아직 준비가 안 되었다는 아내의 말이 한사코 귓속에서 부스럭거렸다.

"허허, 봉도야, 네놈 꼬라지가 왜 그러냐?"

통샘 거리에 이르자 불알친구 박천도가 대문 밖으로 모습을 드러내며, 추리닝 바지에 빨간색 넥타이를 맨 김봉도를 보며 한바탕 히죽거렸다. 박천도는 2년 전에 아내를 먼저 보내고 혼자 살고 있다.

"늬놈 행색이야말로 똥개가 다 웃겄다."

코르덴 바지에 마고자까지 갖춘 한복 저고리 차림인 박천도의 모습은 더욱 가관이었다.

"그래도 나는 이발꺼정 했구만."

"저승길 채비허기도 설치 않네."

"헌듸, 왜 혼자냐?"

"우리 할망구는 안직 죽을 준비가 안 되었다는구만."

김봉도 목소리가 갑자기 눈 머금은 겨울 하늘처럼 음울하게 가라앉아 있었다. 결혼사진을 찍은 지가 엊그제 같은데 벌써 영정 사진이라니, 지나온 세월이 한갓 뜬구름처럼 무상하게만 느껴졌다. 이제는 돌아올 수도 없는, 마지막 먼 길 떠나기 위해 새벽녘에 쓸쓸하게 정거장에 와 있는 것 같은 기분이었다. 그는 바람이 불 때마다 우수수 잎이 떨어지는 대나무 숲을 바라볼 때처럼 마음이 허전하고 아렸다.

마을 회관에는 영정 사진을 찍기 위해 여남은 명쯤 나와 있었다. 나들이옷에 한껏 멋을 부린 사람도 있었고 김봉도나 박천도처럼 윗도리만 입은 사람들도 여럿이었다. 특히 머리를 곱게 빗은 여자들은 대부분 몸뻬 같은 허드레옷에 저고리만 새 옷으로 갖춰 입었다. 김봉도는 마을 회관에 나온 면면들을 대충 일별했다. 그들은 마치 저승길 떠나는 차표를 사기 위해 순서를 기다리고 있는 것처럼 보였다. 그들에게서 죽음의 그림자를 느낄 수 있었다. 그러면서도 그들의 표정은 밝았다. 웃는 얼굴로 서로 농담을 주고받을 만큼 여유로웠다.

"얼추 다 오신 것 같은께 이장이 한 말씀 드리겠습니다요. 에 또, 그러니께 여그 계신 고향사진관 김선기 사장님께서는 몸소 효친 사상을 실천하기 위해서, 그러니께 수년 전부텀 관내 마을을 순회하면서 나이 잡수신 분들 영정을 찍어 주고 있습니다요. 자, 고향사진관 김선기 사장님께 박수 한번 쳐 드립시다요."

이장의 말에 왜소한 체구에 이마가 훌렁 벗겨진 사십 대 초반의 고향사진관 김 사장이 사진기 앞으로 한 걸음 걸어 나와 허리를 굽적거리자 노인들이 일제히 손뼉을 쳤다.

"그러면 고령자 순서대로 의자에 앉으시지요."

사진사의 말에 이장이 아흔일곱 살로 달여울의 최고령자인 또삼이 어머니에게 회색 천으로 가린 마을 회관 벽 앞에 놓인 의자에 앉을 것을 권했다. 짙은 밤색 새 양복에 주황색 넥타이를 맨 또삼이가 은색 치마저고리를 차려입은 늙은 어머니를 부축해 의자에 앉혔다. 체머리를 흔드는 데다 합죽한 입을 자꾸 오물거리는 또삼이 어머니는 어리벙벙한 표정으로 앉아 있었다. 사진사는 한동안 난감한 얼굴로 또삼이 어머니를 바라보고 서 있었다.

"엄니 살짝 웃으씨오."

서너 발짝 떨어져서 어머니를 지켜보고 있던 또삼이가 큰소리로 외쳐대듯 말했다. 그래도 또삼이 어머니는 아들의 말을 알아듣지 못한 듯 아무런 표정이 없다.

"저승길이 뭣이 좋다고 웃고 찍어."

"허면 우는 얼굴로 찍으라고?"

"죽을 때 얼굴을 해야제."

"그래도 웃는 얼굴이 더 낫겠네."

"인생은 고해고 천당 길은 행복이여."

여기저기서 영정 사진의 표정에 대해서 한마디씩 의견들을 말했다. 그리고 저마다 사진을 찍을 때 자신은 어떤 표정을 짓는 것이 좋을지를 생각해 보았다. 김봉도는 자신이 어떤 얼굴을 하고 죽을 수 있을까 하고 머릿속에 그려 보았다.

"영정을 보면 그 사람의 삶을 알 수 있다고 합니다. 어르신들이 살아온 지난날을 돌아보시면 영정 사진 표정이 자연스럽게 만들어질 겁니다."

또삼이 어머니의 체머리 때문에 순간 포착을 못 하고 엉거주춤 서 있던 사진사가 말했다. 영정 사진을 찍을 때마다 하는 말이기도 했다. 그가 경험한 바로는 이승의 삶이 고달픈 노인들일수록 영정 사진의 표정은 의외로 맑고 평화로웠다. 반대로 부귀영화를 누리고 사는 노인들의 표정은 어딘지 모르게 밧줄에 가까스로 매달려 있는 것처럼 불안하고 딱딱하게 굳어져 있게 마련이었다. 그게 모두 지나친 집착과 욕심 때문이라는 것을 그는 알고 있었다.

"지난날을 생각헌다치면 무담시 얼굴이 찡그려지는디?"

"워디, 지난날들이 하루라도 편헐 때가 있었어야제."

노인들은 사진사의 말에 오히려 고개를 흔들었다. 그때 찰칵 셔터 소리와 함께 플래시가 번쩍 터졌다. 그리고 또삼이가 어머니를 부축해서 일으키고 그 자리에 덥석 앉아 목을 빳빳하게 세우며 씩 웃었다. 올해 쉰일곱 살인 또삼이는 이번 기회에 영정 사진을 찍고 싶어 새 양복까지 차려입고 나온 것이었다.

"냉큼 일어서지 못해."

박천도가 눈을 부라리며 의자에 앉은 또삼이를 나무랐다. 또삼이 나이면 달여울에서는 어른 축에 끼지도 못했다. 결국 또삼이는 이맛살을 구기고 일어서서 노모를 부축하고 집으로 돌아가고 말았다.

김봉도는 맨 마지막에야 딱딱한 나무 의자에 앉았다. 그는 의자에 앉은 순간까지도 어떤 표정으로 사진을 찍을 것인지 결정짓지 못했다. 그보다 앞서 찍은 마을 노인들의 표정은 행복이 넘칠 만큼 밝지도, 절망 속을 허덕일 정도로 어둡지도 않았다. 한결같이 덤덤해 보였다. 조금 전 사진사가 영정은 그 사람의 삶을 말해 준다는 말대로, 달여울 사람들이 그저 덤덤한 삶을 살아왔기 때문일까. 김봉도는 짧은 순간에 지나온 삶을 돌이켜 보았다. 켜켜이 쌓인 기억들 중에서 첫아들 진구가 태어났을 때가 섬광처럼 번쩍 떠올랐다. 결혼한 지 7년 만에 첫아들을 얻은 순간, 그는 두 팔을 힘껏 뻗어 지구를 통째로 끌어안은 것처럼 가슴 벅찬 만족감을 느꼈다. 동구 밖에 나가서 목이 터져라 만세를 부르고 싶었다. 그때를 떠올리자 얼굴이 아침 햇살처럼 활짝 펼쳐지는 듯했다. 그러나 그 아들을 다시 볼 수 없음은 견딜 수 없는 고통이고 슬픔이었다.

"사진 찍을 때 함박꽃 맹키로 훤허게 웃는 것 보니께 봉도 자네는 죽는 것이 좋은개벼?"

사진을 찍고 집으로 돌아가면서 박천도가 놀려 대는 목소리로 뚜벅 입을 열었다.

"되돌아보면 지난 인생이 다 나쁜 것만은 아니었제. 더러 오진 일도 있었잖은가."

"허기사, 어렸을 적에 가난 땜시 배고팠던 설움 말고는……."

"그나저나 하늘이 빵꾸가 나 부렀는가 눈이 멈출 줄 모르는구만 그려."

"우리 같은 농사꾼헌테는 눈 오는 날이 공일 아닌가. 이럴 때나 푹 쉬면서 늙은 할멈 궁뎅이나 투덕거려 줘."

"서울에서 손자 놈이 온다는데 줄 것은 없고 대나무로 장난감이라도 맹글어 줄라고 그러네."

"이 사람아, 요새 세상에 아이들이 대나무 장난감을 좋아헌당가?"

박천도는 그 말에 애매한 표정을 지으며 머리에 포실하게 쌓인 눈을 털며 서둘러 고샅 안으로 사라졌다. 김봉도는 한참 동안 박천도가 사라진 고샅 끄트머리를 바라보고 서 있었다. 박천도네 기와지붕 위로 눈 덮인 토끼산이 자오록이 멀어 보였다.

2

"영정 사진 박을 때 무신 배경이었소?"

날이 어두워질 때까지 깊은 바다에 사는 심해어처럼 방바닥에 등을 찰싹 붙이고 반듯하게 누워 있던 아내가 앓는 소리로 영정 사진 배경에 대해 물었다. 김봉도는 아내의 생뚱맞은 물음에 피식 웃었다.

"배경? 그냥 마을 회관 벽에다가 회색 포장을 쳤드만."

"회색 포장이라니, 영정 사진은 배경을 잘 잡어야 허는디."

"영정 사진에 배경이 뭐가 중요허다고그려."

"아니구만이라우. 이승에 마지막 남겨 둘 사진인께, 뭣보담도 배경이 중요허지라우. 나는 영정 사진 박을 때 나헌테 딱 맞는 배경을 고를 것일구만이라우."

"그러고 보니께 이녁이 아직 죽을 준비가 안 되었다고 허는 거는 영정 사진 배경을 결정 못해서구만?"

"그것도 이유가 되지라우."

김봉도는 아내가 영정 배경에 대해 특별한 생각을 갖고 있다는 사실이 의외로 받아들여졌다. 아내가 영정 배경을 이렇듯 중요하게 생각하는 것은 무엇 때문일까 궁금했다. 아내에게 딱 맞는 배경이란 도대체 무엇이란 말인가.

다음 날 아침 김봉도는 톱을 들고 대밭으로 향했다. 형준이, 형주에게 채죽부채를 만들어 줄 대를 베어 오기 위해서였다. 처음에 그는 손자에게는 대나무 물총이나 연필통이 아니면 아기 죽부인을 만들어 주고 손녀 형주에게는 피리나 대나무 머리핀, 꽃병이 좋을 것 같다고 생각했다. 생각 끝에 그는 두 아이들에게 똑같이 작고 앙증맞은 채죽부채를 만들어 주기로 결정했다. 오방색 물감으로 채색한 채죽부채는 여름에 시원한 바람을 만들 수도 있고 방 벽에 걸어 놓으면 장식품으로도 좋을 듯싶었다. 땅에 떨어진 댓잎 위에 푹신하게 덮인 눈을 밟으며 대나무 숲으로 들어서자 습윤한 바람이 훅 덮쳐 왔다. 한겨울의 대나무 숲은 생각보다 춥지 않았다. 김봉도는 어려서부터 대나무 숲을 좋아했다. 한여름 대나무 숲에서는 서늘한 바람이 불었다. 햇볕 쏟아지는 여름날 댓잎 썩은 냄새는 향기롭기까지 했다.

김봉도는 얕은 갈색으로 변해 버린 대나무를 쓰다듬었다. 푸름을 잃은 대나무는 까칠하게 느껴졌다. 한때 대나무는 젊은 시절 아내의 속살처럼 매끄러웠다. 그는 두 손으로 대나무를 잡아 흔들었다. 쌓인 눈 위로 회백색의 성성한 댓잎이 수수수 떨어졌다. 비록 푸른빛은 잃었지만 아직 뿌리는 썩지 않아 꼿꼿함을 지탱하고 있었다. 그는 대나무 뿌리의 튼실함과 왕성한 번식력에 늘 놀랐다. 땅만 있으면 어디에서고 뿌리를 내리고 죽순을 솟아 올렸다. 수평으로 뻗은 뿌리는 대나무 숲 땅을 그물처럼 덮고 있었다. 한 뿌리에서 수십 그루의 대가 올라왔다. 서쪽 집에 대를 심으면 동쪽 집까지 뻗는다는 말이 거짓이 아니다. 마을 사람들은 대나무에 꽃이 피자 대나무가 말라 죽기 전에 모두 베어서 팔라고 했지만 그는 거절했다. 대나무를 그 자리에 꼿꼿하게 서서 죽도록 해 주고 싶었다. 그들 부부는 이 대밭에서 난 대로 키며 소쿠리, 죽부인 등을 만들어 팔아 두 아들을 대학까지 보낼 수 있었다.

김봉도는 대나무 숲 들머리에서 부채 자루로 쓸 오죽부터 잘랐다. 햇빛이 많이 드는 땅의 오죽일수록 색이 짙다. 부챗살을 만들 키 작은 반죽을 자르고 나서, 덤으로 필통을 만들 생각으로 왕대 밑동에 톱질을 했다. 그는 그동안 수백 그루의 왕대를 베어냈지만 왕대를 자를 때마다 마음이 쓰리고 아렸다. 밑동이 잘린 대나무가 우지직 소리를 내며 쓰러질 때마다 가슴이 철렁 내려앉곤 했다. 그 때문에 그는 꼭 필요한 만큼만 베었다. 대나무가 죽기 전에 팔라는 말을 거절한 것도 쓰린 마음을 감당할 수가 없을 것 같아서였는지 모른다. 김봉도는 아내가 대나무를 닮았다고 생각했다. 파르르한 성깔에 심지 곧기가 짱짱한 대쪽 같고 철없는 아이처럼 속이 비어 있다. 아내는 신혼 초에 송기죽으로 연명을 하면서도 잘사는 친정에 결코 손을 벌리지 않았다. 고등학교를 졸업하고 서울로 올라갔다가 임신해서 돌아온 외동딸을 밤중에 내쫓을 만큼 독한 구석이 있었다. 그런가 하면 시동생이 자동차 사고를 내고 징역살이를 하게 되자, 몇 년 동안 발바닥 물커지도록 죽물 이고 다녀 장만한 장구배미 논을 선뜻 팔아 화해 대금으로 내주기도 한 아내였다.

그날 저녁 김봉도는 서울에 사는 둘째 아들 준식의 전화를 받았다. 그는 아들의 전화 목소리만 들어도 가슴이 설레었다. 오랜만에 듣는, 맥 빠진 아들의 목소리에 어디 아프지는 않은지 그새 회사에서 무슨 일이 잘못되지나 않았는지 걱정부터 앞섰다.

"아버지, 저 생신 전날 오후에 내려갈게요. 저녁 먹을 때쯤 도착할 거예요."

"알았다. 형준이 좀 바꿔라."

김봉도는 아들이 자기 할 말만 하고 끊으려고 하는 것을 다급하게 손자를 찾았다. 아들은 잠깐 기다리라고 하더니 큰 소리로 손자의 이름을 외쳐 불렀다. 그사이 김봉도는 손자한테 할 말을 머릿속에서 굴려 보았다. 지난번 전화에서 손자 녀석이 할아버지는 만날, 밥 먹었냐, 유치원 잘 다니느냐, 할아버지 보고 싶으냐는 둥 똑같은 말만 한다고 짜증 섞인 말을 했기 때문이다. 그러나 새로운 말이 떠오르지 않았다.

"형준이 지금 게임기 가지고 노느라 바쁘대요."

"노니라고 할애비 전화도 못 받아? 허면 형주 바꿔라."

김봉도는 언제나 손자를 먼저 찾았고 그다음에야 손녀를 찾았다. 손녀가 왜 할아버지는 누나인 자기보다 동생을 먼저 찾느냐면서 불만을 말했으나 그는 고칠 생각이 없었다.

"형주도 만화 보느라 바쁘다는데요?"

"알았다. 끊는다."

그는 목소리에 노골적으로 서운함을 나타내며 신경질적으로 송수화기를 놓았다. 손자 손녀와 통화를 못 한 것 때문에 심기가 축축해졌다. 그러나 서운한 생각은 잠깐이고 며칠 후면 만나서 찐덥게 안아 볼 생각에 얼굴에 저절로 흐뭇한 미소가 가득 흘렀다.

"손자 놈 목소리도 못 들었음시로 멋이 오져서 웃어 쌌소?"

저녁 밥상을 물리자 다시 아랫목 차지하고 신음 토해내며 반듯하게 누워 있던 아내가 핀잔을 주었다.

오랜만에 눈발이 멎고 바늘 끝처럼 뾰족뾰족한 겨울 햇살이 명징하게 내리꽂혔다. 눈이 녹자 죽어 가는 대나무 잎 색깔이 잿빛에서 희백색으로 변했다. 바람이 건듯 불어도 불불 대나무 잎이 검불처럼 가볍게 날렸다. 이제 푸른 잎을 간직한 대나무는 찾아볼 수가 없다. 푸름이 사라진 대나무 숲은 추수가 끝난 들판처럼 삭막해 보였다. 꼿꼿하게 선 채로 죽어 가는 대나무를 바라보는 그는 구슬픈 소리를 내며 일렁이는 대나무 울음 같은 소리를 들었다. 바람 부는 날에는 죽어 가는 대나무 울음소리가 아우성처럼 들리기도 했다.

생일을 하루 앞둔 날, 아내는 아침부터 서둘러 몸단장을 하더니 생일잔치 음식 준비를 해야 한다면서 외출을 서둘렀다. 갑자기 아내는 생기가 돌았다. 자식과 손자 만날 생각에 허리 통증이 사라져 버린 것이다. 김봉도는 아내와 함께 군내 버스를 타고 읍에 나가 장을 보아 왔다.

"오늘, 우리 형준이 형주 오면 품고 잘라고 눈 찔근 감고 향수 한 병 사부렸소. 지난번 추석에 왔을 적에 고것들이 클씨, 핼미헌테서 무신 된장 냄새가 난다고 험시로 도통 옆에 올라고 허지를 않드랑께요."

아내는 오리알색 스웨터 주머니에서 연둣빛 나는 작은 향수병을 꺼내 보이며 눈발처럼 희끔 웃었다. 오랜만에 본 늙은 아내의 웃음은 겨울 햇살보다 더 해맑았다.

"올해는 진숙이도 올라는가 모르겠네."

김봉도는 오랜만에 아내가 기분 좋아하는 틈을 타 진숙이 이름을 툭 던져 보았다. 그는 문득 3년 전에 집을 나간 진숙이가 보고 싶었다. 들리는 말로는 목포 선창 어디에선가 아기와 함께 살고 있다고 했고 아기를 데리고 일본으로 갔다고도 했다.

"속 뒤집어지게 그 썩을 년 이야기는 왜 또 끄내요. 소식이 없는 것이 워디서 칵 뒈져 부렀는가 보지라우."

갑자기 아내의 얼굴이 여러 가지 빛깔로 굳어졌다. 아내는 그렇게 말을 하면서도 애타게 진숙이를 기다리고 있다는 것을 그는 알고 있다.

"셋째 진철이는 요번에도 안 올라는가?"

"군대 있는 놈이 어치게 오겠소."

아내의 목소리는 여전히 메말라 있었다.

읍에서 돌아온 아내는 부엌에서 음식 장만을 하였고 김봉도는 물들인 대오리로 채죽부채를 만들기 시작했다. 음식 냄새가 집 안을 친친 휘감았다. 아내는 큰아들이 좋아하는 간전을 부치고 있었다. 음식 냄새가 진동하자 오랜만에 집 안이 사람 사는 집 같았다. 음식 냄새는 사람 사는 냄새와 같다는 생각을 했다. 흉년이 들어 굶주렸던 시절에는 하루 종일 집에 있어도 음식 냄새를 맡을 수가 없었다. 그 시절에는 사람 사는 집 같지가 않고 폐가처럼 스산하기만 했다. 역시 사람 사는 집에서는 음식 냄새가 솔솔 풍겨야 마음이 푸근해지면서 기가 솟고 여유도 생기는가 싶었다. 지금 김봉도는 참으로 오랜만에 콧노래를 흥얼거릴 만큼 기분이 느긋해졌다. 마치 화사한 봄날 꽃바람이 살랑거리는 것만 같았다. 그는 지금 간질간질한 행복감에 젖어 있다. 행복이란 보고 싶은 사람을 기다리는 마음속에 자리 잡고 있는 것일지도 모른다는 생각이 들었다. 허리가 끊어질 것 같다면서 며칠 동안 꼼짝 않고 누워 있기만 하던 아내도 저녁 나절 내내 부엌에서 살았다. 김봉도는 그런 아내가 안쓰럽기까지 했다. 손자 손녀 만날 생각에 무력증의 늪에서 빠져나온 듯싶었다. 김봉도는 회를 들쑤셔대는 음식 냄새 때문에 잠시 하던 일을 멈추고 슬그머니 부엌으로 들어가서 손으로 간전 하나를 집어 날름 입에 넣었다.

"어따, 우리 새깽이덜 줄 것이구만, 축내지 마씨요."

아내가 김봉도를 향해 밉지 않게 눈을 흘기며 말했다.

"새끼들 입만 입인감."

그는 내친김에 거푸 간전을 집어 먹었다. 그러자 종당에는 아내가 간전을 집으려는 그의 손등을 딱 소리가 나게 내리쳤다. 김봉도는 볼때기가 미어지도록 음식을 우물거리며 부엌에서 나왔다. 무안을 당했으면서도 실실 웃으며 대나무 숲 위에 펼쳐진 하늘을 바라보았다. 대나무 숲의 회갈색과 하루의 마지막 순간에 내뿜는 햇살을 머금어 겨울답지 않게 선명한 쪽빛 하늘이 꿈속처럼 아련한 분위기를 만들었다. 어느새 해가 떨어지려는지 하늘 귀퉁이에 불그레한 석조가 깔리기 시작했다. 김봉도는 방으로 들어와 채죽부채에 마지막 손질을 했다. 두 개의 부채를 만들고 나니 방 안에 어둠이 꾸역꾸역 밀려오고 있었다. 둘째가 회갑 때 걸어 준 뻐꾸기시계가 여섯 번을 울었다. 한겨울에 방 안에서 뻐꾸기 소리를 듣는 게 싫지가 않았다. 집에 와서 저녁을 먹겠다던 둘째네 식구들은 아무래도 날이 어두워서야 도착할 모양이었다. 늦으면 늦겠다고 미리 전화라고 해 주면 좋으련만, 둘째는 곰살궂은 데가 없었다. 그게 살가운 구석이라곤 없이 뚱한 성격의 제 어미를 닮았기 때문이라고 생각했다.

"도착헐 때가 지났는디 워찌 여적 안 온다요. 전화 한번 해 보씨요."

그 사이에 아내가 허리를 구부리고 들어와 형광등을 켜며 불컥거리는 목소리로 말했다.

"올 때가 되면 오겄제."

"내 새깽이덜 배고플까비 안 그러요."

"허리 아프단 말 허지 말고 여기 누워서 기다리고 있으면 올 것이네."

김봉도는 아내의 성화에도 전화를 하지 않았다. 아내는 그런 남편을 향해 입을 삐죽거리고는 다시 밖으로 나간 후 한참 동안 들어오지 않았다. 부엌도 조용했다. 그는 혹시 둘째한테서 전화가 올지 몰라 전화기 옆에 바짝 붙어 앉아 있었다. 그사이에 뻐꾸기가 일곱 번을 울었다. 어쩐지 뻐꾸기 소리가 청승맞게 들렸다. 그는 부엌으로 난 샛문을 열고 큰 소리로 아내를 불렀다. 대답이 없었다. 앉은걸음으로 완자문 가까이 가서 문을 열고 다시 아내를 불러 보았다. 차갑게 얼어붙은 마당에는 어둠의 장막이 두껍게 버티고 있을 뿐 아내의 기척은 느껴지지 않았다. 그는 문을 닫고

혹시 전화기에 이상이 있나 싶어 송수화기를 들고 귀에 대 보았다. 뚜우 소리가 전류를 타고 흘렀다. 전화기에 이상이 없음을 확인한 그는 방문을 열고 밖으로 나가 마루 기둥에 매달아 놓은 백열등 스위치를 켜고 사방을 두리번거리며 서너 차례 아내를 불렀다. 아내가 집 안에 없다는 것을 알고 토방에 내려서서 발에 털신을 꿰었다. 대문이 열려 있는 것을 보니 아내는 필시 밖에 나가 아들이 오는 것을 기다리고 있음이 분명했다. 그는 아내를 찾아 대문 밖으로 나서려다가 그냥 방으로 들어와 버렸다. 그는 화가 났다. 몸이 쇳덩이처럼 무겁고 땅속으로 가라앉은 것 같다면서 노상 신음을 입에 달고 누워 있던 아내가 찬바람 속에 떨고 서 있을 것을 생각하니 애잔한 마음에 앞서 부아가 치밀어 오른 것이었다.

둘째한테서 전화가 온 것은 뻐꾸기시계가 여덟 번을 울고 나서였다. 전화 내용은 형준이가 아파서 올 수 없다는 것이었다. 막 점심을 먹고 출발하려고 했을 때 형준이가 갑자기 아랫배를 거머쥐고 때굴때굴 구르면서 배가 아프다고 하여 동네 병원에 갔는데, 큰 병원으로 가 보라기에 지금 종합병원에 와서 주사 맞고 응급실에 누워 있다는 것이었다. 김봉도는 형준이가 아프다는 소리에 온몸의 피돌기가 멎은 것 같으면서 잠시 눈앞이 어질어질해졌다. 종합병원 의사 선생님이 뭐라고 하더냐고 큰 소리로 다그치듯 거듭 물었으나 둘째는 상태를 지켜본 후에 다시 전화하겠다면서 일방적으로 전화를 끊었다. 김봉도는 가만히 있지 못하고 꽁지에 불붙은 송아지처럼 앉았다 일어났다 안절부절못하다가 방문을 열고 밖으로 나갔다. 그때 허리 구부러진 아내가 휘적휘적 그림자처럼 마당 안으로 들어섰다.

"이눔에 여편네가 얼어 뒈질라고 환장을 했남, 찬바람 쐬고 워딜 쏘댕 기다가 인제 오는겨."

　김봉도는 아내를 향해 버럭 고함을 내질렀다. 아내가 쓰러질 것처럼 비척거리자 그는 마당으로 뛰어 내려가 붙잡아 주었다. 몇 시간 동안 추운 밤바람을 쏘인 아내의 몸은 고드름처럼 굳어 있었다.

　"형준이네 못 온대."

　김봉도는 아내를 아랫목에 누이고 이불을 덮어 주며 부드러운 목소리로 말했다.

　"못 온다고라?"

　아내가 이불을 걷어차고 발딱 일어나 앉았다.

　"그려, 회사에 바쁜 일이 생겼다드구만."

　"압씨가 못 오면 에미라도 새끼들 데리꼬 와야지라."

　"그럴 형편이 아닌가 보제."

　"형편이 아니라니, 무신 일이다요? 또 짤린 것은 아니었지라우?"

　아내는 허리를 구부린 채 이불을 바짝 그러안고 앉아서 거푸 한숨을 내쉬었다. 김봉도는 가느다란 눈빛으로 아내를 바라보며 그날 밤 두 사람이 온전하게 잠을 잘 수 없을 것으로 생각했다. 그들 내외는 고개를 쳐들고 형광 불빛을 바라본 채 한동안 말없이 우두커니 앉아 있었다. 밤이 깊어지면서 바람이 드세어진 듯 대숲 흔들리는 소리가 문을 두드리듯 가깝게 들려왔다. 물소리 같기도 하고 소나기 쏟아지는 소리 같기도 했다. 한겨울 푸른 댓잎이 무성할 때 대숲에서는 철철철 물레방아 소리 돌아가는 소리가 들리는 듯했었다. 이제 이 겨울이 가면 댓잎은 모두 떨어질 것이고 다시는 바람에 대숲 흔들리는 소리를 듣지 못할 것이다. 머지않아 봄이 와도 대나무는 짙푸름을 되찾지 못할 것이라는 생각을 하며 김봉도는 왠지 기분이 울적해졌다.

며느리한테서 전화가 온 것은 뻐꾸기시계가 열한 번을 울고 나서였다. 병원에서 집으로 돌아왔다고 했다. 형준이는 점심때 먹은 치킨이 급체한 것이라고 했다.

"아버님 죄송해서 어쩌죠? 지금이라도 출발하고 싶은데, 형준이가 아직은……."

"됐다. 올 필요 없다. 형준이 몸조리나 잘하도록 하그라."

김봉도는 왁살스럽게 전화기를 동댕이치듯 내려놓았다. 그제야 그는 아내한테 아들네가 오지 못하게 된 이유를 설명했다. 그러자 아내는 다시 아들한테 전화해서 형준이가 좀 어쩐지 자세히 물어보라고 발싸심이다. 그러나 그는 전화하지 않았다. 어쩐지 아들 며느리가 형준이 핑계를 대고 있는 것만 같았다. 더 깊이 생각하고 싶지 않은 그는 마루의 백열등과 방안의 형광등을 끄고 자리에 누웠다. 그러자 아내가 끙끙대고 일어나더니 형광등과 백열등을 다시 켰다.

"더 기다릴 자식도 없는디 그만 안 자고 왜 또 근천을 떨어?"

"찾어올 자식이 어디 형준이 압씨 하나뿐이요?"

아내는 이상한 말을 하며 허리를 구부린 채 이불자락을 그러안고 오도카니 앉아서 눈이 시리도록 형광등만 쳐다보았다. 아내가 기다리는 건 형준이네 말고 또 누가 있다고 그런 말을 한다는 말인가. 군대 간 셋째는 올 수도 없고 집 나간 딸 진숙이는 3년째 소식이 없는데 누가 온다는 말인가. 아내는 혹시 24년 전에 행방을 감춘 첫째를 다시 기다리는 것은 아닐까 싶었다. 오랜 세월 아내의 기다림은 희망이 아닌 고통이고 절망이었다. 아내의 무력증은 기다림에서 비롯되었는지도 모른다. 첫째는 결코 돌아오지 않는다는 것을 체념시키는 데 몇 년 동안 얼마나 힘이 들었는데, 그 기다림 병이 도지기라도 한 것일까. 밤새도록 기다려도 아비 생일날이라고 찾아올 사람 하나 없는데도 아내는 또 무엇 때문에 청승을 떨고 있는지 몰랐다. 김봉도는 까무룩 잠이 들었다. 그는 꿈속에서 짙푸른 대나무 숲이 집어삼킬 듯 거칠게 몰려왔다. 그는 소스라치게 놀라 눈을 떴다. 두런거리는 말소리와 쥐어짜듯 가냘프면서도 격렬하게 흐느끼는 소리가 들렸다. 윗몸을 일으켜 방안을 둘러보았으나 아내는 보이지 않았다. 밖에 누가 온 모양이었다. 마당 쪽에서 아기 칭얼대는 소리가 들렸다.

"징허게도 독살시런 년, 에미는 네가 뒈진 줄 알았구만."

"죄송해요. 지난번 엄니 생신 때도 장터까지 왔다가 면목이 없어서 그냥 되짚어갔어요."

"썩을 년, 에미 심정을 그렇게도 모르다니……."

"엄니 마음 다 알아요."

"어디 내 새끼 좀 보자. 핼미가 한번 안아보자. 오매 꼬치 달렸네."

뒤이어 아기 울음소리가 어둠을 도려냈다.

"춥다. 어여 건넌방으로 들어가자. 느그 오래비 올 줄 알고 군불 지펴놨는디 안 온단다."

"먼저 아버지한테……."

"아부지 폴쎄 잠드셨다. 인사는 아침에 허고 시장헐 텐께 요기부텀 허게 어서 들어가자."

방문 여닫는 소리에 이어 부엌에서 달그락거리는 소리가 들려왔다. 딸년이 아기와 함께 돌아온 것이었다. 김봉도는 그제야 아내가 잠자리에 들지 못하고 불을 밝혀 둔 채 꼿꼿하게 앉아 있었던 이유를 알 수 있었다. 그러고 보니 아내는 오래전부터 해마다 명절이나 두 내외 생일날마다 자정이 지나도록 잠자리에 들지 않았던 것 같았다. 집에 들어오기만 하면 다리를 분질러 버리겠다고 잡도리를 하여 내쫓을 때는 언제고 그동안 저리도 애타게 기다렸다는 것인가. 그러나 그는 배부른 딸년을 내쫓고 나서 아내가 하루도 마음 편할 날이 없었다는 것을 너무도 잘 알고 있는 터였다. 김봉도는 다시 자리에 누워 눈을 감았다. 가슴속으로 깊은 강물이 도도히 흐르는 것처럼 기분이 차분하게 가라앉으면서 마음이 흥건하게 젖어 왔다. 형준이네에 대한 서운함이 일시에 가시면서 간질간질할 만큼 낯선 기쁨이 온몸에 가득 차오르는 것을 느낄 수가 있었다. 자꾸 눈물이 나려고 했다. 중학생이 되던 날 딸을 자전거에 태우고 둑길을 달렸던 기억이 그림처럼 선명하게 떠올랐다. 생각 같아서는 당장 건넌방으로 뛰어 들어가 딸의 얼굴을 보고 싶었다. 딸이 데리고 온 외손자도 안아보고 싶었다.

아내가 큰방으로 들어온 것은 뻐꾸기시계가 두 번을 울었을 때였다.

"누구 왔는가?"

김봉도는 아내가 이불 속으로 들어오기를 기다렸다가 잠에 취한 목소리로 넌지시 물었다.

"이녁 안 자고 있었소?"

"아니, 시방 깼네. 누가 온 것 같아서······."

"낼 아침에 생일상 받을라면 언넝 불 끄고 자씨요."

"나 생일상 안 받을라네. 자식새끼 하나 안 오고 달랑 우리 두 사람뿐인디 무신 기분으로 썰렁허게 생일상을 받것는가."

"알아서 허씨요. 이녁 안 받으면 내가 대신 받을라요."

그렇게 말하는 아내의 목소리가 전 같지 않았다. 푸른 대나무 잎이 서

걱이듯 맑고 기운차게 들렸다. 김봉도는 히죽이 웃으며 아내의 손을 꼭 잡았다. 오랜만에 잡아 본 아내의 손은 마디마다 옹이가 박혀 거칠었지만 따뜻했다. 아내의 몸은 희백색으로 죽어가는 대나무처럼 메말라 있었다.

"참, 내일 아침에 사진사 좀 불러 주씨요."

아내가 김봉도 쪽으로 돌아누우며 말했다.

"회갑 때 박었는디 또 박게? 나 사진 안 박어."

"나, 영정 사진 찍을라요."

"어이? 안직은 죽을 준비가 안 되었담서?"

"배경도 생각해 두었어라우."

"영정 사진 배경?"

"우리 대밭을 배경으로 박을라요."

그 말을 끝으로 아내는 어느새 잠이 들어 코를 골기 시작했다. 편안하게 깊이 잠든 아내의 얼굴은 대나무꽃처럼 엷은 희백색이었다. 김봉도는 모로 누운 채 잠든 아내의 머리에 팔베개를 해 주며 느슨하게 안았다. 그는 그제야 아내가 입버릇처럼 되뇌던 죽을 준비가 무엇인가를 알 수 있었다. 거친 바람이 죽어 가는 대나무를 못 견디게 흔들어 대는지 철철철 어둠을 휘젓고 있었다. 건넌방에서 아기 울음소리가 푸른 바람 속으로 뒤섞였다.

『미네르바』, 2003

영웅전

1

지금 나는 당신에게 조선 시대에 31세로 역적 누명을 쓰고 억울하게 옥사獄死한 어느 장수에 관해 이야기를 하려고 합니다. 새삼스럽게 당신에게 이 이야기를 하는 것이 부질없는 짓이라는 것을 나는 잘 알고 있습니다. 그러나 나는 그의 영전에 향을 피우듯, 엄숙하고 경건한 마음으로 이 이야기를 합니다. 불가에서 향은 이승과 저승을 이어 주는 시간의 끈이라고 하지요. 지금 나는 보이지 않는 끈을 따라 400년이라는 영허盈虛의 시간과 공간을 연결하고자 합니다. 나는 400년이라는 시간의 무게에 대해서는 별로 부담을 느끼지 못하고 있습니다. 역사에서 시간의 굴절은 별 의미가 없으니까요.

장수가 태어난 빛고을에는 지금도 그에 대한 신비로운 전설들이 살아서 꿈틀거리고 있습니다. 전설은 죽은 시간의 무덤이 아닌, 오랜 역사의 퇴적층 위에서 피어난 한 떨기 무채색의 꽃과 같은 것이지요. 한 번 피어나면 천 년이 흘러도 시들지 않는 꽃. 전설은 시간이 쌓일수록 더욱 아름다워지는 신비한 생명체입니다. 어쩌면 전설은 하늘의 별처럼 어둠 속에서만 빛을 발하는 것인지도 모릅니다. 시대의 어둠을 밝히는, 불꽃과도 같은 사연을 가지고 있다고나 할까요. 억울하게 죽은 사람들이 어둠 속에 떠도는 슬픈 이야기. 빛고을 사람들은 젊은 나이에 억울하게 죽은 그의 전설을 이야기하는 것을 은근히 자랑으로 여기고 있습니다. 슬픈 이야기도 때로는 자부심이 될 수 있음을 당신은 모를 것입니다. 내가 왜 당신에게 이 이야기를 하고 있는지 의아해하겠지요. 그 이유는 나중에 설명하기로 하지요. 아니, 이야기를 다 듣고 나면 내 의도를 충분히 감지하게 될 것입니다. 다만 당신과 그 장수는 무인이고 이름 밑에 장군이라는 존칭 명사가 붙어 있다는 공통점이 있으며 그 장수는 408년 전에 억울하게 옥사했고 당신은 아직 이 땅에 부끄러움을 모른 채 건재하고 있습니다. 그는 역적 누명을 쓰고 죽은 다음에 영웅이 되었지만 당신은 쿠데타를 성공시켜 한 나라의 통치자가 되었습니다. 당신의 살벌한 통치 시대가 시작되면서부터 세상은 잿빛으로 무겁게 가라앉았으며 많은 사람은 집단 불안증을 느껴야만 했습니다. 이 나라는 이미 내 나라가 아니라는 생각을 하며 살았습니다. 한동안 이 나라는 당신들만의 나라였지요. 힘 있는 한 사람이 많은 사람을 불행하게 만들 수 있다는 것은 비극이지요. 당신은 국민을 한 줄 세워 놓고 구령에 맞춰 얼차려 시키는 것을 좋아했습니다. 그 시절에는 슬픈 노래를 마음 놓고 부를 수 없었고 분노의 외침마저도 허락되지 않았습니다. 당신의 이름을 함부로 부를 수 없었고 목울대를 뻣뻣하게 세우고 어금니에 꽁꽁 힘을 주어 말하는 당신의 목소리조차 흉내 낼 수도 없었지요. 물론 지금은 당신의 이름을 누구나 함부로 불러도 되는 세상입니다. 당신은 분명 장군 출신인데도 세상 사람들은 당신을 장군이라고 부르거나, 이름 끝에 님이라는 존칭 접미사를 붙이기 싫어합니다. 아이들까지도 그냥 동네 개 이름 부르듯 당신의 이름을 마구 부르고 있습니다. 개똥이, 막둥이 하듯 성씨도 빼고 그냥 아이들 부르듯 이름만 부릅니다.

전설 속의 장수는 어려서부터 용기가 절륜하여 모두들 탄복해 마지않았고, 장수가 되매 그 이름을 모르는 사람이 없었습니다. 그에 대한 신비로운 이야기는 헤아릴 수 없을 정도입니다. 그의 용모는 지극히 평범했습니다. 키가 크고 체격이 우람하거나 얼굴 생김새가 특별하지도 않았습니다. 보통 키에 갸름하고 길쭉한 눈, 뭉뚝하면서도 실한 코, 크고 두툼한 입을 가진 그는 흔히 볼 수 있는 보통 사람의 모습이었습니다. 그의 근력과 용력은 무등산을 오르내리며 피나는 단련을 통해 길러졌답니다. 소년 시절부터 양쪽 허리에 백 근이 넘는 무거운 철추를 달고 다녀 그를 신장神將이라 하였답니다. 몸이 제비처럼 날쌔 순식간에 지붕에 올라갔다가 처마를 타고 가로누운 채 조붓한 방으로 내려오기도 했다지요. 마상재馬上才 또한 비범하여 엎디어 매어 달리기, 옆에 거꾸로 매달리기, 달리는 말에서 활쏘기는 물론, 말을 타고 방으로 들어가자마자 그 자리에서 말머리를 돌려 되돌아 나올 수 있을 정도였답니다. 장수에게는 누이가 있었지요. 동생과 자웅을 겨룰 만큼 힘이 센 여장부였습니다. 남매는 함께 글공부를 하고 무술을 익혔습니다. 장수는 씨름판이 벌어질 때마다 출전하여 한 번도 져 본 일이 없었습니다. 상대할 사람이 없게 되자 그는 거만해져서 거드럭거리고 으스대기를 좋아했습니다. 누이는 천방지축 동생이 천하에 자기밖에 없는 줄로 착각하여 장차 큰일을 해낼 수 없다는 것을 걱정하고 그의 기를 꺾어 놓기로 했답니다.

그는 많은 사람으로부터 한 몸에 무지개 같은 기대를 모았습니다. 정치가 부패해 있는 데다 왜구는 호시탐탐 침노의 기회만을 엿보고 있어, 나라 안팎으로 불안하고 혼란스러울 때라, 도탄에 빠진 세상을 구할 수 있는 영웅의 출현을 간절히 바라던 백성들로서는 그의 비범한 용력에 한껏 기대를 걸게 된 거겠지요. 장차 그가 어지러운 세상을 바로잡아, 절망과 궁폐窮弊 속에서 허덕이는 백성들을 구해 주기를 희망했겠지요. 절망에 빠져 있던 백성들은 희망을 품고 싶었던 것입니다. 그러나 그에 대해 기대가 컸던 주위 사람들은 기고만장한 그의 태도를 은근히 걱정하기도 했습니다. 동생을 사랑했고 기대가 컸던 누이로서는 더욱 그의 자만심을 걱정하지 않을 수가 없었겠지요. 사람이 자만에 빠지게 되면 자기도취에 매몰되어 자신의 약점은 물론 상대의 약점마저도 정확히 꿰뚫어 볼 수가 없지요. 오만한 자는 결국 자멸하게 되지요. 용기 있는 자에게 필요한 것은 자만심이 아니라 겸허한 자신감 아니겠어요? 진정한 용기는 자신을 위하여 남을 해치는 것이 아니라 자신을 희생하여 많은 사람을 살리는 것이기 때문입니다. 용기는 사랑과 관용에서 비롯되어야 한다고 생각합니다. 가장 용기 있는 자는 남을 이기는 것이 아니라 자신을 이기는 것일지도 모릅니다. 누이는 동생한테 쓰라린 패배를 안겨 주고 싶었습니다. 패배는 내공을 다지는 것과 같아서 패배가 거듭될수록 강한 사람이 된다고 믿었던 거지요. 뼈저린 패배를 자기 것으로 만들 수 있는 자만이 진정한 승리를 얻을 수 있다고 생각한 것입니다. 패배의 쓴맛을 맛본 자만이 승리의 단맛을 즐길 수 있기 때문이지요.

씨름판이 열리던 날 누이는 남장을 하고 출전하여 동생을 이겼습니다. 동생이 오금걸이하려는 찰나에 누이가 앞무릎에 오른손을 대어 살짝 밀어붙이면서 날쌔게 두 손으로 무릎을 꺾어 당기는 콩꺾기로 넘어뜨렸습니다. 씨름에 진 그는 비로소 자신보다 힘이 센 사람이 있다는 것을 알고 열패감에 크게 낙심하였습니다. 씨름판에서 단 한 번의 패배를 씻을 수 없는 치욕으로 생각한 그는 꿈을 포기해 버리기라도 한 것처럼 모든 의욕을 잃고 말았습니다. 그는 곧 자신을 이긴 사람이 누이라는 것을 알았으며 여자한테 졌다는 사실을 더욱 못 견뎌 했습니다. 이것을 본 누이는 동생을 그대로 내버려 두어서는 안 되겠다 싶었습니다. 동생의 기를 되살려 줄 필요가 있다고 생각했습니다. 어느 날 누이는 동생한테 내기하자고 제의했답니다. 동생이 말을 타고 무등산을 한 바퀴 돌아오는 사이에 누이는 도포를 짓기로 한 것입니다. 그는 뜻밖에도 누이한테 목숨을 걸자고 했고 누이는 이를 받아들였습니다. 그는 경쟁자인 누이를 없애지 않고서는 자신이 천하의 일인자가 될 수 없다고 생각하고 어떻게 해서든지 이 내기에 이겨야 한다고 다짐을 했습니다. 이렇게 해서 남매는 생사를 건 내기를 하게 되었습니다. 남매가 목숨을 걸고 내기를 하다니, 이해할 수 없는 일이긴 하지만 전설은 상식을 뛰어넘게 마련이죠.

동생이 용마를 타고 수목이 하늘을 가린 증심사 골짜기로 들어서서 억새밭이 끝없이 펼쳐진 중머리재로 뛰어올라, 장불재 초원과 지공굴의 너덜겅, 소나무 숲 꼬막재를 휘돌아 잣고개를 넘는 동안 누이는 동생의 치수에 맞게 정성껏 도포를 만들기 시작했습니다. 누이는 한 땀 한 땀 바느질을 하면서 금사관金絲冠에 청색 도포 자락 펄럭이며 조정에 나아가는 동생의 모습을 떠올렸습니다. 누이는 널찍한 두리 소매와 깃 아래에 섶을 달고 좌우 겨드랑이 아래에 딴 폭을 덧댄 다음, 진동선부터 트인 뒷길에 한 폭의 전삼展衫을 덧붙여 바람이 불 때 한껏 펄럭이도록 했습니다. 도포를 만드는 동안 누이는 벅차오르는 행복을 느꼈습니다. 내기의 결과 따위는 생각하지도 않았습니다. 초록빛 생모시 도포 자락 펄럭이며 세상 속으로 걸어가는 아름답고 여유로운 동생 모습만을 생각했습니다. 누이가 마지막으로 동정과 옷고름을 달아 놓고 문밖에 나가 보았으나 동생은 돌아오지 않았습니다. 누이는 다시 도포의 한쪽 옷고름을 떼어 놓은 다음 소복으로 갈아입고 동생을 기다렸습니다. 이윽고 용마를 타고 무등산에서 돌아온 그는 누이가 만든 도포에 옷고름이 없는 것을 알았습니다. 누이는 자기가 졌으니 목숨을 거두라며 동생 앞에 무릎을 꿇었습니다. 누이는 차마 동생이 자기를 죽이리라고는 생각하지 않았는지도 모르죠. 그는 망설이지 않고 검을 뽑아 들었습니다. 손에 힘이 쏠리면서 칼끝이 가볍게 떨렸습니다. 그는 눈을 질끈 감고 누이의 목을 베고 말았습니다. 누이를 베고 나서 옷고름을 자세히 들여다본 그는 보풀과 실밥을 발견하고 기겁하였습니다. 누이가 일부러 옷고름을 뜯어낸 사실을 알게 된 것이지요. 그는 눈물을 흘리며 통회하였습니다. 장수는 누이를 죽인 후, 자신의 용렬함을 뉘우쳤지요. 뼈저린 참회를 통해서 비로소 헛된 공명심과 이기심으로 가득 찬 자신의 내면을 들여다볼 수가 있었습니다. 그에게 있어서 참회야말로 자아를 볼 수 있는 거울이 된 셈이죠. 그는 누이가 만들어 준 도포를 입고 무등산 바람 속으로 들어갔습니다. 정처 없이 산속을 헤맨 끝에 진아眞我를 찾았으며 비로소 누이의 웅숭깊은 속마음을 헤아릴 수 있었습니다. 그는 자신의 눈을 뜨게 해 준 누이의 깊은 사랑에 통감했습니다.

　이 전설의 주인공은 김덕령金德齡(1567~1596) 장군입니다. 내가 김덕령 장군에 대해 특별한 관심을 갖게 된 것은 우연히 「김덕령 장군 설화 연구」라는 논문을 읽고 나서였답니다. 그런데 이상한 것은 이 논문을 읽는 동안 칼날처럼 서슬이 퍼런 당신의 눈빛과 모루 쇳덩이같이 딱딱하게 응고된 얼굴이 내 머릿속에서 계속 부스럭거렸다는 사실입니다. 자꾸만 김덕령 장군과 당신이 비교 되었습니다. 사실 나는 오래전부터 당신을 1인칭 화자로 설정하여 소설을 쓰기 위해 자료들을 모아 왔습니다. 역사 앞에 당신이라고 하는 한 인간의 삶을 해체하고 양심의 껍질을 속속들이 벗겨 보고 싶었던 것입니다.

김덕령 장군에 관한 이야기를 계속하겠습니다. 임진왜란 때 단 한 번도 싸움다운 싸움을 하지 않았고 단 한 번의 승전도 거두지 못하였는데도 그는 죽은 후에 영웅이 되었습니다. 그를 영웅으로 미화시킨 많은 구전설화와 기록설화들이 전해 내려오고 있으며 소설도 세 편이나 된다는 사실에 나는 적이 놀랐습니다. 특히 그에 대한 은유적인 전설은 흥미를 끌기에 충분했습니다. 동생의 장래를 위해 선뜻 자신의 목숨을 내어 준 누이의 초연함과 비범함에 관심이 갔습니다. 그리고 내기에 진 누이를 단칼에 베어 버린 김덕령 장군은 도대체 어떤 사람이었는가 알고 싶어졌습니다. 그들의 행위가 사람 같지가 않게 생각되었습니다. 마치 신들의 유희 같지 않아요? 그까짓 내기 때문에 누이의 목을 베다니, 그 전설적 은유를 도저히 이해하기 힘들었습니다. 김덕령 장군은 사랑하는 누이를 죽이고 나서야 자신이 어떻게 살아가야 할지를 깨달았습니다. 진정한 깨달음의 출발은 참회에서 비롯되는 것이지요.

그러나 당신은 통치 기간 동안 수많은 사람을 죽게 했음에도 참회하거나 깨우친 것 같지가 않습니다. 당신은 자신이 선택한 삶에서 단 한 번이라도 후회해 보고 후회를 통해 무엇인가를 깨달아 본 적이 있나요. 하기야 당신은 한때 적막한 절집에 유폐되어 있을 때, 출세간의 보살처럼 행세하였지요. 유폐 2년째 되는 날이었던가, 절집에서는 당신을 위해 장엄하게 법회까지 열렸습니다. 법회에서 당신 주변 사람들이 모두 모였습니다. 당신은 여전히 그들의 우상이었습니다. 흰색 한복 차림의 당신은 스님의 「천수경」 독경이 시작되자 깊은 명상에 잠긴 듯 두 눈을 지그시 감고 초연한 표정으로 염주를 굴렸지요. 텔레비전에서 비춰 준 당신은 가소롭게도 부처님을 흉내 내려고 애쓰는 모습이었습니다. 스님은 법어를 통해, 당신은 이제 인간 고뇌를 이기는 방법을 스스로 터득한 것 같다고 하면서, 앞으로 삼독三毒에서 완전히 벗어나기를 바란다고 했지요. 스님이 보기에 당신은 아직 탐욕貪慾, 진에瞋恚, 우치愚癡에 사로잡혀 있었던 것입니다. 스님은 노여움과 분노, 사상事象에 미혹되어 진리를 분별하지 못하는 어리석음이 당신의 마음속에 더께처럼 덕지덕지 달라붙어 있는 것을 속속들이 보았겠지요. 당신의 탐욕은 바다처럼 넓고 깊어서 무엇으로도 채울 수가 없을 정도였습니다. 또한 당신의 마음속에는 진에가 두껍게 덮고 있어 선한 생각을 내지 못하게 한 것이지요. 그런가 하면 당신은 너무 어리석고 몽매하여 반야의 혜안이 열리지 못하고 세속의 정에 사로잡혀 있었던 것입니다. 법회가 끝나자 당신은 돈오頓悟의 눈빛으로 말했지요. "세상사란 뜻대로 안 될 때가 허다하다. 이럴 경우 남을 탓하거나 원망하지 말고 모두 내 탓이라고 생각하면 살아가는 데 도움이 된다"고. 그 후 절집에서 나온 당신은 걸핏하면 일체유심조라는 말을 되까렸습니다. 하기야 당신이 사는 방법대로라면 모든 것은 마음먹기에 달려 있지요. 그런데 당신이 말한 일체유심조는 한때 유행했던 '하면 된다'라는 당신의 통치철학으로 잘못 받아들인 거죠. 이 절집 입구에는 작은 표지판이 세워져 있고 당신이 한동안 기도 봉행하면서 은거한 곳이라는 내용이 쓰여 있었는데, 사람들이 어찌나 동전으로 박박 긁어댔던지 글자 형체조차 알아볼 수가 없었습니다. 그들은 어떤 생각을 하면서 표지판을 긁어댔을까요. 그들은 당신과 함께한 시간과 기억들을 지워 버리고 싶었을까요.

자, 김덕령 장군 이야기를 계속하지요. 그에게는 사랑하는 용마龍馬가 있었습니다. 누이가 그의 채찍으로 마음자리를 다지고 좌절로부터 일으켜 세워 주는 존재였다면 용마는 그의 몸을 준마처럼 단련시켜 주었습니다. 그는 용마를 누이만큼 사랑했습니다. 심신이 위축되어 있다가도 용마 위에 올라앉기만 하면 힘이 솟구쳤습니다. 용마를 타면 바람이 되어 날고 싶고 창검이 되어 적의 심장을 도려내고 싶어지곤 했습니다. 그의 용마는 화살처럼 빠르고 범처럼 용맹스러웠습니다. 용마가 흰 말갈기를 날리며 바람과 함께 내딛는 모습은 마치 용이 하늘로 유유히 솟치는 것 같았습니다. 누이를 벤 날도 그는 용마를 타고 온종일 무아지경이 되어 무등산을 달렸습니다. 산에서 내 닫을 때는 말발굽 소리가 지축을 울리듯 하였고 태풍이 몰아치듯 바람도 울부짖었으며 온 산의 새들이 깜짝 놀라 날개를 쳤습니다.

뜻을 세우지 못하고 실의에 찬 나날을 보내고 있던 그는 깊은 자멸감에 빠졌습니다. 세상에 나갈 기회마저 주어지지 않아 실의에 빠져 있던 그는 갑자기 용마와 내기를 하고 싶어졌습니다. 무등산 상봉에서 활을 쏘아, 화살과 용마 중 어느 것이 빠른가를 겨루기로 한 것입니다. 역시 목숨을 건 내기를 하고 싶었습니다. 용마가 이기면 죽을 때까지 그와 함께하고 용마가 지면 단칼에 목을 치겠다고 했지요. 아침 일찍 마태에 겨와 여물을 섞어 마죽을 배불리 먹인 그는 용마와 함께 무등산으로 향했습니다. 그날따라 한껏 호사스럽게 용마를 치장했답니다. 기린문 안장을 고정시키는 가죽 뱃대끈에, 은방울 고들개를 단 가슴걸이에 껑거리 장식을 대고, 청홍 색실을 감은 굴레를 씌운 다음 배 양쪽에는 말다래까지 길게 늘어뜨렸습니다. 가죽 비늘을 붙여 만든 갑옷에 주발을 엎어 놓은 듯한 정

수리에 깃털 모양의 장식을 단 투구를 쓰고 마상에 올라탄 그의 위용은 어느 때보다 늠연해 보였습니다. 때는 삽상한 가을이라 말달리기에 좋은 계절이었지요. 그는 명징하고 넉넉한 햇살과 시원한 바람을 헤치고 무등산 정상에 올라, 발부리 아래 취록으로 반짝이는 경양방죽을 바라보았습니다. 이 세상에 둘도 없는 나의 애기愛騎여, 누이를 죽인 죄인이라, 하늘도 이 몸을 저버린 듯 출사의 기회를 주지 않는구나. 오늘의 내기는 세상을 향한 나의 마지막 도전이 될 것이다. 만약 네가 지게 되면 너를 베고 나 또한 죽을 것이니라. 그는 그렇게 말하고 경양호를 향해 힘껏 활시위를 당겼다 놓으며 편자로 허구리를 차고 채찍을 휘둘렀습니다. 용마는 산이 울리도록 길게 운 다음 땅을 박차고 솟구쳐 하늘을 날 듯 바람처럼 산에서 내려갔습니다. 마치 끝없는 궁륭穹窿 속으로 빨려드는 기분을 느꼈습니다. 용마는 갈기가 흠씬 땀에 젖을 정도로 숨을 헐떡이며 달렸지요. 경양호 둑에 당도해 무등산 쪽을 바라보니 화살이 보이지 않았습니다. 눈썹차양을 만들어 한참 동안 동쪽 하늘을 바라보았습니다. 화살이 날아오는 것이 보이지 않는 것을 보니 네가 졌구나. 그는 지쳐 있는 용마를 향해 버럭 화를 냈습니다. 그리고 잠시도 여유를 두지 않고 칼을 빼어 용마를 베어 버렸습니다. 용마는 목에서 피를 흘리며 버둥질쳤지요. 그때 바람을 가르는 소리에 언뜻 고개를 들어 하늘을 보니, 화살이 꼬리를 치며 헤엄치듯 날아와서는 쓰러진 용마 옆 버드나무 밑에 꽂히는 것이었습니다. 그는 털썩 주저앉고 말았습니다. 그는 죽어 가는 용마를 쓸어안고 통곡했습니다. 애고애고, 이 몸의 조급증 때문에 누이에 이어 애마 너마저 애꿎은 죽임을 당하고 말았구나. 너마저 잃었으니 앞으로 누구를 의지하고 살아간다는 말이냐. 자신의 실수로 누이와 애마를 죽이고 만 그는 하늘이 자기를 완전히 버렸다고 생각했답니다. 해가 저물도록 죽은 애마 옆에서 통회하며 괴로워한 그는 크게 절망했습니다.

2

당신한테는 채찍을 가해 주는 김덕령 장군의 누이 같은 사람도, 목숨 걸고 내기할 만한 경쟁자도 없었습니다. 당신에게는 누가 누이 같은 사람이고 누가 용마였습니까. 당신은 사랑하는 누이와 용마를 죽이고 나서 겪은 고통과 참회도 없었지요. 언감생심 누가 당신한테 쓴소리할 수 있었고 경쟁할 생각을 품을 수 있었겠습니까. 당신한테는 친구가 있었으나 경쟁자는 될 수 없었고 충직한 부하들은 있었으나 권력의 썩은 냄새를 맡고 몰려든 파리 떼에 불과했습니다. 당신은 로봇처럼 반복적으로 머리를 조아리는 추종자들을 감싸기에 바빴고 그들에게 개밥 퍼 주듯 분에 넘치는 권력을 나누어 주었지요.

전쟁이 없었더라면 당신은 무엇이 되었을까요. 당신을 탄생시킨 것은 전쟁입니다. 당신은 월남전에서 빛나는 공을 세웠지요. 당신이 출전하던 날과 전쟁이 끝나고 개선장군이 되어 귀국하던 날, 많은 사람이 당신의 목에 꽃다발을 걸어 주고 환영의 갈채를 보냈습니다. 그러나 당신은 계속 전쟁의 공포 분위기 속에서 살기를 원했습니다. 전쟁은 죽음을 불러오기도 하지만 남자를 강하게 만들고 약하게 만들기도 하며 더러는 잔인하고 비열한 인간이 되게도 하지요. 당신은 평화주의자들을 적으로 생각했습니다. 사랑이나 평화를 말하는 사람들에게 국가 전복, 내란 음모죄라는 올가미를 씌우고 입에 재갈을 물렸습니다. 인간애는 차치하고 나무나 꽃, 나비나 물고기를 사랑하는 것조차도 용납되지 않았습니다. 냉전은 당신들의 유일한 생존 논리가 되었으니까요.

전쟁에서는 피아간에 인간이기를 거부하게 만듭니다. 전쟁에서는 인간은 보이지 않고 적과 승리만이 보이기 때문이지요. 그래서 무기가 인간을 지배하는 전쟁 때는 죽고 죽이는 것을 두려워하지 않는 사람만이 살아남게 되지요. 많은 사람은 전쟁을 통해서 영웅으로 태어난다고 믿고 있습니다. 전쟁에는 영웅들이 꽃피는 계절이라고 하지요. 꽃보다 진한 피로 세상을 홍건하게 물들이기 때문일까요. 그러나 진정한 영웅은 전쟁 때 태어나는 것이 아닙니다. 전쟁 때는 승자도 패자도 없는, 인간의 잔인성만 보여 주지요. 4,000명의 체로키 인디언을 학살한 미국의 앤드루 잭슨이나, 제2차 세계대전 때 핵폭탄을 투하한 루즈벨트, 전쟁에 미친 나폴레옹, 유태인을 학살한 히틀러, 이라크를 침공한 부시를 영웅이라고 할 수 있습니까? 세계대전 이후, 한국전쟁이나 베트남전, 이라크전에서 영웅은 태어나지 않았습니다. 얼마 전 미국의 시사 주간지 『US 뉴스 앤드 월드 리포트』지가 미국인 1,022명을 대상으로 누구를 영웅이라고 생각하느냐를 설문 조사를 한 적이 있었지요. 최고 영웅으로 뽑힌 사람은 예수그리스도였답니다. 다음이 루터 킹 목사였으며 테라사 수녀, 링컨, 존 웨인, 마이클 조던 순이었답니다. 전쟁을 일으킨 사람은 한 사람도 없었습니다. 갑자기 머라이어 캐리의 〈영웅〉이라는 노래가 듣고 싶어지는군요. "당신의 마음속을 들여다보면 / 거기엔 영웅이 있어요 / 자기 자신 그대로의 모습을 / 두려워하지 말아요 / 당신의 영혼에 다가가 보면 / 해답을 찾을 수 있어요 / 그러면 당신의 아픔들이 / 녹아서 사라질 거예요"로 시작하는 노래입니다. 동티모르의 구스마오 대통령은 7년간 감옥에 있을 때 이 노래를 부르며 고통을 이겨 냈다지요. 노래 속에서 영웅의 존재는 역시 고통받는 사람들의 희망이 되고 있습니다. 영웅의 존재는 두려움의 대상이 아니라 희망 그 자체여야 합니다. 싸움질을 잘하는 사람은 깡패라 부르고 권투를 잘해서 챔피언이 된 사람은 영웅이라 하지 않습니까. 영웅은 탐욕과 이기심, 명예에 집착해서는 안 됩니다. 어쩌면 영웅이란 양을 치는 목동이거나, 숲을 가꾸기 위해 나무를 심는 사람, 척박한 땅에 씨앗을 뿌리는 농부, 고행의 길을 떠난 수행자, 석가모니처럼 깨달은 자이어야 합니다. 이들은 창공을 혼자 높이 나는 매처럼 외로운 존재들입니다. 외로움 속에 위대한 영혼이 깃들기 때문이지요. 영웅들의 삶은 보통 사람들의 가슴을 적시고 영혼을 맑게 해 주는 등대 같은 존재이지요. 살아 있는 영웅이 없는 시대는 등대 없는 세상처럼 깜깜합니다. 어둠 속에서 길을 잃은 배들이 길을 찾도록 빛을 밝히는 존재, 세상을 밝혀 주는 아름다운 사람들이어야 합니다. 그 때문에 영웅은 민중과 가까운 친구입니다. 영웅은 어른들보다 어린 아이들이 더 좋아한답니다. 옛날 내가 어렸을 때 또래의 영웅은 높고 험한 동네 앞산을 혼자서 올라갔다 온 아이였습니다.

김덕령 장군은 스물다섯 나이에 임진왜란을 만났습니다. 격문을 돌리자 김덕령 장군이 거병하였다는 소식에 근동의 장사와 남정들이 몰려들었습니다. 오랫동안 마음속에 품어 오던 뜻을 펼치고 나라를 위해 모처럼 용맹을 떨쳐 볼 기대와 함께 의병 5,000을 이끌고 영남을 이르렀으나 왜구를 맞아 싸울 수가 없었습니다. 명나라 장수 송응창이 왜와 적당히 화친할 생각으로 전투 중지 명령을 내렸기 때문입니다. 그의 출전 요구는 번번이 거절당하고 말았습니다. 출정한 지 5년, 한 번도 싸워 보지 못한 그는 어느덧 서른 살이 되고 말았습니다. 그해에 김덕령 장군은 홍산에서 일어난 이몽학의 역모 사건에 연루되었다는 역적 모함을 받게 됩니다. 그와 가까운 사람들은 역적 모함에 걸려들면 살아나기가 어렵다는 점을 들어 피신할 것을 권유합니다. 그러나 그는 잡혀가면 죽게 된다는 것을 뻔히 알면서도 자신은 죄가 없다면서 오라를 받아들입니다. 그가 순순히 붙잡혀 간 것은 자신의 무죄를 증명하기보다는 어명을 거역하지 않으려는 마음에서 비롯되었지요. 그는 26일 동안 여섯 차례에 걸쳐 가혹한 고문을 당하면서도 끝까지 무죄를 주장했습니다. 이때 임금이 도체찰사로 군무를 총괄하고 있던 유성룡에게 김덕령 장군을 어찌 처결하면 좋겠느냐고 물었습니다. 유성룡은 김덕령 장군에 대해 허황된 명성만 높았지 실제 전란 동안에는 아무런 공을 세우지 못했다고 답했습니다. 결국 김덕령 장군은 장형으로 비극적인 죽음을 맞게 됩니다. 이에 많은 사람이 그의 억울한 죽음을 애통하였으며 그를 따르던 호남의 수많은 장사가 비분강개했습니다. 김덕령 장군이 이끈 의병들도 장수를 잃은 슬픔을 못 이겨 술렁이었습니다.

당신도 한때 수의를 입고 옥에 갇힌 적이 있었지요? 당신은 그때 사형 선고를 받지 않았습니까. 당신이 가장 믿었고 당신의 자리를 물려준 친구와 엷은 하늘색 죄수복을 입고 손을 꼭 잡은 채 나란히 서 있는 모습이 떠오릅니다. 당신 친구는 둔중하게 내려앉은 표정에 약간 겁먹은 듯하고 비굴해 보이기까지 했지만 당신은 가슴에 서슬 퍼런 비수를 숨기고 있는 것처럼 보였습니다. 그때 당신은 살짝 입술을 비틀어 가느다란 금테 안경 너머로 누구인가를 경멸하는 듯한 냉소를 날렸지요. 당신은 의미 있는 냉소를 통해서 측근들에게 도움을 청하는 메시지를 보내고 있는 것 같았습니다. 나는 당신의 그 싸늘한 눈빛을 보면서 사랑하는 사람의 따뜻한 웃음을 그리워했습니다. 당신은 따뜻한 웃음이 무엇인지조차 모르는 사람입니다. 따뜻한 웃음은 사랑을 간직한 사람한테서만 우러나오는 것이지요. 유치장에서 초췌한 모습으로 창문 밖을 바라보고 서 있는 뒷모습 사진도 보았습니다. 당신의 뒷모습 역시 초라하거나 주눅 들지 않고 빳빳해 보였습니다.

당신들 때문에 아들을 잃은 소복 여인의 울부짖음 속에 열렸던 재판장에서 당신은 우리 역사를 어둠의 골짜기로 몰아넣은 까닭에 대해 "누란의 위기를 타개하려는 일념뿐이었다"고 당당하게 말했지요. 힘이 정의이고 삶은 끝없는 투쟁이며 행복은 투쟁의 전리품이라고 믿고 살아온 당신은 소름 끼치도록 당당했습니다. 순교자처럼 의연하기까지 했습니다. 당신은 수감되었지요. 그러나 당신의 고통은 예상했던 대로 오래가지 않았습니다. 또 한 사람의 통치자가 결국 당신한테 면죄부를 주고 "우리 손잡고 함께 잘해봅시다"라고 하면서 풀어 주고 말았지요. 잘못된 역사를 바로잡을 수 있는 단죄의 기회를 정치적 야합 때문에 놓치고 만 것이죠. 당신한테 면죄부를 준 사람 그 역시 오래오래 기억될 것입니다. 그도 당신을 두려워했기 때문일까요. 아직도 당신의 울타리가 되고 있는 추종자들의 위세가 그를 굴복시켰는지도 모르죠. 암튼, 고난에 처했을 때 당신과 김덕령 장군의 모습은 너무 차이가 컸습니다. 김덕령 장군은 자신 앞에 버티어 선 운명을 용감히 받아들였습니다. 김덕령 장군이 옥사한 후, 수많은 백성과 장사들 사이에서 그의 죽음에 대한 의구심은 더욱 커지기만 했습니다. 오, 유유창천이여, 어찌 이리도 무심하리. 누구나 그의 원통한 죽음에 하늘을 원망했습니다. 그가 언젠가는 도탄에 빠진 세상을 구해줄 것이라고 믿고 크게 기대를 걸었던 민초들은 그의 옥사를 받아들일 수가 없었습니다. 마지막 희망을 놓쳐버린 것처럼 참담해 하였으니까요. 그들은 임금을 원망했고 유성룡에 대해 원한을 품기까지 했지요. 조정의 난신들이 큰 뜻을 품고 있는 김덕령 장군을 두려워한 나머지 역적 누명이 씌워 죽였다고 생각했습니다.

3

어젯밤 9시 텔레비전 뉴스에서 나는 당신을 보았습니다. 당신은 부끄러움 한 점 없이 여전히 오만하고 당당해 보였습니다. 고통이나 참회의 모습이 전혀 아니더군요. 나는 텔레비전에서 당신을 처음 보았을 때, 살기 뻗친 눈빛을 잊을 수가 없습니다. 호전적인 그 눈빛에서 수많은 죽음을 보았습니다. 심장이 차가워지면서 온몸에 오들오들 소름이 돋았습니다. 눈은 그 사람의 모든 것을 말해준다고 하지 않습니까. 그래서 관상은 눈에서 시작해서 눈으로 끝난다고 하지요. 암튼 당신의 서슬 퍼런 눈빛은 점액질 비극을 예고하고 있었습니다. 당신은 김덕령 장군의 짧은 인생을 통해서 무엇을 느꼈습니까. 그리고 단 한 번도 전승을 세우지도 못한 채 억울하게 옥사를 하고 말았던 그가 민초들에 의해 영웅으로 추앙받은 이유를 아시는지요. 김덕령 장군은 비록 억울하게 죽었지만, 민중들 가슴속에 승리자로 아름답게 살아 있고 당신은 떵떵거리며 살고 있지만 그것은 죽음보다 더 치욕스러운 삶이라는 것이지요.

설화에서 김덕령 장군은 죽지 않습니다. 장검으로 쳐도 죽지 않고 조총으로 쏘아도 죽지 않았습니다. 김덕령 장군은 임금이 자기를 죽이지 못해 쩔쩔매는 것을 보고, 내가 죽으려고 해야 죽는다면서, 남대문 기둥에다 '만고충신 김덕령 장군'이라 새겨 주면 죽겠다고 했습니다. 임금이 청을 들어주자 김덕령 장군은 양쪽 겨드랑이 밑에서 나비 날개 같은 갈색 비늘을 떼어 손에 꼭 쥐고 이제는 죽을 수 있다고 했습니다. 김덕령 장군은 꼿꼿하게 서서 눈을 크게 뜨고 하늘 끝자락을 바라보았습니다. 구름 속에서 누이와 용마가 그를 기다리고 있는 것이 보였습니다. 그는 역적 누명을 벗을 수 있는 것을 다행으로 생각했습니다. 이윽고 총소리와 함께 김덕령 장군은 숨을 거두었습니다. 임금은 김덕령 장군이 죽자 그를 괘씸하게 여겨 '만고충신'을 지우고 '만고역적'이라 고쳐 새기게 했습니다. 그러자 김덕령 장군은 다시 살아났답니다.

역사 현실 속에서 그는 매를 맞아 죽습니다만 설화 속에서는 죽었다가 되살아납니다. 민중은 그의 죽음을 인정하지 않은 것이지요. 그들 마음 속에 김덕령 장군을 영원히 살아 있게 하고 싶었던 것입니다. 민중들에게는 죽지 않은 영웅이 필요했던 것입니다. 민중의 염원대로 그는 400년이 지난 지금까지 꽃보다 더 아름답게 살아 있다는 것을 나는 느끼고 있습니다. 그리고 민중들은 시들지 않은 그 꽃을 희망으로 바라보며 고통을 이겨 낼 수가 있었던 것입니다. 진정한 영웅은 임금뿐만 아니라 그 누구도 죽일 수가 없고 죽여도 죽지 않는다는 것을 말해 주고 있는 것입니다. 죽이고 또 죽여도 되살아나는 생명, 참으로 놀라운 기적이 아닙니까. 이 세상에는 실제로 그런 영원한 생명력이 존재한답니다. 그것은 곧 민중의 뜻은 어떤 힘으로도 말살할 수가 없다는 것이지요. 영웅은 결코 태어나는 것도, 자기 스스로 만드는 것도 아니며 다수 타인의 희망과 믿음에 의해 만들어진다는 것을 보여 주고 있는 것이지요.

당신은 스스로 영웅이 되려고 했지요. 자신을 역사의 주인공으로 설정하여 스스로 인생을 연출한 사람은 결코 영웅이 될 수 없습니다. 당신은 자신의 삶을 어떻게 평가할지 모르지만, 당신은 참 바보처럼 살았습니다. 역사가 전설이 되고 전설이 역사가 된다는 것을 몰랐으니까요. 나는 당신을 미화하기 위해 어느 작가가 쓴, 장엄하기만 한 당신의 일대기를 읽어 보았습니다. 그 책대로라면 당신이야말로 청사에 길이 남을 영웅임이 틀림없습니다. 아, 그 무렵 당신의 살기등등한 오만함이라니, 생각만 해도 몸서리가 쳐집니다. 철가면을 쓰고 있는 것 같은 당신이 너무 무서워서 텔레비전 화면 속에서도 당신을 똑바로 바라볼 수가 없을 정도였습니다. 그런데도 당신은 날마다 텔레비전에 등장하였기에 많은 사람은 텔레비전을 벽장 속에 처박아 두기까지 했습니다. 당신은 어리석게도 갈채 받기를 좋아했습니다. 당신이 외유에서 돌아올 때마다 학생들을 강제로 동원하여 연도에 세워 놓고 국기를 흔들며 환호하게 했지요. 당신을 즐겁게 하기 위해 당신이 지나가는 큰길 주변의 학교 학생들은 몇 시간 동안이나 뙤약볕에 서 있게 한 것입니다. 그때 그 학생들은 당신을 향해 손을 흔들면서 무슨 생각을 했을까요. 강요된 갈채는 불신과 원망과 모멸을 심어 줄 뿐이죠. 지금 성인이 된 그들은 그 시절 치욕적인 기억을 떠올리며 치를 떨지도 모릅니다. 생각하면 분노에 앞서 눈물 나도록 슬픈 시절이었습니다. 당신이 이 나라를 통치했던 그 시절의 이야기는 지금 전설이 되었습니다. 그러나 그 전설은 떠올리기조차 싫을 정도로 치욕적이고 자존심 상하게 합니다.

그 시절 당신을 영웅으로 만들기 위해 얼마나 많은 지식인이 동원되었습니까. 그들이 한결같이 당신을 칭송하기 위해 늘어놓은 현란한 수사는 지금 찢긴 걸레처럼 보기 흉하고 썩은 냄새로 세상을 덮고 있습니다. 영웅 만들기에 동원되었던 사람들은 한때 당신의 은총으로 영화를 누렸지 않습니까. 그들은 지금도 당신을 영웅이라고 생각할까요? 하기야 당신의 부하 중에는 "어른을 구속하려 들 경우에는 내가 역사의 수레바퀴에 깔려 죽는 한이 있어도 막을 것입니다. 그렇지 못한다면 나는 어른의 뒤를 따르겠습니다"라며 당신을 옹호한 충직한 부하도 있지요. 당신은 결국 당신 스스로 판 무덤에 그들과 함께 묻히게 될 것입니다. 그 무덤의 묘비명을 생각해 보았습니까. '만고영웅 ○○○'이라고 쓰고 싶겠지요. 당신의 묘비에는 영웅 만들기에 동원된 지식인들의 이름도 함께 새겨지게 되겠지요. 당신들의 묘비명은 민중과 함께 역사가 쓰게 될 것이니까요.

진정한 권위는 자신이 배양한 힘을 자양분으로 해서 꽃처럼 피어난다고 생각합니다. 스스로 만들어진 권위는 아름답기까지 합니다. 유대인 격언에 '상석에 앉고 싶으면 말석에 먼저 앉으라'는 말이 있지요. 정의롭지 않은 방법으로 빼앗은 힘은 곧 시들고 맙니다. 한번 시들면 다시 소생하기 힘들지요. 당신은 특별사면으로 자유로운 몸이 되었다고는 하지만 아직도 갇혀 있는 것이나 마찬가지입니다. 아마 당신은 죽어서도 역사의 감옥 속에 갇혀 있게 되겠지요. 당신은 이제 어디에 숨을 수조차 없습니다. 당신은 언제나 역사의 가시거리 안에 있게 될 테니까요. 이 모든 것은 신의 뜻일지도 모르겠습니다.

그런데 참 이상한 것은 김덕령 장군의 전설을 알고 있는 사람들은 한결같이 당신을 두려워하면서도 당신을 못 잊어 한다는 사실입니다. 당신을 결코 추억 속으로 사라지게 하고 싶지 않기 때문입니다. 당신을 오래도록 기억하며 살고 싶어 한답니다. 당신에 대한 두려움은 한때 분노와 원한이 되었고 지금은 연민으로 변했습니다. 지금도 많은 사람은 당신을 다시 법정에 세워야 한다고 벼르고 있습니다.

어젯밤 나는 꿈속에서 당신을 보았습니다. 당신이 모래로 흩어지는 꿈을 꾸었습니다. 처음에 당신은 종로 사거리 한복판에 등신等身 크기의 황금빛 동상으로 우뚝 서는 것 같더니 차츰 흑갈색 돌로 변했습니다. 마치 석장승을 닮은 듯했습니다. 돌로 변해 버린 당신은 후미진 산골짜기에 덩그렇게 버려졌고 차츰 얼굴 형상이 마멸되기 시작했습니다. 형체마저 알아볼 수 없게 된 당신은 조금은 기이하게 생긴 석주처럼 보였는데 그나마 누구인가 쓰러뜨린 그 돌은 모래로 바스러져 먼지처럼 바람에 홀홀 흩날렸습니다. 꿈속에서 당신의 흔적은 더 이상 찾아볼 수 없었습니다. 새벽 잠에서 깨어난 나는 흔적도 없이 사라져 버린 꿈속의 당신을 생각하며 허망함에 울고 싶었습니다.

지금은 5월입니다. 무등산에는 부옇게 송홧가루가 흩날리고, 5월에 죽은 슬픈 넋인 듯, 뻐꾸기가 부산하게 소나무 가지를 옮겨 다니며 울어 대는 계절입니다. 김덕령 장군이 용마를 타고 산을 오르내렸던 그 시절에도 뻐꾸기는 이렇듯 구슬피 울어 댔을 것입니다. 변함없는 리듬으로 우는 뻐꾸기 울음소리는 10리 밖에서도 들립니다. 뻐꾸기가 저렇듯 낭자하게 울어 대는 것은 때까치나 멧새 등 남의 둥지에다 알을 낳아 놓고 부화한 새끼에게 부모의 목소리를 입력시키기 위해서라더군요. 하지만 뻐꾹뻐꾹 하고 우는 것은 수컷이랍니다. 얌체 같은 수컷 뻐꾸기가 청승맞게 울어 대는 5월이 되면 이곳 사람들은 아물지 않은 오목가슴의 깊은 상처를 저미도록 쓸어내립니다. 5월이 되면 최루증 환자처럼 눈물을 주체하지 못해 눈자위가 불그레하게 물커지는 그들은 당신에 관한 이야기로 가슴 밑바닥에 켜켜이 쌓인 고통과 서러움의 앙금을 털어 낸답니다. 이곳 사람들은 당신들에 의해 참담하게 유린당했던 그 날을 결코 잊지 못하고 있습니다. 이들이 당신을 두려워하고, 미워하고, 욕하고, 업신여기고, 죽이고 싶어 하고, 보기 싫어하고, 불쌍히 여기고, 저주하고, 외면하는 것이 지나친 것일까요. 그렇지만 분명한 것은 당신의 당당하고 뻔뻔스러운 모습을 볼 때마다 오히려 이쪽에서 더 당황스럽고 심기가 불편한 것을 어찌합니까. 그날, 당신들이 휘두른 총칼 앞에 유린당한 사람들은 죽어서 땅속의 별이라도 되었지만, 행방조차 알 수 없는 수많은 사람은 누가 그 이름을 불러 줄 것입니까. 제발, 그들의 원혼들이 어디에 떨고 있는지 알려 줄 수는 없는지요.

나는 지금, 무등산으로 김덕령 장군을 만나러 갑니다. 400여 년 전 김덕령 장군이 말을 타고 넘나들었고, 24년 전에는 충성스러운 당신 부하들이 쏘아 댄 총알을 피해 젊은이들이 피를 흘리며 도망쳤던 그 길로, 지금 내가 가고 있습니다. 그러나 당신은 죽을 때까지 여기에 올 수 없습니다. 오고 싶지도 않겠지요. 하지만 이 땅에 갈 수 없는 곳이 있다는 것은 비극이지요. 잣고개에서 내려다본 도시는 5월의 햇살 속에 자오록이 가라앉아 있습니다. 도시가 한 낮의 먼바다처럼 평화롭게 보이는 것은 눈부신 햇살에 눈물마저 말라 버렸기 때문이겠지요. 여기서는 당신에 대한 비난의 울부짖음도 슬픈 5월의 노랫소리도 들리지 않습니다. 청록색으로 짙어가는, 적멸보궁과도 같은 거대한 산의 품속으로 깊숙이 빨려 들어갈수록 뻐꾸기며 꾀꼬리, 휘파람새, 산까치 등 산새 울음소리만 낭자하게 시린 가슴을 한사코 후벼 파고듭니다.

석곡수원지를 어슷하게 비껴 지나 화암동 산자락을 안고 휘돌면 김덕령 장군 사당의 전각이 보입니다. 나는 김덕령 장군을 만나러 가면서 한 가지 깨달은 것이 있습니다. 죽어서 영웅이 된 김덕령 장군이나, 한때 스스로 만든 영웅의 권자에 앉았다가 원성의 대상으로 살아가는 당신이나, 두 사람의 삶을 비교하는 나나, 결국은 같은 길을 가고 있다는 사실을 알았습니다. 중요한 것은 내가 가고 있는 길이 바른길인가를 생각하고, 걸어온 길을 뒤돌아볼 줄 아는 사람이어야 한다는 사실입니다. 그리고 누구와 함께, 무엇이 되어 가느냐가 문제입니다. 적어도 김덕령 장군은 400년 전에 민초들과 함께 희망의 등불이 되어 그 길을 갔습니다만 당신은 권력을 좇기 위해, 단 한 번도 뒤돌아보지 않고 먹이를 향해 돌진하는 들개들처럼 피를 뿌리며 무리를 앞세우고 왔습니다. 그리고 나는 두 사람이 걸어가는 뒷모습을 냉엄하게 지켜보았을 뿐입니다. 아, 드디어 야청빛 소나무 가지 사이로 김덕령 장군의 사당이 출렁여 보입니다. 사당에서 향을 피우는지 정신을 아릿하게 후비는 영묘靈妙한 냄새가 핏줄기 속으로 솔솔 빨려 들어옵니다. 이승과 저승을 이어준다는 신령스러운 끈을 움켜잡고 따라가고 있는 내 마음이 봄바람처럼 가볍게 설레입니다. 눈부신 햇살 속에서 한껏 푸르러 보이는 전각이 대궐처럼 장엄해 보입니다. 수많은 사람이 400년 전 영웅의 영정을 보기 위해 사당으로 몰려들고 있습니다. 아직도 김덕령 장군은 이들에게 찬란한 희망의 꽃이 되고 있는 듯합니다.

『동서문학』, 2004

은행나무 아래서

1

금발의 늙은 은행나무 밑에 오래된 여인이 단풍잎처럼 호젓이 앉아 있다. 나무가 사람 같고 사람이 나무 같다. 황금빛 잎의 쇠락을 앞둔 은행나무가 고개를 떨구고 쓸쓸히 앉아 있고, 맑고 정정正正하게 살아온 사람이 꿈꾸듯 한 곳만을 바라보고 서 있는 것처럼 보인다. 은행나무 밑에 앉아 있는 사람은 최근에 이사를 온 703호 할머니다. 본디 '은행나무 쉼터'는 경로당 노인들의 공간이었으나 어느새 703호 할머니가 독차지하게 되었다. 703호 할머니와는 어울리기 싫다면서 경로당 노인들이 입을 비쭉이고 눈을 흘기며 발걸음을 뚝 끊어 버렸기 때문이다.

703호 할머니는 여전히 회색빛 크로셰 모자를 쓰고 벤치에 앉아서 책을 읽고 있다. 모자가 아주 잘 어울린다. 머리를 덮는 부분인 크라운과 차양 쪽의 브림이 하나로 붙어 있어 마치 벙거지 같지만 모자를 쓴 할머니의 모습은 세련되고 품위까지 있어 보인다. 할머니는 1년 내내 크로셰 모자만 썼다. 봄에는 하늘색 바탕에 분홍색 띠를 두르고, 여름은 순백색에 초록색, 가을에는 회색 바탕에 보라색, 겨울에는 검정색 바탕에 흰 띠를, 계절에 따라 색깔이 다른 것을 바꿔 썼다. 특히 회색빛 바탕에 보라색 띠의 리본이 잘 어울리는 것 같다. 리본 색깔에 맞춰 안경도 엷은 보라색이다. 할머니가 보는 세상도 꿈같은 보랏빛일지 모르겠다. 저 나이에 세상을 보랏빛으로 볼 수 있다는 것은 얼마나 행복한 일인가 싶다. 노란 은행잎과 회색빛 모자, 그리고 할머니가 입고 있는 검정 원 버튼 니트 재킷이 절묘한 색깔의 조화를 이룬다. 은행나무 옆에는 늘 푸른 다복소나무 한 그루가 문어발 같은 가지를 뒤틀고 삐딱하게 서 있다. 등 굽은 다복소나무를 볼 때마다 나는 늙은 어머니를 연상한다. 다복소나무는 하늘을 꿰듯 쪽 곧은 은행나무와는 너무도 대조적이다. 오늘따라 하늘 빛깔까지도 파래 할머니는 화사한 유채색의 세상 한가운데 수채화처럼 정갈한 모습으로 앉아 있는 것 같다. 언제나 홀로 있어도 외로워 보이지 않았다. 지적이면서도 고상한 분위기가 어떤 외로움이라도 덮어 줄 것만 같다. 부드럽고 소담한 육질을 견고한 껍질 속에 감추고 있는 호두처럼 쉽게 드러내 보이지 않은 외로움 때문인지, 할머니는 여럿이 있을 때보다 오히려 혼자 있을 때가 더 웅숭깊고 당당해 보였다.

이날, 토요일이라 출근을 하지 않고 느지거니 아침을 먹은 후 산책을 하던 나는 정물처럼 고즈넉이 앉아 책을 읽고 있는 할머니를 발견하고 주춤 걸음을 멈추었다. 할머니가 어떤 책을 읽고 있는지 궁금해졌다. 나는 어머니로부터 703호 할머니에 관한 이야기를 들어 대충은 알고 있는 터였다.

"하이고 그 잘난 척해 쌓는 벙거지 모자 망구, 지가 박사에 대학교수를 했으면 했지, 지나 내나 북망산에 갈 날 기다리고 있는 처지에 잘난 척 허기는……. 잘난 년이나 못난 년이나 인생 팔십이면 다 똑같다는디…… 오죽했으면 경로당 노인들꺼정도 모두덜 벙거지 망구 꼴 뵈기 싫다고 못 오게 했으까잉."

얼마 전 아침 식탁에서 703호 할머니처럼 고상하고 품위 있게 늙고 싶다는 아내의 말에 어머니가 발끈거리며 흉을 보았다. 나는 아내가 일부러 어머니 들으라고 한 말인 것을 알아차리고 약간 민망해했다. 그렇지 않아도 어머니는 703호 할머니 이야기만 나오면 마른 쏘시개에 불이 붙듯 버르르 역정부터 내지 않았던가. 어찌 된 일인지 어머니는 703호 할머니에 대해서 강한 적개심 같은 것을 품고 있는 듯했다. 질투심이나 열등감 때문인지 몰랐다. 나는 이 아파트로 이사 와서 703호 할머니를 처음 보는 순간 왠지 낯설지가 않았다. 이상하게 시선과 마음이 함께 끌렸다. 그 할머니에 관한 관심은 단순한 호기심이 아니었다. 낯설지 않은 것은 기시감에서 오는 영혼의 끌림 현상 때문이라고나 할까. 나는 처음 본 순간부터 그녀와 이야기를 하고 싶었다.

"할머니 은행잎이 참 아름답네요."

나는 할머니 가까이 지싯지싯 다가가 땅에 떨어진 은행잎 하나를 집어 들며 넌지시 말을 걸었다. 할머니는 읽고 있던 책에서 무겁게 느껴지도록 천천히 시선을 말아 올려 무안을 느낄 정도로 한참이나 무표정하게 나를 바라보았다. 나의 개입을 별로 달가워하지 않는다는 것을 직감적으로 알아차렸다.

"곧 잎이 지겠지요."

"어젯밤 집에 오면서 보니까 가로등 불빛에 비친 은행나무가 환상적이던데요?"

"댁도 불빛에 출렁이는 황금물결을 보았구먼. 가로등 불빛보다는 달빛에 비칠 때가 더 아름답지. 엊그제 보름날 밤에는 베란다에 의자를 갖다 놓고 앉아서 목이 뻣뻣해지도록 달빛에 황금빛으로 출렁이는 은행나무를 바라보았다우."

"아 그래요? 저는 아직 노란 은행잎이 달빛에 젖은 건 한 번도 보지 못했는데요."

"몇 동에 사시는데?"

"할머니댁 아래층에 살아요. 우리 어머님 아시잖아요."

"아 육백삼 호? 하기는 낮이 익구먼. 몇 번 승강기 안에서 만난 적이 있는 것 같네. 헌데 무슨 일을 하시우?"

"대학에서 소설을 가르치고 있습니다."

"소설?"

할머니는 읽고 있던 책을 덮고 엷은 보랏빛 안경을 벗어 오른손에 든 채 나를 찬찬히 바라보았다. 나는 할머니 옆에 적당한 거리를 두고 앉았다. 순간 나는 할머니가 읽고 있던 책의 표지를 보며 다소 놀랐다. 할머니가 읽고 있는 책은 『Point Counter Point』였다.

"헉슬리의 연애대위법을 읽고 계시는군요."

"댁도 읽었수?"

"대학 때 번역판으로요."

"이 작품은 인생의 다양성을 일관되게 그려나가는 것이 마음에 들어요. 헉슬리는 퇴폐적인 듯한 다섯 가족의 삶에 대해서도 기본적으로 존중하는 마음을 갖고 있어요. 고독하고 시적이며 인생의 방관자로 살아가는 필립 퀼즈도 마음에 들지 않아요?"

할머니는 그러면서 헉슬리의 다른 소설들에 대해서도 전문적인 용어를 동원하며 독후감을 이야기했지만 나는 『연애대위법』 외에는 읽은 작품이 없었기에 잠자코 듣고만 있었다. 할머니는 오랜만에 말이 통하는 상대를 만나기라도 한 듯 좀처럼 나를 놓아주지 않았다. 703호 할머니는 어머니의 말대로 그렇게 오만하거나 자기중심적인 것 같지 않았다. 다소 감성이 예민해 보이기는 해도 절제할 줄 알고, 이지적이면서 남을 배려하는 따뜻한 할머니였다.

이날의 간단한 대화를 계기로 나는 의식적으로 할머니에게 접근하게 되었고 강한 흡입력에 끌려가고 있는 자신을 발견했다. 나는 할머니에 대해 알고 싶은 것들이 많아졌다. 이상하게도 젊었을 적 할머니의 삶에 대해서 알고 싶었다. 소녀 시절에 무엇을 꿈꾸었으며 그 꿈이 얼마나 이루어졌는지, 누구를 사랑했고 사랑 때문에 어떤 슬픔과 고통을 겪어 보았는지도 알고 싶어졌다. 저녁을 먹으면서 나는 어머니한테 703호 할머니에 대해 궁금한 것들을 뚜벅 물어보았다. 어머니의 말로 703호 할머니는 젊어서 남편과 사별했고 딸 하나가 있는데 결혼하여 캐나다에 이민을 갔으며, 지금은 조선족 가정부와 함께 살고 있다고 했다. 매일 아침 뒷산 약수터에 오르내리는 것과 가끔 약국이나 병원에 가는 것 말고는 특별히 외출하는 일도 없다고 했다.

"헌디 뜬금없이 그 벙거지 할망구 이야기는 왜 묻는겨?"

어머니가 고개를 외로 꼬며 무슨 비밀이라도 탐색하려는 듯 내 얼굴에 시선을 못 박고 물었으나 나는 대답 대신 가볍게 웃고 말았다. 그날 밤에 나는 잠들기 전 베란다에 나가서 은행나무가 서 있는 노인정 쪽을 바라보았다. 달빛 대신 은백색의 가로등 불빛이 은행나무 잎을 흥건히 적시고 있는 모습이 예사롭지가 않아 보였다. 은행나무가 마치 등을 곧게 펴고 서 있는 703호 할머니의 실루엣처럼 보였다. 바람이 불 때마다 은행잎을 핥아 대는 달빛이 금가루처럼 뽀얗게 날렸다. 사락사락 순은의 빛이 은행잎을 쓰다듬는 소리가 들렸다. 어둠 속이라 그런지 멀리서 보는 은행잎은 가까이서 볼 때보다 더 눈부셨다. 은행나무는 꽃이 만발한 황금나무처럼 온통 금빛으로 출렁였다. 이 아파트에 살아온 지 10년이 다 되는데 나는 그동안 왜 할머니처럼 베란다에 나와서 단 한 번도 달빛에 젖은 은행나무를 바라볼 생각을 못했을까. 왜 지금까지는 그 아름다운 모습을 건성으로 보아 넘기고 말았을까. 다음 달 보름달이 뜰 때가 되면 은행잎은 모두 지고 말 것인데. 흥건하게 달빛 머금은 은행잎을 보자면 다음 해 가을이 오기까지 무던히 참고 기다릴밖에.

나는 아침에 일어나서도 일부러 베란다에 나가 은행나무를 바라보고 나서 화장실에 갔다. 이상하게도 노랗게 물든 은행나무에 관심이 갔다. 물론 703호 할머니 때문이었다. 이날 따라 어머니는 늦잠을 주무시는지 기척이 없었다. 나는 바짝 귓바퀴를 세우고 한동안 어머니 방문 앞을 서성거렸다. 언제부터인가 어머니가 아침 늦게까지 기침하지 않을 때는 자꾸 신경이 쓰이곤 했다. 혹여 간밤에 어머니한테 무슨 일이 생기지나 않았을까 싶어서였다. 늙은 부모를 모시는 것은 어쩌면 죽음의 그림자를 옆에 끼고 살아가는 것과 같다. 언제라도 죽음을 받아들일 준비를 하면서 음습한 불안감을 느껴야만 했다. 한참 후에 어머니의 마른기침 소리를 듣고 나서야 마음을 놓았다.

"하이고, 어저께 밤에는 옛날 생각 땜시 한숨도 못 잤다. 늙어갈수록 왜 그리 옛날 생각이 많아지는지⋯⋯."

아내가 동창 아들의 결혼식에 참석하기 위해 외출을 하자 어머니는 내 옆에 바짝 다가앉아 연신 하품을 삼키며 푸념처럼 말했다. 어머니는 경로당에 나갈 시간인데도 한사코 내 옆에서 몽그작거렸다. 아내가 외출하는 날이면 어머니는 언제나 아들과 함께 있고 싶어 한다는 것을 잘 알고 있다. 그럴 때 어머니는 지치지도 않고 입심 좋게 이야기를 계속했다.

"요새는 네댓 살 때 일꺼정도 뙤록뙤록 생각이 난다니께. 지난밤에는 뜬금없이 난초 그년 생각이 났어야. 그랑께 그때 네가 자박자박 걷기 시작했을 때였던가. 하늘에서는 뙤약볕이 이글이글 내리쬐고 땅에서는 뜨거운 지열이 푹푹 솟구치는 한여름에 비석거리 콩밭을 매고 있었는디, 아 클씨 뽀짝 눈앞 당산나무 그늘에서 느그 아부지랑 난초 년이 덩더궁 덩더궁 북장고 쳐 감시로 노래를 부르고 자빠졌지 않겄냐. 어찌나 천불이 나던지 참다 참다가 호맹이를 치켜들고 맨발로 헐레벌떡 당산으로 뛰어 갔는디……."

어머니는 오십여 년 전의 일을 상기시키다 아직도 분을 삭이지 못했는지 갑자기 숨이 가빠지며 다음 말을 잇지 못했다.

"그래서 어쨌어요?"

"되려 느그 아부지헌테 됫지게 얻어맞었제. 독살시런 느그 아부지가 아 클씨 내 머리끄덩이를 휘어잡더니 땅바닥에 떼기를 치고는 직신직신 짓밟드란 말이다."

"그래서요?"

"콩밭이고 지랄이고 나 몰라라 허고 머리 싸매고 누워 있다가, 다음 날에 다시 눈 질끈 감고 콩밭을 맸제. 그 후로는 느그 아부지가 난초 년이랑 북장구 치건 말건 눈감고 귀 막음시로 낮에는 뙤약볕에서 억척스럽게 콩밭만 매고 밤이면 새벽꺼정 길쌈을 했단다."

나는 어머니의 이 이야기를 신물 나게 들었으나 처음 듣는 것처럼 열심히 맞장구를 쳐 주었다. 그것도 작은 효도라고 생각했기 때문이다.

나는 아버지의 여자였던 난초를 기억하고 있다. 아버지가 집으로 데리고 온 그녀를 처음 보았을 때 나는 가슴이 조리질해 대듯 울렁대면서 숨이 멎을 것 같은, 묘한 기분을 느꼈다. 이상하게도 아버지의 여자에 대해 적대감 같은 것은 담배씨만큼도 느낄 수가 없었다. 그것 때문에 어머니한테 늘 죄스러운 마음을 갖고 있었다. 나는 아버지가 너무도 부러웠다. 적당하게 늘어뜨린 파마머리에 검정 비로드 치마저고리를 새뜻하게 차려입고 하얀 털목도리를 목에 감은 그녀는 어머니와는 전혀 다른 분위기를 풍겼다. 어머니가 저수지 둑에 지천으로 피는 망초꽃이라면 그녀는 산자락에 외따로이 핀 주황색 원추리꽃 같았다. 그녀는 어머니처럼 아무 때나 고래고래 소리를 지르거나 천박한 욕지거리를 마구 내뱉는 일도 없었고 말을 할 때는 부드럽고 나긋나긋한 목소리였고 웃을 때도 손으로 입을 살짝 가리고 꽃봉오리 터지듯 방긋 웃었으며 몸에서는 시지근한 땀 냄새 대신에 늘 상큼한 생 오이 냄새가 났다.

아버지는 난초에게 오래된 은행나무 두 그루가 서 있는 학교 앞 삼거리 모퉁이에다 가게를 내주었다. 그때부터 아버지는 거의 집에 들어오지 않았다. 난초는 가끔 교문 앞에서 나를 기다리고 있다가 희고 가지런한 이를 살짝 드러내고 희미하게 웃으며 손짓으로 불러 가게로 데리고 가서는 큰 유리병 속에서 눈깔사탕을 꺼내 주거나, 금방 작두로 물을 뿜어 올린 시원한 샘물에 사카린을 한 대접 타 주기도 했다. 내가 토마루에 앉아 사카린 물을 마시는 동안 난초는 노란 은행나무 잎을 줍고 있었다. 2학년으로 올라간 날에는 뚜껑에 난초꽃이 그려진 양철 필통을 선물로 사 주기도 했다. 그 무렵 꽃 그림 필통은 생고무 새총, 칼집이 있는 붕어 모양의 주머니칼과 함께 내가 가장 갖고 싶었던 것 중의 하나였다. 그중에서도 꽃 그림 필통은 꿈을 꿀 정도로 제일 갖고 싶었다. 우리 반에서 꽃 그림 양철 필통을 갖고 있는 아이는 도시에서 이사 온 지혜 혼자였는데, 그 아이가 책보를 허리에 매고 걸을 때는 필통 속에서 달그락거리는 소리가 그렇게 듣기 좋았다. 그 소리가 너무 좋은 나는 일부러 쫄랑거리며 지혜 뒤를 따라다니기까지 했다. 드디어 필통을 갖게 된 나는 달그락거리는 소리가 크게 나도록 하려고 필통 안에다 몽당연필 외에 작은 돌멩이를 넣고 발바닥에 힘을 주어 모두뜀을 뛰면서 걷곤 했다.

얼마 후, 아버지가 서울로 작은할아버지 장례를 치르며 갔을 때, 나는 가게에 홀로 남은 난초를 지켜 주기 위해 몰래 밤늦도록 은행나무 밑에 쪼그리고 앉아 있었다. 그날 밤 나는 새끼손가락 끝에 침을 묻혀 창호지에 구멍을 뚫고 등잔불을 밝혀 둔 채 잠든 난초를 훔쳐보았다. 순간 아버지의 조끼 주머니에서 돈을 훔치는 것처럼 목젖이 타면서 입안에 침이 가득 고였다. 난초 생각을 떠올리자 이상하게도 갑자기 노란 은행나무가 보고 싶어 창밖 쪽으로 시선을 던졌다. 난초와 노란 은행나무와 703호 할머니가 왜 같은 이미지로 다가온 것인지 몰랐다. 물론 은행나무는 보이지 않았다. 베란다로 나가고 싶었지만 어머니가 곧 다음 이야기를 시작했기 때문에 그냥 앉아 있어야만 했다.

"내가 팔십이 넘두룩 오래 사는 이유를 간밤에야 알았다."

"예?"

어머니의 알 수 없는 그 말에 의문을 품고 용수철 튕기듯 반사적으로 반문했다.

"내가 한이 많어서 오래 사는겨. 느그 아부지 첩질로 소박맞은 한, 너럭바위 같은 살림 그년 밑구멍에 다 쑤셔 넣고 나서 배곯았던 한, 친정이 가난해서 못 배운 한, 그나마 남편 일찍 잃고 과부가 된 한…… 참말로 설움이 많았다. 근디 살아 본께, 이 설음 저 설음 해도 참말로 전디기 힘든 거는 가난 설움이드라. 그랑께 그때가 느그 아부지가 난초 년 찾는다고 집을 나가던 해였던가, 긴긴 동지섣달 저녁에 쑥죽 한 사발 마시고 밤늦두룩 베를 짜는디 어찌나 배가 고프던지, 시렁에 매달아 논 메주를 다 갉아 묵었당께."

나는 한이 많아서 오래 산다는 어머니의 이야기를 듣고 나도 모르게 희미하게 쓴웃음을 삼켰다. 어쩌면 어머니가 말한 한은 어머니에게는 꺾일 줄 모르는 오기이며 질긴 생명력일 수도 있다는 생각이 들었다. 살림이 없어진 데다가 남편마저 잃고 나서 두 아들을 건사하고 살자면 오기와 강인한 생명력 없이는 불가능했을지도 모른다. 어머니의 삶은 오기로 다져진 인고와 절제, 그리고 자식들에 대한 한 가닥 희망이 인생의 전부였던 것 같다. 사랑받지 못하여 생긴 외로움과 배고픔과 억울함, 배신감, 고통과 절망이 서로 엉키고 엉켜서 단단한 희망의 덩어리가 되었는지도 모른다. 난초를 찾아 떠난 지 1년 후, 아버지의 시신을 확인하러 오라는 S시 경찰서로부터 연락을 받았을 때도 어머니는 놀라지 않았었다. 아버지는 영양실조에 제대로 걸을 수 없을 만큼 쇠잔해진 몸으로 저수지에 투신했다고 했다. 나를 데리고 간 어머니는 리어카에 아버지의 시신을 싣고 칠십 리 길을 걸어서 고향으로 모셔 왔다. 집에 도착할 때까지 어머니는 눈물 한 번 훔치지 않았다. 우는 대신 신경질적으로 내게 화를 냈고 죽은 아버지를 향해 욕을 퍼부어 댔다. 그때 나는 어머니가 절망을 이기기 위해 화를 내는 것이라고 생각했다. 마을 어른들이 객사한 시신은 집 안에 들일 수 없다고 한사코 말렸지만 어머니는 아버지를 안방에 모시고 혼자 밤을 새워 지켰다. 어머니는 두려움도 고통도 없어 보였다. 그 억척은 광기에 가까워 보였다. 어머니에게는 그것이 홀로서기를 위한 몸부림이었는지도 몰랐다. 장례를 치른 다음 날 어머니는 비가 부슬부슬 내리는 날씨에도 흠씬 젖은 채 온종일 쟁기머리 논에서 혼자 김을 맸다.

이날 어머니는 오랜만에 많은 이야기를 했다. 어머니는 이제 더 이상 여한이 없다는 듯 느긋하고도 편안한 얼굴로 내 얼굴을 들여다보았다. 어머니의 이야기를 듣는 동안 자꾸만 아버지의 모습이 떠올랐다. 난초를 찾아 허기진 채 죽음을 생각하며 낯선 도시를 헤매고 있는 절망적인 아버지의 모습이 눈앞에 선했다.

2

나는 그 후로 703호 할머니를 자주 보았으며 그때마다 한두 마디 짧은 대화를 나누었다. 할머니는 자신의 과거에 대해서는 짐작이 가능한 어떤 실마리도 내비치지 않았다. 할머니는 여전히 회색 크로셰 모자를 깊숙하게 눌러쓰고 혼자 은행나무 밑 벤치에 앉아서 책을 읽고 있었다. 할머니의 모습은 외롭거나 초라해 보이지 않고 볼수록 정갈하고 단아했다. 그런데 문득문득 내가 본 은행나무 밑 크로셰 모자 할머니는 연령층이 다른 여러 여자의 모습으로 뒤섞여 보이기도 했다. 아침 이슬처럼 영롱한 20대의 여자로 보이는가 하면, 빛깔과 향기가 강렬한 장미꽃 같은 30대, 가까이 다가갈수록 그 짙은 향기에 매료되는 40대, 깊은 밤 은은하게 젖어 드는 달빛 같은 50대, 봄비처럼 마음을 촉촉하게 적셔 주는 60대, 마지막으로 자신과 세상을 노랗게 물들이는 은행잎 같은 70대 등. 나는 한 사람의 현재를 통해 미래를 예측하는 것보다는, 현재를 통해서 과거를 돌이켜 보는 것을 좋아했다. 미래는 불확실하지만 과거는 어떤 경우에도 불변의 모습을 견고하게 간직하고 있기 때문이다. 내가 703호 할머니를 만날 때마다 온몸에 전율이 흐르는 것처럼 가슴이 설레는 건 어쩌면 과거 속의 그녀를 만나고 있다는 생각 때문인지도 몰랐다. 지금 내가 젊었을 적 할머니를 만날 수 있다면, 나도 아버지처럼 목숨 바쳐 사랑할 수밖에 없었을 것이라는 생각이 들었다. 나는 아직 처절하리만큼 깊고 슬픈 사랑을 해 본 일이 없다. 내가 이미 고인이 된 아버지의 삶을 비난하면서도 한편 부러워한 것은 그것 때문일지도 모른다. 아버지는 이 땅에 사는 동안 한 여자를 목숨처럼 사랑하였으니까. 아버지는 처자식까지 버린 채 6·25 때 헤어진 난초를 찾아 헤매다 절망을 안고 세상을 떴다. 아버지의 사랑은 슬프고 고통스러운 것이기는 했으나 아름다운 것이었다고 생각하고 싶었다.

언제나 그랬듯 가을은 너무 짧았다. 바람이 밤새도록 전깃줄을 몸살 나도록 흔들어 대던 날 아침, 출근길에 보니 청소 아주머니가 옴씰하게 떨어진 은행잎을 치우고 있었다. 황금빛 찬란했던 은행나무의 잎들은 처절하리만큼 깨끗한 쇠락을 보여 주었다. 단 한 잎의 미련도 없이. 깡그리 잎이 떨어진 낙목落木이 너무 쓸쓸해 보였다. 나는 땅에 수북이 쌓인 은행잎과 앙상하게 갈색의 뼈를 드러낸 벌거벗은 은행나무를 보았다. 왠지 오목 가슴이 싸하게 아려 왔다. 오랫동안 남몰래 간직해 온 소중한 것을 잃어버린 것처럼 괜히 안타깝고 허전하고 슬펐다. 한갓 은행잎 때문에 이런 기분이 드는 것은 처음이었다. 나는 703호 할머니가 나올 때까지 은행잎을 치우지 마라는 말을 하고 싶었지만 생각뿐이었다. 할머니한테 하룻밤 사이에 은행잎이 모두 떨어졌다고 알려 주고 싶었다.

가을이 가벼운 걸음으로 마지막 계단을 내려설 무렵, 나는 상상 밖의 장면을 목격했다. 퇴근하는 길에 보니 앙상한 은행나무 밑 벤치에 어머니와 703호 할머니가 나란히 앉아서 다정하게 이야기를 나누고 있는 게 아닌가. 나는 서둘러 주차를 하고 나서 동백나무 뒤에 몸을 숨기고 먼발치로 은행나무 밑을 지켜보았다. 어머니와 703호 할머니는 웃음까지 웃어가며 말을 주고받고 있었다. 두 분의 모습이 너무도 대조적이었다. 쭉 곧은 은행나무와 구부러진 다복소나무처럼. 얼핏 보아도 삶의 내용은 물론 환경과 정서까지도 달라 보였다. 두 분은 무슨 이야기를 나누는 것일까. 서로 대화가 통하기는 하는 것일까. 나는 대화 내용이 무척 궁금했다. 대화 내용도 접점을 찾을 수 없을 만큼 서로 다르리라 짐작했다. 얼토당토 않게 옛날 고향집 마루에 어머니와 난초가 나란히 앉아 있던 모습이 떠올랐다. 난초는 검정 구두에 쪽빛 양단 치마와 연두색 모시 저고리를 단정하게 차려입었고 털메기에 떼가 전 무명 수건으로 머리를 싸맨 어머니는 콩밭을 매다 막 돌아온 차림새였다. 어머니의 시선은 두엄자리 옆 감나무 우듬지에 휘움하게 매달려 있었고 난초의 시선은 앞산에 가볍게 머물러 있었다. 모양새가 다르듯 서로 다른 시선으로 다른 것을 보고 있었다. 학교에서 돌아오다 이 광경을 본 나는 초라한 어머니 때문에 괜히 화가 나서 쫄랑대며 한사코 내게 기어오르려고 한 애꿎은 검둥이만 힘껏 걷어찼다. 난초는 밀주를 빚었다는 이유로 경찰서에서 아버지를 붙잡아 갔다는 것을 알려 주려고 왔다고 했다. 우리 군에서 야당 후보가 국회의원에 당선되었기 때문에 그 보복으로 경찰이 집집마다 술가지며 누룩을 조사한 일로 많은 사람이 붙잡혀 갔다.

"어머니, 오늘 칠백삼 호 할머니 만나셨어요?"

나는 집에 돌아온 후 한 시간쯤 지나서야 현관에 들어선 어머니에게 넌지시 물었다.

"그 망구가 뜬금없이 노인정으로 나를 찾아왔드라. 너를 아주 좋게 봤드구만그려."

"그 할머니가 제 이야기를 하셨어요?"

"그려, 좋은 아들 두었담시로 은근히 나를 부러워허는 눈치드랑게."

"그래 무슨 이야기를 하셨어요?"

"그놈에 망구 맨날 제 자랑이제. 미국은 어쩌고 때국은 어쩌고……. 보도 듣지도 못헌 미국 이야기만 푸짐허게 늘어놓더라. 지가 미국에 살다 왔으면 그만이제, 나헌테 양코배기 미국이 무신 상관이여."

"그래서 어머니는 무슨 이야길 하셨는데요."

"나는 그냥, 머시기…… 젊었을 적에 시앗 땜시 속 끓인 이야기랑 허리 꼬부라지게 농사짓고 홀엄씨 된 후부텀 머리털 닳아빠지도록 도붓 장시해서 아들 대핵교에 보낸 이야기 했제."

"그래서 부끄러웠어요?"

"내가 왜 부끄러워야?"

"잘하셨어요."

"알고 본게 망구허고 나허고 토끼띠 동갑이드라. 오늘 이야기를 해 본게 늙어 갖고 어울리지도 않게 오만 멋을 다 내고 너무 잘난 척해서 그렇제 그렇게 나쁜 망구는 아닌 것 같드라. 딸 하나 있는 것꺼정 이민 가 불고 혼자 사는 것도 쪼끔 짠허고……."

어머니의 표정은 703호 할머니에 비해 자신이 조금도 꿀리지 않는다는 듯 당당해하려고 애쓰는 것처럼 보였다. 어머니는 703호 할머니의 유식함이나 호사스러운 입성을 조금도 부러워하지 않는 것 같았다.

그 후 나는 어머니와 703호 할머니가 만나서 대화를 나누는 모습을 자주 보았다. 703호 할머니는 아직 보랏빛 리본이 달린 회색 크로셰 모자를 쓰고 있었다. 내 눈에 두 분의 모습이 차츰 숲속의 나무들처럼 자연스러워 보였다. 은행나무 밑에 나란히 앉아서 다정스럽게 이야기를 나누는 모습이 조금도 낯설어 보이지가 않았다. 낭자머리에 치마저고리 차림의 영락없는 구식 시골 노파 모습인 어머니와 크로셰 모자에 양장을 세련되게 차려입은 703호 할머니의 모습이 이질적으로 보이는 것이 아니라, 오래된 친구처럼 다정하고 평화로워 보였다. 앙상한 은행나무와 그 옆에 구부정하게 서 있는 푸른 다복소나무가 잘 어울려 보이듯이 서로 조화를 이루고 있었다. 그러고 보니 나와 아내 역시 자라 온 환경이며 정서, 성격, 취미가 다르지만 결혼하여 20년 이상 큰 갈등 없이 어울리며 잘살고 있지 않는가. 독서를 좋아하는 나와 운동을 좋아하는 아내. 나는 결혼해서 지금까지 책다운 책을 단 한 권도 읽지 않는 아내를 무식하다고 생각하지 않았듯이, 아내 또한 자전거도 못 타고 턱걸이를 하나도 못 하는 나를 남자답지 않다고 무시하지는 않았다. 세 아이 역시 삶의 지향점이 다르지만, 서로의 가치관을 존중해 주었다. 아들은 의사가 되기 위해 의과대학에, 큰딸은 음대에, 막내딸은 공대 건축과에 다니면서 서로 다른 꿈을 꾸며, 한 가족으로 사랑하고 신뢰하고 존중하고 배려하고 양보하며 외로운 인생이라는 초행길의 동반자가 되는 것이다.

진정한 아름다움이란 다른 것들끼리 평화롭게 어울리는 것이며 궁극에는 서로가 같아지거나 하나가 되는 것이 아닌가 싶었다. 더욱이 인생은 시작과 끝자락에서 똑같아지는 것이라고 생각했다. 어쩌면 이 세상은 거대한 조화로움의 세계가 아닐까 싶었다. 사랑과 미움, 슬픔과 기쁨, 빠른 것과 느린 것, 뜨거운 것과 차가운 것, 만남과 헤어짐, 넘침과 모자람, 절망과 희망, 생과 사, 둥근 것과 모난 것, 하늘과 땅, 고저, 장단, 명암, 흑백, 선악, 강약, 행불, 미추 등은 극단적 대립이 아니라, 하나가 되기 위하여 적당하게 밀어내고 끌어당김을 계속하는 것은 아닐까. 세상을 평화롭게 만드는 힘은 낯설고 이질적인 것과의 어울림에 있는 것인지도 몰랐다. 낯선 상대를 배려하지 않고 서로 조화를 이루지 못할 때 갈등과 증오가 생기게 되는 것이 아닐까. 나는 어머니와 703호 할머니가 다정하게 앉아 이야기를 나누는 모습이 보기에 참 좋았다. 그것은 분명 어울림의 아름다움이었다. '은행나무 쉼터' 화단에 피어 있는 국화, 코스모스, 달리아, 쑥부쟁이, 고마리, 용담, 무릇꽃처럼 크기와 색깔, 향기가 다른 꽃들이 서로 어울려 꽃밭을 이루고 있는 것처럼. 이 꽃밭에서 어떤 꽃이 더 예쁘고 어떤 꽃이 덜 아름답다고 할 수는 없지 않은가. 가을이라는 같은 시간에 여러 가지 색깔의 꽃들이 서로 어울려 화단이라는 거대한 아름다움을 이루고 있으니 말이다.

바람 소리가 쐐 하게 날카로워지고 햇살 끝이 뾰족뾰족해지기 시작하자 703호 할머니의 크로셰 모자 색깔이 검정으로 바뀌었다. 이 무렵부터 어머니는 경로당에 가지 않고 아예 위층 할머니 댁으로 출근하다시피 했다. 어머니는 아침에 703호로 올라가 점심까지 얻어먹고 해거름이 되어서야 내려오곤 했다. 어머니는 할머니한테 고스톱을 가르쳐 매일 화투를 친다고 했다. 어느 날은 703호 할머니가 주었다면서 모자며 옷, 구두 등을 한 보따리 싸가지고 오기도 했다. 이때부터 어머니는 내가 묻기도 전에 먼저 703호 할머니 신상에 관한 이야기를 꺼내곤 했다. 703호 할머니는 서른다섯 살 때 바람난 의사 남편과 이혼했고 위자료로 받은 집을 팔아 미국으로 유학을 갔으며 5년 만에 한국으로 나와 대학교수가 되었다고 했다. 12년 전에 퇴직하여 연금으로 살아가고 있으며 매년 봄마다 외국 여행을 다녀온다고 했다. 어머니의 말로 할머니는 이민 간 딸 이야기는 좀처럼 입 밖에 내지 않는 것으로 보아 딸과는 사이가 좋지 않은 것 같다고 했다.

어머니의 말로 703호 할머니는 남편을 찾아 한국에 들어왔다가 불법 체류자가 된 조선족 가정부를 딸처럼 의지하고 사는 것 같다고 했다. 할머니는 조선족 가정부의 아들을 초청하여 대학에 보내고 있다고 했다. 할머니의 소망은 언젠가 조선족 가정부의 세 식구가 한집에서 살 수 있도록 해 주는 것이라고 했다는 것이다.

"동갑내기 우리 두 사람 똑같이 서른여섯에 홀엄씨 신세가 되얏는디, 그 나이에 위층 망구는 유학 가서 박사 교수가 되었고 나는 도붓 장시 해서 박사 교수 아들을 맹글았응께, 서로 비슷헌 팔자가 아니냐?"

어머니는 두 분의 삶이 결과적으로 크게 다르지 않다고 생각하는 것으로, 자신의 인생이 결코 실패한 것이 아니라는 것을 스스로 위안하고 싶은지도 몰랐다. 나는 그런 어머니에 대해 오목가슴이 저리도록 절절한 연민을 느꼈다. 어머니 가슴에 얼굴을 묻고 울고 싶어졌다.

"어머니도 홀로되셨을 때 미국으로 가셨더라면 지금쯤 팔자가 달라졌을지도 모르죠. 인생은 미리 정해진 것이 아니고 살아가면서 바뀌는 것이니까요. 어머니가 도붓장사를 해서 나를 공부시키는 대신 어머니 자신을 위해서 살았더라면 어머니 인생이 달라졌겠지요. 그 대신 오늘의 나는 없었겠지만. 인생은 참 알 수 없는 것이지요. 어머니도 젊었을 적에 얼마든지 미국에 가실 수 있었을 겁니다요."

"미국? 느그덜 형제 버리고 말이냐? 택도 없는 소리."

"위층 할머니는 오직 자신만을 위해 살아온 것인지도 모르죠."

"첨에 위층 망구를 봤을 때는 난초란 년을 다시 보는 것 같아서 맬갑시 미워했등만, 알고 보니께 그런 여자가 아니드라. 알고 본께 위층 망구도 남편헌테 퇴박맞고 억척스럽게 살아왔드라. 나는 느그 아부지헌테 퇴박맞음시로도 이혼 생각은 꿈도 못 꾸었는디, 위층 망구는 이쪽에서 이혼소송을 했다니 나허고는 다르기는 해도……."

어느덧 어머니는 703호 할머니와 자신을 동질적으로 생각하고 싶어 하는 것 같았다.

"참, 난초 소식은 모르죠?"

"아부지헌테서 도망친 뒤 돈 많은 남자 만나 딸 하나 낳았다는 소식 들은 지가 옛날이다."

"지금도 미워하세요?"

"그년이 느 아부지허고 여태 살았다면 느 아부지 안 죽었을지도 모르제. 인제는 난초 미운 생각 쪼금도 없다. 잘살고 있으면 좋겠다."

나는 어머니한테서 난초에 대한 미움이 없어진 것을 알고 적이 놀랐다. 그것은 최근 어머니에게서 발견한 큰 변화였다. 어머니는 며느리에 대해서도 전 같지 않게 살갑게 대해 주었다. 어쩌면 어머니는 703호 할머니와 친해지면서부터 변화가 시작되었는지도 몰랐다.

3

바람이 거친 파도 소리를 내며 지붕을 물어뜯듯 사납게 불어 대던 날 아침이었다. 겨울방학이 되어 출근하지 않고 아침을 먹은 후 소파에 파묻혀 신문을 뒤적이고 있는데 다급하게 초인종이 울려 나가 보니 위층 조선족 가정부가 발을 동동 굴렀다. 8시가 되도록 할머니가 일어나지 않아서 침실에 가 보았더니 의식을 잃은 채 축 늘어져 있는 게 아무래도 이상하다는 것이었다. 어머니와 함께 서둘러 703호로 올라가 보았다. 할머니는 눈을 감은 채 죽은 듯 반듯하게 누워 있었다. 나는 급한 상황에서도 할머니의 침실을 흥미를 갖고 살펴보았다. 할머니의 침실은 침대와 화장대뿐으로, 생각보다 단조롭고 소박해 보였다. 커튼과 침대보가 똑같이 옅은 보라색으로 인상적이었다. 침대 맞은편 벽에는 할머니 사진 한 장이 걸려 있었다. 그 사진 밑에 직사각형 유리관 속에 인형 대신 오래된 듯한 여자아이의 검정 고무신이 들어 있었다. 유리관 속의 검정 고무신이 오랫동안 내 시선을 붙잡았다. 나는 119를 불렀고 아파트에서 가까운 종합병원 응급실까지 따라갔다. 의사는 장기간 수면제 과다 복용에 의한 급성중독이라고 했다. 조선족 가정부의 말로는 할머니는 재작년 캐나다에 사는 딸을 찾아갔다가 만나지 못하고 돌아온 후부터 심한 불면증으로 고생해 왔다고 했다. 불면증에 시달리면서부터 매일 수면제를 복용해 왔다는 것이다. 위세척까지 했으나 깨어나지 못했다. 나는 할머니의 갑작스러운 죽음의 원인을 알아보거나 슬퍼할 겨를도 없었다. 당황할 수밖에 없었지만 침착하게 사태를 수습하기로 했다. 먼저 내가 해야 할 일은 할머니의 가까운 친척에게 알리는 일이었기 때문에 조선족 가정부에게 딸한테 전화부터 하는 것이 좋겠다고 했다. 일단 할머니를 영안실로 옮긴 다음 영정을 챙기고 딸의 전화번호도 찾기 위해 아파트로 돌아왔다. 이때 자세히 보니 703호 거실과 서재에는 온통 할머니의 사진들만 가득 걸려 있었다. 특히 거실과 서재의 벽에는 여러 가지 포즈를 취한 할머니의 사진들로 장식되어 있었다. 거실 소파 맞은편 벽 중심에는 할머니가 미국 대학에서 박사 학위를 받는 사진을 등신 크기로 확대해 걸어 놓았다. 그런데 아파트 안에 걸려 있는 사진들은 하나같이 미국을 배경으로 찍은 것들이었다. 한국을 배경으로 찍은 사진은 침실에 걸려 있는 것으로 할머니가 근무했다는 대학에서 강의하는 장면뿐이었는데 그것도 40대 한창 무르익었을 때의 모습이었다. 예상했던 대로 젊은 시절 할머니는 여전히 미인이었고 지성미가 넘쳐 보였다. 최근 사진은 눈에 띄지 않았다. 나는 영정으로 서재의 책장 사이에 아무 배경 없이 액자에 끼워져 있는 16절 크기의 사진을 선택했다. 40대 초반쯤으로 보이는 것이 미국에서 귀국할 무렵에 찍은 것이 아닌가 싶었다. 희고 보송보송한 얼굴에 검정 재킷과 하늘색 머플러가 잘 어울려 보였다. 가정부는 딸의 전화번호를 찾을 수 없다고 했다. 동네 약국에서 만든 전화번호 메모용 수첩을 뒤적여 보았으나 딸의 전화번호는 고사하고 친척들 전화번호조차 찾을 수가 없었다. 검정 사인펜으로 또박또박 적어 놓은 전화번호들은 병원, 동네 슈퍼마켓, 반찬 가게, 분식집, 콜택시, 은행, 세탁소, 빵집, 과일 가게, 친환경 야채 가게, 쌀집 등 일상생활에 필요한 곳들뿐이었다.

"캐나다에 산다는 딸 전화번호 없어요?"

나는 신경질적으로 가정부를 닦달하듯 물었다.

"내가 할머니 집에 온 지 오 년이 되어 가지만 딸하고 전화하는 것은 한 번도 못 봤는데요."

"이 년 전에 딸을 만나러 캐나다에 갔다면서요."

"그랬지요. 서너 차례나 캐나다에 갔었지만 만나지도 못하고 오셨다니

간요. 계속해서 편지를 부쳤는데도 되돌아왔어요. 침실 장롱 서랍에 되돌아온 편지가 가득해요."

"유리 상자 속에 낡은 고무신은 뭡니까?"

"어렸을 적 딸아이가 신었던 거래요. 밤마다 그 고무신을 꺼내 들고 소리도 없이 울었어요."

그 말에 가느다란 한숨과 함께 내 가슴이 찌르르해 왔다. 딸에 대한 할머니의 간절한 통회와 가슴 아픈 사랑을 느낄 수가 있었다.

"연락할 친척이나 친지들이 단 한 곳도 없나요."

"친척한테 전화하는 것 한 번도 못 봤어요."

"뭐라고요?"

"찾아오는 친척도 친구도 없었어요. 최근 들어 육층 할머니 외에는······. 나헌테는 참 잘해 주었지만, 우리 할마씨 원래 사람을 좋아하지 않았어요. 할마씨가 그럽디다. 자신은 오직 자신밖에 모르고 살아온 이기적인 사람이라고요. 당신 입으로 그랬다니까요. 자기는 젊어서 남편한테 배신당한 후로는 하나밖에 없는 딸마저도 뿌리치고 누구도 생각하지 않고 오로지 자신만을 위해서 살아왔다고."

가정부의 이야기에 나는 다소 충격을 받았다. 가정부는 직접 할머니한테서 들은 이야기라며 비밀을 털어놓듯 땀직땀직 이야기를 계속했다. 할머니는 미국에 유학을 간 것이 아니라, 첫 남편한테서 낳은 일곱 살 난 딸마저도 보호시설에 팽개친 재 동거해 온 미군을 따라갔고, 미군한테서도 버림을 받자 식당에서 일하면서 뒤늦게 공부를 시작했다고 했다. 낯선 땅 미국에서 혈혈단신이 된 할머니는 오직 자신의 성공만을 위해서 모든 것을 버리기로 했다는 것이었다. 할머니는 하나 있는 딸도, 친정도, 고향도,

친구들도 철저히 외면했다고 했다. 모든 관계의 단절은 오히려 할머니를 강하게 만들어 주었고 그 고통의 결과로 꿈을 이루게 되었다는 것이다. 귀국해서도 철저하게 자신만을 위한 삶을 살았다. 친정과도 연락을 하지 않았으며 동료들이나 학계 인사들과도 어울리지 않았다. 퇴직한 후에야 딸의 소식을 알아냈고 몇 차례 찾아가기도 했으나 번번이 만나 주지 않았다는 것이다. 나는 주민등록증을 통해 할머니의 이름이 김말순이고 올해로 일흔여덟 살이라는 것을 알았다. 김말순이라는 이름이 할머니에 대한 생태적 정보를 상당 부분 짐작케 해 주었다. 나는 어머니의 이름인 정순덕과 크로셰 모자 할머니 이름인 김말순을 마음속으로 여러 차례 되뇌어 보았다.

어머니는 703호 할머니의 소식을 듣자 그 자리에 흐물흐물 주저앉아 애통해하며 눈물까지 보였다.

"시상에, 천하에 불쌍헌 망구로구나. 그 잘난 박사 교수 끝이 왜 그리도 쓸쓸헐까. 어쩌겠냐, 네가 좋은 일 한번 하그라."

상주는 고사하고 주위에 장례 치를 사람마저 없다는 내 이야기에 어머니가 내 손 잡고 한숨을 지으며 간절하게 사정을 했다. 빈소를 비워 둘 수가 없어 나는 가정부와 함께 장례식장에 있었다. 어머니도 한사코 함께 빈소를 지켜 주겠다고 하는 것을 억지로 택시에 태워 집으로 보냈다. 어머니의 성화에 못 이겨 아파트 경로당에서도 몇 사람이 조문을 왔다. 쓸쓸히 빈소를 지키면서 나는 자꾸만 할머니와 어머니의 삶을 비교해 보았다. 두 분 다 남성 중심의 이 땅에 가난한 여자로 태어나 억척스럽게 인고의 삶을 살아온 것은 비슷하다고 생각했다. 그러나 어머니가 자식을 위해 자신을 희생했다면 할머니는 자신만의 꿈을 실현하기 위해 모든 것을 투

자해 온 것이 달랐다. 어머니가 인고의 삶을 이겨 낸 것이 한이었다면 할머니가 버텨 온 것은 자존심이었을 것이라는 생각도 들었다. 친척들과 절연하고 누구와 쉽게 어울리지 못한 것도 자존심 때문이었을 것이다. 그 자존심은 외로움과 속이 허한, 자신의 약점을 감추려는 데서 비롯된 것일지도 몰랐다. 그렇지만 어머니는 감출 것이 없었다. 어머니는 자신의 한 맺힌 과거의 삶을 부끄러움 없이 아무에게도 홀홀 털어놓는 분이다. 나는 누구의 삶이 성공적이었고 누가 실패한 삶을 살았다고 단정적으로 말할 수가 없을 것 같았다.

삼일장으로 화장을 했다. 나는 할머니의 유분을 어디에 뿌릴까 생각해 보았다. 가정부는 화장터에서 가장 가까운 산이나 저수지에 뿌리자고 했으나 왠지 그러기가 싫었다. 그 이유는 나도 몰랐다. 25년 동안 근무했다는 대학 교정도 생각해 보았으나 서울까지 올라가기가 그랬다. 나는 가정부를 먼저 돌려보낸 다음 내 차에 유분 항아리를 싣고 도시를 빠져나가 바다 쪽으로 향했다. 바다를 향해 달리면서 할머니가 가장 가고 싶었던 곳이 어디일까 생각해 보았다. 빈소를 지킬 때 주민등록증으로 호적초본을 떼어 보았더니 할머니는 강원도 고성에서 5남매 중 막내딸로 태어났다는 것을 알 수 있었다. 같은 고장 남자와 결혼하여 딸 하나를 낳고 이혼한 것도 사실이라는 것을 알 수 있었다. 강원도에서 태어난 할머니는 미국서 나와 서울에서 교수 생활을 했고 퇴직을 한 후로 한반도 끝자락인 이곳 Y시에 내려와 살고 있었다. Y시에서 할머니의 고향은 극점을 이루듯 너무 멀었다. 아직 고향에는 할머니의 형제와 조카들이 살고 있을지도 몰랐다. 그렇지만 할머니는 딸마저도 버린 채 미군을 따라 미국으로 떠난 후 친정과 소식을 끊고 살았다고 했는데 과연 죽어서라도 고향에 돌아가고 싶을까 생각해 보았다. 할머니가 돌아가고 싶은 곳이 진정 고향은 아닐 것 같았다.

나는 바다에 도착했으나 할머니의 유분을 뿌리지 못하고 되돌아오고 말았다. 왜 그랬는지 나도 내 마음을 알 수 없었다. 거친 바다 멀리 할머니를 떠내려 보내기 싫어서였는지도 몰랐다. 할머니는 한곳에 오랫동안 숨은 듯 안주하기를 원할 것만 같았다. 어느덧 밤이 되었다. 온몸으로 달빛을 가르며 아파트에 돌아온 나는 노인정 앞에 차를 세우고 나서 할머니의 유분 항아리를 들고 은행나무 밑으로 갔다. 달빛이 앙상한 은행나무 가지에 찐득하게 엉켜 있었다. 나는 은행나무 밑동에 작은 구덩이를 파고 할머니의 영혼이 땅속 깊숙이 스며들도록 유분을 뿌렸다. 할머니의 영혼이 은행나무가 되어 잠들기를 빌었다. 나 홀로 할머니의 은행나무 수목장을 치른 다음 벤치에 앉았다.

'할머니, 은행나무 옆에 계시는 게 좋겠네요. 이제 이 은행나무는 김말순 할머니 나무가 됐습니다. 이곳에 계시면서 해마다 가을이면 노랗게 물드세요. 은행나무를 볼 때마다 할머니를 기억할 사람이 있을 겁니다.'

나는 마음속으로 말했다. 기분이 홀가분해졌다. 나는 은행잎이 노랗게 물들었다가 일시에 우수수 떨어지고, 그 위에 눈이 내려 덮일 때까지의, 그 몇 달 동안에 세상을 한 바퀴 돌면서 인생의 깊은 골짜기를 속속들이 들여다보고 난 기분이었다. 인생은 누구에게 특별히 무겁거나 가벼운 것이 아니라, 자기가 짊어질 수 있는 만큼의 짐을 지고 가는 것임을 깨달았다.

벤치는 오랫동안 쓸쓸하고 공허하게 비어 있었다. 아무리 그 자리에 앉으려고 하지 않았다. 703호 할머니 장례를 치른 다음 날부터는 어머니는 특별히 아픈 데도 없이 맥이 풀린다면서 몸져눕고 말았다. 경로당에 나가지도 않고 온종일 방에만 누워 있었다. 그동안 703호에는 조선족 가정부의 남편과 아들이 들어와 함께 살았다. 그날은 아침부터 눈이 흩날렸다. 친구 아들 결혼식에 갔다 오던 나는 경로당 앞을 지나가다 소스라치게 놀랐다. 검정 니트 재킷에 검정 크로셰 모자를 눌러 쓴 사람이 은행나무 밑 벤치에 그림자처럼 앉아 있는 것을 보았기 때문이다. 두 손을 무릎 위에 가지런히 놓고 다소곳이 앉아서 똑바로 얼굴을 들어 공허한 시선으로 하염없이 하늘 끝을 바라보는 모습이 낯이 익었다. 그것은 703호 할머니가 책을 읽다가 잠시 생각에 잠겨 있을 때의 모습 그대로였다. 나는 703호 할머니의 환영을 본 것이 아닌가 하고 섬뜩한 느낌을 받았다. 자동차를 멈추고 찬찬히 바라보던 나는 아, 하고 비명에 가까운 소리를 지르고 말았다. 크로셰 모자를 쓰고 앉아 있는 사람이 어머니 같아 보였다. 크로셰 모자가 아주 잘 어울려 보였다. 그러나 나는 703호 할머니인지 어머니인지 확연하게 알아보기가 어려웠다. 숲속에서 굴참나무와 졸참나무를 첫눈에 구별하기 애매한 것처럼. 나는 어머니 하고 불러 보려다가 모르는 척했다. 그때 갑자기 바람이 드세어지면서 은행나무 가지를 몸살 나도록 흔들어 댔다. 바람에 흔들리는 은행나무 가지가 휘휘휘 휘파람 소리를 냈다.

『작가』, 2004

울타리

1

탈북자 김 노인을 처음 만났을 때 왼손 엄지에 육중하게 감긴 금반지가 후다닥 내 시선을 잡아끌었다. 숱한 세월에 부대끼고 닳을 대로 닳은 금반지의 빛깔은 황갈색 노인의 손가락에서 타오르듯 번쩍거렸다. 어울리지 않게 탈북 노인의 손에 금반지라니. 그것도 하필이면 매듭이 짧은 왼손 엄지에, 더 이상 들어가지도 빠지지도 않고 손가락을 단단히 옥죄어 끼워져 있을까 싶었다. 나는 지금까지 엄지에 반지를 낀 사람을 한 번도 보지 못했다. 단단히 조여진 손가락의 고통이 내게 전달되면서 나도 모르게 갑갑증을 느꼈다. 그 반지는 손가락을 단단히 묶고 있는 쇠고랑으로 보였다. 죄인을 고문할 때 채우는 형구를 연상케 했다. 개미허리처럼 질록한 게, 손가락 마디가 피를 흘리며 끊겨 나갈 것만 같았다. 너무 꼭 끼어 손가락 양쪽이 도톰하게 부풀어 올라 있었다. 나는 그 순간 외할머니가 고양이 꼬리를 자르던 때가 떠올랐다. 외할머니는 고양이를 길들이기 위해서는 어렸을 때 꼬리를 잘라야 한다면서, 가늘고 질긴 명주실로 고양이의 꼬리를 단단하게 여러 겹 친친 묶었다. 외할머니는 피 한 방울 흘리지 않고 고양이 꼬리가 잘려나갈 것이라고 했다. 외할머니의 말대로 몇 달 후 아침에 일어나 보니 신기하게도 고양이 꼬리가 방바닥에 댕강 잘려져 있었다. 잘린 꼬리는 수분이 날아가 버려서 꼬들꼬들하게 잘 말려진 오징어 다리 같았다. 명주실이 살을 조이고 피의 순환을 막게 되어 결국 상처하나 없이 꼬리가 잘린 것이었다. 나는 고양이가 너무 불쌍해서 텃밭 귀퉁이 대추나무 밑에 꼬리를 깊이 묻어 주었다. 나는 언젠가는 김 노인의엄지도 고양이 꼬리처럼 댕강 잘릴지도 모른다는 생각을 했다.

"아, 이 반지요? 열네 살 때 낀 후로 55년 동안 한 번도 뺀 적이 없다우.아마 무덤까지 가지고 가야 할 것 같수다."

김 노인은 한사코 왼손 손바닥으로 오른손 손등을 덮으며 묻지도 않은말을 했다. 그는 웃을 때 입을 벌리거나 소리를 내지 않고 게슴츠레하게 눈을 감는 게 고작이었다. 마지못해서 억지로 웃음을 만들어 내는 것처럼.

"반지에 사연이 있는 모양이군요?"

"소년 시절 반지가 너무 커서 엄지에 끼웠드랬는데 이제는 빠지지 않아요. 이 반지가 55년 동안 내 영혼과 육신을 묶고 있답니다요. 이제는 내인생의 일부가 되었나 봅니다."

"손가락뼈에 이상은 없습니까?"

"가끔 엄지 관절이 욱신거리느만요."

"뺄 수 있을 텐데요."

"손가락을 자르면 되겠지요."

"생손가락을 잘라요?"

나는 잘린 손가락에서 피가 뚝뚝 떨어지는 모습을 상상하며 진저리쳤다. 내가 보기에 김 노인은 금반지 때문에 칼로 자신의 손가락을 싹둑 자를 수 있을 만큼 독한 구석이 있을 것 같기도 했다. 그렇지 않고서야 가족들과 생이별을 해가면서까지 몇 번이고 죽을 고비를 넘기면서 달랑 어린 손자 하나만을 데리고 남으로 왔겠는가 싶었다.

"딱 두 번 금반지 때문에 손가락을 자를 생각을 했지요."

김 노인의 얼굴에 얼핏 어둡고 음울한 잿빛 그림자가 머물다 사라졌다. 그는 2년 전 봄 북에 있을 때, 늙은 마누라가 죽고 다섯 식구가 사흘 동안 굶주리며 한방에 늘비하게 드러누워 동면하듯 비몽사몽 잠들어 있는 것을 보고 손가락을 자를 생각을 했다는 것이었다. 그 금반지라면 못해도 밀가루 두 포대는 살 수 있을 것이고, 감자꽃이 필 때까지는 다섯 식구 굶어 죽지는 않을 것이기 때문이었다. 그는 손가락을 자르기 위해 자귀를 들고 뒤란 감나무 아래로 갔다. 장작을 패는 나무토막 위에 손가락을 올려놓고 자귀를 든 오른손을 머리 위로 추켜들었다. 그러나 자귀는 그의 발치에서 허기진 채 모로 누워 주인을 향해 게으르게 꼬리를 치며 허기진 눈으로 애처롭게 쳐다보고 있는, 겨우 두 달 된 강아지의 멱에 정통으로 꽂혔다. 여섯 마리의 강아지 중에서 어미를 시작으로 다 잡아먹고 마지막 남은 한 마리였다.

두 번째로 손가락을 자르려고 했던 것은 작년 겨울 중국을 떠돌 때였다. 얼어붙은 압록강을 건넌 다섯 식구는 한 달 동안 외딴집 안에 들어박혀 있다가, 공안원의 감시를 피해 부엉이처럼 밤을 이용, 3개월 만에 낯선 사람들로 벅신거리는 베이징에 도착했다. 그때 그의 아들은 왼발에 동상이 걸려 감각을 잃어 가기 시작했다. 치료를 받지 못하면 발이 썩게 되어 절단할 수밖에 없다는 것을 그는 잘 알고 있었다. 그는 아들의 왼쪽 발을 치료하기 위해 자신의 손가락을 잘라야겠다고 생각은 하면서도 차일피일 미루고만 있었다. 남쪽으로 가게 되면 치료를 받을 수 있을 것이라는 말로 아들을 위로할 뿐이었다. 그러나 아들은 끝내 남으로 내려오지 못했다. 김 노인은 압록강을 건너면서부터 중국을 떠나올 때까지 순간순간 겪었던 절박한 상황들을 울먹이며 말했다.

"아들과 며느리가 끌려가는 모습을 차마 눈뜨고 볼 수가 없었다우. 우리 장손하고 내가 먼첨 일본 내사관 울타리에 매달렸지요. 죽을 둥 살 둥 낑낑대며 중간쯤 기어 올라가는데 중국 공안원들이 거칠게 호루라기를 불어 대며 뛰어왔습니다. 나는 우리 장손의 엉덩이를 힘껏 밀어 올리며 아들을 향해 서두르라고 소리쳤지요. 내 밑에는 둘째 손자 놈과 며늘애가 매달렸고 마지막에는 발이 불편한 아들놈이 머리로 제 아내의 엉덩이를 받쳐 올리며 울타리를 기어 올라오고 있었습니다. 그때 중국 공안원이 두 손으로 아들놈의 한쪽 다리를 붙잡아 끌어당겼고 아들은 가시 울타리에 매달린 채 버둥거렸지요. 아들의 손에서 피가 흘렀어요. 결국 아들은 두 손에 피를 흘리며 개처럼 끌려 내려가게 되었고, 이것을 본 며늘애가 울부짖으며 땅으로 미끄러져 내려갔으며 둘째 손자 놈마저 엄마를 외쳐 대며 미끄러지고 말았습니다. 며늘애는 충분히 울타리를 넘을 수 있었는데도 즈이 남편 때문에 포기한 거였다우. 차마 남편만 남겨둘 수가 없었던 게지요."

김 노인은 두 손으로 얼굴을 감싼 채 나를 의식하지 않고 가냘픈 어깨를 들썩이며 격렬하게 흐느꼈다. 나는 나이 많은 남자가 이렇듯 슬픔을 억제하지 못하고 처절하게 우는 모습은 처음 보았다. 오랫동안 참았던 슬픔이 한꺼번에 봇물 터지듯 솟구쳐 오른 것 같았다. 처음 본 노인의 울음이기에 더욱 마음이 아렸다. 김 노인의 아픔이 내 뼛속까지 스며드는 듯했다. 김 노인의 이야기를 듣고 텔레비전에서 여러 차례 보았던, 북한 동포들이 필사적으로 베이징의 외교 관저로 뛰어드는 장면들을 떠올렸다.

김 노인의 며느리가 차마 남편 혼자 남겨두고 떠날 수가 없어서 탈출을 포기했다는 말이 내 오목가슴에 화살처럼 깊숙하게 박혔다. 그것은 슬프고도 아름다운 이야기였다. 만일 내가 그런 입장에 있었다면 내 와이프는 김 노인의 며느리처럼 행동할 수 있었을까. 아내는 절대 그럴 수 없는 여자였다. 내가 그 여자 입장이라도 그것은 상상조차 할 수 없는 일이었다.

"내가 손가락을 자르지 못한 것은 아픔이 두려워서가 아니었소. 반지 낀 손을 꼭 보여 줄 사람이 있었기 때문이랍니다."

그러면서 김 노인은 한동안 반지 낀 손을 찬찬히 들여다보며 쓸쓸하게 웃었다. 웃음에 커다란 구멍이 숭숭 뚫려 있는 것처럼 찬바람이 느껴졌다. 그의 육신이 동태처럼 싸늘하게 얼어붙어 있는 것만 같았다. 그 미소가 너무 공허하고 슬퍼 보였다. 나는 그의 억지스러운 웃음 뒤에 그림자처럼 달라붙은 삶의 비애와 외로움을 읽을 수가 있었다. 어쩌면 그것은 엄지에 반지를 끼고 살아온 지난 55년의 세월 속에 응축된 회한의 고통일 수도 있겠다 싶었다.

"제발 살아 있어야 할 텐데……. 잡히면 자살하기로 하고 각기 쥐약을 가지고 다녔는데 그걸 먹지나 않았는지, 죽을 수는 있어도 다시 돌아갈 수는 없다고 입버릇처럼 말했는데……."

김 노인은 헤어진 가족 때문에 울컥울컥 연신 탄식을 쏟아냈다.

그날 나는 김 노인이 너무 괴로워하는 것 같아, 더 이상 반지에 대한 이야기를 하지 않기로 했다. 김 노인을 만난 후 며칠 동안 목에 가시가 걸린 것처럼 속이 거북하고 답답했다. 김 노인 손자의 겁먹은 듯 우묵한 눈과 무거운 그늘에 덮여 있는 불안한 표정이 자꾸 눈에 밟혔다. 나는 사람이 죽는 날까지 겪는 인생의 크고 작은 매듭에 대해서 생각했다. 이 세상의 모든 일에는 시작과 끝이 있고 모든 생명은 죽음을 맞을 때까지, 스스로 헤아릴 수 없을 정도로 많은 마디, 혹은 매듭을 만들게 마련이다. 매듭은 성장과 변화의 과정일 수도 있다. 매듭이 있어야 생명의 연속이 가능하지만, 매듭을 만들 때마다 고통을 겪는다. 그것을 성장통이라고 할 수도 있다. 그러나 김 노인의 손자가 지금 낯선 땅에 와서 겪고 있는 고통은 모든 것을 잃어버린 상실통이라고나 할까. 김 노인의 엄지에 감겨 있는 금반지는 김 노인뿐만 아니라 그의 손자의 인생까지도 단단하게 묶고 있는 것 같았다.

2

아무도 없는 아파트에 어김없이 불이 켜져 있다. 멀리서 본 불빛은 주황색으로 출렁거렸다. 아내가 떠난 후, 해가 지고 어둠이 세상을 야금야금 물어뜯기 시작할 때에 맞춰 불이 켜지도록 자동 점등 장치를 해 놓았다. 불이 켜져 있는 것을 보면 나도 모르게 마음이 따뜻해진다. 어둠 속의 불빛은 나에게 평화로운 안식을 준다. 혼자 살아본 사람이라면 어둠 속에서 불빛이 주는 위안이 얼마나 크고 따뜻한가를 알고 있을 것이다. 누구인가가 불을 켜 놓고 기도하는 마음으로 간절하게 기다리고 있을 것만 같은 기대감 같은 것을 느낄 수가 있다. 아파트에 불이 켜져 있는 것을 보면 내 마음속에 외로움을 소각시킬 불씨 하나가 남모르게 타오르고 있는 것만 같다. 나는 서둘러 엘리베이터를 타고 15층으로 올라가 아파트 문을 열고 들어섰다. 나는 한동안 텅 빈 아파트 거실 한가운데에 빈총 맞은 사람처럼 우두커니 서 있다가 황토색 물소 가죽 소파에 몸을 던지듯 사지를 쭉 펴고 앉았다. 불이 켜져 있기는 해도 32평형 아파트는 거대한 동굴 속처럼 적요하다. 지방대학 교수인 아내는 다섯 달째 돌아오지 않고 있다. 이메일커녕 전화 한 통화도 없다. 어느새 아파트 안에 아내의 냄새가 점점 희박해지고 있었다. 지난 5개월 동안 아내의 냄새가 서서히 창 틈새로 빠져나가 버린 것이다. 아내의 흔적이라고는 아내의 서재에 남은 몇 권의 잡동사니 책들과 화장대 위의 쓰다 만 화장품들이며 장롱 속의 헌 옷가지 등이 전부다. 그동안 우리는 안방을 부부 침실로 썼고 서재는 따로 갖고 있었다. 나는 아내가 나 없는 사이에 책이며 컴퓨터, 옷가지 등을 모두 가져간 다음 날, 안방에 있는 화장대며 헌 옷 등 아내의 냄새가 묻어 있는 것들을 모두 아내의 서재로 옮겼다. 아내의 물건을 서재로 옮겨 버린 뒤로 나는 한 번도 아내의 서재에 들어가 보지 않았다. 생각 같아서는 아내의 서재 문에 못질을 하고 싶었지만 참았다.

허드레옷으로 갈아입은 나는 습관처럼 컴퓨터 앞에 앉아 편지함을 열어 보았다. 오늘 내가 쓴 '새터민들 취업 갈수록 어려워'라는 제목의 기사에 대해 독자들의 반응이 다양하다. 나는 기사에서 매년 탈북자 수가 늘어 현재까지 7천 5백 명이 되는데, 정착 기금이 2천만 원으로 줄어든 데다 취업난으로 이들이 살아가기가 어렵다고 썼다. 여성의 경우는 식당이나 파출부 등 그나마 취업의 문이 열려 있기는 하지만 남자의 경우는 전혀 일자리를 구할 수가 없는 실정이며 어쩌다가 취업이 되더라도 적응을 못해 그만두는 경우가 많다고 했다. 탈북자 중 70%가 여성이라는 점도 취업난과 관련이 있는 것은 아닌지 모를 일이다. 이 같은 탈북자들의 어려움을 덜어주기 위해서는 취업 보조금 1천 5백만 원을 대폭 증액시켜 주어야 한다고 주장했다. 그런데 이 기사에 대해 대부분의 네티즌은 부정적인 반응을 보였다. 우리도 취업이 안 되어 살기가 어려운데 웬 탈북자 걱정이냐는 거였다. 그러면서 "너 탈북자 맞지?"라고 쏘아 댔다. 아이디가 무궁화라는 네티즌은 "그네들은 자유 찾아온 것이 아니고 일자리 찾아왔나여? 배고프면 다시 북으로 돌아갈 것 아닌가여?"라고 비아냥거렸다. 나는 가능한 한 네티즌들을 무시하려고 애썼다. 기사 실명제 이후 사사건건 시비를 거는 네티즌들에 대해 이력이 났다고나 할까. 암튼 나는 네티즌들을 초나 술 등 발효 물질에 엉겨 붙는 초파리 떼와 같다고 생각했다. 내가 진정으로 무서워하는 것은 시도 때도 없이 들끓기 좋아하는 초파리 떼가 아니라 깊은 강처럼 도도히 흐르는 침묵의 여론이다.

오늘도 아이디가 달팽이인 미지의 사람이 메일을 보내왔다. 그러고 보니 오늘이 토요일이다. 달팽이는 지난 다섯 달 동안 매주 토요일이면 어김없이 메일을 보내오곤 했다. '연꽃 속의 보석'이라는 제목으로 보내온 달팽이의 메일은 모두 여자의 나체와 음부 사진이었다. 오늘 보내온 '연꽃 속의 보석 19' 사진은 체중이 1백 킬로그램이 넘어 보이는 뚱뚱한 백인 여자다. 마치 거대한 눈사람을 보는 것 같다. 배불뚝이 큰 간장독 위에 백통 주전자를 올려놓은 것처럼 얼굴에 비해 하체가 비정상적으로 크다. 첩첩이 출렁거리는 뱃살과 진흙을 뭉친 듯한 엉덩이 살, 백자 항아리 모양의 허벅지가 먼저 눈에 들어왔다. 그다음으로 부풀어 오른 어깨며 한여름 황소 불알처럼 늘어진 젖가슴을 보면서 나도 모르게 와, 하고 탄성을 질렀다. 체격에 비해 그다지 크지 않은 얼굴에 길고 탐스러운 금발을 가진 젊은 여자였지만 나이를 짐작할 수가 없었다. 뚱보 여자의 누드 사진은 내게 일말의 성적 욕구도 자극시켜 주지 못했다. 오히려 혐오감과 위압감을 느꼈다. 그러나 뚱보의 음부를 확대시킨 사진은 전혀 다른 느낌을 주었다. 그것은 촉촉하게 이슬을 머금은 한 떨기 탐스러운 분홍빛 연꽃이었다. 그것에서 뚱보 여자의 몸과 얼굴은 전혀 연상되지 않았다. 연꽃을 들여다보는 순간 야릇하게 마음이 조금씩 꿈틀거렸다. 나는 거대한 몸뚱어리는 생각하지 않고 오로지 연꽃에만 집중하려고 했다.

달팽이는 그동안 각기 다른 유형의 여자 누드 사진을 계속 보내 왔다. 백인, 흑인, 황색인 등 여러 인종과 10대에서 20대, 30대, 40대의 비쩍 마르고 통통하고 길고 짧은 체형이 이르기까지. '연꽃'의 꽃잎 크기와 색깔은 모두 비슷했다. 나는 신비로운 생명의 샘인 '연꽃'을 들여다보며 경건함을 느꼈다. 그것은 깊은 숲 속, 은밀하게 숨겨진 생명의 샘, 시뻘건 욕망의 불길을 품고 있는 휴화산의 분화구였다. 이처럼 신비롭고 오묘한 아름다움을 지닌 연꽃이라니. 이슬 머금은 채 합장하듯 다소곳이 눈엽嫩葉 같은 정결로 꽃잎을 접고 있는 이 연꽃에서는 이 세상 어떤 추함이나 불결함도 연상되지 않았다. 그런데 달팽이는 누구이며 도대체 어떤 의도로 내게 이런 사진을 보내오는 것인지 알 수 없다. '연꽃 속의 보석'은 '연꽃 속의 보석이여 완전한 성취여'를 줄인 것으로, 티베트 불교의 '옴마니 반메훔'이 아닌가. 티베트 불교에서 승려들이나 신도들이 사찰을 돌며 예불을 드릴 때 외는 주문으로 '당신의 거룩한 연꽃 속에 나 온전히 안기나이다'라는 뜻이며, 사바세계에서 윤회로서 태어나지 말게 해 달라는 기도말이기도 하다. 어쩌면 그는 내게 '이 세상 모든 연꽃은 순결하고 아름답다'는 메시지를 전하고 있는 것은 아닌가 하는 생각이 들 때가 있었다. 얼굴이 잘생기고 못나고, 몸매가 잘 빠지고 못 빠지고, 머리에 아는 것이 많고 적은 것과는 관계없이. 암튼 나는 그 같은 메시지를 내게 전하려는 의도를 알 수가 없다. 그런데 이상하게도 달팽이가 보내온 사진을 들여다보면서 나는 잠깐 동안이나마 '연꽃'을 통해 아내의 얼굴을 떠올려본다는 사실이다. 그러나 어쩐 일인지 '연꽃'과 아내의 얼굴은 도무지 일치하지 않았다. 문득, 서른이 훨씬 넘도록 장가갈 생각을 하지 않은 내게 "너무 고르지 마라. 이 세상 여자는 다 똑같단다"라고 했던 어머니의 말이 떠오른 것은 또 무슨 연유란 말인기.

3

월요일 오전, 신문사에 출근한 나는 김 노인을 취재한 노트를 마지막으로 정리했다. 내가 김 노인을 처음 만난 것은 두 달 전이었다. 나는 탈북자 특집 기사를 취재하고 있었다. 그를 취재 모델로 선택한 이유는 첫째, 가장 최근에 '하나원'에서 퇴원하여 정착을 시작했고, 둘째는 베이징에서 가족이 둘로 찢어져 12살 손자와 함께 탈북했다는 점, 셋째는 김 노인이 6·25 때 월북자라는 것에 마음이 끌렸기 때문이었다. 서울에서 남쪽으로 30km쯤 떨어진 신도시로 그를 찾아갔을 때 그는 잔뜩 경계하는 눈빛으로 나를 만나 주었다. 그가 남쪽에 내려와 처음 거처로 정한 한갓진 임대주택 아파트 단지 정원에는 백일홍이 8월의 뾰족뾰족한 햇살 속에 짱짱하게 피어 있었다. 방 안에 들어서는 순간 방 윗목에 자리한 앉은뱅이책상 위의 갈색 질그릇 화분에 핀 한 떨기 봉선화가 먼저 눈에 들어왔다. 잎겨드랑이마다에 두세 송이씩 분홍빛 탐스러운 꽃잎을 피운 봉선화 줄기에는 탱탱한 씨앗 주머니들을 달려 있었다. 나는 누렇게 익은 씨앗 꼬투리를 보는 순간 '건드리지 마세요'라는 꽃말이 떠올랐다. 이제 이 씨앗 꼬투리는 조금만 건드려도 열매를 터뜨려서 '나는 결백해요'라고 말하듯 속을 뒤집어 보인 후에 또르르 말리게 될 것이다. 나는 흔하다면 흔한 봉선화를 화분에 심어 방 안에 들여놓은 것이 조금은 의아스러웠다. 봉선화꽃 때문인지 방 안의 분위기가 오래된 과거의 시간에 머물러 있는 느낌이었다. 머리카락 한 올의 흐트러짐도 없이, 단정하게 가르마를 타고 소박하면서도 단아한 한복을 새뜻하게 차려입은, 50년대 시골 처녀의 모습이랄까. 봉선화를 보는 순간 어머니의 처녀 시절이 떠올랐다. 화려하지 않고 애틋하면서도 조촐한 아름다움은 뭔가 과거의 아픈 기억들을 온몸으로 붉게 피워 내고 있는 듯했다. 나는 갑자기 '네 모양이 처량하다'라는 가사가 생각났다. 어쩌면 김 노인은 이 꽃을 닮은 추억 속의 여자를 그리워하고 있을지 모른다는 생각이 들었다.

15평형 국민주택에는 살림이라고 해야 전기밥솥과 밥그릇 몇 개, 작은 냄비 하나, 컵, 숟가락이 고작이었다. 방 안에는 장롱도 없이 14인치 중고 텔레비전 수상기가 덩그렇게 놓여 있을 뿐이었다. 단출하다 못해 횅하게 느껴졌다. 김 노인의 손자 영일 군이 그려서 벽에 붙여 놓았다는 그림이 내 눈길을 오랫동안 붙들었다. 철조망을 배경으로, 헤어진 엄마 아빠와 두 살 터울의 동생을 그린 크레파스 그림의 하늘은 온통 먹빛이었다. 지금 영일 군의 마음이 그림 속의 하늘처럼 검은빛일 것으로 생각하면서, 나는 한참 동안 벽 한가운데 붙어 있는 그림을 쳐다보았다. 내가 그림 솜씨를 칭찬해 주자 영일 군은 할아버지 옆에 꼭 붙어 앉아 시종 무표정한 얼굴로 큰 눈만 끔벅거렸다. 영일 군은 할아버지 팔을 붙잡은 채 잠시도 옆을 떠나지 않았다. 슬픔에 젖어 있는 듯한 아이의 큰 눈에서 두려움과 경계의 빛이 가득한, 칼날 같은 날카로움을 발견했다. 나는 어린 나이에 너무 많은 고통과 슬픔을 체험해 버린 소년의 앞날이 걱정되기도 했다. 김 노인은 내가 묻는 말에 한사코 이야기를 피했는데, 금반지가 실마리가 되어 경계와 두려움으로 굳게 닫혔던 그의 입이 어렵게 열리기 시작했다.

"6·25 때 월북하셨던데, 특별한 이유가 있었습니까?"

어렵게 입이 열리기 시작했을 때 조심스럽게 눈치를 살피며 물었다.

"젊은 시절에는 내게도 꿈이 있었다우. 내 손으로 이상 세계를 만들 수 있을 것 같았거든요."

"그 꿈은 이루셨나요?"

"내 능력껏 최선을 다했지요."

"꿈을 이루지 못하셨군요."

"그 대신 가족을 이루었답니다."

"꿈 대신 가족이라……."

"가정이야말로 지상의 천국이라는 것을 뒤늦게 깨닫게 되었어요. 가족은 마지막 희망이고 가장 위대한 힘이며 아름다운 구명의 밧줄이지요."

아름다운 구명의 밧줄이라……. 나는 김 노인의 말에 쉽게 동의 할 수가 없었다. 그는 남으로 내려오느라 결국 가족을 잃어버렸지 않은가.

"결국 꿈을 포기하신 셈이네요?"

"꿈이라는 것도 시간이 흐르면 그 색깔이 변합디다. 젊었을 때는 붉었던 것이 나이가 들자 청색으로 변했지요. 지금은 붉은색도 푸른색도 아니고 수백 수천 가지 색깔로……."

김 노인은 말끝을 흐렸다. 나는 김 노인의 말에 과연 내 꿈은 어떤 색깔일까 생각해 보았다. 뚜렷한 색깔이 떠오르지 않았다. 그것은 꿈이 없다는 것과 같은 것일지도 몰랐다. 꿈이 없다는 것은 미래에 대한 희망 없이 오늘의 현실에 만족한다는 건가. 하기야 아내와의 관계만 정상화된다면 내게 군이 특별한 색깔의 꿈이 필요할 것 같지는 않았다.

"이 세상에서 가족보다 소중한 건 없어요."

김 노인은 그렇게 말하며 깊고 무거운 한숨을 토해냈다. 베이징에서 헤어진 가족들을 생각한 듯싶었다.

"탈북 이유에 대해 말씀해 주실 수 있을까요?"

"생각이 많았었드랬는데…… 막상 떠나올 때는 그냥 남쪽으로 가야 한다는 것 외에는 아무 생각도 없었지요. 생각도 하기 전에 몸이 저절로 움직였어요. 몸이 날래날래 움직이는 대로 따랐답니다. 너무 두렵고 긴박해서 머릿속이 텅 빈 것 같았수다."

앞뒤가 맞지 않은 것 같은 그의 대답은 내 질문이 끝나자마자 거의 반사적으로 튀어나왔다.

"아무 생각 없었다고요?"

"너무 배가 고팠으니까요. 지옥이 따로 없었지요. 배고픈 것이 지옥이지요. 우리 가족의 안전과 미래의 행복을 위해서 목숨을 걸기로 했지요. 그리고 죽기 전에 남쪽에 있는 가족을 만나고도 싶었고……."

그러면서 그는 차분한 목소리로 남쪽의 가족에 대해 설명을 했다. 나는 마음속으로 그가 강조하는 가족이라는 말을 곱씹어 보았다. 내게는 별로 신선하지도 감동적이지도 않았다. 오히려 진부하게 느껴졌다. 21세기에 가족의 행복을 위해 목숨을 걸었다는 이야기는 결코 나를 감동시킬 수 없었다. 내 생각에, 가부장적인 권위도, 맹목적인 희생도 더 이상 용납되지 않은 이 사회에서, 가족은 그냥 인생의 길동무에 지나지 않는다고 생각하기 때문이다. '콜리지 패밀리'라고 하던가. 혼자 암중모색하듯 낯선 인생의 길을 더듬어 가자면 때때로 두렵고 지칠 때가 있기 때문에, 함께 가면서 서로 위로하고 외로움을 덜어 보자는 것 이상은 아니라고 생각했다. 인생길을 함께 가면서 서로 방해하거나 간섭하는 것은 옳지 않다. 순간 나는 김 노인의 목을 힘껏 조르듯 감겨 있는 금반지를 떠올렸다. 나는 그를 만나면서부터 계속 속박의 불안을 느꼈다. 그 금반지 때문에 그는 아직도 자유롭지 못하다고 생각했다.

그는 월북하기 전 부모와 형, 그리고 누이동생과 함께 살았다고 했다. 고향에 가보았더니 부모와 형님은 이미 세상을 떠났고 누이와 조카들만 있더라고 했다. 늙은 형수와 조카들을 처음 만났지만 어쩐지 어색하기만 하더라는 것이다. 여동생만이 살아 돌아온 오빠를 붙들고 울음을 터뜨리며 찐덥지게 대해 주었을 뿐, 모든 것이 예전 같지 않았다고 했다. 그는 조카들과 누이동생한테 부담을 주기 싫어서 사흘 만에 돌아오고 말았다는 것이었다. 하나원에서 나오던 날 고향으로 달려가서 옛 가족을 만난 이후로 지금까지 한 번도 전화 통화가 없었다고 했다. 지금의 아파트에 거처를 정한 후 누이한테 주소와 집 전화번호를 알려 주었지만 아무도 찾아오지 않았다는 것이다.

"고향만 생각하면 가슴이 찢어질 것 같으면서 괜시리 눈물이 나옵니다."

그가 게슴츠레하게 실눈을 뜨고 손자의 머리를 쓰다듬으며 혼잣말처럼 한숨을 토하듯 나지막이 말했다. 나는 그가 55년 만에 고향에 찾아갔던 장면을 상상해 보았다. 그는 고향에 돌아가서 무엇을 느끼고 돌아왔을까. 어쩌면 고향에 돌아온 것을 후회하고 있을지도 모른다는 생각이 들었다.

"고향이 너무 많이 변해서 마음이 아파요. 내가 그리워했던 고향이 아니드만요."

나는 김 노인의 입에서 고향이라는 말이 튀어나올 때마다 어쩐지 강한 거부감을 느꼈다. 고향 역시 가족이라는 말처럼 오래된 사전 속에 잠들어 있는, 진부한 감정으로 받아들여졌기 때문이다. 내게는 고향이니 향수니

하는 말은 사전적 의미 외에 아무것도 아니었다. 초등학교 6학년 때 가족과 함께 고향을 떠나 서울로 온 나는 큰아버지가 세상을 떠났을 때와 사촌들 결혼식 때 몇 번 고향에 내려간 적은 있었으나 특별한 느낌이 없었다. 지역 경계의 벽이 허물어지고 개인이 세계와 네트워크를 형성하여 개인이 곧 세계가 된 이 시대에 고향이 무슨 의미가 있겠는가 싶었다. 나는 추석이나 설날 같은 명절에 텔레비전을 통해 고속도로를 가득 메운 귀성 차량들을 볼 때마다, 오래된 흑백텔레비전을 보는 것처럼 하품이 나오곤 했다. 어느 소설가의 말처럼 나 또한 고향 상실의 시대에, 고향을 의식하지 않고 살고 있기 때문인지도 몰랐다.

"베이징에서 우리 아들놈은 다시 북으로 돌아가자고 했지요. 그렇지만 오고 싶었던 고향에 내가 왔으니까, 그것으로 만족해야지요. 부모님 묘소에 인사도 올리고 누이동생과 조카들도 만났으니까요. 이제는 언제든지 마음만 먹으면 고향으로 달려갈 수 있으니 얼마나 다행이어요. 고향이 나를 위해 무엇을 해주기를 기대하지 않아요. 나도 고향을 위해서 아무것도 하지 않았으니까. 고향이 그곳이 있는 것만으로도 충분하답니다. 오랜만에 고향 땅을 다시 밟았을 때의 감격이란 말로 표현할 수가 없었지요. 꿈을 꾸고 있는 것 같았습니다. 버스에서 내려 먼발치에서 고향 마을을 바라본 순간 목구멍에서 뜨거운 김이 훅 뻗질러 오르면서 절로 눈물이 나옵디다. 마을 앞 느티나무를 보았을 때도 뒷동산의 참나무 숲과 우리 집 뒤꼍의 대밭이 바람에 쏠리는 것을 보았을 때도 주체할 수 없게 눈물이 나왔지요. 부끄러워서 혼났습니다."

김 노인의 말은 예상 밖이었다. 나는 그의 고향에 대한 강한 집착을 이해할 수가 없었다. 역시 그는 아직도 농경 사회의 낡은 정서에 묶여 있는 옛날 사람이라고 생각했다. 나는 그의 과거 지향적 사고에 존경심이 생길 정도였다. 그는 분명 고향에 가서 상처를 받았음 직한데도 조금도 서운함을 나타내지 않았다. 어쩌면 그것은 아버지 세대가 갖고 있는 마지막 힘이며 미덕일지도 모른다는 생각이 들었다.

김 노인은 나와 같이 있는 동안 내내 헤어진 가족 걱정을 했다. 베이징에서 잡혀간 가족들이 북한으로 추방되지 않았기를 간절히 바랐다. 동상에 걸린 아들 걱정을 하면서 금세 시울이 그렁그렁하게 젖었다. 그는 동상에 걸린 아들을 위해 손가락을 자르지 못했던 것을 뼈저리게 후회하고 있었다. 그러면서도 그는 베이징에 억류되어 있을지도 모르는 가족을 다시 만나게 될 날이 꼭 올 것이라고 믿고 있었다. 그 희망으로 열심히 살고 싶다면서, 구청에 일자리 신청을 해 놨다고 했다. 헤어진 가족 이야기를 하는 동안 그의 표정이 여러 가지로 변하고 있음을 읽을 수 있었다. 흑갈색의 근육질 얼굴에서는 외로움과 슬픔, 절망과 희망의 그림자가 수없이 교차했다.

"남으로 내려온 후 아직까지도 불면증에 시달리고 있수다. 눈만 감으면 헤어진 식구들 얼굴이 떠올라 깊은 잠을 잘 수가 없어요. 맛난 자장면이나 삼겹살을 먹을 때도 재미있는 TV를 볼 때도 가족 생각 때문에 눈물이 나요."

나는 한동안 말없이 동정 어린 눈길로 김 노인을 바라보았다.

"기자 선생님, 부탁이 있는데 들어주시겠소?"

취재를 끝내고 일어서려는데 그가 간절한 눈빛으로 말했다. 나는 다시 앉아 그의 부탁을 들었다. 그는 내게 사람을 찾아 달라고 했다. 그가 찾는 인물은 30년 전에 남파 간첩으로 체포되어 옥살이를 한, 최동호라는 사람이었다. 최동호와 김 노인은 고향에서 같이 자란 불알친구로, 6·25 때는 열네 살 어린 나이에 소년 빨치산이 되어 총을 들고 함께 지리산으로 입산을 했었다고 했다.

"최동호 그 친구도 어쩌면 나 모양으로 아직까지도 엄지손가락에 금반지를 끼고 있을지도 모릅니다. 틀림없이 나와 똑같이 금반지를 끼고 있을 거외다."

김 노인의 이야기로는 그들이 지리산에 있을 때 생포한 토벌대로부터 빼앗은 쌍가락지를 우정과 이념에 대한 신념의 징표로 한 짝씩 나눠 끼었다고 했다. 그러면서 김 노인은 52년도 지리산 공비 토벌 작전이 대대적으로 전개되었을 때 최동호와 같이 월북했던 일이며, 72년까지 북한에서 함께 남조선 인민 해방을 위해 공작 활동을 했던 이야기를 해주었다. 최동호는 72년에 남파 간첩으로 서울에 내려와, 서점을 경영하면서 결혼도 하고 남매를 낳았다는 이야기를 고향 사람들한테 들었다고 했다.

"내가 그 친구를 만나고 싶어 하는 거는 다른 뜻이 없으니 오해하지는 마시오. 그냥 한때 같은 꿈을 꾸었던, 옛 친구 얼굴이라도 한번 보고 싶을 뿐이오. 그리고 그 친구한테 꼭 한마디 해주고 싶은 말이 있어서 그러오. 고향에서 들은 이야기로는 그 친구 아직 비전향장기수라고 합디다. 전향서만 쓰면 풀려나서 처자식과 같이 살 수 있었다는데도 거부를 했다고 합디다."

나는 김 노인이 최동호라는 친구에게 꼭 해주고 싶은 말이 무엇인지 알고 싶었지만 매달리며 묻지 않았다. 김 노인은 아파트 주차장까지 나를 배웅해 주며 옛 친구를 꼭 한번 만날 수 있게 해달라고 거듭 부탁했다. 할아버지 손을 꼭 잡은 채 주차장까지 따라 나온 김 노인의 손자가 내게 허리를 굽히며 인사를 했다. 나는 자동차에 오르려다가 소년에게로 다가가 악수를 청했다.

"이놈이 유일한 내 희망이고 미래지요."

김 노인이 희끔 웃으며 말했다. 김 노인은 희망이니 미래니 하는 말을 버릇처럼 자주 했다. 지금 그에게는 희망이 없고 미래가 너무 암담하기 때문이라고 생각했다. 내가 소년의 손을 잡았을 때 아주 잠깐이었지만 아이의 얼굴에서 날카로운 눈빛이 사라지고 희미하게나마 부드러운 미소가 흘렀다.

"선생님의 희망이신 손자의 미래란 어떤 것입니까? 자유인가요, 아니면 배부르게 먹는 것입니까?"

나는 따지듯 물었다.

"사람답게 사는 것이랍니다."

"어디에서고 사람답게 산다는 것은 어려운 일이지요."

"각자 자기 의지대로 뜻을 이루고 살면서 일한 만큼 대가를 받는다는 것이 그렇게 어려운 일일까요?"

중얼거리듯 말하는 김 노인의 목소리는 진흙처럼 무겁게 가라앉아 있었다. 어느덧 해가 설핏하게 기울기 시작했다.

"내 인생의 절반 동안 총과 곡괭이를 들고 살았답니다. 소년 빨치산으로 월북해서는 인민군이 되어 싸웠고 인민군에서 제대한 후로 은퇴할 때까진 탄광에서 석탄을 캤지요. 내 뜻대로 살지 못했어요. 어려서 목수였던 아버지를 따라 절에 자주 놀러 갔던 나는 목불 공예를 하고 싶었다우. 어릴 때부터 칼과 나무만 있으면 부처님을 조각했지요. 남한에 내려온 후부터는, 좋은 세상 꿈꾸면서 미륵 부처님을 깎고 있는데 손이 무뎌져서 생각처럼 잘 안되느만요. 내 아들은 뜀박질 선수가 되는 게 꿈이었고, 우리 이놈은 그림 솜씨가 뛰어나답니다. 나는 손자 놈이 화가가 되었으면 합니다."

김 노인이 손자의 머리에 손을 얹고 희끔 웃으며 말했다.

"남한에 와 보니 어떠냐?"

내가 소년을 보며 넌지시 물었다. 소년은 얼핏 고개를 숙였다가 천천히 눈을 들어 나를 똑바로 쳐다보았다. 소년이 당당하게 나를 쳐다본 것은 처음이었다.

"여기 왜 왔는지 이해가 안 됩니다요."

소년은 할아버지를 원망하는 투로 분명하게 말했다.

"뭐가 이해가 안 된다는 거냐?"

"그냥, 슬프기도 하고 화가 나기도 합니다."

내 반문에 소년은 거침없이 말했다. 나는 발걸음을 옮기려다 말고 화들짝 몸을 돌렸다.

"왜?"

"아버지 어머니와 동생을 생각하면 슬프고 화가 납니다."

"그렇겠구나."

"어른이 되면 꼭 다시 돌아갈 겁니다."

결의에 찬 그 말에 나는 차마 구두창이 땅에 달라붙기라도 한 듯 발걸음이 떨어지지 않아 한참 동안 말없이 그 자리에 서 있었다. 어른이 되면, 어른이 되면⋯⋯. 나는 똑같은 말을 몇 번이고 되뇌고 있었다. 명치끝에 고드름이 맺힌 것처럼 가슴이 싸했다. 나는 어른이 되어 북으로 돌아가는 소년의 모습을 상상해 보았다.

4

나는 자동차를 몰고 아무도 없는 집으로 향했다. 퇴근 시간이라서 도로가 꽉 막혀 10시가 다 되어서야 아파트에 도착했다. 나는 집 근처에 있는 마트 식당에서 혼자 비빔밥을 먹었다. 마트 식당에는 늦은 시간인데도 혼자 밥 먹는 사람들이 많았다. 대부분 남자들이었고 외로운 삶에 지쳤는지 활처럼 등이 굽어 보였다. 마트가 생기기 전에는 혼자 밥 먹기가 싫어서 빵이나 라면으로 대충 끼니를 때울 때가 많았는데 동네에 대형 마트가 생긴 후로는 눈치 안 보고 혼자서도 식사를 해결할 수 있어 좋았다. 32평 아파트는 언제나 불이 켜진 채 동굴처럼 고즈넉하게 비어 있었다. 결혼 후 지금까지 단 하루도 아내는 이 아파트에 먼저 돌아와 나를 기다리고 있었던 날이 없었다.

나는 신문사 동료의 소개로, 박사 과정을 밟고 있던 아내를 알게 되었다. 아내는 미모가 빼어났다. 적당한 키에 희고 복슬복슬한 얼굴이며 매끈하면서도 포동포동한 몸매가 육감적이어서 남자라면 누구나 한 번쯤을 같이 자고 싶어 할 만큼 고혹적이었다. 그러나 내가 아내를 좋아한 것은 지적인 내면세계 때문도 뛰어난 미모 때문도 아니었다. 나는 처음 만난 순간부터 그녀에게서 풍기는 냄새 때문에 매혹당하고 말았다. 지금껏 내가 만났던 여자들한테서는 역겨운 화장 냄새가 아니면 비릿하면서도 쾌쾌한 곰팡냄새가 났다. 아무리 짙은 향수를 뿌려대도 비린내만은 감추어지지 않았다. 그런데 이 여자의 냄새는 달랐다. 톡 쏘는 듯 매콤하고 날카로운 계피 향, 그녀가 움직일 때마다 향기가 콧속을 후벼 파듯 툭툭 간질였다. 찻잔을 들어 올리고, 내 이야기에 가볍게 고개를 끄덕이거나, 허리를 앞으로 약간 꺾을 때, 혹은 다리를 움직여 자세를 고쳐 앉을 때마다 계피 향이 솔솔 내게 덮쳐왔다. 그럴 때면 나는 향기를 혈관 속으로 빨아 들이기 위해 숨을 깊숙이 들이마시곤 했다. 자제할 수 없을 정도로 가슴이 두근거렸다. 나는 향기의 진원지가 어디일까 생각해 보았다. 그녀의 손일까, 머리칼일까, 아니면 희고 도톰한 목 언저리일까. 어쩌면 몸의 가장 은밀한 곳에 세포 덩어리로 뭉쳐 있다가 숨을 쉴 때마다 안개처럼 밖으로 흘러나오고 있는 것일까.

고등학교 3학년 이후, 12년 만에 맡아 보는 운명적인 냄새였다. 고등학교를 졸업하던 날이었다. 졸업식에 가기 위해 시내버스를 기다리고 있던 나는 우리 집 문간방에 세들어 살면서 술집에 나가는 미스 정을 만났다. 미스 정은 푸석푸석한 얼굴을 하고 버스에서 내리는 중이었다. 우리는 이른 아침에 이따금씩 버스 정류장에서 마주치곤 했는데 그녀는 언제나 잠이 덜 깬 얼굴로 버스에서 내렸고 학교에 가는 나는 버스에 오르는 중이었다. 이날도 미스 정은 필시 술 취한 남자에게 몸을 팔고 돌아오는 길일 것으로 생각하며 바퀴벌레를 보듯 이맛살을 구기고 흘겨보았다. 미스 정이 버스에 오르는 내 팔을 잡더니 졸업 축하한다면서 저녁 7시에 정류장 앞 제과점 파라다이스에서 만나자고 말했다. 나는 헹 하고 허파에서 바람 빠지는 소리를 내며 미스 정을 뿌리치고 버스에 올랐다. 그러나 나는 졸업식을 마치고 집에 돌아와 혼자 텔레비전 재방송 프로를 보며 하릴없이 방바닥에서 뒹굴다가 점퍼 차림으로 쭈뼛쭈뼛 약속 시각에 파라다이스로 갔다. 아마 졸업식 날 누구나 느끼는 해방감과 사회에 대한 도전적인 모험심 때문이었는지도 몰랐다. 나는 미스 정을 따라 중국집에 갔다. 미스 정은 탕수육에 배갈 한 병을 다 마셨다. 술에 취한 미스 정은 내게 졸업

선물로 총각 딱지를 떼어 주겠다면서 여관으로 데리고 갔고 나는 떨떨한 기분으로 동정을 바쳤다. 상한 음식을 공짜로 배 터지게 얻어먹은 기분이랄까. 뒷맛이 개운치가 않았다. 미스 정은 내게 3년 전 고향에서 이웃에 사는 유부남한테 처녀성을 빼앗긴 것이 늘 분하고 슬펐었는데 이제는 슬프지도 억울하지도 않게 되었다고 말하면서 칙칙한 미소를 말아 올렸다. 나는 그날 밤 미스 정한테서 매콤한 계피 향을 맡았다. 처음에는 약간 고리고리한 냄새 때문에 토악질하고 싶을 만큼 역겹기까지 했지만 며칠 후 그녀가 내게 말 한마디 없이 이사를 가 버린 뒤부터 톡 쏘는 듯 매콤한 그 냄새가 자극적으로 되살아났다. 그 후로 나는 계피 향을 좋아했다. 계피 차나 수정과를 즐겨 마셨고 커피도 계피 향 나는 카푸치노만 마셨다. 계피 떡과 계피 향 치즈케이크를 즐겨 먹게 되었다.

처음 아내한테서 계피 향을 맡은 순간 나는 가벼운 현기증을 느낄 정도였다. 계피 향이 내 핏속으로 쩌릿쩌릿 스며들면서 가까이 다가가고 싶은 충동을 억제할 수 없었다. 계피 향이 나를 끌어당기고 있는 것을 느낄 수가 있었다. 계피 향 때문에 자주 만나고 싶었다. 나는 결혼을 서둘렀다. 결혼하고 나서 곧 계피 향의 진원지를 알았다. 계피 향의 진원지가 집면 지진드기의 구충제로 쓴 계피 담근 소주임을 알게 된 나는 실소하고 말았다. 결벽증과 선천성 비염 알레르기를 갖고 있는 아내는 매일 밤 잠자리에 들기 전에 계피 소주를 분사기에 넣어 속옷이며 침대와 이불에 칙칙 뿌려대곤 했다. 그렇다면 미스 정한테서 풍겼던 계피 향은 무엇이란 말인가. 어쩌면 그것은 뭇 사내들이 그녀의 몸속에 뿌리고 간 정액의 냄새거나, 술에 절고 남자에 시달린 몸이 서서히 썩어 가는 냄새인지도 몰랐다.

생물학을 전공하는 아내는 달팽이를 키우고 있다고 하면서 달팽이의 생태에 관해 이야기하기를 좋아했다. 암수 구별이 없는 달팽이는 번식기가 되어서야 서로 암수를 정하고 짝짓기를 한다는 것도 아내한테 듣고 처음 알았다. 아내는 그 이야기를 하면서 달팽이가 인간보다 합리적인 데가 있다는 말을 강조했다. 박사 학위를 받은 아내는 여러 대학에 출강하면서 더욱 바빴고 마침내 지방대학에 전임 자리를 얻은 후부터 우리는 주말 부부가 되었다. 나는 결혼 조건으로 내건 약속 때문에 아내를 탓할 수가 없었다.

각자 재산의 독립성을 보장하고 생활을 위한 비용은 공동 부담한다.

상대의 생각이나 하는 일을 존중하며 절대 간섭하지 않는다.

생리적 교접은 쌍방 의사를 존중하여 합의로 결정하고 강제성을 띠지 않는다.

아기는 결혼 5년 후에 합의해서 결정한다.

애경사 등 양가의 가족 행사에는 공평하게 참석한다.

어느 쪽에서든 이혼을 요구한 경우 받아들인다.

얼마 동안 우리 두 사람은 결혼 조건을 잘 지켰다. 그러나 시간이 갈수록 나는 아내가 나에 대해 특별한 관심을 두고 있지 않다는 것을 알아차릴 수 있었다. 달팽이 때문인지도 몰랐다. 아내의 관심은 오직 달팽이뿐이었다. 결혼하자 아내는 나와 공동명의로 된 아파트로 갈색 무늬가 있는 백와달팽이 한 쌍을 가져왔다. 수백 마리의 달팽이를 사육하고 있던 아내는 결혼하자 모두 달팽이 농장에 주고 딱 두 마리만 가져왔다고 했다. 아내는 마뜩잖은 눈으로 달팽이를 들여다보고 있는 내게 "왜 달팽이라고 하는 줄 아세요? 달과 팽이를 생각해 봐요. 밝고 둥근 보름달과 팽팽 돌아가는 팽이, 달팽이는 시계 방향의 나선 구조가 우주를 닮았어요" 하고 말했다. 아내는 집에 있을 때는 온통 달팽이에 집중했다. 아내는 어두컴컴하고 조용한 드레스 룸을 치우고 두 개의 물빛 플라스틱 사육 통을 들여놓았다. 달팽이 집 바닥에는 흙을 깐 다음 촉촉한 톱밥을 얄찍하게 뿌려 놓았다. 자주 분무기로 물을 뿌려 적당한 습도를 맞춰 주었고 섭씨 25~30도의 온도를 유지하기 위해 드레스 룸에 난방장치까지 했다. 이틀에 한 번씩 상추, 오이, 당근, 부추, 양배추 같은 신선한 야채를 먹이로 주었고 사흘에 한 번씩은 쌀가루나 밀가루, 때로는 달걀 껍질을 가루로 빻아서 야채에 뿌려주었다. 신기하게도 달팽이의 똥은 먹이 색깔 그대로였다. 상추를 먹으면 파란 똥을, 당근을 먹으면 빨간 똥을, 쌀가루를 먹으면 하얀 똥을 쌌다. 아내는 달팽이가 제일 싫어하는 것이 마늘과 양파 그리고 따가운 햇볕과 물과 자기 몸을 건드리는 것이라면서 절대로 손대거나 스트레스를 주지 못하도록 경고했다.

나는 달팽이가 제일 싫어하는 게 소금과 치약이라는 것도 알고 있었다. 어렸을 때 어머니는 여름철 습기 찬 날이면 부뚜막이며 부엌의 벽으로 한사코 기어 올라온 달팽이들 때문에 자주 푸념을 늘어놓곤 했다. 나는 그때마다 부뚜막에 기어오른 달팽이한테는 왕소금을 뿌리고 벽에 기어오른 달팽이에게는 치약을 듬뿍 짜서 뒤발했다. 소금에 묻힌 달팽이는 서서히 꿈지럭거리다가 죽었고 치약 먹은 달팽이는 우뭇가사리처럼 흐물흐물 녹아 버렸다.

나는 아내가 없을 때 이쑤시개로 달팽이를 쿡쿡 건드려 보곤 했다. 달팽이는 살짝만 건드려도 깜짝 놀라 껍데기 속으로 몸을 감추고 눈이 쑥 들어가는 등 민감한 반응을 보였다. 나는 아내에게 달팽이가 짝짓기하도록 한 사육 통에 두 마리를 넣어 두어야 하지 않겠느냐고 했다. 그러나 아내는 짝짓기를 못 하도록 일부러 따로 떼어 놓은 거라고 했다. 짝짓기를 하게 되면 한 마리가 한 번에 80개부터 200개까지 알을 낳아 순식간에 아파트가 가득 찰 것이라고 말했다. 그것은 상상하기조차 끔찍했다. 그러나 나는 짝짓기를 못 하는 달팽이가 너무 불쌍했다. 자웅동체인 달팽이가 한 몸에 암수 생식기관을 다 갖고 있으면서도 짝짓기를 못 하다니. 나는 목덜미 부근에 가시처럼 돌출해 있는 수컷 생식기와 그 옆에 희미하게 암컷 생식공이 있는 것을 들여다보면서 기분이 씁쓸해졌다. 한 쌍의 달팽이가 짝짓기할 때는 가시 같은 수컷 생식기를 서로 상대의 암컷 생식 구멍에 찔러 넣는다고 했다. 그리고 몸속에 특별한 주머니를 가지고 있어 여기에 주입받은 정자들을 보관하고 있다가 나중에 수정한다고 했다. 아내는 하느님께서 달팽이를 자웅동체로 만든 것은 성의 평등을 보여주려는 거라고 했다. 그러면서 인간은 달팽이를 통해 배울 게 많다는 말을 덧붙였다. 나는 무엇보다 달팽이한테서 배울 만한 건 느리게 사는 법일지도 모른다고 생각했다. 1분에 10센티 정도 움직일 수 있는 달팽이는 한 시간에 6미터, 하루에는 144미터, 한 달 내내 쉬지 않고 움직인다 해도 고작 4킬로미터를 기어갈 수 있을 뿐이다. 그러나 수명을 5년으로 잡고 살아 있는 동안 쉬지 않고 움직인다면 달팽이는 평생 240킬로미터를 기어갈 수 있다. 240킬로미터면 서울에서 전주까지의 거리이니 결코 무시할 수 없지 않은가. 60년, 70년을 살아도 가장 느리게 살아가는 달팽이의 동선에도 미치지 못하는 사람이 이 세상에는 얼마든지 많지 않겠는가.

5

    나는 달팽이의 짝짓기 하는 모습이 보고 싶어 미칠 지경이었다. 한 몸에 암컷 생식기와 수컷 생식기를 다 갖고 있는 달팽이의 짝짓기 모습이 흥미롭고 신기할 것 같았다. 나는 아내가 집에 없는 날을 택해서 일찍 퇴근하여 두 마리의 달팽이를 한 달팽이집에 넣었다. 실내 온도를 높인 다음 신방에 분무기로 촉촉하게 물을 뿌려 짝짓기하기에 좋은 습도를 만들어 준 후에 숨을 죽이고 달팽이의 움직임을 관찰했다. 그러나 달팽이는 두 시간 이상 꼼짝도 하지 않았다. 해 질 무렵에 줄이 선명한 한 마리가 네 개의 더듬이를 움직이며 기지개를 켜듯 미동하기 시작했다. 그러고 보니 그놈은 해가 지기를 기다리고 있었던 것 같았다. 달팽이는 해 질 무렵에 짝짓기하는 것을 좋아한다는 이야기를 들은 것도 같았다. 달팽이는 몸에 끈적끈적한 액체를 내보내며 줄무늬가 희미한 놈에게로 다가갔다. 기껏해야 밤톨만 한 달팽이는 10센티 정도로 몸을 길게 늘이며 아주 느리게 접근했다. 구애의 몸짓은 느리고 신중해 보였다. 더듬이를 깃발처럼 흔들며 가까이 갈수록 몸에서 끈적끈적한 액체가 묻어났다. 액체 때문에 달팽이가 기어간 자국이 은빛으로 반짝거렸다. 마침내 두 놈은 더듬이를 움직이며 상대를 마주 보더니 서로 바짝 달라붙었다. 줄무늬가 선명한 놈이 오른쪽 세 번째 다리 끝에 있는 1센티 길이의 생선 가시 같은 침을 움직이기 시작했다. 그것은 뾰족한 탄산칼슘 덩어리인 수컷 생식기였다. 그놈은 순식간에 더듬이 바로 뒷부분에 있는 상대의 생식 구멍에 화살을 쏘듯 침을 박았다. 침을 박는 순간만은 재빨랐다. 그러자 침을 맞은 놈이 집 속으로 몸을 움츠리며 또르르 말려 들어갔다. 잠시 후 그놈이 집 밖으로 몸을 내밀자 침을 쏜 놈이 위로 기어 올라탔고 본격적인 짝짓기가 시작되었다. 두 놈은 비위가 상할 정도로 온몸에 끈끈한 액체를 묻혀 가면서 꽤 오랫동안 떨어질 줄을 몰랐다. 사람의 짝짓기 모습과 너무도 비슷했다. 잠시 후 두 놈의 위치가 바뀌었다. 위에 올라탔던 놈이 아래로 내려오고 아래 있던 놈이 위로 올라탔다. 그리고 이번에는 줄무늬가 희미한 놈이 줄무늬가 선명한 놈의 생식 구멍에 침을 쏘고 나서 짝짓기를 다시 시작했다. 두 놈은 각기 자신의 생식기로 상대의 생식 구멍에 정자를 주입시킨 것이다. 두 놈은 남편과 아내의 역할을 바꾸었다. 서로가 남편이고 아내가 된 셈이다. 나는 그들이 어떻게 암컷과 수컷 구실의 순서를 정하는지 궁금했다.

나는 휴대전화로 아내한테 짝짓기 신호를 보냈다.

'오늘밤 달팽이 집 속으로 들어가서 당신의 계피 향에 취하고 싶어요.'

그것은 은유적 메시지였다. 우리는 동물적 본능을 억제하고 인간적인 짝짓기를 위해서 최소한 한 시간 전에 신호를 보내기로 약속했었다. 물론 상대 쪽에서 의사가 없을 때는 정중하게 거절을 당할 수도 있다. 아내한테서 즉각 답신이 왔다.

'오늘은 준비가 안 됐어요. 내일 오세요.'

아내는 언제나 내 요구를 그대로 받아들인 적이 별로 없다. 이런저런 핑계를 대고 미루곤 했다. 나는 아내의 의사를 존중하기로 한다. 아내는 결코 충동적이거나 성적 욕구가 강한 여자가 아니라는 것을 나는 잘 알고 있다. 하루 정도 연기하는 것은 양호한 편이다. 심할 때는 일주일을 미루는 경우도 많았다.

다음 날 밤, 나는 달팽이처럼 느리고 신중한 몸짓으로 아내의 침대로 건너갔다. 최대한의 거리를 유지하기 위해 양 켠 벽에 바짝 붙인 두 개의 침대 사이는 멀고도 언제나 냉기가 흘렀다. 그것은 얼어붙은 경계의 강이었다. 그날 밤 나는 달팽이처럼 끈끈한 몸으로 아내를 올라탔다. 달팽이가 침을 쏘듯 아내의 향기 속으로 깊숙이 나를 들이박고 축적된 에너지를 발산시켰다. 아내의 몸에서 뿜어져 나온 짙은 계피 향이 끈적끈적 나를 휘감았다.

달팽이의 짝짓기는 곧 들통이 나고 말았다. 그것 때문에 아내와 나 사이는 돌이킬 수 없을 정도로 버그러지고 말았다. 짝짓기를 한 달팽이 두 마리가 수십 개의 알을 낳았기 때문이다. 달팽이 알을 발견한 아내가 비명을 질러 대면서 파랗게 질린 얼굴로 내게 덤벼들었고 나는 내가 한 짓을 고백하고 말았다.

"도대체 당신은 왜 달팽이 짝짓기를 싫어하지? 도대체 그 이유가 뭐야?"

"왜 당신 맘대로 그래요? 달팽이 짝짓기는 내가 실험에 필요할 때만 시킬 거라구요."

"당신이 달팽이야? 달팽이 짝짓기는 달팽이한테 맡겨야지. 어떻게 당신 의지대로 하겠다는 거야. 그건 자연을 거스르는 거야. 그러고 보니 당신은 우리의 부부 관계도 실험용으로 생각하는 모양이지?"

"당신은 변태라구요."

"내가 변태라면 당신은 불감증 환자야."

아내와 나는 크게 싸웠다. 그 일로, 죽어도 서울을 떠나가 싫다던 아내는 서둘러 지방대학에 자리를 얻어 내려갔다.

아내는 달팽이의 짝짓기와 수정 과정에 관해서 연구하고 있었다. 달팽이는 몇 번의 짝짓기를 하고 나서 수정을 하며, 주입받은 정자를 얼마 동안이나 정자 주머니에 보관하고 일생 동안 몇 개의 알을 낳게 되는지 궁금하다고 했다. 단 한 번의 짝짓기로 수정을 하지 않는 이유에 대해서도 알고 싶다고 했다. 그런데도 결혼하고부터는 달팽이가 짝짓기할 수 없도록 격려하고 있는 이유를 나는 알 수 없었다. 아내가 일부러 지방대학에 자리를 얻어 두 사람이 떨어져 살게 된 것은 달팽이 연구에 몰두하기 위한 것인지도 모른다. 지금쯤 아내는 달팽이가 자유롭게 짝짓기하는 것을 즐기고 있는 것인지도. 어쩌면 아내의 오피스텔은 달팽이들로 넘쳐나고 있을지도 모른다.

지방대학으로 내려간 아내는 금요일 오후가 돼야 집에 왔다. 떨어져 있던 우리 부부는 매주 금요일이 돼야 만날 수 있었다. 일주일에서 5일간 헤어져 있고 2박 3일은 함께 지냈다. 2박 3일의 주말 부부인 셈이었다. 그런데 아내는 3주째 오지 않았다. 논문 때문에 바쁘다는 메일을 보내왔을 뿐이었다. 아내의 말이 맞을지도 몰랐다. 아니면 별로 성적 충동을 느끼지 않거나, 내키지도 않은 짝짓기 행사를 위해 금요일마다 서울로 올라오는 것이 조금은 꿀꿀하게 생각되었을지도. 우리의 만남은 습관적인 짝짓기 행사를 치르는 것뿐이었으니까. 나는 그런 아내의 속내를 가늠하고 한 주일은 아내가 올라오면 다음 주에는 내 쪽에서 내려갔다. 두 사람은 이렇게 일주일에 한 번씩 번갈아 오르락내리락하면서 그동안 싱싱한 혈관에 첩첩이 쌓인 본능적 에너지를 한껏 발산시켰다. 오로지 단 몇 분간의 짝짓기를 위해서 일에 지친 몸으로, 가고 오고 여덟 시간 동안 먼 길을 달려야 하는 나 자신이 한심스럽다고 생각되기도 했다. 아내도 그동안 서울을 오르내리면서 나와 똑같이 거북하고 꿀꿀한 기분이었을 것이라고 생각했다. 신문사 일이 바쁜 날은 일요일 밤늦게 달려갔다가 짧은 시간에 서둘러 짝짓기를 끝내고 곧장 되짚어 올라오기도 했다. 일이 바빠서 내려가지 못하겠으니 대신 올라오라는 말을 할 수가 없었다. 그런데 5개월 전이었다. 그 주일에 나는 신문사 일이 너무 바빠서 아내한테 가지 못했다. 물론 다음 주에 아내는 올라오지 않았다. 그다음 주 역시 나는 너무 바빴고 아내한테 내려갈 수 없다는 문자만 보냈다. 그 다음다음 주, 아내는 올라오지 않았다. 두 사람은 어느덧 보이지 않게 자존심 싸움을 하고 있었다. 그래 좋다, 네가 안 오면 나도 가지 않겠다는 식이었다. 그러다가 다섯 달이 훌쩍 지났다. 짝짓기 그까짓 거 나는 얼마든지 참을 수 있다. 어디 누가 이기나 해보자는 거였다. 나는 더 이상 짝짓기를 위해서 자존심 내던지고 먼 길을 씩씩거리며 달려가고 싶은 생각이 없었다. 계피 향에 취하고 싶지도 않았다. 계피 향의 진원지를 알게 된 후부터는 더 이상 매혹되지 않았다. 이제 나는 혼자 있는 게 익숙해진 탓인지 아내가 없어도 불편하게 느껴지지 않았다. 혼자 잠을 자고 혼자 밥 먹고 혼자 텔레비전을 시청하고 혼자 커피를 마시고 혼자 산책을 하는 것이 익숙해져 가고 있었다.

나는 완전한 부부가 되기 위해서는 날마다 한집에서 살아야 한다고 생각했다. 그래야 아기를 가질 수 있고 행복한 가정을 꾸릴 수 있겠다 싶었다. 그러나 내 기대는 이루어지기 어렵다는 것을 나는 잘 알고 있다. 앞으로도 아내가 교수직을 그만두기 전에는 불가능한 일이었다. 아내는 이혼을 했으면 했지 결코 대학을 그만두지는 않을 것이라는 것도 나는 잘 알고 있다. 나는 지금의 자유로운 생활에 익숙해지는 것이 불안하기도 하다. 절반의 돈으로 32평의 넓은 집을 혼자 독차지하고 사는 것도 좋다. 더욱이 신문사 일이 너무 바빠 외로운 것도 모른다. 나는 사회의 변화를 추적하는 신문기자 생활이 너무 즐겁다. 그러나 이 즐거움과 자유로움이 결국 나를 더욱 고립시키고 있음이 두려운 것도 사실이다.

다음 날 나는 서둘러 최동호 씨의 소재부터 알아보았다. 기자적 본능 때문인지 그에게 관심이 쏠렸다. 무엇보다 그의 엄지에 금반지가 끼워져 있을지가 궁금했다. 그를 만나면 김 노인의 젊은 시절에 꿈꾸었던 꿈의 빛깔에 관한 이야기를 들을 수 있을 것 같았다. 그리고 많은 시간이 흐르고 세상이 변한 지금은 그 빛깔이 어떻게 변색했는지도 확인하고 싶었다.

비전향장기수 송환추진위원회에 확인해 본 결과 최동호 씨는 추가 북송 희망자 30명 중 한 사람이었다. 그는 2001년 9월 2일 63명이 송환되었을 때, 남쪽에 있는 가족 때문에 송환 신청을 유보했었다고 했다. 그는 1985년 사회안전법 폐기로 청주 감호소에서 출소했으며 지금은 대전의 한 종교 단체가 운영하는 '통일의 집'에서 기거하고 있음을 알아냈다.

6

나는 토요일 아침에 서둘러 대전으로 차를 몰았다. '통일의 집'은 톨게이트 반대쪽 도심에서 멀리 떨어진 변두리 주택가의 양옥집 2층에 있었다. 대전에 도착해서도 물어물어 '통일의 집'을 찾기까지는 두 시간이나 걸렸다. 지은 지 오래되어 보이는 허름한 시멘트 벽돌 2층의 청색 페인트가 희치희치 벗겨진 함석 대문 앞에 선 나는 잠시 숨을 가다듬은 후에 빨간 버저를 눌렀다. 한참 뒤에야 작달만한 키에 몸피가 호리호리하고 도수 높은 안경을 붙인 젊은 수녀가 문을 열고 오이꽃 같은 희고 작은 얼굴을 조심스럽게 내밀었다. 미리 전화를 해놓은 터라 수녀는 한눈에 내가 기자라는 것을 알아보았는지 두어 번 가볍게 고개를 끄덕이며 들어오라고 했다. 대문 안으로 들어선 나는 마당에서부터 2층으로 올라가는 외복 층계에 가지런하게 놓여 있는 많은 화분을 보고 와, 하고 탄성을 질렀다. 영산홍, 장미, 철쭉, 동백, 배롱나무, 매화 외에도 소나무, 은행나무, 단풍나무, 호랑가시나무, 측백나무, 화살나무, 국수나무 등의 나무들과 여러 가지 서양 난과 동양 난이며 물봉선, 맨드라미, 샐비어, 달리아, 코스모스 등의 1년생 화초가 한데 어울려 있었다. 여름이라 배롱꽃이며 장미, 맨드라미, 달리아, 코스모스가 만발해 있었다.

"버려진 화초나 나무들을 최 선생님이 주어다 공을 들여 살려낸 것들이랍니다."

수녀가 턱끝으로 2층을 가리키며 비밀이라도 털어놓듯 낮은 목소리로 말했다. 그런데 나무 중에는 이파리 하나 보이지 않은 채 죽어가고 있는 것들도 많았다. 죽은 나무들을 왜 화분에 담아 늘어놓았는지 궁금했다. 나는 잠시 허리를 구부려 죽어가고 있는 화살나무를 만지작거렸다.

"여기 있는 화초들은 죽어가는 것이 아니라 지금 살아나는 중이랍니다."

"살아나는 중이라고요?"

"예, 말라비틀어져 버린 것들을 주어다가 살려내고 있지요. 최 선생님은 다 죽어가는 나무나 화초를 살려내는 기술을 가졌어요. 여기 탐스럽게 꽃이 피어 있는 배롱나무도 작년 가을에 말라비틀어져서 시궁창에 처박힌 것을 살려냈답니다. 이 집 안에 있는 화초나 꽃나무들은 다 죽었다 살아난 것들이거나 지금 살아나고 있지요."

수녀가 2층으로 올라가는 시멘트 층계 밑에 분홍빛으로 뭉글뭉글 피어 있는 배롱꽃을 가리키며 말했다. 꽤 큼직한 자배기에는 배롱나무 외에 싸리나무와 동백, 철쭉이 적당한 간격으로 심어져 있었다. 나는 굳이 땅이 아닌 옹기 자배기에 각기 다른 나무를 심어놓았는지 궁금해서 한참 동안 들여다보았다.

"그 자배기 안에 사계절이 다 들어있지요."

수녀가 말했다. 그제야 나는 커다랗게 고개를 끄덕였다. 수녀의 말대로 철쭉은 봄, 배롱꽃은 여름, 싸리꽃은 가을, 동백은 겨울에 피는 꽃나무가 아닌가. 그러고 보니, 한 사람이 겨우 들어가 앉을 수 있는 공간의 자배기 안에는 계절 따라 1년 내내 꽃이 피어 있을 것이었다. 나는 작은 공간 안에서 시간의 흐름과 생명의 변화를 보고 있었다.

주방이 딸린 2층 방에서는 두 노인이 마지막 날을 기다리는 늦여름 매미처럼 홋홋이 살고 있었다. 내 전화를 받은 그들은 외출을 준비하고 있었는지 똑같은 쥐색 바지에 바둑판무늬 티셔츠를 입고 나를 기다리고 있었다. 그들은 수박 한 덩이를 사 들고 찾아간 나를 스스럼없이 맞아 주었다. 한 노인은 키가 작달막하고 근육질의 창백한 얼굴에 안경을 끼었고 또 다른 노인은 덩치는 컸으나 부석부석한 얼굴에 코가 뭉툭하고 눈이 작았다. 두 노인 모두 건강해 보이지는 않았다. 안경 낀 노인은 체중이 50킬로도 못 나갈 것처럼 삐삐 말랐고 눈이 작은 노인은 척추에 이상이 있는지 허리를 똑바로 펴지 못했다. 안경 낀 노인이 눈이 작은 노인보다 예닐곱 살쯤 아래로 보였다. 나는 자리에 앉기 전에 두 노인의 손가락부터 살폈다. 예상했던 대로 안경을 낀 노인의 엄지에 금반지가 감겨 있었다. 나는 그가 최동호 씨라는 것을 알 수 있었다. 그가 아직 금반지를 끼고 있는 것은 김 노인을 잊지 않고 있다는 증거라 싶어 마음이 놓였다. 나는 그제야 방안을 천천히 둘러보았다. 윗목 벽에는 8절지 크기의 눈 덮인 백두산 사진이 압정에 눌려 있었고 그 옆에는 '나는 돌아가고 싶다'라고 어설프게 쓴 붓글씨를 액자에 넣지도 않고 그대로 붙여 놓았다. 천지를 배경으로 찍은 눈 덮인 백두산 사진이 오래도록 내 시선을 붙잡았다.

나는 최동호 씨의 방 안에 봉선화꽃이 피어 있는 화분을 발견하고 흠칫 놀랐다. 그의 방에는 다른 화초나 나무들은 보이지 않고 봉선화 화분만 눈에 들어왔다. 전율이 느껴지도록 이상한 기분이 들었다. 봉선화꽃을 통해서 김 노인과 최동호 씨의 마음이 과거의 시간 속에서 영적인 기류를 타고 서로 이어지고 있는지도 모른다는 묘한 느낌이었다. 두 사람 사이에 봉선화에 얽힌 사연이 있을 것 같았다. 어쩌면 두 사람은 젊었을 때 봉선화를 닮은 한 여자를 사랑하고 있었는지도. 그러나 나는 그 사연을 물어볼 수가 없었다. 최동호 씨가 살고 있는 방 텔레비전 수상기 위의 봉선화는 진홍색이었다. 김 노인의 방에서 보았던 것보다 빛깔이 짙고 꽃송이도 소담스러웠다. 내가 생각하기에 김 노인과 최동호 씨는 닮은 점이 너무 많았다. 엄지의 반지가 그렇고 두 사람 다 안경을 끼었으며 고향이 같은 데다 동갑으로 나란히 소년 빨치산이 되어 지리산에 들어갔다가 월북을 하지 않았는가. 서로 가족과 헤어져 있는가 하면 신기하게도 똑같이 방에서 봉선화를 기르고 있는 것까지도. 다른 점이라면 꿈을 포기해 버린 사람은 고향으로 돌아왔고 아직도 과거의 꿈속에서 살고 있는 다른 한 사람은 고향을 떠나려 하고 있다는 것이다.

나는 같은 꿈을 꾸는 사람끼리는 서로 마음이 통할 수 있을지 모른다는 생각을 해 보았다. 같은 새를 기르는 사람, 같은 화초를 가꾸는 사람, 같은 애완견을 키우고, 같은 꽃을 좋아하고, 같은 노래를 즐겨 부르고, 같은 사람을 사랑하는 사람끼리도 마음이 통할 수 있을지도. 어쩌면 사람과 사람, 생명체와 생명체 그리고 사람과 모든 생명체는 서로를 이어 주는 사차원의 끈으로 연결되어 있는 것은 아닐까. 이 세상에 함께 살고 있는 모든 생명체는 결국 하나로 연결되기 위해, 동질적 인자를 찾고 있는 것인지도. 그렇다면 내 꿈은 무엇이고 나와 같은 꿈을 꾸는 사람은 누구일까. 내가 좋아하는 것, 내가 사랑하는 사람은 누구일까. 그러나 나는 나이 마흔이 다 되어 가도록 내 꿈이 무엇인지 확연하게 모르고 특별히 좋아하는 것도, 심장 터지도록 절절히 사랑하는 사람도 없다. 그것은 나와 마음이 통하는 사람이 이 세상에는 아무도 없다는 것인가.

"우리도 곧 서울에 갈 일이 있는데, 그때 만났으면 좋을 텐데…… 여기까지 오셨구먼."

"서울에서 비전향 장기수 송환 4주년 기념식과…… 2차…… 송환촉구대회가 있거든요."

내 명함을 받아 살피며 안경 낀 최동호 씨의 말에 눈이 작은 노인이 더듬거리며 받았다.

"알고 있습니다만 그전에 만나 뵙고 싶어서요."

나는 가능하면 송환촉구대회가 있는 날 그 장소에서 자연스럽게 김 노인과 최동호 씨를 만나게 해 주고 싶었기 때문에 서둘러 대전으로 내려온 거였다. 탈북자와 송환을 희망하는 친구가 53년 만에 만난다는 것 자체가 기사가 될 수 있다고 생각했다. 나는 고속도로를 달려오면서도 김 노인과 최동호 씨가 만나는 장면을 상상했다. 두 사람의 만남은 역사적으로 의미가 있다고 생각했다. 한 친구는 북이 싫다고 목숨을 걸고 탈출해 왔는데 다른 친구는 북으로 돌아가기를 희망하고 있는 것은 역사적 아이러니가 아닌가 싶었다.

"어디 불편한 데는 없습니까?"

나는 그들의 건강이 좋지 않아 보여 인사치레로 물었다.

"헌데, 굳이 나를 만나겠다는 이유가 뭐요?"

최동호 씨가 내 물음에는 대답을 하지 않고 되물었다. 겨릅처럼 깡마른 체격에 걸맞게 그의 목소리가 성격처럼 날카롭고 꼬장꼬장했다.

"최 선생님께서는 남쪽에 부인과 자제분들이 살고 있는 걸로 아는데, 가족을 찾아가시지 않고 왜 여기 계십니까?"

"75년도에 감옥에 들어온 후 한 번도 면회를 오지 않았댔어요. 아마도 내가 무서웠거나 연좌제 때문에 피해 의식이 컸겠지요. 지금은 어디 사는지도 모릅니다. 생각과 목표가 서로 다른데 가족이라고 할 수 있습니까?"

그는 가족에 대해 별로 말하고 싶지 않은 듯 입을 다물고 턱끝에 힘을 주고 빳빳하게 시선을 위로 걷어 올렸다. 나는 간첩을 아버지로 둔 그의 자식들이 어떤 삶을 살아왔을지 짐작할 수 있었다. 내가 중학교에 다니던 시절만 해도 간첩은 귀신이나 전염병 환자보다 더 무서운 존재였다. 한 번 간첩 낙인이 찍힌 가족은 숨어서 죽은 듯 살아야만 했다. 최동호 씨의 가족들이 얼마나 심한 고초를 겪었으면 면회조차 오지 않았을까. 나는 그의 가족의 삶을 이해할 수 있었다.

나는 최동호 씨에게 남쪽에 있는 가족과 함께 살지 않고 왜 북으로 송환되기를 원하느냐고 조심스럽게 물었다. 그러자 그는 갑자기 화를 내기라도 하듯 흥분된 목소리로 그 이유를 하나씩 조목조목 말했다.

"내게는 가족보다 더 중요한 게 있다오. 내게는 영원히 변치 않는 꿈이 있어요. 그거는 내가 살아가는 유일한 목표지요. 이념의 시대가 끝났다고 합니다만 내게는 아직 끝나지 않았다오. 우리 인생은 누구와 어디서 살아가느냐가 중요한 것이 아니라, 어떤 꿈을 간직하고, 그 이상을 실현하기 위해 얼마나 열심히 살아가느냐가 중요한 거라오. 내 꿈은 북쪽에 있습니다. 내가 실현하고자 했던 꿈이 퇴색해 버렸으며 그 꿈을 좇는 일이 허튼짓이라고들 할지 모르지만 말이외다. 나는 그곳에 간다는 자체가 의미가 있다고 생각합니다. 그곳은 내 사상의 고향이니까요. 나에게는 신념이 예수고 부처입니다."

최동호 씨는 사뭇 연설조로 열을 올려 말하고는 내 눈을 뚫어져라 응시했다. 내 반응을 살피기 위한 것이리라. 나는 마음속으로 사상의 고향이라는 말을 여러 차례 곱씹어 보았다.

"지금은 이념의 시대가 아니지 않습니까. 이념의 갈등이 사라진 세상에 굳이 사상의 고향을 따지시는 거는……."

"시대착오적인 생각이라 이겁니까? 기자 선생 생각에는 그럴지도 모르지요. 그렇지만 그것도 내 삶이라면 내 삶인 게지요."

최동호 씨의 그 말에 나는 더 할 말이 없었다.

"최 선생이야말로 신념의 강자지요. 많은 사람이 혹독한 고문에 못 이겨 죽어 간 전향 공작에서도 끝까지 신념을 굽히지 않았으니까요. 우리 최 선생에 비하면 나는 아무것도 아니지요. 결국 나는 고문에 못 이겨 전향 각서에 지문을 찍고 말았으니까요."

눈이 작은 노인이 역시 흥분된 목소리로 말했다. 내가 그의 이름을 물었으나 그는 내 말을 알아듣지 못했다. 최동호 씨가 서 씨라고 대신 성씨만을 말해 주었다. 최동호 씨 말로 서 노인은 전향 공작에서 심한 고문 후유증으로 청력 장애자가 되었다고 했다. 말하자면 서 노인은 강제 전향자라는 것이었다. 내가 보기에 최동호 씨는 서 노인에 비해 나름대로 비전향장기수로서의 존엄과 품위를 지키려는 모습을 보여주었다.

서 노인은 자신이 겪은 고문에 대해서 말했다. 그는 발가벗겨진 채 혹독한 고문을 당할 때마다 자신이 한 마리의 보잘것없는 벌레와 다를 바

없다고 생각했다. 반사적으로 꿈틀거리는 것만으로 살아 있음을 알리는 굼벵이나 나비의 유충과 같은, 색깔도 독도 없는 존재. 사람으로 태어난 것이 부끄러울 정도로 인간적인 모멸감을 당하거나, 뼈가 으스러지는 고통마저도 느낄 수 없게 되었을 때, 그는 '나는 사람이 아니다. 나는 벌레다'라고 마음속으로 울부짖었다. 전향 공작이 시작되자 그는 독방에서 떡봉이(폭력배)들 방으로 옮겨져 의도적인 폭력을 당해야만 했다. 폭력은 잠시도 멈추지 않았다. 주먹질에서 발길질이 계속되었다. 떡봉이들과 함께 수감된 방에서는 어둠을 찢는 듯한 비명이 밤 12시가 되어도 그치지 않았다. 그들은 폭력을 쓰면서 "이 빨갱이 새끼야. 사상이냐 생명이냐? 둘 중 하나를 선택해. 빨리 전향서에 지장을 찍지 않으면 넌 내 손에 죽어. 나는 허가받은 살인자란 말이야" 하고 똑같은 말을 되풀이했다. 폭력에 못 이겨 전향을 약속하면 교도소 내에 크게 확성기를 틀어 놓고 스스로 전향을 발표하도록 했다. 그는 열흘 동안의 혹독한 고문을 당하고는 더 이상 버티지 못해 끝내는 울면서 전향서에 지장을 찍고 말았다.

"내가 귀머거리가 된 것은 그때 주먹뺨을 무수히 얻어맞았기 때문이고, 허리를 제대로 못 쓰는 것도 척추를 짓밟혔기 때문이오. 지금 생각하면 후회가 막심하다오. 최 선생처럼 고문을 이겨 내지 못하고 강제로 전향서에 지문을 찍은 게 후회되오. 신념의 강자가 되지 못한 게 억울하고 슬프오. 내가 송환을 원하는 것도 강제 전향자라는 불명예를 씻기 위해서요."

그때의 고통을 말하면서 서 노인은 그렁그렁하게 젖은 시울로 나를 보았다. 나는 그에게 아무 말도 할 수가 없었다. 방 안에 눅눅한 침묵이 흘렀다. 아래층에서 카랑카랑한 목소리의 찬송가가 들려왔다. 이 집을 찾아왔을 때 대문을 열어 준 몸피가 얇은 수녀일 거라고 생각했다. 장기수

들에게 방을 내어주지 않으려고 해서 결국은 천주교 단체에서 이 집을 통째로 세를 얻었다고 했다.

"저어, 최 선생님. 김기두 씨를 아시죠?"

나는 오랫동안 망설이다가 조심스럽게 최동호 씨의 표정을 살피며 물었다. 최동호 씨는 변화 없는 표정으로 한동안 담담하게 나를 바라볼 뿐이었다.

"그 사람을 만났구려?"

"탈북 사실을 알고 계셨습니까?"

오히려 놀란 것은 내 쪽이었다.

"TV 뉴스에서 봤수다. 열두 살짜리 손자를 데리고 왔다면서요."

그의 목소리는 여전히 냉담할 정도로 담담했다.

"부인이 굶어 죽자 탈북을 결심했다고 합니다. 그리고 석 달 동안 중국에 머물면서 많은 고초를 당했다고 했습니다. 며느리는 가족이 보는 앞에서 중국 남자들한테 윤간을 당하기도 했고, 아들은 동상으로 다리를 잘라야 할지 모른다고 했습니다."

순간 최동호 씨의 얼굴이 차갑게 굳어지면서 애매한 미소가 짧게 흘렀다. 가소나 조소도 아닌, 비애와 차가움이 묘하게 한데 버물어진 알 수 없는 웃음이었다. 나는 그의 얼굴에 머물렀던 미소의 의미가 무엇인지 생각해 보았다.

"김기두 씨가 최 선생님을 간절하게 만나고 싶어하십니다."

"나를 만나서 뭘 하게요?"

"김기두 씨도 최 선생님과 똑같은 금반지를 엄지손가락에 끼었던데요."

반지 말이 나오자 최동호 씨는 오른손으로 반지 낀 왼손을 감싸 쥐며 감추었다. 물론 나는 그가 반지를 감춘 의도를 알 수 없었다. 그는 반지에 대해서는 한마디도 하지 않았다.

"두 분이 이번 서울 송환촉구대회 행사장에서 만나시는 게 어떻습니까?"

"기자 선생은 두 사람이 만나는 장면 사진 찍을 욕심으로 나를 찾아온 것 같구려."

어깃장 놓는 듯한 최동호 씨의 말에 나는 적이 당황했다. 긍정도 부정도 하지 않고 애매한 눈빛으로 그의 시선을 붙들었다.

"선생님과 김기두 씨는 같은 꿈을 간직했던 오래된 친구가 아닙니까?"

"지나간 옛날이야기요."

내가 묻고 그가 대답했다. 나와 최동호 씨 사이에 어색한 기류가 흐르고 있음을 눈치챈 서 노인이 최동호 씨에게 눈짓을 보내며 무슨 일이냐는 듯 팔꿈치로 가볍게 옆구리를 툭 쳤다. 최동호 씨는 아무것도 아니라는 듯 고개를 저었을 뿐이다. 그는 서씨에게 김기두 씨의 이야기를 해 주고 싶지 않은 듯싶었다. 그에게는 감추고 싶은 존재일지도 몰랐다.

"김기두 씨를 행사장으로 모시고 가겠습니다."

"나를 만나고 싶으면 기자 선생님을 앞세우지 말고 혼자서 직접 여기로 찾아오라고 하시오. 목숨을 걸고 남으로 왔으니 그만한 용기는 있겠지요."

"그렇게 해도 되겠습니까? 내일이라도 여기로 오시라고 할까요?"

내 말에 그는 당황한 빛이 역력했다. 나는 처음부터 그가 김기두 씨를 만나고 싶어 하지 않는다는 것을 알아차리고 있었다. 그러나 어떻게 해서든지 두 사람의 만남을 성사시키고 싶었던 것이다. 그들의 조우야말로 이 땅의 역사가 안고 있는 슬픈 아이러니라고 생각했다. 그리고 두 사람은 분명 서로에게 하고 싶은 말이 있을 것이었다. 나는 그들이 서로에게 해

주고 싶은 이야기의 내용이 알고 싶었다. 그들의 대화 속에는 두 사람의 굴곡진 삶의 행적보다는 분단이 가져온 이 땅의 비극적인 역사가 함축되어 있으리라 생각했다.

"혼자서 직접 찾아오라고 하시오. 나도 그 사람한테 해 줄 말이 있소."

그러면서 최동호 씨는 산책할 시간이라면서 일어섰다. 그는 내가 그만 가 주기를 바라는 것 같았다. 나와 더 이상 말을 하고 싶지 않은 듯싶었다. 나는 김동호 씨가 김기두 씨한테 해 줄 말이 무엇인지에 대해서 궁금했지만 물어볼 수 없었다. 김 노인도 최동호 씨에게 해 줄 말이 있다고 하지 않던가. 나는 한사코 거절하는 최동호 씨와 서 씨를 2층 베란다 창가에 나란히 서 있게 하고 사진을 찍었다. 그리고 마지막으로 최동호 씨한테 내일 김기두 씨가 여기에 오지 못할 경우 송환촉구대회 행사장으로 모시고 가겠다는 말을 했다. 최동호 씨는 아무런 반응도 보이지 않았다. 최동호 씨가 층계 아래까지 따라 내려왔다.

"이 많은 화초와 나무들을 선생님께서 모두 살려 내셨다면서요."

내 말에 최동호 씨는 쓸쓸한 미소를 가볍게 떠올렸을 뿐이다.

"최 선생은 감옥에 있을 때도 유일한 낙이 화초 가꾸는 것이었답니다. 사람 때문에 잃은 희망을 나무를 통해 찾은 거지요. 죽어가는 나무에서 파릇한 잎이 돋아나는 것을 볼 때마다 찬란한 희망을 본다고 하셨답니다."

서 노인이 한마디 했다.

"죽은 나무를 어떻게 살려내지요?"

내가 물었다.

"그냥 식물로만 보지 않고 하나의 생명체로 보면 살려내고 싶어지지요. 중요한 것은 뿌리랍니다. 줄기와 가지가 다 죽어도 뿌리 하나만이라도 살아 있으면 되살릴 수 있으니까요. 사람도 마찬가지지요."

"사람도 뿌리가 중요하다는 말씀입니까?"

"내가 말하는 사람의 뿌리는 핏줄이 아니라 올바른 생각이지요."

"생각이라니요?"

"정신."

"정신이요?"

"인간의 진정한 뿌리는 혈연이나 양심, 도덕이 아니라 흔들리지 않은 정신이라 이 말이오."

그 말을 하고 나서 최동호 씨는 내게 작별의 손을 내밀었다. 그의 손은 따뜻했지만 거칠고 가냘프게 느껴졌다.

"두 분은 꼭 만나야 합니다. 만나서 서로 확인할 것은 확인하고 이해할 것은 이해해야 합니다. 만나야 통일이 됩니다. 두 분의 만남은 우리 역사에 큰 의미가 있습니다. 두 분의 만남을 기사로 쓰지 않겠습니다."

그 말을 남기고 대문 밖으로 나온 나는 한동안 그 자리에 우두커니 서 있었다. 마치 중학교 때 땡볕이 묶음으로 내리꽂히는 한여름 운동장에 차렷 자세를 하고 빳빳하게 서서 교장의 훈화를 듣고 난 기분이었다. 김 노인을 만났을 때처럼 마음이 답답했다. 그제야 나는 최동호 씨가 김기두 씨와 다른 점이 무엇인가를 알아차렸다. 김기두 씨에게서 곧 주저앉을 것 같은 나약함을 느꼈다면 최동호 씨는 뻔뻔스러울 만큼 당당하고 오만하기까지 했다. 김기두 씨한테서 절망감을 느꼈다면 최동호 씨는 아직 희망의 밧줄을 놓지 않고 있음을 느꼈다. 최동호 씨한테서는 묘한 위압감을 느낄 수가 있었다. 어쩌면 그게 바로 그 자신이 말한 뿌리, 즉 흔들리지 않은 정신인지도 몰랐다. 김기두 씨가 과거 속의 사람이라면 최동호 씨는 현재적 존재로 느껴졌다.

자동차를 몰고 큰길로 나오면서 내 머릿속에는 김 노인과 최동호 씨의 모습이 자꾸만 부스럭거렸다. 그런데 윤곽은 뚜렷했지만 두 사람의 모습이 자꾸만 헷갈렸다. 두 사람의 얼굴이 머릿속에 거듭 출몰하다가는 순식간에 소멸하여 누가 누구인지 분별할 수가 없게 되었다. 최동호 씨의 안경 긴 얼굴을 떠올리려고 하자, 김 노인의 게슴츠레하게 매달린 눈꼬리가 생각났고, 김 노인의 근육질 얼굴을 생각해내려고 하자, 최동호 씨의 각진 삼각 턱이 뇌리에 가득 찼다. 최동호 씨의 얼굴 위로 김 노인의 얼굴이 겹치면서 두 사람의 얼굴이 하나가 되기도 했다. 똑같은 색깔과 모양의 봉선화 잎에 또 하나의 봉선화 잎이 겹치는 것처럼. 두 노인의 지배적 이미지는 따로 분리되지 않았다. 고난의 시대를 전투적으로 살아온 사람들에게서 공통으로 느껴지는 뾰쪽뾰쪽한 인상만이 강하게 남았다. 나는 결국 지금까지 한 사람을 만나고 있는 것인지도 모른다는 생각을 했다.

나는 죽은 나무를 살려내는 것이 낙이라고 말한 최동호 씨나 달팽이 짝짓기 연구에 매달려 있는 아내의 삶이 비슷하다고 생각했다. 손자한테 모든 희망을 걸고 가족과 헤어져 죽음을 무릅쓰고 남으로 내려온 김기두 씨나, 그런 그와 오랜 친구인 최동호 씨의 극적이고도 역사적인 만남을 주선하려고 한 나 자신도 그들의 삶과 크게 다를 바 없다는 생각이 들었다. 그것도 내 삶이라면 내 삶이라고 했던 최동호 씨의 말은 모두에게 해당되는 것 같았다. 사람들은 세상이라는 거대한 울타리 안에 살기를 원하면서도 저마다 자기 삶에 경계의 선을 그어 놓고 그 속에 갇혀 살고 있는 것인지도 모른다. 그리고 경계를 넘어설 때 평화롭고 자유롭게 된다는 것을 알아차리고 나서야, 자신의 경계를 허물어뜨리려 하는 것인지도 모른다는 생각이 들었다. 사선을 뚫고 남으로 내려온 김기두 씨나, 한사코 사상의 고향으로 돌아가겠다는 최동호 씨, 그리고 가정보다 자신의 일을 더 중요하게 생각하는 아내와, 자존심 때문에 아내를 만나지 않으면서도, 김기두 씨와 최동호 씨를 만나게 해 주고 싶어 하는 나. 이 모두가 경계 안에 갇혀 살기를 싫어하는 것은 아닌가. 나를 포함한 이들 모두는 경계 없는 세상에서 살기를 원하는 것은 아닐까. 삶과 죽음의 경계, 갈등과 이념의 경계, 암컷과 수컷의 경계, 큰 것과 작은 것의 경계, 생물과 인간의 경계를 허물고 싶어 하는 것은 아닐까.

사람의 키보다 훨씬 높은 블로크담 사이의 후미진 골목을 빠져나오면서 나는 문득 유년 시절 고향 집의 울타리를 떠올렸다. 새마을 사업이 한창이던 그 시절, 집과 집의 경계에는 대부분 돌담을 허물고 블로크담을 에둘러 막았다. 우리 집에는 담이 없었다. 할머니가 살아 계실 때까지만 해도 큰집과 우리 집은 경계가 없이 마당이 하나였다. 원래 한집이었는데 둘째인 우리 아버지가 장가를 들자 사랑채로 분가를 시켰다고 했다. 경계 없는 한집에서 열두 명의 두 집 식구가 벅신거리며 아옹다옹 살았다. 솥을 걸고 잠만 따로 잤을 뿐, 먹는 것, 입는 것, 일하는 것, 꿈꾸는 것마저 같은 한 살림을 살았다. 큰집의 네 형제와 우리 삼 남매가 널따란 마당에서 자치기며 땅뺏기를 하고 마음껏 뛰어놀았다. 그런데 할머니가 세상을 뜬 이듬해인 내가 초등학교 6학년 때, 큰집과 우리 집 사이가 버그러지기 시작했다. 큰어머니와 어머니가 대판 싸움을 한 것이었다. 서로 머리끄덩이만 휘어잡지 않았지, 치를 떨고 삿대질해 가면서 입으로는 온갖 험한 말들이 거침없이 튕겨져 나왔다. 큰어머니는 성질이 워낙 괄괄해서 남의 눈치 살피는 성격이 아니었지만 어머니 또한 할 말 못하고 오목가슴 토닥거리며 생가슴 앓는 사람이 아니었다. 싸움의 발단이 무엇인지는 알 수 없었다. 큰아버지와 아버지마저 말리지 않고 집 밖으로 나가버린 것을 보면 꽤 심각한 문제였던 것 같았다.

싸움이 끝나자 큰어머니는 씨근덕거리며 곡괭이를 들고나와서는 두 집 사이에 경계를 쳐야겠다면서 안채와 사랑채 사이에 골을 팠다. 그리고 다음 날에는 일꾼을 불러 기둥까지 세워 울타리를 막아 버렸다. 사랑채 토마루에 바짝 붙여 높게 울타리를 친 바람에 하늘이 보이지 않을 정도로 갑갑했다. 그날 이후 어머니는 우리 삼 남매한테 큰댁 출입을 엄금시켰다. 어머니는 큰댁 우물을 두고도 동구 밖 느티나무 아래에 있는 각시샘에까지 가서 물을 길어 오곤 했다. 우리 형제들은 답답하기도 했거니와 사촌들을 만나러 놀 수 없다는 게 마음이 아팠다. 어느 날 두 집 형제들이 은밀하게 모여서 울타리를 없애기로 했다. 그것은 어머니들에 대한 엄청난 반란이었다. 우리는 개구멍부터 뚫고 어머니들 몰래 수시로 들락거렸다. 개구멍은 점점 커졌고 하나에서 두 곳, 세 곳으로 늘었다. 어른들이 들에 나가고 없는 날, 일곱 형제는 기둥을 뽑고 울타리를 밀어뜨린 다음 불살라 버렸다. 불길이 치솟고 검은 연기가 뭉떵뭉떵 피어오르자 들에 나가 있던 어른들이 헐근거리며 뛰어와 물동이를 날라 불을 껐다. 하마터면 집이 불에 탈 뻔했다. 그 일로 우리는 피가 솟도록 회초리를 맞아야 했다. 회초리를 맞으면서도 울타리가 없어진 것을 생각하면 후련한 생각에 아픈 것쯤 얼마든지 참을 수가 있었다.

결국 그 일로 아버지는 어머니의 등쌀에 못 견뎌 고향을 떠나게 되었다. 그 후 사촌들은 지금까지 자유롭게 왕래하고 있지만 어머니와 큰어머니 마음속에는 아직까지도 견고한 경계의 울타리가 허물어지지 않고 있는 듯하여 안타까울 뿐이다. 어쩌면 세상 사람들은 서로 간에 경계를 만들기 위하여 울타리를 막는 사람과 그것을 무너뜨리는 사람으로 구별되는 것인지도 모를 일이다. 그렇다면 김기두 씨와 최동호 씨, 그리고 아내와 나는 어느 쪽이 울타리를 막는 사람이며 어느 쪽이 울타리를 무너뜨리는 사람이란 말인가.

큰길로 나온 나는 잠시 갓길에 차를 세우고 아내를 생각했다. 대전에서 아내가 있는 순천까지는 세 시간 거리다. 여기까지 왔으니 아내를 한번 만나보고 갈까 하는 생각이 차를 멈추게 한 것이다. 아내와의 관계는 이제 자존심을 넘어서 무관심에 가까웠다. 이대로 더 가다가는 타인이 되고 말 것 같았다. 나는 마음을 가다듬고 아내의 휴대전화 번호를 눌렀다. 아내의 목소리 대신 전화를 받을 수 없으니 소리샘으로 저장하라는 기계음이 들려왔다. 다시 아내의 오피스텔에 전화를 걸었다. 한참 동안 신호음이 울리더니 부재중이니 메시지를 남기라는 소리가 들렸다. 오랜만에 들어본 아내의 녹음된 목소리는 극히 사무적이고 메마르게 느껴졌다. 나는 신경질적으로 휴대전화 폴더를 닫고 나서 자동차 키를 돌렸다.

나는 안성 휴게소에서 잠시 머물면서 김 노인한테 전화를 걸어 최동호 씨를 만나서 갈 수 있겠느냐고 물어보았다. 김 노인은 내게 같이 가 줄 수 있겠느냐고 했다. 최동호 씨가 혼자 왔으면 한다는 말을 전하자 잠시 미적거리더니 생각을 좀 해 봐야겠다고 했다. 김 노인은 혼자서 최동호 씨를 만나러 가기를 꺼려하는 것 같았다. 자신을 만나고 싶으면 혼자 오라는 최동호 씨나, 굳이 나와 함께라야 만나러 가겠다는 김 노인이나 그 속내를 알 수 없었다. 최동호 씨는 단둘이서만 만나고 싶어 하고 김 노인은 혼자 만나는 것을 두려워하는 것 같았다.

"그러시면 저와 같이 송환촉구대회 행사장에 가서 만날 수밖에 없겠네요."

김 노인은 그렇게 하겠다고 했다. 서울에 도착한 나는 서둘러 신문사로 향했다. 그리고 김 노인에 관한 기사를 썼다.

어린 손자와 함께 이념의 울타리를 뛰어넘어 자유의 땅에 온 노인의 새로운 삶은 고달프고 외롭다. 작년 여름 가족과 함께 북한을 탈출, 베이징에서 대사관의 담을 넘다가 아들과 며느리, 둘째 손자는 붙잡혀 가고 손자 하나만을 데리고 남쪽에 정착한 김기두(69) 씨. 그의 오른손 검지에는 55년째, 힘껏 목을 조이듯 금반지가 묶여 있었다. 소년 시절, 친구와의 신념에 대한 약속의 증표로 끼게 된 이 커플 반지는 그동안 단 한 번도 뺀 적이 없었다. 이제 반지를 걸고 맹세했던 그 꿈은 무산되고 말았다.

기사는 이렇게 시작했다. 기사를 다 쓰고 읽어보니 금반지와 김 노인의 손자 영일 군 이야기가 중심이 되어 있었다. 기사 말미에 탈북자 김 노인과 북한으로 송환을 요구하는 최동호 씨와의 관계도 언급했다. 어른이 되면 다시 북으로 가겠다는 영일 군의 말도 빠뜨리지 않았다. 이상하게 기사를 쓰고 나자 기분이 더 무거워졌다. 내 손가락에 금반지가 끼워져 마음을 옥죄는 것처럼 답답했다. 나는 김 노인과 최동호 씨의 인생에 대해서 옳고 그름을 따지기 싫었다. 결국 두 사람은 같은 길을 가고 있다고 생각했다. 내가 할 수 있는 일은 두 사람을 만나게 해주는 것이라고 생각했다. 그들이 만나게 되면 손가락을 묶고 있는 금반지를 풀 수 있을 것이라고 믿고 싶었다. 그렇게 되면 내 마음도 홀가분해질 것 같았다.

7

그날도 밤 10시가 넘어서 집에 돌아온 나는 오랜만에 아내의 서재 문을 열고 들어갔다. 한여름 주인 없는 방은 환기가 되지 않은 탓으로 쾌쾌한 곰 팡냄새와 함께 후텁지근하기까지 했다. 텅 빈 방에는 낡은 컴퓨터 책상과 빈 책장만이 덩그렇게 놓여 있었는데 잎이 듬성듬성한 스킨답서스 덩굴이 책장 위에서 방바닥에 닿을 만큼 길게 늘어져 있는 게 눈에 들어왔다. 아내 가 떠난 지가 언제인데 아직까지도 스킨답서스가 말라 죽지 않았다니 놀 라웠다. 혹시 나 몰래 아내가 다녀간 것은 아닐까. 거의 잎이 엎어지고 남 은 잎들마저도 시들시들 말라 있었으나 완전히 죽은 것 같지는 않아 보였 다. 최동호 씨라면 충분히 살려낼 수 있을 것 같았다. 나는 책장 가까이 다 가가서 색깔이 누르스름하게 변하고 있는 스킨답서스 잎들을 들여다보다 말고 소스라치듯 놀랐다. 하트 모양의 스킨답서스 잎에 백와달팽이들이 다닥다닥 붙어 있는 것이 아닌가. 얼추 헤아려도 수십 마리가 됨 직했다. 껍데기 속에 몸을 웅크리며 들어앉은 놈, 몸을 기다랗게 늘이고 미세하게 움직이는 놈, 더듬이를 조금씩 흔들며 이파리를 갉아 먹는 놈……

나는 잎에 붙어 있는 달팽이들을 하나둘 헤아리다 말고 방바닥에 덥석 무릎을 꿇고 말았다. 그 작고 느린 몸짓에서 강하게 솟구치는 경이로운 생명력을 보았기 때문이다. 무릎을 꿇고 앉은 내 눈앞 방바닥에도 달팽이 한 마리가 몸을 길게 늘이고 기어가고 있는 것을 발견했다. 먹을 것을 찾 아 헤매는 그 달팽이는 나를 향해 "나는 살아 있어요" 하고 더듬이를 흔들 며 내게 간절하게 메시지를 보내고 있는 것 같았다. 나는 무릎을 꿇은 채 상반신을 꺾고 눈에 띄지 않을 정도로 아주 조금씩 움직이는 달팽이를 지 켜보았다. 그놈은 살기 위해서 기를 쓰고 굼지럭거렸는데도 1분 동안에

반 뼘도 기어가지 못했다. 세상에 이보다 더 느린 생명이 또 있을까 싶었다. 나는 그 느린하고 여유로운 생명을 비웃고 싶지 않았다. 오히려 엄숙해지기까지 했다.

나는 방바닥에 떨어진 달팽이를 푸른 잎 위에 올려 주고 다급하게 밖으로 나가 주전자를 들고 들어와서 스킨답서스가 뿌리를 내린 자배기 모양의 화분에 넘치도록 물을 부었다. 말라 죽어가는 덩굴줄기가 뻐금뻐금 물을 빨아 마시는 소리가 들리면서 잎들이 파닥파닥 날개를 치는 것 같았다. 나는 맑은 공기가 들어올 수 있도록 창문을 훨쩍 열어 놓고 오랫동안 달팽이들을 들여다보았다. 술안주로 먹다 남은 당근과 오이를 잘게 썰어서 스킨답서스 잎에 뿌려주었다. 그리고 젓가락을 가져와 방바닥에 떨어져 있는 달팽이들을 집어서 물을 머금기 시작하는 스킨답서스 잎에 올려주었다. 갑자기 아내가 생각났다. 이상하게도 아내가 젓가락질하는 모습이 떠올라 나도 모르게 실소를 날렸다. 아내는 엄지와 검지 두 손가락만으로 젓가락질을 했다. 젓가락을 손아귀 깊숙이 몰아넣고 엄지와 검지에 힘을 주어 음식을 집었다. 결정적인 역할을 하는 장지는 전혀 사용하지 않았다. 나도 아내처럼 검지와 엄지만 가지고 젓가락질을 해 보려고 했지만 장지를 사용하지 않고는 음식을 집을 수가 없었다. 아내는 또 음식을 집어 입에 넣고 나서는 어김없이 젓가락 두 짝을 두 번씩 식탁에 똑똑 소리가 나게 부딪쳐서 끝을 가지런하게 한 다음 젓가락질을 했다.

"가난한 집에서 시집을 온 우리 엄마는 엄지와 검지 두 손가락으로 반찬을 집어 드셨어요. 아버지가 교양 없다고 구박을 하고 나무라셨지요. 아버지는 더럽다면서 엄마가 손가락으로 집어 먹는 음식은 손도 대지 않았어요. 그 때문에 엄마는 김치 한 가지만 드셨어요. 엄마는 돌아가실 때까지도 끝내 젓가락질을 하지 않으셨어요. 나도 어렸을 때는 엄마처럼 손가락으로 먹었지요. 학교 다니면서부터 늦게 젓가락질을 배웠어요."

아내가 어머니 생각에 시울이 그렁그렁 젖어서 했던 말이 떠올랐다. 아내에 대한 여러 가지 기억들이 달팽이의 그것처럼 끈끈하게 엉겨 붙었다. 갑자기 아내의 계피 향이 그리웠다. 어쩌면 아내는 달팽이 때문에 서둘러 지방으로 내려간 것이 아니라 나를 피해 도망친 것이 아닌가 하는 생각이 들었다. 나는 그제야 아내가 나를 피한 이유에 대해서 곰곰이 따져 보았다. 그동안 나는 아내를 배려하기는커녕 내 입장에서만 판단하고 행동하지는 않았는가. 본능과 충동을 다스리지 못하고 일방적으로 요구하고 강요하지는 않았는가. 자존심 경쟁에서 이기기 위해 아내의 존재의 독립성을 침해하지는 않았는가. 아내를 평등한 동반자로 대하지 않고 경쟁자로, 혹은 힘으로 제압해야 할 대상으로 여기지는 않았는가. 그동안 아내가 하는 일에 관심을 갖고 마음을 따뜻하게 감싸 안아 사랑하려고 하지 않고 아내의 관능적인 몸만을 탐했던 자신이 부끄러웠다. 사랑은 있는 그대로를 인정하는 것임을 알면서도 나는 지금까지 아내한테 너무 많은 것을 원했던 같다. 진정한 부부 관계에서는 조건이 필요 없다고 생각한다. 부부 사이의 경계를 허물기 위해서는 조건보다도 이해와 배려와 존중, 양보, 믿음, 사랑이 중요하다는 것을 깨달았다. 나는 아내를 만나 여섯 가지의 결혼 조건을 파기해야겠다고 결심했다. 서재로 돌아온 나는 컴퓨터를 켜고 달팽이가 보낸 메일을 열었다. 열아홉 개의 '연꽃' 사진들은 하나하나 다시 꺼내 자세하게 들여다보았다. 그리고 처음으로 답장을 썼다.

'너는 누구냐? 이런 사진을 내게 보내는 이유가 뭐냐? 혹시 너 달팽이 아니냐?'

편지를 보낸 다음 '연꽃' 사진들을 모두 삭제했다.

나는 김기두 씨를 내 차에 태우고 송환축구대회가 열리는 정동으로 향했다. 쥐색 양복에 체크무늬 넥타이를 매고 중절모까지 비뚜름히 눌러 쓰고 한껏 멋을 낸 김 노인은 자동차에 오른 후 한마디도 하지 않았다. 나는 최동호 씨를 만나면 무슨 말을 할 거냐고 물어보려다가 그의 표정이 너무 굳어져 이어 차마 입을 뗄 수가 없었다.

"아 참, 그 친구 엄지에 금가락지 끼고 있습데까?"

차 안에서 김 노인이 뚜벅 물었다. 나는 의미 있게 웃으며 커다랗게 고개를 끄덕이며 룸미러로 김 노인의 표정을 살폈다. 순간 활짝 펴진 얼굴에 안도와 신뢰의 빛이 뚜렷하게 머물렀다.

"그 자식, 분명 금가락지를 끼고 있었다 이거지요? 내 그럴 줄 알았어요. 내가 금가락지 빼지 않기를 참 잘했지요? 보람이 있네요. 이젠 됐수다. 어떤 일이 있어도 그 친구 만나야겠어요. 이제는 만나는 것이 조금도 두렵지 않습니다."

김 노인은 큰 소리로 말하며 철없는 아이처럼 좋아했다. 나는 그런 김 노인의 마음을 충분히 읽을 수 있었다. 그는 지금 두 사람의 오래된 우정과 변치 않은 약속을 확인한 것이리라. 최동호 씨가 아직도 그 반지를 끼고 있는 것이 비록 변함없는 신념에 대한 징표라 할지라도 김 노인은 별로 개의치 않는 것 같았다.

길이 막혀 대회가 시작된 지 10여 분쯤 늦게 도착한 나는 김기두 씨를 건물 옆 주차장 세 번째 꽃이 피어 있는 배롱나무 옆에서 기다리게 하고 강당으로 뛰어 들어갔다. 강당 안을 다 둘러보았지만 최동호 씨가 보이지 않았다. 다행히 최동호 씨와 동거하고 있는 서 노인을 만날 수 있었다. 최동호 씨는 갑작스럽게 배탈이 나서 올 수 없었다고 했다. 나는 그가 김기두 씨를 만나기 싫어서 일부러 배탈 핑계를 댔을 것이라고 짐작했다. 허탈해진 나는 밖으로 나와 김기두 씨가 초조하게 서성이고 있는 주차장으로 천천히 걸어갔다.

"오지 않았지요? 짐작은 했습니다만…… 나를 만나기 싫은 모양입니다."

김기두 씨가 내 표정을 보고 쓸쓸하게 웃으며 말했다. 나는 휴대전화를 꺼내 최동호 씨에게 전화를 걸었다. 내 전화를 기다리고 있었기라도 한 것처럼 다소 들뜬 그의 목소리가 즉각 튕겨 나왔다.

"최 선생님, 저 문 기잡니다. 오시지 않으셨더군요."

"그렇게 됐수다."

"김기두 선생께서 꼭 만나고 싶어 하시는데요."

"여보시오 기자 선생, 우리 두 사람을 만나게 하려는 건 다른 의도가 있다는 거 다 알고 있습니다."

"다른 의도라니오?"

내 반문에 그는 대답하지 않았다.

"진실한 만남은 지속 가능성이 있어야지요. 그것은 상대가 서로 간절하게 원하고 있을 때 이루어지는 겁니다. 일회적이거나 계산적이어서는 안 되지요. 나는 아직 그 친구를 만날 준비가 되어 있지 않습니다. 기자 선생님이 주선을 안 해 주셔도 언젠가는 우리끼리 만나게 되겠지요."

"그때가 언제쯤일까요? 통일 된 후에 말입니까?"

"아직은 만날 때가 아니오."

"두 분, 한 번은 꼭 만나야 합니다. 그래야 매듭이 풀립니다. 두 분 이제 사실 날도 얼마 남지 않았지 않습니까."

"암튼, 지금은 만나지 않겠소."

최동호 씨는 아주 단호하게 말하고 전화를 끊으려고 하는 것 같았다.

"잠깐만요. 전화 바꾸겠습니다."

나는 다급하게 말하고 휴대전화를 김 노인에게 넘겨 주었다. 그리고 휴대전화를 대고 있는 김 노인 오른쪽 귀 가까이에 내 귀를 바짝 붙였다. 김 노인이 다급하게 '여보세요'를 큰 소리로 거듭 외쳐 댔다.

"그래, 나 최동호야. 기두…… 오랜만이구만."

한참 후에야 최동호 씨의 목소리가 흘러나왔다. 조금 전 내 전화를 받았을 때와는 달리 목소리가 너무도 차갑고 무겁게 가라앉아 있었다.

"어이 동호, 반갑네. 이게 얼마 만인가? 우리 만나서 이야기하세."

최동호 씨의 비해 김 노인의 목소리는 흥분을 억제하지 못한 채 가볍게 떨고 있었다.

"나를 만나고 싶어 하는 이유가 뭔가?"

"자네, 자네 말 일세…… 꼭, 가야만 하겠는가?"

김 노인이 더듬거렸다. 최동호 씨 쪽에서 침묵이 흘렀다.

"그래, 자네는 뭣 때문에 목숨까지 걸고 돌아왔는가?"

"가족의 미래와 고향 때문에……."

"그래? 나한테는 가족보다 신념이 더 중요하네. 그리고 나는 오랫동안 꿈꾸어 왔던 사상의 고향을 찾아가려는 거야."

"가 봤자 아무것도 없어. 꿈의 실체는 찾을 수 없었네."

"아무것도 없기는 여기도 마찬가지야. 그렇지만 내가 가고 싶어 하는 곳에 내가 가는 것만으로 충분해. 인생은 그런 거 아닌가? 가고 싶은 곳에 가는 거."

그 말을 끝으로 전화가 끊겼다. 김 노인이 다급하게 "여보세요"를 외쳐 댔으나 상대 쪽에서는 더 이상 아무 반응도 없었다. 김 노인은 휴대전화를 든 채 실의에 찬 눈으로 한동안 허공을 바라볼 뿐이었다. 나는 그에게 할 말이 없었다. 두 사람의 만남을 성사시키지 못한 것이 내 잘못이기라도 한 것처럼 심한 자책감과 함께 기분이 울연해졌다. 그들을 위해 아무 역할도 할 수 없음이 안타깝기만 했다. 내 무력감 때문에 김 노인을 똑바로 볼 수 가 없었다. 내가 두 사람을 만나게 하고 싶었던 것은 김 노인의 부탁 때문 만은 아니었다. 두 사람의 만남이 실타래처럼 복잡하게 얽힌 역사의 매듭 을 단 한 가닥이라도 풀 수 있는 계기가 되었으면 하는 바람에서였다. 그 러나 나는 그 작은 기회조차 만들지 못했다. 나는 갑자기 심한 조갈증으로 목이 탔다. 공복감에 속까지 헛헛해서 아무데나 주저앉고 싶었다.

"금은방에 한번 가 보시겠어요? 금은방에 가면 반지를 뺄 수 있다던 데……."

"그냥 끼고 있겠습니다. 친구한테 꼭 보여 줘야지요."

김 노인이 반지에 묶여 있는 손가락을 힘차게 들어 올리며 말했다. 9월 의 햇살이 손가락에서 미세하게 부서지면서 불꽃처럼 튕겨 올랐다.

"영일 군 잘 있지요?"

"예, 학교에 다니기로 했답니다."

김 노인의 표정이 꽃잎처럼 밝아졌다. 내가 손자 이름을 기억하고 있음 을 고마워하는 표정이 역력했다.

"혼자서라도 최동호 씨를 찾아가서 만나십시오. 최동호 씨도 김 선생 님을 기다리고 있을 겁니다."

나는 김기두 씨가 머지않아서 최동호 씨를 만나러 가게 되기를 바랐다.

"나 혼자 최동호를 만나러 가겠소. 죽음을 무릅쓰고 이곳까지 왔는데 뭐가 두려워서 그 친구를 못 만나겠소."

김 노인의 결연한 그 말에 나는 적이 놀란 얼굴로 한동안 그를 바라보았다. 나는 그에게 최동호 씨의 주소를 적어 주었다.

"만나시면 북으로 못 가게 말리실 작정입니까?"

"내가 그 사람의 의지를 꺾을 수는 없지요. 가고 싶은 곳 갈 수 있는 세상이 좋은 세상 아닌가요? 그 사람은 강한 사람이니까 자기 의지대로 살아갈 수 있을 겁니다. 북에서는 강한 사람만 살아 날 수 있지요. 이곳에 와 보니 남쪽에서는 강한 것보다는 머리를 잘 써야 살아갈 수 있겠습디다."

그 말에 나는 더 할 이야기가 없었다.

"기자 선생님, 부탁이 있습니다."

차에서 내린 김 노인이 차창 안으로 팔을 들이밀어 내 손을 잡으며 심각한 얼굴로 말했다.

"염치없는 부탁입니다만…… 베이징에서 헤어진 우리 가족 어찌 됐는지 알아봐 주실 수 없을까요? 살아 있다면 남쪽으로 데려올 수는 없겠는지요. 돈과 빽만 있다면 못할 일이 없다는 거 알고 있습니다. 기자 선생님, 제발 부탁입니다. 대대손손 그 은혜 잊지 않겠습니다요. 기자 선생께서 이 시대의 중재인 역할을 좀 해주세요."

김 노인은 촉촉하게 젖은 눈으로 매달리듯 나를 보며 말했다. 나는 아무 말도 못 한 채 어설픈 미소를 흘렸다. 중재인이라……. 이 시대의 중재인 역할이란 무엇을 말하는가. 경계인을 말하는 것은 아닐까. 김 노인의 부탁이 가슴에 걸린 듯 답답했다. 차를 몰고 큰길로 나오면서 나는 김 노인과 최동호 씨 두 사람 사이에서 누구의 입장이어야 하는지 생각해 보았다. 가족의 생사를 몰라 고통스러워하는 김 노인도 돕고 싶고 신념의 고향으로 돌아가기를 간절히 원하는 최동호 씨의 입장도 이해할 수 있을 것 같았다. 그렇다고 내 입장에서 김 노인의 가족을 남으로 데려오고 최동호 씨를 북으로 보낼 수도 없지 않은가. 이럴 때 경계인의 힘이 필요하지 않을까 싶다. 경계의 벽을 허물어, 만나고 싶어 하는 사람 만나게 해주고 가고 싶어 하는 사람 가게 해주는 역할을 하는 경계인. 그러나 아무런 역할도 못 하고 두 사람의 입장을 객관적으로 지켜보기만 해야 하는 내 처지가 부끄럽게 느껴졌다. 명치끝에 가시가 걸린 듯 가슴이 먹먹했다.

큰길로 나온 나는 한참 동안 차를 세웠다. 명치끝에 걸린 가시를 빼내기 위해서라도 아내한테 가야 할 것 같았다. 아내한테 달팽이가 살아 있다는 말도 해주고 싶었다. 나는 아내를 만나기 위해 남쪽으로 뻗은 고속도로를 탔다. 아내를 만나러 가는 길에는 아무런 장애도 없었다. 고속도로를 달리는 동안 내내 김 노인의 마지막 말이 나를 괴롭혔다. 그 말들을 내 머릿속에서 달팽이들로 변해 꿈지럭거렸다. 수많은 달팽이가 엉겨 붙어 짝짓기를 하는 모습도 보이는 것 같았다. 나는 잠시 휴게소에 들러 계피 향 나는 뜨거운 카푸치노 한 잔을 마시고 나서 아내에게 문자를 보내기 위해 휴대전화 폴더를 열었다.

『계간문예』, 2005

수줍은 깽깽이꽃

유리창 밖으로 4월의 아침 햇살이 제법 쨍쨍하게 내리꽂혔다. 바람이 후루루 불어오자 산벚꽃 꽃잎이 꽃비처럼 흩날렸다. 산이 가까워서 그런지 바람의 냄새조차 치자꽃 향기처럼 상큼하고 달콤하다. 하늘과 땅 사이에는 봄의 초록 빛깔과 생명의 거친 숨소리로 가득하다. 오랫동안 도심 한복판에서 먼지며 대기 가스를 켜켜이 뒤집어쓰고 날마다 전쟁을 치르듯 복닥거리며 살다가, 외곽지 전원주택으로 이사 온 유화례 여사는 요즈막 하루하루가 마냥 행복하다. 그녀는 노란색 바지와 분홍빛 민소매 티셔츠에 차양이 넓은 감색 운동모자까지 눌러쓰고 외출을 서둘렀다. 오늘은 '자연을 찾는 사람들' 회원들과 함께, 야생화 구경하러 가는 날이다. 서울에서 한 시간쯤 떨어진 이곳으로 이사 오기 전까지 그녀는 반년 동안 신문사 문화센터에서 시 창작 공부를 한 적이 있었다. 그런데 시를 쓴다는 게 자신의 감정을 솔직하게 표현하는 것보다는 느낌과는 상관없이 그럴듯한 언어를 동원하여 말장난하는 것만 같아 미련 없이 집어치우고 말았다. 솔직히 이미지니 영감이니 하는 것을 떠올려 보려고 하면 엉뚱하게 주가 동향이나 땅값 시세가 머릿속에서 복잡하게 쭈뼛거렸다. 아무리 이름난 시인의 좋은 시를 읽어도 골치만 아플 뿐 가슴을 절절하게 울리지는 못했다. 밤잠 못 자고 끙끙대며 시를 써서 낼라치면, 시를 가르치는 비쩍 마른 젊은 강사는 건성으로 훑어보고는 시적 이미지 형상화가 안 되었다거니 대중가요 가사 같다거니 하면서 여러 사람 앞에서 핀잔을 주기 일쑤였다.

그녀는 요즘 시보다는 대중가요 가사에 오히려 마음이 끌렸다. 대중가요 가사는 쉽고 또 즉흥적으로 마음을 흥건히 적셔 주기 때문이다. 시인이 되는 것을 포기한 그녀는 문자로 마음을 표현하기보다는 그냥 가슴으로 느끼는 것만으로 즐거움을 찾고 싶었다. 그래서 '자연을 찾는 사람들'이라는 모임에 들어가게 되었다. 봄 들어 회원들은 일주일에 한 번씩 전국의 이름난 숲과 식물원, 희귀목이나 화초들을 찾아다니고 있다. 벌써 담양의 대나무 숲과 정삼품 소나무가 있는 법주사에 다녀왔다. 다음 달에는 선운사의 동백나무 군락지와 용주사에 있는 천 년 된 은행나무, 여수 향일함의 오백 년 된 동백나무를 보러 가기로 되어 있다. 시를 쓴답시고 답답한 도심의 좁은 공간에서 머리 싸매고 낑낑대는 것보다는 탁 트인 대자연의 품에서 맑은 공기를 마음껏 들이마시는 것이 한껏 즐겁고 건강에도 도움이 되었다.

"여보, 나 오늘 늦을 테니까 기다리지 마세요."

유 여사는 연체동물처럼 소파에 등을 찰싹 붙이고 앉아서 티브이 아침 드라마에 열중하고 있는 남편에게 찬물을 뿌리듯 말했다. 리모컨을 단단히 움켜쥔 남편은 아무런 반응이 없다. 아까부터 그는 요의를 느껴 화장실에 가고 싶었으나 아내의 도움을 받기 싫어 참고 있었다. 그는 죽는 날까지 되도록 아내 도움을 받고 싶지가 않았다. 그렇게라도 해서 자신의 존재를 확인시켜 주고 싶은 것인지도 모른다.

"멍청하게 티브이만 보지 말고 휠체어 타고 밖에 나가 인부들 정원 손질하는 거나 좀 지켜보세요."

그래도 남편 조만복 씨는 티브이에서 눈을 떼지 않는다.

"아이구, 답답해서 복장 터지겠네."

유 여사는 남편을 향해 종주먹을 대며 신경질적으로 불만을 쏟아낸다. 이제 그녀는 하반신을 못 쓰는 남편을 집에 두고 밖에 나가는 것을 조금도 미안해하는 기색이 아니다. 4년 전 남편이 척수종양 수술을 받고 앉은 뱅이가 되어 집 안에 들어앉게 되었을 때까지만 해도 유 여사는 외출을 자제하고 성심으로 남편 수발에 최선을 다했었다. 그런 그녀를 향해 친구들은 열부 났다며 입을 비쭉이고 콧방귀 뀌어 대며 비아냥거리기까지 했다. 지금이 어떤 세상인데 병든 남편 수발이냐면서 비웃었다. 얼굴에 주름이 짜글짜글해 몰라보게 폭삭 늙어 버렸다거나, 10년은 더 나이 들어 보인다거나 하면서 애잔한 눈빛으로 혀끝을 찼다. 그렇게 1년쯤 남편에게 붙어살다 보니 아무렇지도 않았던 생머리가 지끈거리면서 혈압이 오르고 손가락 하나 까닥하기 싫을 정도로 무기력해졌다. 병원에 가 보았더니 심장도 나쁘고 식전 혈당이 200이나 된다면서 의사가 깜짝 놀랐다. 이러다가는 남편보다 먼저 죽을 것만 같았다. 하루하루 살고 있는 것이 아니라 시나브로 생명이 녹슬어 삭고 있는 느낌이었다. 죽도록 남편 수족 노릇만 해 온 자신에 대해 화가 나기도 하고 서글프기도 했다. 젊었을 때는 없는 살림에 남편과 3남매 뒷바라지하느라 애면글면 혀 늘어지게 살아오다, 이제 아이들 다 키워 내보내고 경제적으로 먹고살 만큼 되어 여생을 여유롭게 살아갈 수 있겠거니 했는데, 덜컥 남편이 방 안 귀신이 되고 보니 자신의 인생이 너무 무상하여 탄식만 터져 나왔다. 남편의 존재가 손발을 묶는 족쇄처럼, 때로는 거대한 바윗덩어리처럼 무겁게 느껴지면서 그녀의 삶을 압박해 오고 있는 것 같았다. 결국 그녀는 자신이라도 살아야겠다는 생각에서 남편이라는 존재를 잊어버리려고 애썼다. 남편 인생은 남편 인생이고 내 인생은 내 인생이다 생각하고 남편에게 냉정해지려고 했다. 아무것도 아닌 일에도 일부러 곧잘 불컥거리고 걸핏하면 신경질을 부렸으며 남편에게 한껏 무관심하려고 노력했다. 그녀는 남편 수발과 집안 살림을 파출부 금촌 댁한테 맡기고 되도록 밖으로 나돌기 시작했다. 남편의 존재를 잊고 두 팔 크게 벌려 기지개 켜며 바람과 햇살 가득한 거리로 나오자 날개가 돋친 듯 날아갈 것 같았다. 삶에 생기가 돌기 시작했다. 그녀는, 찬란한 이 세상, 인생은 얼마든지 스스로 아름답게 연출할 수 있다면서 마음속에서 쾌재를 불렀다.

처음 얼마 동안 남편은 밖으로 나도는 아내에 대해 노골적으로 찍자를 부리기 시작했다. 그때마다 그녀는 젊었을 때 남편이 바람피웠던 기억들을 하나씩 까발려 가며 핏대를 세우고 맞섰다. 아무리 사소한 것일지라도 남편의 외도 때문에 속 끓였던 일들을 그녀는 지울 수가 없었다. 치를 떨었던 과거의 일들이 뼛속까지 스며있었다. 남편이 건강했을 때는 눈 똑바로 뜨고 말대꾸 한마디 못했지만 지금은 사정이 달랐다. 남편은 종이호랑이와 진배없었다. 남편은 자포자기해 버린 듯 차츰 강짜가 줄었고 닭 소 보듯 소 닭 보듯 서로를 의식하지 않으려고 애썼다. 이제 그녀는 남편에 대한 모든 관심이 희박해졌다. 남편이 자신을 어떻게 생각하며, 그녀가 집을 비울 때 무엇을 하면서 하루를 보내는지 알고 싶지 않았다. 남편의 존재에 얽매이지 않게 된 그녀는 비로소 큰 소리로 자유를 외치고 멋지게 인생을 연출하며 살 수가 있었다. 이제 그녀의 눈에 남편의 존재는 한갓 낡고 오래된 붙박이 가구에 지나지 않았다. 감정도 이성도 모래알처럼 부서져 버린 무기질 존재. 설령 남편이 죽는다고 해도 터럭만큼도 마음이 아프거나 아쉬울 것 같지가 않았다. 그녀는 혼자서도 얼마든지 멋지고 당당하게 살아갈 자신이 있었다. 가끔 그녀는 남편이 죽고 난 후, 혼자 자유롭고 느긋하게 말년을 즐기면서 살아가는 자신을 상상해 보기도 한다. 그때마다 간질간질한 흥분에 사로잡혔다.

유 여사는 식물원 나들이치고는 화려하다 싶게 짙은 화장으로 한껏 멋을 부리고 현관으로 나갔다. 정원에는 벌써 김씨가 인부들을 데리고 와 있었다.

"사모님 정원이 꽤 넓네요. 남향에다 탁 트인 들과 멀찍이 보이는 앞산도 좋고. 이 집 잘 사셨습니다요."

건장한 키에 참나무 토막처럼 어깨가 탄탄해 보이는 김 씨가 비굴할 정도로 헤헤거리며 허리를 굽적거렸다.

"돈이 얼만데요. 전망이 너무 좋아서 아무것도 먹지 않아도 배가 부르답니다. 이런 걸 자연주의라고 하는 거죠."

유 여사는 기분이 좋아 연신 녹진한 미소를 피워 날렸다.

"근데 아저씨. 정원이 이게 뭐예요? 전에 살던 사람은 나무와 풀들이 자연스럽게 자라도록 일부러 손질 한번 안했다고 합니다만. 이건 정원이 아니라 다듬어지지 않은 잡목 숲 같지 않아요? 뱀 나오겠어요. 값비싼 정원수를 심을 테니까, 이 볼품없는 잡목들 모두 뽑아 버리세요. 싸구려 블로크담을 헐고 사철나무를 심어 생 울타리를 만들고 회양목이랑 종가시나무랑 금목서를 심을래요. 라일락 중에서 제일 비싸다는 미스킴라일락도 심고요. 아 참, 향나무도 많이 심고 싶어요. 눈향나무랑 가이즈카향나무가 좋겠어요. 향나무는 상처를 많이 낼수록 향기가 짙어진다지요? 향나무는 톱으로 자르고 도끼로 찍을수록 더 강한 향기를 내지요. 죽어서도 향기를 내는 향나무, 얼마나 시적이에요."

유 여사의 말대로 정원에는 흔한 철쭉에 소나무와 살구나무, 뽕나무, 호랑가시나무, 진달래, 싸리나무, 화살나무, 국수나무, 때죽나무 등이 찔레며 청미래 덩굴에 칡덩굴, 잡풀들이 무질서하게 마구 뒤엉켜 있었다. 유 여사 말마따나 이건 정원이 아니었다. 나무와 풀들이 제멋대로 어우러져 있었다.

"그래도 이 나무들을 뽑아 버리기는 너무 아까운데요."

"세상에, 정원에 뽕나무, 찔레나무가 다 뭐랍니까?"

"그래도 화살나무나 국수나무는 괜찮은데요. 싸리나무도 한여름에 보랏빛 꽃이 피면 보기에 참 좋은데, 때죽나무꽃도 치자 꽃처럼 하얗게 피지요. 조금 있으면 싸리나무, 때죽나무, 찔레나무가 한꺼번에 흰 꽃을 피워 장관을 이룰 텐데요."

"값나가는 나무는 하나도 없지 않아요. 저 소나무도 멀쑥하게 키만 컸지 어디 운치가 있어 보입니까요."

"사모님, 이쪽 화단은 어떻게 할까요. 온통 꽃이 가득 피었는데……."

그동안 사람의 손길이 한 번도 닿지 않은 듯 정돈되지 않은 화단에는 띄엄띄엄 심어진 키 작은 철쭉과 잡초들 사이에 한 무리의 보랏빛 꽃들이 도담도담 피어 있었다. 눈을 확 잡아당길 정도로 돋보이게 아름답지는 않았으나 꽃이 너무 작은 게 오히려 볼수록 신비롭고 귀여웠다. 김 씨는 땅에 바짝 붙어 피어 있는 꽃무더기 옆에 쪼그리고 앉아서 갈아엎기가 아까운지 안타까운 눈으로 쓸어 보았다.

"무슨 꽃이 저렇게 작고 볼품이 없어요? 세상에 저런 것도 꽃 축에 든답니까?"

"아마 이름 없는 들꽃인 모양입니다. 그래도 신기하네요. 세상에 이렇게 앙증스러울 정도로 작은 꽃이 있다니……."

"어차피 값나가는 꽃나무를 새로 심을 거니까 저것도 다 뽑아 버리세요."

"그래도 이제 막 꽃이 피었는데요. 꽃이 질 때까지 만이라도 그대로 두면 안 되겠습니까?"

"그래도 꽃은 장미처럼 화려하고 향기가 있어야지요. 이 정원을 장미 정원으로 만들 생각이랍니다. 황금색 골트마니, 하얀 글레미스 캐슬, 분홍의 그라나다, 진분홍의 마이 하트, 오렌지색의 콜빗 같은 장미를 심을 겁니다. 어린 왕자가 이상한 별에서 장미꽃을 만났을 때 안녕 하고 장미가 인사를 하지요. 어린 왕자는 그곳에 오천 송이나 되는 장미가 피어 있는 것을 보고 깜짝 놀라지요. 나도 그런 장미 화원을 만들고 싶어요."

유 여사는 그렇게 말하고 여러 가지 색깔의 장미꽃들이 가득 피어 있는 자신의 정원을 상상해 보았다.

유 여사는 김 씨에게 그날 할 일을 대충 이르고 서둘러 새로 구입한 감색 BMW에 올라 키를 꽂았다. 강남의 아파트를 처분한 돈과 남편 퇴직금을 합쳐 몽땅 주식에 투자한 것이 대박이 날 줄을 꿈에도 몰랐다. 그녀는 주식에서 번 돈으로 단독주택 주변의 땅 수천 평을 사들이고 통장의 자투리 돈을 모아 외제차를 뽑았다. 지금도 투자한 주식과 땅값이 하루가 다르게 춤을 추듯 오르고 있으니 생각만 해도 입이 벌어지고 콧노래가 절로 나왔다. 이 모든 행운이 남편이 쓰러지고부터 시작된 것이니, 남편의 불행이 그녀에게는 오히려 축복이 아닐 수 없었다.

유 여사는 FM 라디오를 켰다. 흐느끼는 바이올린 독주가 비에 젖듯 촉촉하게 흐르자 볼륨을 높였다. 그녀에게는 요즘 창자를 쥐어짜는 슬픈 음악도 건반에 도끼질하는 듯 시끄러운 음악도 모두가 아름답고 즐겁게만 들렸다. 마음이 여유로우면 세상이 온통 아름답게 보인다는 말이 실감났다. G선의 저음으로 흐르는 바이올린 독주와 눈앞에 펼쳐진 4월의 초록빛 들판이 오묘한 하모니를 이루었다.

그녀가 1차 약속 장소인 골프장 주차장에 도착해 보니, 회원들이 먼저 와 있었다.

"정 여사 오랜만이야. 황제 같은 남편은 어쩌고 나왔어?"

유 여사는 다섯 손가락 안에 들 정도로 규모가 큰 정부 기관에서 사장을 하다가, 지난 연말에 퇴직한 남편 때문에 한동안 코빼기도 안 보이던 정 여사를 보자, 실실거리며 찍는 소리를 뱉어냈다.

"겨울 내내 찰거머리처럼 붙어 있었더니 온몸에 곰팡이가 핀 것 같아. 몸에서 황석어젓 고린내가 나는 것 같아서 바람 쐬러 나왔지 뭐야. 이젠 영감이고 뭐고 다 귀찮아."

"그러기에 늙은 영감탱이는 구두 뒷굽에 들러붙은, 비에 젖은 낙엽과 같다고 하잖어. 비 오는 날 구두에 달라붙는 낙엽이 얼마나 귀찮은데."

정 여사의 말을 유 여사가 쿡쿡 웃으면서 받았다.

"그래서 이사 가면 영감탱이들이 이삿짐 다 싣기도 전에 이삿짐 자동차 조수석에 잽싸게 앉아 있다고 하지 않던가."

"조수석에?"

"내버리고 갈까 봐서 그러지."

"우리도 이사 한번 가 볼까. 부엌 강아지 같은 우리 집 영감탱이 어쩌는가 보게?"

여자들은 저마다 한마디씩 남편 흉을 보았다.

17명의 회원은 저마다 타고 온 자동차를 골프장 주차장에 주차해 두고, 다섯 대에 나눠 타고 '새벽 뜰 식물원'을 향해 출발했다. 모임의 회장을 맡은 키다리 조금숙 여사와 시를 쓴다는 총무 배 여사가 유 여사의 차에 탔다. 자동차는 국도를 빠져나와 영동고속도로를 쌩쌩 달렸다.

"유 여사 아직 깽깽이꽃 못 봤지?"

"깽깽이꽃? 이름이 촌스럽지만 재밌네. 첨 들은 거 같은데?"

"유 여사도 보면 탄성이 절로 터질 거야. 세상이 그렇게 앙증맞고 신비스러운 꽃도 다 있다니. 오늘 우리들 '새벽 뜰 식물원'으로 깽깽이꽃을 보러 가는 거야. 전화해 봤더니 지금 한창 피었다잖아."

"어떻게 생긴 꽃인데 그래?"

"말로는 설명하기 힘들어. 나도 사진으로만 봤는데, 황홀할 만큼 아름다워."

"깊은 산 숲속에 양지에서만 드물게 자라는 희귀식물인데, 가을부터 겨울 동안 자취도 없이 사라졌다가 어느 화사한 봄날 느닷없이 요술처럼 짠 하고 꽃망울을 터뜨린다는 거야."

도대체 어떤 꽃이기에 조 회장과 배 총무가 저렇듯 입이 닳도록 찬사를 늘어놓는지 유 여사는 궁금했다. 그녀는 당장 자기 집 화단에도 깽깽이꽃을 가득 심어야겠다고 생각했다.

"헌데 그 깽깽이꽃 얼마나 비싸지?"

"글쎄, 워낙 희귀종이라……, 그리고 재배하기도 까다롭다고 하더라고."

유 여사가 묻고 배 총무가 대답했다. 배 총무의 그 말에 유 여사는 마음속으로 그까짓 게 비싸면 대수냐 싶어 킁 하고 콧방귀를 뀌며 당장 화단을 깽깽이꽃 밭으로 만들 생각을 했다.

화단에 깽깽이꽃 밭을 만들어 놓으면 해마다 회원들이 꽃을 구경하러 찾아올 것이 아닌가 싶었다.

아내가 쨍글쨍글 사금파리 깨지는 목소리로 한바탕 수선을 피우고 나가자 조만복 씨는 후유 한숨을 몰아쉬었다. 상반신을 소파 바닥에 깊숙이 처박고 티브이를 향해 모로 누웠다. 여전히 그의 손아귀에는 리모컨이 단단히 움켜쥐어 있었다. 이제 이 세상에서 그가 혼자 마음대로 할 수 있는 것은 리모컨 하나뿐이라는 것을 알고 있다. 그의 의지대로 티브이 채널을 바꿀 수 있는 것은 그의 마지막 남은 권위라고 생각했다. 그 때문인지 그는 잠을 잘 때도 리모컨을 단단히 움켜쥐고 있었다.

그는 이미 아내가 그의 존재를 인정하지 않고 있다는 것을 알고 있었다. 그것은 망각의 단계에 가까운 것이었다. 망각된 존재는 죽은 것과 다를 것이 없었다. 그는 이미 살고 있는 것이 아니었다. 모든 욕망과 희망, 증오까지도 멈추어 버린 채, 들숨과 날숨을 되풀이하고 있을 뿐이다. 이제는 불평은커녕 욕도 나오지 않았고 한숨마저 사라져 버렸다.

조만복 씨는 힘겹게 고개를 들어 티브이 위쪽 벽에 걸린, 등신 크기의 사진 액자를 올려다보았다. 그가 쓰러지기 2년 전쯤, 뉴질랜드 바닷가 골프장에서 찍은 사진이다. 회사 창립 30주년을 맞아 중역들이 부부 동반으로 골프 여행을 갔을 때였다. 초록 비로드를 겹겹이 깔아 놓은 것처럼 끝이 보이지 않은 필드에서 골프채를 휘두르는 모습이 남자답다. 푹신푹신하게 보이는 초록의 필드 끄트머리에 펼쳐진 에메랄드빛 바다가 꿈속처럼 아름답다. 베이지 색 바지에 진홍빛 티셔츠를 입은 그의 모습은 55세의 나이답지 않게 탄력이 넘쳐 보였다. 세월의 여러 구비를 지나는 동안 인생의 쓰고 단맛을 두루 맛보고 나서 성공한 사람한테서 느낄 수 있는 여유롭고 당당함이 돋보인다. 이때까지만 해도 그에게는 두려운 것도 아쉬운 것도 없었다. 깊은 산골 마을, 가난한 농사꾼의 7남매 중 막내로 태어난 그는 고향에서 가까스로 고등학교를 졸업하고 가구 공장에 들어가서 대패질이며 톱질, 못질 하는 것부터 배웠다. 낮에는 가구 공장에서 일하고 밤에는 야간대학을 다녔다. 대학을 졸업하자 가구 회사의 영업 사원이 되었고 과장, 부장을 거쳐 부사장까지 올라갔다. 그가 쓰러진 것은 부사장이 된 지 반년만이었다. 그는 사진을 올려다보면서 회한의 쓴웃음을 흘렸다.

지금 그가 가장 견딜 수 없는 것은 망가진 자신의 몸이나 피폐해진 마음도 아니다. 아내의 냉대와 자식들의 무관심은 더더욱 아니다. 욕망도, 슬픔도, 증오도, 뼈에 사무치는 외로움도, 일말의 희망마저도 깡그리 소진된 허허로움은 더욱 아니다. 그냥 이대로 하루하루 날숨과 들숨을 되풀이하면서 의미 없이 살아서 어쩌자는 것인가 하는 갈등 때문이다. 갈등만 끝나면 언제 어떤 방법으로 이 세상을 떠나느냐 하는 것만 남아 있을 뿐이다.

밖에서는 인부들이 정원 나무들의 뿌리를 뽑느라 톱질이며 삽질하는 소리가 들렸다. 간간이 굴삭기 소리도 윙윙거렸다. 그사이 금촌 댁이 두 차례 발소리를 죽이고 조심스럽게 눈치를 살피고 들락거리며 시킬 일이 없느냐고 물었다. 그는 두 번 다 가볍게 고개를 저었다. 먹고 싶지도 말하고 싶지도 않았다. 모든 것이 귀찮기만 했다. 그는 오줌이 마려웠으나 화장실 가기가 귀찮아서 참고 있다. 화장실에 가자면 금촌 댁을 불러 도움을 받아야 하기 때문이다. 오줌이 얼마나 찼는지 방광이 터질 것만 같다.

그래도 참기로 했다. 참는 것이라면 이제 이골이 날 정도다. 답답함, 고통, 분노, 미움, 외로움, 업신여김, 모멸감, 수치, 절망감…… 등 어떤 것도 참아 낼 수가 있다. 인내의 어떤 쓰라림도 죽음의 고통에 비할 바가 못 된다는 것을 알고 있기 때문이다. 마지막 죽음의 고통과 처절함까지도 이겨 낼 각오가 되어 있다. 그는 "참을 인 자 세 개면 살인도 막는다"라거니, "참는 자는 복이 있다", "인내는 쓰지만 그 열매는 달다"라거니 하는 입바른 말들을 믿지 않는다. 그것은 인내가 너무 고통스럽기 때문에 만들어 낸 말일 터였다. 그는 잠시라도 요의를 잠재우기 위해 티브이 볼륨을 높인다. 유도 선수처럼 체격이 단단해 보이는 스포츠머리 젊은 목사의 '천국의 문'이라는 제목의 설교 시간이다. 목소리가 쩡쩡 울린다. 요즘 그가 자주 듣는 티브이 내용은 종교 방송이다. 무신론자이지만 조금이나마 마음의 위안을 찾기 위해서인지도 모른다. 그렇다고 사후의 세계를 믿는 것은 아니다. 죽음으로 모든 것이 끝이라는 것을 알고 있다. 그런데 오늘은 목사의 설교가 한 마디도 귀에 들어오지 않는다. 그는 볼륨을 줄이고 눈을 감아 버린다. 아무런 감각도 없는 발가락이 따끔거린다. 바늘 끝으로 콕콕 쪼아 대는 것처럼 아프다. 그는 가끔 환통을 느낀다. 감각이 없기 때문에 실제로 아프지 않다는 것을 알면서도 참을 수 없는 만큼 통증을 느끼는 것이다. 생각해 보니 이 환통은 아내가 그의 존재를 망각하고 밖으로 나돌기 시작하면서부터 생긴 것 같다. 요즘 들어 가장 참을 수 없는 것이 이 환통이다. 어쩌면 그것은 발바닥이, 아니 그의 존재가 '나 아직 살아 있어요'라고 신호를 보내고 있는 것인지도 몰랐다. 존재의 외침 같은 것.

그는 까무룩 잠이 들었다가, 심한 요의 때문에 깼다. 그는 리모컨을 단단히 움켜쥔 채 티브이 쪽으로 시선을 던졌다. 채널을 바꾸고 볼륨을 높였다. 티브이 소리를 듣고 금촌 댁이 조심스럽게 들어서더니 점심때가 다 되었다면서 식사를 하겠느냐고 물었다. 그는 티브이에 시선을 모은 채 고개를 저었다. 티브이 화면에는 궁벽 진 산골 마을의 한갓진 곳, 낡고 오래된 흙벽돌 집 마루에, 집처럼 휘주근해 보이는 80대의 파파노인 부부가 깡마른 도토리처럼 나란히 붙어 앉아서 해바라기를 하고 있다. 토마루 밑에는 흰색 늙은 똥개가 어슷하게 옆으로 누워있고 울타리에는 박새 한 마리가 연신 꼬리를 까불어 댔다. 집 모퉁이 대나무 숲이 아침 햇살에 눈부시게 푸르다. 많은 이야기를 간직하고 있는 집과 늙은 부부의 모습이 오래된 나무뿌리를 보는 것처럼 정겨우면서도 슬퍼 보였다. 할아버지는 86세, 할머니는 85세라는 자막이 나온다. 얼굴이 보이지 않는 리포터의 질문에, 할아버지는 22세에 결혼을 하던 이듬해에 이 집을 지어 6남매를 낳고 63년째 살아오고 있다고 말했다. 리포터가 노부부에게 소원을 물었다. 할아버지는 아내 먼저 죽는 것이 소원이라고 했고 할머니는 남편이 오래 사는 것이라고 했다.

"내사 우리 영감이 살아 있는 것만으로도 징그럽게도 행복혀."

할아버지가 끄억끄억 된 기침을 쏟아내자 할머니가 허우적거리며 부엌에 들어가 물 주전자를 들고 나왔다. 할머니의 등이 곡괭이처럼 굽었다. 할아버지가 주전자의 물을 마시는 동안 할머니는 다시 부엌 앞에서 손수레를 끌고 와 토마루에 바짝 대더니 낑낑대며 할아버지를 부축해서 손수레에 태웠다.

"삼십 년 전 탄광에서 두 다리를 잃었다우. 죽지 않은 것만도 올매나 다행인지 몰라유."

할머니가 병원에 갈 시간이 되었다면서 수레를 끌고 집을 나섰다. 허리 굽은 할머니가 할아버지를 태운 수레를 끌고 마을 앞을 지나고 잎이 앙상한 가로수가 두 줄로 늘어선 비포장도로로 들어섰다. 손수레가 길 끄트머리로 점점 멀어지고 있었다. 프로가 끝나고 화장품 광고 화면으로 바뀌었는데도 등 굽은 할머니의 모습이 오래도록 눈앞에 어른거렸다. 여운이 오래도록 오목가슴에 찡하게 남아 있었다.

그때 문턱 옆에서 목을 길에 빼고 서서 티브이를 보고 있던 금촌 댁이 연신 코를 훌쩍이면서 손으로 눈을 훔치다 말고 조만복 씨와 얼핏 눈이 마주치자 부끄러운 듯 후닥닥 고개를 숙였다.

"아줌마 지금 티브이 보고 울었어요?"

"너무너무 슬퍼서라우."

"아름답지 않아요? 저렇게 행복한 부부가 어디 흔하겠습니까?"

"저 노인네들이 슬퍼 뵈는 게 아니라, 지 자신이, 죽은 남편 생각이 나서……."

"참, 바깥양반이 안 계신다고 했지요?"

"간암 진단받고 나서 딱 반년 살았당께요. 구들장 짊어지고 평생 누워만 있어도 좋은께 죽지만 말고 살아 주었으면 허고 바랬는디 염병허게 돼지고 맙디다. 마지막 눈 감은 날까지도 나 혼자 두고 절대로 죽지 않겠다고 허등만……. 남편 죽고 나니께 내 신세는 끈 떨어진 두룸박 맹키로 천해집디다요."

금촌 댁은 연신 눈을 훔치며 푸념처럼 말했다. 조만복 씨는 우두커니 금촌 댁을 바라보았다.

그녀를 바라보는 그의 시선이 엷어졌다.

"아이고 나 봐라, 내가 무신 쓰잘데없는 소리를 했다냐. 참 사장님, 한 시가 넘었는디 점심 드셔야지요."

그제야 금촌 댁은 자신의 본분을 알아차렸는지 허리까지 굽적거리며 정색을 하고 입을 열었다. 그는 말없이 고개를 저었다.

"특별히 잡수고 자픈 것이 있으면 말씀허씨요. 지가 냉큼 해 올리겄구 만이라."

금촌 댁은 얼굴에 슬픈 그림자가 사라지고 자연스럽지는 않으나 목소리에 생기가 도는 듯 했다.

"김치전을 부쳐 디리끄라우, 호박죽을 쒀 드리끄라우, 뭣이든지 먹고 자픈 것 있으면 싸게싸게 주문만 허씨요. 냉큼 맛나게 해 디릴 껏인게."

금촌 댁의 짙은 전라도 사투리에 그는 빙긋이 웃었다. 오랜만에 웃어본 웃음이었다. 그간 그는 아무리 재미있는 티브이 프로그램을 봐도 웃는 일이 없었다. 기실 그가 티브이에 매달리는 것은 재미있어서가 아니라 시간의 흐름을 망각하고 싶어서였다.

"무명다래도 묵고 자프고, 찔레도 꺾어 묵고 자프고, 쑥개떡도 묵고 자프네요."

그는 여전히 웃는 얼굴로 아줌마의 말투를 흉내 내며 말했다.

"하이고, 좋은 음석 다 놔두고 뜬금없이 뭔 그런 것이 다 묵고 자프다요? 요새 다래는 촌에 가도 귀경도 못허고 찔구는 더 있어야 나올 것이고 쑥개떡을 맹글라면 쑥도 캐야 허고 쌀가리도 뽀사야 허고……."

금촌 댁은 난감한 얼굴로 그를 바라보았다. 조만복이 6년 전 7시간에 걸친 척수종양 수술을 받고 깨어났을 때, 옆에 걱정스러운 얼굴을 하고 바짝 붙어 있던 그의 아내가 먹고 싶은 것이 있으면 말하라고 했다. 전복

죽, 잣죽, 민어탕, 도미머리구이, 대게찜, 바다가재 버터구이 등 그가 평소에 좋아했던 음식들을 열거했으나 아무것도 먹고 싶지가 않았다. 한참 뒤에 그는 생뚱맞게 무명다래가 먹고 싶다고 했다. 어렸을 때 배가 너무 고프면 산에 올라가서 오들개며 구지뽕 열매, 머루, 산다래, 으름, 산딸기 등을 따 먹었던 기억이 떠올랐다. 그러나 산열매는 한여름이나 가을이 되어야 따먹을 수 있기에, 보릿고개라서 아무것도 먹을 것이 없는 봄에는 무명다래나 찔레 순, 송기 등을 먹을 수밖에 없었다. 아이들이 봄에 즐겨 먹는 것은 목화다래였다. 희고 탐스러운 꽃이 지고 나면 도토리만 한 다래가 열리고 그 열매가 익으면 스스로 찢어지고 벌어져 다시 솜털 같은 흰 목화가 되었다. 그래서 목화는 두 번 꽃을 피운다고 했다. 먹을 수 있는 다래는 꽃이 지고 나서 갓 맺은 어린 열매였다. 밤톨만 한 크기의 어린 다래는 육질이 부드럽고 수분이 많으며 달큼하고 상큼한 맛이 났다. 너무 익은 다래는 수분이 말라 섬유질이 가득 차게 되어 솜을 씹는 것처럼 팍팍해서 먹을 수가 없었다. 밖에서 놀다가 배가 고프면 다래를 여남은 개 따 먹고 샘물을 퍼마시면 한바탕 다시 뛰어놀 수 있었다. 그날, 도시락도 못 먹고 오후 늦게야 집에 돌아오던 조만복은 너무 배가 고파서 비석거리 김석길이네 목화밭에 기어 들어가서 실컷 다래를 따 먹다가 석길이 아버지한테 들키고 말았다. 석길이 아버지는 뺨을 한 대 후려치더니, 다래를 따 먹으면 문둥이가 된다는데 큰일이다 면서 겁을 주고 연신 혀를 찼다. 그날 밤 그는 문둥이가 되면 어쩌나 걱정이 되어 잠을 못 이루고 뒤척였다. 그는 훗날에야 어른들이 목화다래를 따 먹으면 문둥이가 된다고 했던 것은 아이들이 극성스럽게 다래를 따 먹는 것을 막기 위해 한 거짓말이라는 것을 알았다. 조만복은 그 시절을 떠올리며 희미하게 웃었다.

"쑥개떡 하나만 먹었으면 살 것 같은디. 우리 엄니가 해 주셨던 쑥개떡이 묵고 자퍼서 죽겄는디."

조만복은 금촌 댁을 놀리듯 실실 웃으며 말했다.

"고로코롬 잡수고 자프면 면 소재지 가서 사다 드리끄라우? 면 소재지 떡집이나 마트에 가면 있을란가 모르겄네요."

"면 소재지까지요?"

"뻐스를 타면 금방 댕겨올 수 있어라우. 걸어서도 한 시간이면 넉넉허지라우. 당장 가서 사 올끄라우?"

"당장에요?"

"예, 싸게 갔다 올께요."

"그럼 나랑 같이 갑시다. 자동 휠체어라서 아줌마 걸음보다 빨리 갈 수 있어요."

"사장님이랑 같이라우?"

"답답해서 바람이나 쫌 쐬고 싶네요."

그는 서둘러 화장실에 갔다 와서 외출복으로 갈아입었다. 금촌 댁의 도움을 받아 아랫도리를 갈아입는다는 게 여간 찜찜한 것이 아니었으나 오랜만에 나들이할 생각에 달떠 눈 질끈 감고 참기로 했다. 그는 한결 가벼운 마음으로 휠체어에 올라앉아 현관문 밖으로 나갔다. 정원에서는 인부를 대여섯 명이 나무를 캐거나 톱질을 하고 불도저가 윙윙거리며 화단을 갈아엎고 있었다. 무리를 지어 융단처럼 깔려 있던 보랏빛 꽃들은 불도저가 뒤엎어 놓은 흙더미 속에 깔려 흔적조차 보이지도 않았다.

"아이구 세상에나, 갓난애기 맹키로 이쁘고 앙징시런 꽃들이 죄다 묻혀부러서 죽게 생겼네. 이 작은 것들이 꽃을 피울라고 그동안 찬바람 맞어 감시로 을매나 고통스러웠을꼬."

금촌 댁이 흙더미 속에서 허리가 잘려나간 꽃 한 송이를 찾아 손에 들고 볼에 비벼 대며 안타까운 듯 탄식했다. 조만복은 휠체어를 멈추고 그런 금촌 댁을 유심히 바라보았다.

"탐지고 향내가 진한 것만 꽃이 아니라 요로코롬 하찮게 생긴 것도 꽃은 꽃인디. 사장님 안 그래요? 벼꽃이나 콩꽃, 깨꽃은 향내도 안 나고 보잘것없어도 사람헌테는 을매나 유익허다고라우. 우리는 장미는 없어도 살제만 벼꽃이 없으면 죽어라우."

금촌 댁의 말에 그는 크게 두어 번 고개를 끄덕였다. 벼꽃처럼 향기도 없고 하찮게 보이는 꽃이 사람한테 생명이나 다름없는 쌀밥을 제공해 준다는 그녀의 말에 깊이 공감했기 때문이다. 그는 화단을 갈아엎지 못하도록 아내를 말리지 못한 것이 참으로 부끄러웠다. 두 사람은 정원을 가로질러 집 밖으로 나왔다. 집에서 큰 도로까지는 직선으로 뻗은 비포장 길을 따라 한참 가야만 했다. 비포장 길 양쪽은 참깨, 고추, 감자를 심은 밭이 큰 도로까지 초록빛으로 평평하게 잇대어 있었다. 자갈이 깔린 도로를 휠체어가 달그락거리며 굴렀고 금촌 댁이 팔짱을 끼고 그 뒤를 바짝 따랐다. 조만복은 자주 휠체어를 멈추고 고개를 들어 하늘을 보며 심호흡을 했다. 상큼하고 달콤한 봄 냄새가 핏줄을 타고 온몸으로 찌릿 찌릿 퍼지는 것 같아 벌떡 일어서서 뛰어가고 싶을 만큼 기분이 좋았다. 바람은 적당하게 살랑거렸고 햇살은 비둘기 잔털처럼 얼굴을 간질였다. 그는 단숨에 넓은 들판을 가로질러 큰 도로 건너편에 야청빛으로 출렁이는 산까지 뛰어오를 것만 같았다. 그는 이곳으로 이사 와서 오늘에야 처음으로 바깥에 나왔다.

"집 안에만 들어박혀 지내지 마시고 자주로 사모님이랑 바람 쐬러 나오셔요."

금촌 댁이 그의 등 뒤에서 말했다. 그는 아무런 말도 하지 않았다. 그때 금촌 댁이 갑자기 밭둑으로 내려가더니 쪼그리고 앉아 세운 무릎 사이로 고개를 깊숙이 꺾었다.

"아이고 귀여워라. 사장님 이 꽃 좀 보셔요."

금촌 댁은 밭둑에 무리 지어 피어 있는 작고 흰 꽃들을 보며 탄성을 내질렀다. 그의 집 화단에 피어 있는 작고 보잘것없는 자줏빛 꽃과 비슷했다.

"이 꽃이 무신 꽃인지 모르시지라?"

알 턱이 없는 그가 고개를 저었다.

"꼬딱지꽃이구만이라."

"코딱지꽃? 그 꽃 이름 한번 희한하네."

"코딱지 맹키로 쬐끔허다고 해서 고로코롬 부르지라."

"하긴 코딱지만 허구만."

"어려서 지 별명이 코딱지였구만이라. 새끼손구락으로 코딱지 파는 것이 지 취미였은께라우. 그래서 코딱지꽃을 좋아허는지도 모르겄어요."

"허긴 나도 코흘리개였다오."

"지는 비싼 장미보담도 요런 꽃이 워너니 좋구만이라."

그러면서 금촌 댁은 손바닥을 펴서 아기 볼을 어루만지듯 꽃들을 쓸어 만지는가 하면 쭈그리고 앉은 채 코가 밭둑에 닿도록 허리를 구부리고 킁킁대며 냄새를 맡았다. 그는 코딱지꽃에서 어떤 향기가 날까 궁금했다.

"흙냄새랑 풀냄새랑 꽃냄새랑 한테 어울려서 돌아가신 우리 엄니 냄새가 나는구만이라."

금촌 댁은 고개를 들어 하늘은 보며 말했다. 어머니 생각이 나는지 그녀의 시선이 아득히 멀어지면서 얼핏 깊은 생각에 잠긴 듯했다. 그는 문득 오랜만에 고향 사람을 만난 것처럼 그녀와의 거리감이 없어지면서 그녀에 대한 궁금증이 일기 시작했다. 말투로 보아 고향은 전라도인 것 같은데, 언제 어떤 연유로 고향을 떠났으며 남편은 어떤 사람이었고 가족은 어디에 있으며 장차 희망이 무엇인지 알고 싶어졌다.

"남편은 언제 돌아가셨습니까?"

그가 밭둑에서 길로 올라서는 그녀를 향해 물었다. 금촌 댁은 갑작스런 질문에 한동안 당혹해하는 눈으로 그를 빤히 보았다. 그도 그녀의 시선을 피하지 않고 마주 보았다. 그보다 대여섯 살쯤 아래로 보이는 금촌 댁의 얼굴을 아직 고왔다. 이마의 내천川 자와 양 볼의 팔자 주름이며 인중 아래에 잔주름이 많아서 그렇지 오목눈과 적당한 콧날, 도톰한 입술, 보글보글한 양 볼 등 뜯어볼수록 귀염성이 있는 얼굴이었다. 작달만한 키에 몸피도 나이답지 않게 얄캉해서 여성다운 매력이 있었다.

"어떤 사람이었죠?"

그가 휠체어를 서서히 움직이며 재우쳐 물었다.

"우리 고향의 대나무 같은 사람이었제라. 언제나 마음이 푸르디 푸르고, 속 빈 대나무 맹키로 겉욕심 없고, 그러면서도 성정이 대쪽 같었제라."

"남편을 많이 사랑하셨던 것 같네요."

"그 양반 옆에 있으면 배가 고파도 마음이 포근했구만이라."

한숨 섞어 나지막이 말을 하는 동안 그녀의 발걸음이 전보다 한결 느려진 듯싶었다. 그들은 어느덧 비포장 길에서 아스팔트 큰 도로에 접어들었다. 가지치기를 하여 우듬지가 뭉뚱하게 잘린 미루나무 가로수가 두 줄로 늘어선 큰 도로에는 자동차들이 쌩쌩 달렸다. 그는 갓길 쪽으로 바짝 붙여 휠체어를 움직이며 이따금 뒤를 돌아보았다.

"아줌마, 아직도 남편을 사랑하고 있습니까?"

그녀는 대답을 하지 않았다.

"헌데 아줌마는 사랑이 뭐라고 생각하세요?"

여전히 대답이 없다. 그는 더 묻지 않았다. 휠체어의 움직임이 빨라졌다. 뒤따라오는 그녀의 발자국 소리도 빨라졌다. 그는 휠체어의 속력을 더 높였다. 휠체어가 뒤뚱거렸다. 뒤뚱거리다가 중앙선을 침범했다. 재빨리 갓길로 되돌아오면서 휠체어가 길 아래 논바닥으로 굴러 떨어질 뻔했다. 그녀가 두 손으로 휠체어를 힘껏 잡았다.

"죽고 자퍼요? 갑작스리 왜 이러셔요?"

그녀는 화가 나서 소리를 질렀다. 그제야 그는 휠체어를 정상적으로 움직이기 시작했다. 두 사람 사이에 진흙 같은 침묵이 흘렀다. 그사이 흙을 가득 실은 덤프트럭이 무서운 바람을 일으키며 획획 내달렸다. 트럭이 엄청난 속력으로 지나갈 때마다 휠체어가 바람에 흔들렸다. 그때마다 그녀는 휠체어를 움켜잡은 손에 더욱 힘을 주었다.

"지가 볼 때 사랑이라는 거는 젊었을 적하고 나이 들어서하고 달라지드만이라."

그녀는 말을 하다 말고 한숨을 내쉬는 것 같더니 걸음이 느려졌다.

"이십 대는 이것이 사랑인지 아닌지, 긴가민가 늘 의심이 들어서 진짜 사랑이 뭔지 몰랐던 것 같고…… 서른이 됨시로부텀은 보고 있어도 자꼬 자꼬 또 보고 자픈 거 같았고…… 사십 대는 행여 아플까 행여 다칠까 늘 걱정되는 거였고…… 오십이 넘으면서부텀은 손으로 서로 등 팍팍 긁어

주는 거 같드만이라."

"오십 대 사랑은 손으로 등 꽉꽉 긁어 주는 거라……. 그렇다면 나도 두 손은 멀쩡하니까 사랑을 할 수가 있겠네요."

그는 웃음을 버물어 큰 소리로 말했다. 바람이 휘익 거칠게 불었다.

"당연허지라. 사장님도 얼매든지 사랑을 헐 수가 있지라. 사랑을 허면 살아갈 용기가 생기겠지라."

그녀도 큰 소리로 말하며 웃었다. 그들은 저마다 조금 전에 티브이에서 보았던, 허리 굽은 할머니가 하반신 불구 할아버지를 손수레에 태우고 가물가물하다가 까만 점으로 시야에서 사라져 간 장면을 떠올리고 있었다. 조복만은 자신을 수레에 탄 할아버지로 착각했고 금촌 댁은 손수레를 끈 등 굽은 할머니를 생각했다.

유 여사 일행은 한낮이 다 되어서야 식물원에 도착했다. 저수지가 발부리 아래로 찰랑찰랑 내려다보이는 언더배기에 자리 잡은 '새별 뜰 식물원'의 규모는 그리 크지 않았다. 자동차에서 내린 일행은 키가 크고 잘생긴 50대 중반의 식물원 주인의 안내를 받아 야생화 화원으로 들어섰다. 화원에는 연분홍 앵초꽃이며 노란 애기똥풀꽃, 보랏빛 제비꽃, 비단 주머니 모양의 붉은 금낭화, 붓꽃, 창포꽃 등 봄의 들꽃들이 햇볕 속에 한껏 자태를 시새움하며 화사하게 피어 있었다. 일행은 그사이 식물원 주인한테 여러 차례 깽깽이꽃이 어디에 피어 있느냐고 목마른 소리로 매달리듯 거듭 물었고 그때마다 그는 잠깐 기다리라는 말만 되풀이했다. 그는 무슨 희귀한 보물이라도 감춰 둔 것처럼 선뜻 보여 주려고 하지 않은 듯싶었다. 그럴수록 일행은 깽깽이꽃이 빨리 보고 싶다고 하면서 더욱 안달복달하였다. 유 여사도 마음속으로 깽깽이꽃이 얼마나 대단한 꽃이기에 이렇듯 뜸을 들일까 생각하면서 기대가 한껏 부풀었다.

"짠. 자, 여기 깽깽이꽃이 피어 있습니다요. 마음껏 구경들 하세요."

식물원 주인이 걸음을 멈추고 쪼그리고 앉아 두 손을 허공에 펼치며 장난기 넘치는 목소리로 말했다. 모두들 카메라를 들고 우루루 몰려들었다. 유 여사도 틈새를 비집고 들어가서 기를 쓰고 식물원 주인 옆에 바짝 붙어 섰다. 그러나 기대했던 꽃은 보이지 않았다. 일행은 눈알을 바쁘게 굴리며 둘레둘레 주변을 살폈다.

"어디 있어요?"

유 여사는 약간 불만 섞인 목소리로 물었다.

"여기 있잖습니까. 바로 눈앞에."

"예? 눈앞에요?"

유 여사는 눈을 크게 떴다. 그녀의 코앞 화단에는 눈송이만 한 꽃들이 올망졸망 피어 있었다. 선명한 보랏빛 색깔이 눈에 띄기는 했으나 꽃이 너무 작은 데다가 탐스럽지도 않아 별로 볼품이 없었다. 그것도 여남은 송이가 될까 말까 한 정도였다. 그런데 어딘가 눈에 익은 꽃이 분명했다. 그것은 조금 전 집을 나설 때 김 씨한테 모두 갈아엎어 버리라고 한 꽃 같아 보였다.

"그런데 깽깽이꽃이 어디 있어요?"

유 여사는 식물원 주인 옆에 쪼그리고 앉으며 다급하게 물었다.

"지금 우리가 보고 있는 것이 깽깽이꽃입니다. 환상적이지 않아요?"

"이게, 깽깽이꽃이라구요? 그러니까…… 우리가 이 꽃을 보기 위해 여기까지 달려왔단 말이야?"

유 여사는 뒤통수를 호되게 얻어맞은 기분이 되었다. 순간 그녀는 스프링이 튕기듯 일어서며 악어 핸드백에서 휴대전화를 꺼내 다급하게 집 전화번호를 눌렀다. 김 씨한테 화단의 꽃을 갈아엎지 말라고 연락을 해야겠다고 생각했다. 신호는 가는데 전화를 받지 않았다. 다급해진 마음에 거듭 신경질적으로 전화번호를 눌러 댔으나 끝내 전화를 받지 않았다.

"집에 무슨 일이 있는 것 같아. 나 집에 가봐야겠어."

유 여사는 일행들에게 말하고 주차장을 향해 반달음으로 뛰었다. 일행들이 무슨 일이냐고 그녀의 등에 대고 거듭 물었으나 못들은 척 걸음을 서둘렀다. 그녀가 걱정한 것은 남편이 아니라 그 사이에 김 씨가 갈아엎어 버렸을지도 모르는 화단의 깽깽이꽃이었다. 갈아엎지 않았다면 당장 일행에게 전화해서 자신의 집으로 초대하여 열 평도 더 넘은 화단에 가득 차도록 무리 지어 핀 깽깽이꽃을 자랑스럽게 보여 주고 싶었던 것이다. 유 여사는 그제야 전 집 주인이 집을 비워 주던 날 자기는 자연 생태 그대로 정원을 보존해 왔다고 하면서 화단의 꽃들도 오랫동안 야생화를 수집해서 가꾼 것이라고 한 말이 생각났다. 그녀는 제발 화단을 갈아엎지 않았기를 빌었다. 차에 올라 시동을 걸고 나서 다시 집에 전화를 했으나 역시 받지 않았다.

유 여사는 전속력으로 차를 몰아 집으로 향했다. 집에 도착하여 헐근거리며 뛰어 들어가 보았으나 화단은 꽃 한 송이 보이지 않은 채 흙더미로 뒤덮여 있었다.

"여기 꽃들, 화단에 가득 핀 꽃들은 다 어쨌어요?"

"사모님이 지시하신 대로 모두 갈아엎었지요."

유 여사가 다급하게 묻자 김 씨는 느긋하게 말했다.

"흙을 파 봐요."

"예?"

"아직 살아 있는지 어서어서 흙을 파 봐요."

유 여사의 독촉에 김 씨는 쥐색 벙거지를 깊숙이 눌러쓴 젊은 인부를 불러 화단의 흙을 들어내도록 했다. 삽으로 한참 흙을 파자 흙에 묻혀 시들어 버린 보랏빛 꽃들이 무더기로 나왔다. 유 여사는 흙더미 속에서 상처투성이의 꽃 몇 송이를 꺼내 들고 수돗가로 갔다. 수돗물로 조심스럽게 흙을 씻어 내자 꽃잎은 데쳐 놓은 듯 흐물흐물해졌다. 김 씨가 그런 유 여사의 행동을 말없이 지켜보더니 몇 번이고 고개를 갸웃거렸다.

유 여사는 연신 안타까운 한숨을 내쉬며 집 안으로 들어섰다. 집에는 남편도 아줌마도 없었다. 아줌마와 여보를 외쳐 대며 집안 구석구석을 살폈으나 아무도 없었다. 그녀는 맥이 풀려 우두커니 소파에 앉아 있었다. 깽깽이꽃을 집에 두고도 그것을 구경하기 위해 수선을 떨며 먼 곳까지 갔다 온 자신이 바보처럼 생각되었다. 무엇인가 소중한 것을 잃어버린 듯 허전했다.

인부들이 그날 할 일을 끝내고 모두 들어간 후에도 남편과 아줌마는 돌아오지 않았다. 유 여사는 나무들이 뽑히고 꽃들이 흙더미에 묻힌 정원으로 나왔다. 자신이 두꺼운 흙더미 속에 파묻힌 듯 숨쉬기가 답답하고 눈앞이 흐릿해졌다. 그녀는 그곳에 허허롭게 서서 남편을 기다렸다. 그녀는 참으로 오랜만에 남편을 기다려 본 것이다. 봄날 하루의 햇살이 사위고 들판에 거뭇거뭇 어둠이 밀려올 때까지도 남편은 돌아오지 않았다.

『한국소설』, 2005

대 바람 소리

1

여든한 살의 오동례 할머니가 딸의 화장대 앞에 앉아서 화장을 한다. 나이를 밝히는 것도, 할머니 소리를 듣는 것도 좋아하지 않으니까 그냥 오동례 여사라고 하자. 오동례 여사의 화장은 누가 봐도 너무 서투르다. 그녀는 팔십 평생에 화장대 앞에 앉아본 기억이 별로 없다. 그러니 화장에 서투를 수밖에. 기실 오동례 여사는 뙤약볕에 앉아서 호미로 자갈밭을 매고 화장실에 걸레질하는 것 외에 자신 있게 할 수 있는 일이 별로 없다고 생각하고 있다. 젊어서는 시골에서 허리가 휘도록 농사일을 했고, 도시로 나온 후부터는 손바닥에 옹이가 박히도록 버스 터미널의 화장실에 걸레질을 하며 살아왔으니까 화장에 서투른 것은 당연할지 모른다. 그동안 화장이라는 것은 모르고 살아온 그녀였다.

그녀는 주름이 짜글짜글한 이마와 눈초리 주변에 파운데이션을 흙돌집 벽에 회칠을 하듯 뭉떵뭉떵 처바르고 있다. 두껍게 바르면 시간이 지난 다음에 파운데이션이 뭉쳐서 주름이 도드라진다는 것을 알 턱이 없다. 숱이 적은 눈썹을 살리기 위해서는 바로 그리지 않고, 아이섀도 봉에 짙은 갈색을 묻혀 눈썹 모양을 잡은 다음에 연필로 그려야 한다는 것도 물론 모르고 있다. 그냥 화장품을 투덕투덕 처바르고 눈썹을 짙게 그리는 것을 좋은 것으로만 알고 있으니까.

"아니, 엄마 뭣 하세요?"

출근한 줄만 알았던 정애가 방문을 벌컥 열고 들어서자, 오동례 여사는 도둑질하다 들킨 것처럼 머쓱해진 얼굴로 딸을 올려다본다. 정애는 출근 하는 척 차를 몰고 집을 나갔다가 마을회관 앞에 주차해놓고 슬그머니 다시 돌아온 거였다. 정애는 요즈막 어머니의 전 같지 않은 행동에, 혹시 치매가 아닌가 하여 은근히 걱정을 하고 있는 터였다. 일주일 전쯤 몰래 미장원에 가서 염색을 한 것부터가 수상쩍었지만 연유를 따지고 싶지는 않았다. 앞집 아주머니의 이야기로는 어머니가 날마다 오전 10시쯤이면 짙은 화장에 옷단장을 하고 외출을 한다는 것이었다.

"엄마가 화장하는 거 보면 꼭 화장실 걸레질하는 거 같다니까. 아니, 콩밭에 호미질하는 것 같어. 화장은 그렇게 힘들여서 빨리하는 게 아녀. 그리고 엄마처럼 처진 눈초리는 아이라인을 그릴 때 중간 부분부터 서서히 위로 올려 빼주어야 해요. 노인들 얼굴은 생기가 없으니까 복숭아색으로 볼 터치를 해주면 좋고."

정애는 전에 없던 능청을 떨며 어머니가 쑥스러워하는 것을 덜어주려고 부러 새살거렸다.

"내가 해줄까?"

"냅둬. 여태 출근 안 허고 왜 꾸물거려."

딸의 방에 들어와서 화장을 하다가 들킨 오동례 여사가 평소 그녀답지 않게 소리를 버럭 내질렀다. 그녀는 화장하는 모습을 딸에게 보여 주고 싶지가 않았다. 오래전 버스 터미널 화장실에서 걸레질하고 있는데 학교에서 파하고 집에 돌아가는 길에 정애가 불쑥 나타났을 때처럼 민망했기 때문이다. 남정네들이 개미 떼처럼 들락거리는 화장실에서 청소하는 자신의 모습을 딸에게 보여 주고 싶지 않았었다. 그러나 정애는 그런 어머니를 부끄럽게 생각하지 않고 하굣길에 수시로 어머니를 찾아오곤 했었다.

"엄마, 요새 웬 화장이세요? 그동안 통 안 했잖아."

정애는 요 며칠 어머니가 난데없이 화장하는 연유가 무척 궁금했다. 정애는 지난날 어머니가 화장하는 것을 본 적이 별로 없었다. 어머니는 화장실 청소하러 갈 때는 마치 밭에 일하러 갈 때처럼 일부러 부스스한 머리에, 낡고 칙칙한 옷을 입어 후줄근한 모습이었다. 어머니 몸에서 한 번도 화장품 냄새가 나는 것을 맡지 못했다.

"냉큼 문 닫고 출근이나 혀."

오동례 여사는 화장을 멈추고 손사래를 쳐댔다. 정애는 연방 고개를 갸웃거리면서도 떠밀리듯 어쩔 수 없이 몸을 돌려세웠다. 도대체 늙은 어머니가 화장에 몸단장하고 날마다 어디를 가시는지 궁금했다. 혼자 종일 집에 있기가 심심하니까 가까운 노인정에라도 나가시는 것일까. 그렇다면 안심이다. 아직 기억력도 좋고 말과 행동이 분명한 것을 보면 치매는 아닌 듯싶었다. 정애는 언제고 어머니의 뒤를 밟아볼 생각을 하며 출근을 서둘렀다.

오동례 여사는 딸이 방에서 나간 다음에야 다시 파운데이션을 듬뿍 찍어 얼굴에 덕지덕지 바른다. 손가락 끝이 까끌까끌하게 느껴진다. 두 손바닥으로 얼굴을 문지를 때마다 껍질이 벗겨지는 것처럼 따끔거린다. 평생 호미와 걸레 자루만 잡고 살아왔으니 옹이가 박힐 만도 하다. 그녀는 얼굴을 문지르다 말고 눈을 크게 뜨고 거울 속에 비친 자신의 얼굴을 찬찬히 들여다보며 주춤 놀랐다. 거울 속 자신의 얼굴이 다른 모습으로 비쳤다. 세월의 흐름과 함께 여러 모습으로 변하는 얼굴 중에서, 시집온 열아홉 살 새색시 시절과, 남편이 세상을 뜬 뒤 어린 정애를 데리고 밭뙈기를 일구며 억척스럽게 살았던 때, 그리고 정애가 여학교에 들어가자 도시로 나와 터미널 화장실에서 청소를 하던 시절의 모습이 가장 선명하게 비쳤다. 지나온 세월의 마디마디에 얼굴 모습이 흉물스럽게 변했다. 그녀는 문득문득 자신의 얼굴이, 한때 삶의 터전이었던 남편 고향의 척박한 자갈밭이나, 흙 부스러기와 가래침과 담배꽁초가 널려 있는 터미널 화장실 바닥 같다는 생각을 하곤 했다. 자갈밭은 아무리 호미질을 해도 흙이 고르게 파헤쳐지지 않았고, 힘들여 걸레질을 해도 화장실 바닥은 깨끗해지지 않았다.

방아재로 시집간 새색시 시절 오동례의 얼굴은 동그란 접시꽃처럼 탐스럽고 예쁘다고들 했다. 그러나 서른두 살에 과부가 된 홀시어머니로부터 모진 구박을 받아가면서 고기잡이 나간 남편을 기다리느라, 풍랑에 씻겨 마모되듯 얼굴이 조금씩 변하기 시작했다. 눈이 빠지게 기다리던 남편은 열흘이나 한 달 만에야 돌아와서는 밤낮을 주막에서 살다시피 했다. 술에 절어 집에 돌아온 날은 괜히 까탈을 부리면서 겨릅처럼 살 한 점 없이 가벼워진 오동례를 도리깨질하듯 두들겨 패곤 했다. 다시 고깃배를 탄 후에야 남편의 매질에서 벗어날 수가 있었다. 결혼한 지 5년 만에 고기잡이 나간 남편이 물고기 밥이 되자, 기다림마저 없어진 오동례의 삶은 바다 위에 부유하는 쓰레기처럼 파도에 이리저리 밀리기 시작했다. 시어머니의 구박은 견딜 수 없을 만큼 심해졌다. 팔자 사나운 며느리가 들어와서 자식을 잡아먹었다고 악담을 퍼부어 댔다. 유일한 피난처는 밤나무 산자락 비탈진 자갈밭이었다. 봄부터 늦가을까지 그 밭에서 콩을 가꾸고 거두며 서러움을 잠재웠다. 그 시절 그녀의 얼굴은 고난과 심술이 덕지덕지 밴 세모꼴이 되었다.

시어머니가 죽자 오동례는 정애를 둘러업고, 지긋지긋한 방아재에서 도망치듯 광주로 나와, 버스 기사를 하는 오빠한테 매달렸다. 오빠는 남자 화장실 청소를 할 수 있겠느냐고 물었고, 그녀는 남자 화장실이 아니라 더한 곳이라도 좋다고 했다. 오빠의 도움으로 터미널 화장실 청소부가 되어 간신히 모녀 목줄 지탱할 수가 있었다. 그녀는 33년 동안 화장실 청소를 해서 정애를 대학원까지 보내고 코딱지만 한 아파트도 장만했다. 구린내, 지린내, 사람에게서 나는 온갖 역겨운 냄새를 맡아가면서 온몸이 물기 젖은 걸레처럼 질척하게 살았지만 방아재에서보다 신간은 편했다. 화장실에서 똥 묻은 휴지를 치우고 오줌 싸질러대는 사내들 옆에서 바닥에 눈 처박고 걸레질을 하면서도, 예쁘고 공부 잘하는 정애를 생각하면 온갖 더러움도 사내들의 칙칙하고 음습한 눈길도 얼마든지 참아낼 수 있었다. 오동례는 가슴에 딸에 대한 꿈을 심고 얼굴에는 철판을 깔고 살았다. 그 무렵 그녀의 얼굴은 불에 달구어지고 쇠망치질에 납작하게 퍼진 네모꼴이 되었다. 동그라미 얼굴의 인생이 고통 속의 기다림이었다면 세모꼴은 절망과 포기였고 네모꼴은 인내와 꿈이었다.

오동례 여사는 거울에서 빠져나와 다시 화장을 서둘렀다. 그녀는 화장을 끝내고 자신의 방으로 돌아와, 입고 있던 헐렁한 밤색 고무줄 바지와 낡은 쥐색 스웨터를 벗고 장롱 속에서 외출복을 꺼냈다. 한 벌밖에 없는 베이지색 투피스였다. 20년 전, 회갑 기념으로 딸과 같이 일본 여행을 갔을 때 맞춰 입은 옷이다. 그녀는 일본 여행에서 돌아온 후 한 번도 이 옷을 다시 입은 적이 없었다. 양장을 차려입고 밖에 나갈 일이 없어, 냄새나도록 장롱 속에 처박아 두었다가 최근에 다시 꺼내 입게 된 것이다. 기장이 짧은 듯하고 몸집이 불어 품이 맞지 않는 데다 색깔도 마음에 들지 않았지만 골라 입을 만한 다른 옷이 없었다. 그렇다고 치렁치렁 한복을 입고 싶지는 않았다. 오동례 여사는 딸을 졸라 좀 화려한 원피스를 한 벌 사달라고 해야겠다고 마음을 다독이며 오래된 베이지색 투피스를 입었다. 옷 매무새를 고치고 나서 시계를 보니 어느새 10시가 다 되었다.

2

거리에는 봄날 늦은 아침의 넉넉한 햇살이 꽃잎처럼 화사하게 꽂혀 내리고 있다. 바람이 적당하게 불어 춥지도 덥지도 않았다. 오동례 여사는 큰길을 가로질러 관방제 쪽으로 꺾어 들었다. 멀리서 본 관방제 숲이 가벼운 봄바람에 찰랑찰랑 춤을 추듯 일렁였다. 그녀는 담양천 변에 자리 잡은 진오네 국숫집 앞을 지나서, 300년쯤 된 아름드리 느티나무며 팽나무, 푸조나무, 옴나무, 벚나무 등이 줄을 지어 숲을 이루고 있는 관방제림 쪽으로 향했다. 도로의 이쪽저쪽과 강둑의 이쪽저쪽에 나무들이 키 재기하듯 서서 숲의 성벽처럼 길고 걀쭉하게 펼쳐져 있었다. 시간 위에 시간이 쌓이고 비와 바람과 더불어 자라온 나무들이다. 오동례 여사는 걸음을 멈추고 하늘을 향해 푸르게 솟구쳐 뻗은 팽나무 우듬지를 쳐다본다. 푸름이 고혹적일 만큼 아름답다. 나무는 저렇듯 고목이 될수록 아름다운데 사람은 왜 누추해지는가 싶어 저절로 한숨이 터져 나왔다. 그녀는 손으로 나무껍질을 어루만져 본다. 피부는 비록 까끌까끌하지만 범접할 수 없는 경외감과 강건함이 느껴졌다. 그녀는 살며시 나무의 몸통에 귀를 대본다. 쏴쏴쏴 나무의 숨소리가 들렸다. 그것은 분명 바람 소리가 아니었다.

오동례는 둑길 숲속에 들어서자 누구인가를 찾는 듯 사방을 두리번거렸다. 나무 그늘에 가린 둑길은 을씨년스러울 정도로 조용했다. 그녀는 되도록 허리를 곧게 펴고 순창 쪽으로 뻗은 메타세쿼이아 가로수 길을 바라보며 천천히 걷다가 중간쯤에서 잠시 걸음을 멈추더니, 힘없이 벤치에 앉았다. 가까운 곳과 먼 곳을 두루 살펴보아도 노랑 점퍼를 입은 할아버지는 보이지 않았다. 오동례 여사는 그 사람이 어디에 사는 누구인지도 모른다. 보통 키에 근육질이며 얼굴빛이 유난히 희고 적당히 큰 눈이 노인답지 않게 맑고 깊은 그의 엷은 쥐색 바지에 황토색 구두를 신고 있었다. 점퍼의 노랑 빛깔로 얼굴이 더욱 해맑아 보였다. 여자처럼 연약하면서도 심지가 굳고 친절하고 겸손해 보였다. 오동례 여사는 그를 처음 본 순간, 헉하고 숨이 막힐 것 같으면서 온몸의 피돌기가 멎고 오목가슴 한복판이 송곳에 찔린 듯 찌르르해 왔다. 팔십 평생에 처음 느껴본 야릇한 기분이었다. 그날, 그녀가 둑 아래 강에서 숲 쪽으로 올라오다가 둔덕이 너무 가팔라서 손으로 땅을 짚고 안간힘을 쓰고 있는데, 벤치에 앉아 있던 그가 내려와서 손을 잡아주었다. 희고 가냘픈 손이 따뜻했다. 엉겁결에 손을 잡은 그녀는 언뜻 노랑 점퍼를 올려다보았고 잠시 두 사람의 눈길이 찐득하게 엉켰다.

"두 손으로 내 손을 잡고 올라오세요."

그의 목소리는 한없이 부드럽고 촉촉했다. 지금까지 그녀를 거칠고 깔아뭉개듯 뚝별나게 대해왔던 남자들과는 전혀 다른 느낌의 목소리였다. 그녀는 두 손으로 그의 손을 붙잡고 둔덕을 올라왔다. 그리고 그가 이끄는 대로 늙은 팽나무 밑 벤치에 나란히 앉았다.

"이제 곧 살구꽃이 피겠네요."

그녀는 그때까지도 설레는 마음을 진정하지 못하고 먼 시선으로 마을 쪽을 바라보며, 낮은 목소리로 속삭이듯 말하는 그의 옆얼굴만 쳐다보고 있었다.

"살구꽃이 피면 오래전에 돌아가신 어머니가 더욱 그리워지는 이유가 뭔지 모르겠어요."

그는 여전히 혼잣말처럼 속삭이듯 말했다. 그러나 그녀는 그의 말에 귀 기울이지 못했다. 몸뻬 바지에 철 지난 낡은 스웨터를 걸친 그녀는 자신의 초라함에 자꾸만 신경이 쓰였다. 남자 앞에서 초라한 모습에 부끄러움을 느껴본 것은 처음이었다.

"이 근처에 사십니까?"

남자가 그녀 쪽으로 고개를 돌리고 언뜻 일별하는 순간, 그녀는 몸도 마음도 경직되어 조그맣게 움츠러들고 말았다. 그의 시선은 다시 담양천 건너 죽녹원의 대숲 위에 머물렀다.

"저쪽 죽물박물관 근처요. 쭈욱 광주에서 혼자 살다가 5년 전부텀 딸네 집에 와 있구만이라우."

그녀는 떨리는 목소리로 말하고 그의 시선을 따라 대숲을 바라보았다. 굼실굼실 대숲이 파도치듯 일렁이면서 소소한 대 바람 소리가 가슴을 시원하게 때렸다. 대숲을 바라보고 앉아 있자 마음까지도 청청해지는 것 같았다. 그는 대숲의 푸름에 취하기라도 한 듯 한동안 대숲으로부터 시선을 거두지 않았다.

"저 곧고 푸른 대나무도 60년쯤 되면 일생에 딱 한 번 꽃을 피우고 죽는답니다. 꼿꼿함과 푸름을 지탱하기 위해 땅의 양분을 다 빨아들이고 나서 마지막으로 향기도 없고 열매도 맺지 못하는, 검불같이 보잘것없는 꽃을 딱 한 번 피우고 죽는다고 하니, 사람과 비슷하지 않아요? 사람도 자식 키워 뒷바라지하고 사람답게 살다가 환갑 넘으면서부터는 기력이 쇠진하지요. 하기야 평생 꽃 한 번 피워보지 못하고 죽는 사람도 있지만……."

그는 버릇처럼 혼잣말로 중얼거렸다. 오동례 여사는 아직껏 대나무꽃을 보지 못했기 때문에 특별히 할 말이 없었다. 그렇지만 평생 꽃 한 번 피워보지 못한 사람이 있다는 것은 자신을 두고 한 말 같아서 잠시 기분이 소쇄해졌다.

"아, 그래요. 그럼 이만……."

갑자기 그가 천천히 일어섰다. 오동례 여사도 따라 일어서고 싶었지만 몸이 굳어버린 듯 움직일 수가 없었다. 그는 국숫집 쪽으로 걸어갔다. 그녀는 그의 모습이 시야에서 완전히 사라질 때까지 눈이 시리도록, 꿈을 꾸듯 뒤태만 바라보았다. 그리고 그의 모습이 완전히 사라지고 나자, 어찌 된 일인지 머릿속이 하얗게 비면서 가슴이 덜컹 내려앉는 듯한 기분을 느꼈다. 그것뿐이었다. 그때 그를 따라가지 못한 것이 후회되었다. 노랑 점퍼와의 만남은 채 30분도 못 되었다. 그런데도 이상하게 그 30분이 30년의 긴 세월처럼 느껴졌다. 어딘가 낯설지 않았다. 가까웠던 사람과 오랫동안 헤어져 있다가 기적처럼 만나 해후를 한 기분이었다. 집에 돌아와서도 그녀의 머릿속에는 온통 노랑 점퍼의 모습으로 꽉 찼다. 그런 기분은 평생 처음 느꼈다. 부끄러움보다는 설렘과 함께 가슴속 깊은 곳에서 청청한 대 바람 소리가 일렁이는 것 같으면서 심신이 하늘로 가볍게 솟아오르는 듯했다. 처녀 시절 외사촌 언니가 시집가던 날, 잘생긴 서울 형부를 처음 보고 밤새도록 잠을 이루지 못하고 몸을 뒤척였던 때의 기억이 되살아난 듯했다. 도무지 마음이 진정이 되지 않았다. 노랑 점퍼의 해맑은 얼굴이 눈앞에 어른거렸고 가벼운 바람에 대숲이 일렁이듯 잔잔한 목소리가 쉬지 않고 귓전에서 맴돌았다. 노랑 점퍼의 모습이 어른거릴 때면 어김없이 소소한 대 바람 소리가 온몸으로 밀려와 시원하게 그녀를 휘감았다. 그를 다시 보고 싶었다. 다음 날 그녀는 미장원에 가서 염색을 했으며 서툴게나마 화장을 하고 오랫동안 장롱 속에 처박아 두었던 오래된 양장을 꺼내 입고 관방천으로 나왔다. 벌써 엿새째 이곳에 나와서 노랑 점퍼를 기다렸으나 아직껏 한 번도 만나지 못했다. 도대체 노랑 점퍼는 어디에 있을까.

오동례 여사는 관방제에 앉아 있다가 다리를 건너 죽녹원 쪽으로 향했다. 혹시 그곳에 노랑 점퍼가 있을지도 모른다 싶었기 때문이다. 홍살문을 지나 '운수 대통 길'로 쉬엄쉬엄 올라갔다. 사방 푸른 대나무로 에둘린 대나무 숲속을 걸으면서, 자신이 걸어왔던 팔십 평생을 언뜻 되돌아보았다. 그리고 고단했던 삶에서 잠시나마 자신의 가슴속에 그리움으로 머물렀던 남자가 있었던가 하고 한참 동안 기억을 되작거려 보았다. 잘생긴 서울 형부? 그는 단순히 무더운 여름날 건듯 뺨을 스치고 지나간 한 줄기 시원한 소슬바람과 같은 존재였을 뿐이다. 그에 대한 설렘은 하루를 넘지 못했다. 더욱이 결혼한 지 1년 만에 바람을 피워 언니와 이혼하게 되었을 땐 한순간의 설렘 자체가 후회스러웠다. 그러고 보니 부끄럽게도 한 사람도 없었다. 이 세상 떠나면서 마지막 눈감을 때 이름 부르고 싶은 사람 하나 없고, 외롭고 쓸쓸할 때 추억으로 위로받을 사람 하나 없었다. 남편은 그리움의 대상이 아니었다. 시어머니의 구박에서 벗어나고자 기대했던 피난처와도 같았다. 그렇지만 남편은 단 한 번도 그녀의 편안한 피난처가 되어주지 못했다. 기다림의 끝은 언제나 실망과 원망뿐이었다.

그동안 혼자 사는 오동례한테 음험하고 칙칙한 눈빛으로 접근해온 남자들은 많았다. 그들 중에서 어느 남자에게도 마음이 쏠리지 않았다. 그들은 모두 먹잇감을 노리듯 짐승 같은 고린내와 썩은 살 냄새를 피우며 접근해왔다. 그들에게서는 남편한테서처럼 역한 생선 비린내가 아니면, 30년 동안 화장실에서 역겹도록 맡아왔던 똥오줌 냄새가 진동했다. 상큼한 대숲 향기를 뿜는 사람은 한 사람도 보지 못했다. 그녀는 늘 남자는 모두, 늙으나 젊으나, 잘생기거나 못생기거나, 돈이 많거나 없거나, 유식하거나 무식하거나 흉물스러운 짐승일 뿐이라고 치부해왔다. 화장실 청소부 시절, 그녀는 남자의 추한 본성을 속속들이 보아 왔다.

화장실 청소부로 일한 지 한 달도 안 되어서였다. 한낮에 양복 차림의 중년 남자가 술에 취해 비틀거리며 화장실에 들어와 소변기 앞에 섰다. 오동례는 바닥에 걸레질을 하고 있었다. 그때 사내가 바지 지퍼를 내리더니, 갑자기 몸을 획 돌려 그녀 앞에 거시기를 꺼내는 게 아닌가. 그녀는 질겁하여 도망쳤고 사내는 화장실이 쩡쩡 울리도록 깔깔대고 웃어댔다. 그날 하루 내내 그녀는 화장실 바닥 청소를 하지 못했다. 한번은 이마가 훌렁 벗겨지고 도수 높은 안경을 낀, 일흔이 넘어 보이는 노인이 걸레질을 하고 있는 그녀한테 지싯지싯 다가와서는 만 원권 지전 석 장을 부채처럼 펴 보이며 같이 자자고 수작을 부렸다. 그녀는 당황하거나 화를 내지 않고 정중하게 화장실 밖으로 등을 떠밀어 냈다. 1년쯤 지나자, 술에 취해 치근대는 남자들쯤 아무렇지도 않게 따돌릴 수가 있게 되었다. 화장실 청소 5년쯤 지나, 한번은 이런 일도 있었다. 작업복 차림의 스무 살 안팎 젊은 놈이 거시기를 꺼내더니 갑자기 그녀를 향해 오줌을 갈겨대는 게 아니겠는가. 걸레질을 하다 오줌 벼락을 맞은 그녀는 목청껏 욕을 퍼부어 대며 걸레로 청년의 얼굴을 싹 문질러버렸다. 그 무렵 오동례가 무서워한 것은 화장실에서 짐승처럼 느물거리고 찝쩍대는 사내들이 아니라, 걸핏하면 찍자를 부리고 청소부 목을 마음대로 떼었다 붙였다 하는 총무과 직원이었다. 그들의 더럽고 치사한 손아귀에서 벗어나기란 쉽지가 않았다. 그들은 화장실 사내들보다 더 영악하고 음흉한 짐승들이었다. 이 세상의 모든 남자가 발톱 달린 짐승으로만 보였다. 그래서인지 단 한 번도 남자 품을 그리워해 본 적이 없었다.

오동례 여사는 대나무 숲속 벤치에 앉아 숨을 깊숙이 들이마셨다. 알싸하고 청청한 대나무 잎 향기가 핏줄을 타고 쩌릿쩌릿 온몸에 퍼지는 기분이다. 노랑 점퍼에게서도 대나무 향기가 났다. 그는 다른 세상에서 온 사람처럼 지금까지 그가 알았던 남자들과는 다르게 느껴졌다. 곧고 푸른 대나무 같은 사람이었다. 그런데 그는 왜 다시 나타나지 않는 것일까. 혹시 어머니가 그리워서 고향으로 살구꽃 구경이라도 간 것은 아닐까. 언제까지 기다려야만 그를 다시 만날 수 있을까. 살구꽃이 지면 다시 돌아올까. 오동례 여사는 목이 탔다. 아니, 마음이 타는 것인지도 몰랐다. 대 바람 소리가 푸르게 파도쳐 올 때마다 그를 기다리는 마음이 더욱 간절해졌다. 오동례 여사는 점심도 거른 채 죽녹원에서 그를 기다리다가 다시 관방제로 내려와 하염없이 벤치에 앉아 있었다.

3

그날 저녁, 오동례 여사는 몸져눕고 말았다. 사지에 힘이 빠지고 몸과 마음이 천길 물속으로 납작하게 가라앉은 기분이었다. 그러면서도 가슴에서는 불잉걸이 뜨겁게 달아올랐다. 정신마저 흐릿해졌다. 혼몽한 속에서도 노랑 점퍼 모습만은 선명하게 떠올랐다. 눈을 감을수록 얼굴 윤곽이 더욱 뚜렷하게 보였다. 밥 생각이 없어 한 숟갈도 뜨지 않았다. 밤늦게 퇴근하여 집에 온 딸 정애가 어머니가 누워 있는 것을 보더니 당장 병원에 가자고 성화였다. 오동례 여사는 병원에 가기 싫다고 버텼다. 어디가 아픈 거냐고 물어도 연방 고개만 가로저었다. 딱 집어 어디가 아픈 것인지 그녀 자신도 알 수가 없었다.

밤새 몸을 뒤척이며 앓은 오동례 여사는 희번하게 날이 밝아와서야 가까스로 몸을 추스르고 일어났다.

"엄마, 일어나지 말고 누워 계셔요. 많이 아프면 전화하고."

정애가 말했지만 어머니는 듣지 않았다. 오동례 여사는 우유 반 컵으로 아침을 때우고 딸이 출근하기를 기다렸다가 화장대 앞에 앉아 화장을 시작했다. 화장을 끝내고 베이지 색 투피스로 갈아입었다. 정애는 마을회관 앞에 차를 세우고 앉아서 어머니가 집에서 나오기를 기다렸다. 오늘은 기어코 어머니의 뒤를 밟아볼 생각이었다. 예상했던 대로 어머니는 서툰 화장에 한껏 몸단장을 하고 집에서 나왔다. 정애는 뒤를 밟기 시작했다. 몸이 편치 않은 듯 걸음걸이가 불안했다. 마치 보이지 않는 밧줄에 묶여 끌려가고 있는 것처럼 비척거리면서 빠른 걸음으로 위태롭게 큰길을 건너 담양천 쪽으로 꺾어 들더니 잠시 주춤거렸다. 노랑 옷에 노랑 모자를 쓴 한 무리의 유치원 아이들이 여자 선생의 호루라기 소리에 맞춰 하나, 둘을 외치며 지나갔다. 병아리들이 어미 닭을 따라 봄나들이하는 것 같다. 빨간 자동차가 부옇게 먼지를 날리며 미친 듯 달려오다가 아이들을 보자 끼익 소리를 내며 급정거했다. 아이들은 전혀 놀라지 않았다. 놀란 것은 오히려 정애였다. 오동례 여사는 아이들의 꽁무니에 바짝 붙어서 여전히 위태로운 걸음으로 걸었다. 정애의 눈에 어머니는 바람만 좀 거칠게 불어도 검불처럼 허공으로 날려 가버릴 것처럼 가벼워 보였다.

정애는 잠시도 어머니를 놓치지 않고 뒤를 밟았다. 어머니는 관방제에 이르자 누구인가를 찾는 듯 사방을 두리번거리면서 숲이 끝나는 곳까지 바쁘게 내려갔다가 다시 기진한 걸음걸이로 천천히 올라왔다. 곧 쓰러질 것만 같았다. 정애는 어머니가 비척거리다가 벤치에 앉는 것을 보고서야 안도했다. 도대체 어머니는 성하지 않은 몸으로 관방제에서 누구를 찾고 있는 것일까. 당장 달려가서 어머니를 붙들고 누구를 찾느냐고 물어보고 싶었지만 참았다. 정애가 알고 있기에는 담양에는 어머니 친구가 한 분도 없었다. 평소에 어머니는 외출도 하지 않고 집안일을 하고 화초 가꾸는 일로 시간을 보냈다. 어머니는 늘 혼자 있기를 좋아했다. 여생을 딸과 함께 살면서 뒷바라지하는 것을 행복으로 여기며 살았다. 외동딸 정애를 시집보낸 후 광주에서 혼자 살던 어머니는 몇 년 전부터 천식으로 고생을 했다. 정애는 7년 전 남편과 이혼하고 남매와 함께 서울에서 살았는데, 자식들이 미국으로 이민 간 아버지를 따라 떠나자 이곳 담양에 한지 공예 공방을 마련해서 내려오면서부터 어머니를 모셨다. 어머니는 담양으로 내려온 후 천식이 나았고 기력도 한결 좋아졌다. 정애 역시 어머니와 함께 살면서 몸도 마음도 건강해졌다. 하루하루 허공을 딛고 서 있는 것처럼 늘 허전한 마음이었는데 어머니가 옆에 있으니 외롭지도 않고 의지가 되어 좋았다.

어머니는 벤치에 앉아서도 숲의 위아래 쪽을 연방 번갈아 보았다. 한 시간쯤 관방제 벤치에 앉아 있다가 다리를 건너 바쁘게 죽녹원으로 올라갔다. 정애가 멀찍이 뒤를 따라갔다. 대 바람 소리가 소소하게 마음속 깊이 파고들었다. 땀 흘리고 나서 샤워를 한 것처럼 기분이 상쾌했다. 대 바람 소리가 핏줄 속으로 스며들어 온 느낌이다. 마음이 평화로워지면서 숨소리가 낮아졌다. 담양에 내려온 후 날마다 대숲을 보며 살고 있지만 이런 느낌은 처음이다. 대나무 숲속에 이르자 생기를 되찾은 듯 어머니의 발걸음이 더욱 빨라졌다. 비척거리지도 않고 대나무처럼 꼿꼿하다. 어머니는 쉬엄쉬엄 '운수 대통 길'을 올라가다 샛길을 지나 왕대 숲이 우거진 '사랑이 변치 않는 길'의 인공 폭포 아래서 잠시 숨을 돌리는 것 같더니, 다시 '죽마고우 길'에서 '추억의 샛길'로 들어섰다. '철학자의 길' 조각상 앞에 서서 한참 동안 옆구리에 책을 끼고 서 있는 동판 조각을 바라보았다. 어머니는 끝내 '선비의 길' 중간쯤에서 짚불처럼 호물호물 쓰러지고 말았다. 어머니가 쓰러진 것을 본 정애는 목청껏 엄마를 외쳐 부르며 뛰어갔다. 길 복판에 쓰러진 어머니를 안고 휴대전화를 꺼내 다급하게 119를 눌렀다. 어머니는 게슴츠레하게 눈을 뜨고 딸을 보더니 소스라치듯 놀랐다. 그리고 말없이 눈물을 흘렸다.

"엄마, 어디가 아파?"

정애가 걱정스러운 얼굴로 눈물을 닦아주며 물었으나 어머니는 아무 말이 없었다. 어머니는 구급차 안에서도 하염없이 눈물만 흘렸다. 정애는 이날 어머니의 눈물을 처음 보았다. 어머니의 눈물을 본 정애는 오목가슴을 후벼 파인 듯 마음이 쓰리고 아팠다. 그동안 어머니는 어떤 경우에도 정애 앞에서 결코 눈물을 보이지 않았었다. 정애는 그런 어머니를 바위처럼 강한 여자라고 생각했다. 어머니는 지금 무엇 때문에 눈물을 흘리는 것일까. 아픔 때문일까, 슬픔 때문일까. 아니면 마음의 상처가 자아낸 통한의 눈물일까. 통한이라면 어머니의 삶에서 무엇이 그렇게 눈물 나도록 후회스러운 것일까.

"엄마, 어디가 아파서 자꾸 울어?"

정애가 거듭 묻자 어머니는 눈을 질끈 감아버렸다.

한 달 전, 어머니의 82회 생신을 맞은 날 아침이었다. 정애는 케이크에 촛불을 켜고, 조촐하지만 정성스럽게 생일상을 마련하고 혼자 손뼉을 치며 축하 노래까지 불러주었다. 오동례 여사는 자신이 좋아하는 아침 드라마 〈그대 있음에〉의 마지막 회를 보기 위해 서둘러 텔레비전을 켜놓고 아침을 먹었다. 70대 노부부의 사랑과 죽음을 내용으로 한 드라마에서는 사랑하는 아내가 죽자 홀로 남은 남편이 따라 죽는 것으로 끝이 났다. 그때 어머니가 갑자기 음식을 먹다 말고 수저를 팽개치듯 상에 놓더니, "나는 헛살았다" 하고 큰 소리로 탄식하는 게 아니겠는가. 정애는 생일상이 부실하거나, 외손자들로부터 축하 전화 한마디 없어 서운해서인가 싶어 죄송하다는 말만 되풀이했다.

"네가 알다시피 이 에미는 시퍼렇게 젊은 나이에 남편 잃고 예순 살이 될 때꺼정 화장실 청소부로 일해서 너를 대학원도 보내고 결혼을 시켰다. 네가 결혼을 해서야 나도 좀 편허게 살고 싶어서 청소부를 그만두었지야. 화장실 청소부로 일을 허면서 온갖 수모 당헐 때마다 너만 시집가면 죽어도 좋다는 생각으로 참아냈제. 고로코롬 억척시럽게 살았는디, 이제 와서 생각해본께 내 평생에 누구 한 번 찐덥지게 좋아해보지도 못했고, 또 누구헌테 눈물 나게 사랑 한 번 받아보지도 못했으니 참말로 헛살았구나 싶구나."

오동례 여사는 갑자기 풀이 죽어 심드렁해지더니 벽에 등을 기댄 채 두 발을 쭉 뻗고 앉았다. 그때야 정애는 헛살았다는 어머니의 푸념 내용을 이해할 수가 있었다.

어머니는 가까운 개인 병원에 도착해서야 눈물을 멈췄다. 젊고 잘생긴 의사가 어디가 아프냐고 물었지만 오동례 여사는 아픈 곳을 말하지 않았다. 의사는 대충 진찰을 해보고 나서는 별 이상이 없다면서, 사흘 정도 입원을 해서 몇 가지 검사를 해봐야겠다고 했다. 오동례 여사는 한사코 집에 돌아가겠다고 한 것을 정애가 억지를 쓰다시피 하여 입원을 시켰다. 병원에 입원한 오동례 여사는 환자복으로 갈아입지도 않고 침대에 누워 있지도 않았다. 침대 모서리에 대나무처럼 서서 넋이 나간 듯 창밖만 바라보았다. 유리창에서 콘크리트 건물 사이로 멀리 푸른 대숲이 보였다. 그녀는 오랫동안 대숲으로부터 시선을 거두지 않았다. 대나무 숲속 어딘가에 노랑 점퍼가 앉아 그녀를 기다리고 있을 것만 같았다. 눈이 시리도록 대숲을 바라보고 있자니 다시 울먹울먹 눈물이 솟구치려고 했다. 그때 간호사가 들어와서 환자복으로 갈아입고 초음파 검사를 받아야 한다고 했으나 못 들은 척했다. 간호사가 그녀를 붙잡고 억지로 투피스를 벗기려고 하자, 사금파리 깨지는 목소리로 소리를 내질렀다. 놀란 간호사가 주춤 물러섰다. 환자복으로 갈아입힐 것을 포기한 듯 병실에서 나갔다. 오동례 여사는 창 옆에 바짝 붙어 선 채 꼼짝도 하지 않았다. 점심도 먹지 않고 대나무처럼 꼿꼿하게 서 있기만 했다. 잔뜩 화가 난 것도 같고 또 어찌 보면 자신을 추스를 수 없을 만큼 깊은 슬픔에 잠겨 있는 것 같기도 했다. 그녀 자신도 그즈음 자신의 심사를 가늠할 수가 없었다. 잘못 살아온 자신에 화가 날 정도로 슬프고 모든 것이 허무하게만 느껴졌다. 이대로 죽기에는 너무 억울할 것 같았다. 인생을 되돌릴 수만 있다면, 단 하루만이라도 죽도록 누구인가를 사랑하고 사랑받으며 살고 싶었다. 오직 대나무처럼 변함없이 푸른 사랑을 위해서만 살아가고 싶었다. 남편에게 구박이나 받고 남자 때문에 모멸을 느끼지 않으며 꼿꼿하게 살고 싶었다. 자식을 위해 자신의 인생을 희생하고 싶지도 않았다.

오동례 여사는 해가 설핏하게 기울고 정애가 공방에서 돌아와서야 환자복으로 갈아입었다. 더 이상 창밖을 바라보고 서 있을 기력이 없었기 때문이다. 환자복으로 갈아입은 그녀는 침대에 눕더니 이내 스르르 잠들고 말았다. 날이 희붐하게 밝아오자 잠에서 깬 그녀는 침대에서 일어나 우두커니 앉아서, 보조 침대에서 몸을 웅크리고 불안하게 잠들어있는 정애를 내려다보았다. 잠든 정애의 모습은 왜소하고 측은해 보였지만 한편으로는 부럽기도 했다. 이혼 후 자식들마저 미국으로 보내고 외롭게 살고 있는 딸이 애틋하면서도 당당해 보였다. 대학원을 졸업하던 날 정애는 사랑하는 사이로, 결혼할 남자라면서 사위를 소개시켜주었다. 대학 병원 레지던트에다 영화배우처럼 잘생긴 청년이었다. 오동례 여사는 남자 집안이 부자인 데다가 그가 너무 잘생긴 게 마음에 걸렸다. 돈 많고 잘생긴 남자치고 여자관계가 복잡하지 않은 사람이 없다고 생각했기 때문이다. 선뜻 결혼을 승낙해주고 싶지가 않아 망설였다. 딸이 평범한 남자와 결혼해서 평범한 가정을 이루고 살기를 바랐다. 정애는 죽어도 그 남자와 헤어질 수 없다고 했고 결국 그해 가을에 결혼했다. 오동례 여사가 우려했던 대로 사위는 끝내 외도를 했고 딸은 배신의 상처를 안은 채 이혼을 하고 말았다. 신뢰와 사랑이 컸던 만큼 배신의 상처도 오래갔다. 한때 오동례 여사는 이혼한 정애가 너무 불쌍하고 안쓰러워 속이 편치가 않았다. 그러나 지금 생각해 보니 배신의 상처를 안고 살아가는 딸이 조금은 부럽기도 했다. 사랑의 상처를 갖고 있는 본인은 비록 고통스럽겠지만, 바라보는 사람의 눈에는 사랑의 상처가 아름다울 수도 있기 때문일까. 그 상처는 죽을 때까지 아물지 않을 것 아닌가. 오동례 여사에게는 그런 상처마저도 부러운 것이다.

오동례 여사는 딸이 깨지 않게 조심하면서 환자복을 벗고 투피스로 갈아입었다. 살금살금 병원을 빠져나와 거리에 서자, 상큼한 새벽 공기가 온몸을 휘감아 왔다. 잠을 잘 자서 그런지 설레도록 기분이 좋았다. 그녀는 곧장 집으로 돌아와 세수를 한 다음 딸의 방 화장대 앞에 앉아 서둘러 화장을 했다. 이날은 파운데이션을 주름이 있는 곳에만 얇게 바르고 눈썹도 아이새도 봉에 짙은 갈색을 묻혀 언월도처럼 휘움하게 모양을 잡은 다음에 연필로 가볍게 그렸다. 화장을 끝내고 밖으로 나오자 어느덧 햇살이 퍼지고 있었다. 그녀는 행여 정애와 마주칠까 봐 서둘러 집을 나섰다. 빠른 걸음으로 골목을 빠져나와 큰길을 건넜다. 천변시장 쪽으로 걸어가는데 무엇인가 바람처럼 희끗 눈앞을 스치는 게 있었다. 손등으로 눈을 비비고 보니, 천변 길로 노랑 점퍼에 쥐색 바지 차림의 남자가 깊은 생각에 잠긴 듯 아주 느리게 걸어가는 모습이 가물가물 보였다. 오동례 여사는 있는 힘을 다해 숨이 턱에 차도록 천변 길을 향해 뛰어갔다. 그러나 모퉁이를 꺾어 돌아보니 아무도 보이지 않고 휑한 도로에 회오리바람만 흙먼지를 부옇게 허공으로 말아 올렸다. 그녀는 멈추지 않고 천변 길을 계속 뛰었다. 대 바람 소리가 쏴쏴쏴 파도처럼 가슴속으로 밀려왔다. 노랑 점퍼가 관방제 벤치에 앉아서 청청한 대숲을 바라보고 있을 것만 같았다.

『문학사상』, 2007

소통과 화해의 길 찾기

신덕룡(문학평론가, 광주대학교 교수)

1. 헌것은 쓸모없는가?

우리를 귀찮게 하는 일 중 하나가 이삿짐을 꾸리는 일이다. 이사하기 며칠 전부터 마음이 심란해진다. 책은 나르기 쉽게 묶어야 하고, 옮겨 다니면서 여기저기 긁히거나 부서진 것은 수리해야 하고, 새집에 어울리지 않는 물건들은 버려야 한다. 이사 갈 집에 어울릴 가구 배치까지 구상해야 한다. 신경 쓸 일이 한두 가지가 아니다. 이사하기 전에 몸살이 난다는 말도 나올 만하다. 더욱이 잦은 이사로 살림살이 하나하나 오래 두고 쓰긴 아예 그른 듯싶다.

요즘은 달라졌지만, 아파트 생활이 보편화되면서 이삿짐 중 가장 처치 곤란한 것이 항아리였다. 단독주택에서 아파트로 이사하면서 특히, 김치 항아리는 버리기 아까운 애물단지가 되었다. 아파트에 김칫독은 옛 시간의 유물처럼 생뚱맞기도 하거니와 꽉 짜인 공간에 그것이 들어설 곳은 아예 없기 때문이다. 그래서 김칫독 대신 냉장고가 들어섰고, 이어서 김치 냉장고가 등장했다. 이젠 어느 누구의 집에 가도 김치 냉장고가 자연스레 안주인 행세를 한다. 이렇듯, 삶에 필요한 것들에 문화적 일관성을 유지하도록 하는 힘을 디도르 효과Diderot effect라 하거니와, 우리의 삶은 어울린다고 생각되는 새것들로 둘러싸여 있는 형국이다.

항아리처럼 사람도 나이 들면 그러한가? 사람과 사물을 단순 비교할 수 있을까마는, 그렇지 않다고 자신 있게 부정할 수는 없다. 소비 산업 시대의 특징은 속도다. 변화의 속도에 맞추지 못하면 뒤떨어지거나 잊혀지게 마련이다. 인간관계 역시 필요에 따른 선택의 관계가 되었다. 모든 관심은 바쁘게 돌아가는 오늘에 맞춰져 있고, 오늘의 주역은 역동적으로 살아가는 젊은이가 차지하고 있다. 사정이 이러하니, 노인은 자칫 변화의 걸림돌이란 오명까지 뒤집어쓰기도 한다. 대부분의 노인이 삶의 한켠으로 물러나서 우두커니 서 있는 존재가 되어 버렸다. 더욱 안타까운 것은 노인들의 삶에 대해 관심을 갖는 이나 작가들이 별로 없다는 사실이다.

이런 점에서 문순태의 창작집,『울타리』는 예외적인 작업의 결실이라 아니할 수 없다. 그의 관심은 김칫독처럼 오랜 감정적 가치를 지녔지만, 삶의 중심에서 밀려난 노인들에게 맞춰져 있다. 나아가 그들의 삶 속에서 원초적인 생명력을 이끌어 낸다. 이 생명력은 생활 속에 불협화음을 일으키기도 하지만 우리 삶의 뿌리였다고 말한다.

2. 중심으로 파고들기

『울타리』에 있는 인물들은 크게 두 부류로 나눌 수 있다. 첫째는 삶의 중심에서 밀려난 사람들, 이를테면 노인들인데「늙으신 어머니의 향기」와「느티나무와 어머니」에서의 어머니,「은행나무 아래서」의 703호 할머니,「대나무 꽃 피다」에서 김봉도와 그의 아내 등이다. 또 하나는 삶의 경계에서 어느 쪽이든 선택을 했거나 해야 할 사람들로「울타리」에서 김 노인과 나,「똥 푸는 목사님」에서 박지수,「감로탱화」에서의 나,「깽깽이꽃」에서 유 여사 등이다. 이들의 공통점은 모두 삶의 중심에서 밀려났거나 새로운 가치를 찾고 있지만 어떤 식으로든 자신의 존재를 확인해야 할 처지에 있다는 사실이다.

「늙으신 어머니의 향기」를 중심으로 살펴보자. 여기서 어머니의 냄새는 너무 지독해서 아내마저도 이를 핑계로 일주일째 돌아오지 않는다. 아내의 표현대로 하자면 "두엄 썩는 냄새, 아니 제초제 냄새"와 같다. 온 집 안에 이런 냄새가 가득하니 집에 있을 수 없다. 나 역시 아내가 집을 비운 사이 그 냄새를 맡고 "그 냄새에 꼼짝없이 결박당하고 있다"고 느낀다. 이런 냄새가 아내가 없는 틈을 타 더욱 지독해졌기 때문이다.

> 일주일 전, 아내가 집에 있을 때까지만 해도 어머니의 냄새가 이렇듯 온 집 안을 빈틈없이 장악하지는 않았었다. 그때까지만 해도 냄새는 어머니의 방과 현관, 어머니가 주로 쓰는 거실에 딸린 화장실과, 어머니 자리로 정해진 거실의 소파 주변에 진을 치고 있었다. 그러던 것이, 아내가 나가고 나자 하루 이틀 시간이 갈수록 그 냄새는 야금야금 영역을 넓혀 갔고 닷새쯤 지나자 온 집 안을 완전히 장악해 버렸다. 어머니의 냄새에 점령당한 우리집의 어디에도 이제 아내의 냄새는 남아 있지 않았다.
>
> ─「늙으신 어머니의 향기」

고부가 함께 살면서 시작한 영역 싸움은 농촌의 삶과 도시적 삶의 대결 양상을 띤다. 온종일 보리 이삭을 줍는 어머니와 이를 남이 알까 부끄러워하는 아내, 화분에 꽃 대신 풋고추와 호박을 심는 어머니, 된장국을 끓이는 어머니와 불고기나 튀김을 내놓는 아내, 주방을 독점하기 위한 노력…… 등. 고부간의 기세 싸움이 계속된다. 당신의 방식을 고집하는 집요한 노력과 이를 거부하는 아내의 대응은, 결국 어머니의 영역을 '어머니의 방과 현관, 어머니가 주로 쓰는 거실에 딸린 화장실과, 어머니 자리로 정해진 거실의 소파 주변'에 한정하는 것으로 타협하기에 이른다. 이른바 잠정적인 휴전 상태다. 그러나 아내의 부재로 인해 이런 공존이 깨진다. 어머니는 온 집 안을 자신의 영역으로 만들어 버린 것이다.

아내는 이를 '생애 대한 집착'으로 읽어 낸다. 몸에 좋다는 약이라면 무조건 챙기고, 용돈이 생기면 새 옷부터 사 입는 모습에서 이런 해석은 당연하다. 그렇다면, 어머니의 생애 대한 집착은 어디서 오는가? 한마디로 존재의 위기감에서 온다. 말할 것도 없이 이런 위기의식은 아들 집에 얹혀살면서 시작되었다. 그렇다면 어머니의 과거를 되짚어 보자. 바람기 있던 남편으로부터의 소외, 남편과의 사별, 졸지에 어린 자식을 둔 가장으로서 겪어야 했던 가난, 고된 노동……. 이 모두는 생존을 위해 어쩔 수 없이 감내해야 했던 어머니의 삶이다. 따라서 아들의 눈에 어머니의 삶이 '궁핍과 땀과 희생과 인종의 그것'으로 비쳤다는 것은 너무도 당연하다. 문제는 희생과 인종의 삶이 아닌 집착과 고집의 삶으로 바뀌어 있다는 것이다.

왜 이렇듯 어머니의 태도에 변화가 있는가? 따지고 보면, 변화랄 것도 없다. 변한 것이 있다면 어머니가 처한 상황이다. 성장한 자식의 집에 와서 살기에 이제는 가장 노릇을 할 필요가 없다. 즉, 어머니는 생활의 주변으로부터 밀려나는 상황을 맞게 된 것이다. 예나 지금이나 주체로서의 삶을 살고 싶지만 상황과 주어진 역할이 달라졌다. 하지만 어머니는 이를 거부하고 있다. 돌려 말한다면, 이는 노인 특유의 성격적 특성과도 연결

된다. 주변인이 된다고 여길수록, 과거의 삶에 집착하거나 친숙한 사물에 감정적 가치를 부여하고 애착을 갖는 것이다. "꽃이 피자 대나무가 말라 죽기 전에 모두 베어서 팔자고 했지만 그 대나무로 아들을 대학까지 보냈기에 벨 수 없다"는 김봉도 노인(「대나무 꽃 피다」)이나, 아무 쓸모없는 잡동사니를 소중하게 간직해 온 어머니가 그들이다. 변화를 인정하고 싶지 않은, 세월은 흘렀지만 자신은 여전히 삶의 주역이고 싶은 것이다. 그러기 위해서는 늘 익숙한 것들 속에 있어야 하고, 보약을 먹고 새 옷을 입어 더 젊어져야 하며, 며느리 때문에 좁아진 입지를 넓혀야 한다. 이런 욕망이 결국, 지금까지 살아온 삶의 태도를 고집하는 것으로 나타났고 갈등을 일으키게 된 것이다. 따라서 온 집 안을 장악하고 있는 냄새란 주변으로 밀려나는 것에 대한 강한 저항을 의미한다.

　　풀어헤친 보따리에서 이상한 냄새가 훅 덮쳐왔다. 보따리 속에는 녹슨 호미와, 오래된 손저울, 함석 젓 주걱, 판자로 짠 손때 묻은 되, 때에 전 흰 다후다 천의 돈주머니, 짙은 밤색의 나일론 머플러, 땟국에 전 앞치마 등이 들어 있었다. 나는 검정 고무줄로 친친 묶여 있는 돈주머니를 풀고 그 속에서 손바닥만한 수첩을 꺼냈다.

　　　　　　　　　　　　　　　　　　　　　　　　　　―「늙으신 어머니의 향기」

　아내와 함께 찾은 어머니 냄새의 진원지이다. 보따리 속에는 지난 시절, 즉 세파에 맞서 자식들을 길러 낸 어머니의 삶의 여정이 고스란히 들어 있다. 이 물건들이 지금까지의 삶을 지탱해 온 힘의 원천이다. 따라서 이를 버리는 것은 자신의 과거를 버리는 것이요, 생명력을 상실하는 것이다. 그러니 어찌 소중하지 않겠는가? 어머니의 냄새는 더 이상 늙어서 나는 냄새가 아니다. 위기에 처한 존재가 뿜어대던 생명력이었다. 이제 '나'의 일은 '냄새에 꼼짝없이 결박당하고 있다'는 생각을 바꾸는 일이다. 새로운 인식을 통해 오해의 정체를 밝히고, 어머니 냄새를 자연스럽게 받아들이는 것이다. 삶의 뿌리에 대한 발견이야말로 진정한 이해와 소통에 이르는 길이란 점에서다.

3. 냄새, 소통의 매개

『울타리』에서 냄새는 다양한 형태로 독자 앞에 다가온다. 이 냄새는 집 안을 온통 장악해서 고부간의 갈등으로 이어지기도 하고(「늙으신 어머니의 향기」), 주변 사람들과 싸우게도 하고(「똥 푸는 목사님」), 결혼을 결심하게도 하고(「울타리」), 사람 사는 것을 느끼게도(「대나무 꽃 피다」)한다. 그리고 이 냄새는 모두 과거 체험과 관련이 있다.

「똥 푸는 목사님」에서 박지수의 경우를 보자. 그는 고향을 떠나 목회 생활을 하다가 귀향해서 농사를 짓는다. 농사를 지으며 냄새로 인해 주변 사람들과 갈등을 겪는다. 한마디로 똥 냄새 때문에 인근 식당과 주유소 사람들과 싸우게 되는데, 이들은 모두 고향의 토박이가 아닌 외지에서 온 사람들이다.

지수는 똥을 푸면서 5월에 피는 아카시아 꽃과 밤꽃 향기를 떠올렸다. 5월이 되어 뒷동산에 밤나무와 아카시아 꽃이 흐드러지게 피면 그 꽃향기가 온 마을을 뒤덮어 머리가 지끈거릴 정도였다. 그리고 며칠 전 그의 방 안에 세워 둔 소나무 토막도 생각했다. 생소나무 토막을 방에 놓아두었더니 방 안에 온통 술

익은 냄새와도 같은 소나무 향기가 가득했다. 그리고 그는 느티나무 향기도 떠올렸다. 늦봄에서 늦가을까지 잎이 한창 싱그러울 때면 느티나무 향기가 방 안으로까지 스며들기 때문이다.

—「똥 푸는 목사님」

아카시아 꽃 향기, 소나무 향기, 느티나무 향기……. 모두 유년 시절의 기억 속에서 생생하게 되살아온다. 다시 말해 고향을 떠나 한동안 잊고 살았던 삶의 향기다. 누구나 그렇듯 우리는 오감을 통해 외부의 자극에 반응한다. 이를 통해 주위 환경을 인식하고 행동을 결정한다. 그런데 이 향기, 즉 냄새는 자신의 의지와 무관하게 다가온다. 눈을 감고 코를 막아도 냄새를 피할 수 없다. 또한 가장 먼저 외부로부터 다가오는 자극이기도 하다. 눈과 귀가 트이지 않았어도 냄새로써 엄마를 찾는 동물적 본능 역시 마찬가지다. 그렇기에 후각을 가장 원초적인 감각이라 하지 않는가? 또 하나는 이런 냄새가 우리의 감정을 통제한다는 사실이다. 느낌이 냄새를 통해 전달되기 때문이다. 똥 냄새에 식당 주인들과 주유소 사람이 불쾌감을 느끼고 흥분하는 것은 당연하다. 손님들이 기분 나빠 머물지 않고 지나치니, 장사를 할 수 없는 것이다. 그러나 정작 고향 사람들은 항의하지 않는다. 그 냄새는 이미 고향의 느티나무와 함께 아련한 추억 속에 저장되어 있기 때문이다.

이를 통해 우리가 추측할 수 있는 것은 두 가지이다. 하나는 살아 있는 것이든 썩어 가는 것이든 각각의 냄새는 존재를 드러내는 방식의 하나라는 사실이고, 냄새를 공유함으로서 존재와 존재 사이의 소통이 가능해진다는 작가의 믿음이다. 특히, 인간과 인간의 관계 속에서 이 두 가지 사실은 별개로 분리되지 않는다. 아내한테서 계피 향을 맡는 순간부터 "계피 향이 내 핏속으로 쩌릿쩌릿 스며들면서 가까이 다가가고 싶은 충동을 억제할 수 없었다"는 나(「울타리」), 음식 냄새에서 '사람 사는 냄새'를 맡는 김봉도(「대나무 꽃 피다」), 어린 시절 어머니에게서 '회를 동하게 만든 구수한 밥 냄새'를 맡던 나(「늙으신 어머니의 향기」)의 경우를 보더라도, 각각의 존재는 특유의 냄새를 피우고 맡는다. 그 냄새는 기억 속에 각인되어 우리의 느낌과 행동으로 이어지고 있음을 알게 된다.

특유의 냄새는 곧 그 존재의 현존일 것이고, 생존을 위해 피워 올리는 생명력인 셈이다. 이를 받아들이기 위해서는 반드시 다른 존재에 대한 동의가 있어야 한다. 다시 말해서 타인의 역사에 대한 이해가 전제되어야 한다. 타인의 역사란 곧 그 사람이 살아온 과거요 동시에 순간순간의 선택과 결정을 통해 축적된 체험의 역사다. 따라서 나와 다를 수밖에 없다. 그러나 타인의 체험을 그 사람의 입장에서 충분히 있을 수 있는 것으로 이해하려는 마음이 우선되어야 한다. 그렇지 못할 때, 할머니한테서 된장 냄새가 난다고 피하는 손자(「대나무 꽃 피다」), 식당 주인들의 항의(「똥 푸는 목사님」), '두엄 썩는 냄새, 아니 제초제' 냄새 때문에 견딜 수 없다는 아내(「늙으신 어머니의 향기」)와 같이 거부감을 느끼게 되는 것이다.

　　"알고 본께 망구허고 나허고 토끼띠 동갑이드라. 오늘 이야기를 해 본께 늙어 갖고 어울리지도 않게 오만 멋을 다 내고 너무 잘난 척해서 그렇제 그렇게 나쁜 망구는 아닌 것 같드라. 딸 하나 있는 것꺼정 이민 가 불고 혼자 사는 것도 쪼끔 짠허고……."

　　어머니의 표정은 703호 할머니에 비해 자신이 조금도 꿀리지 않는다는 듯 당당해하려고 애쓰는 것처럼 보였다. 어머니는 703호 할머니의 유식함이나 호사스러운 입성을 조금도 부러워하지 않는 것 같았다.

—「은행나무 아래서」

멋을 내고 고고해서 동네에서 소외당하는 할머니와 어머니 사이에 공감의 원천은 어디인가. 한마디로 과거 체험의 동질성이다. 똑같이 남편에게서 버림받았다는 그리고 악착같이 살아 지금에 이르렀다는 사실이다. 이것이 자존심으로 나타났건, 한으로 나타났건 703호 할머니의 체험을 어머니 자신의 일부로 받아들이는 순간, 공감이 형성되고 자기 확장이 이루어진다. 어머니에게 있어 703호 할머니는 더 이상 '그 잘난 척해 쌓는 벙거지 모자 망구'가 아닌 '천하에 불쌍한 망구'가 된다. 또 이런 변화 속에 어머니는 자신의 삶을 돌아보고, 과거의 상처까지 씻어 내고 있는 것이다.

이러한 자기 확장은 타인의 삶에 대한 이해와 이를 바탕으로 한 동일성의 추구인 셈인데, 이런 모습은 문순태 소설에서 다양한 형태로 나타난다. 탈북자 김 노인이 비전향자인 친구를 찾게 되리라는 예감과 자존심을 버리고 아내를 찾는 나(「울타리」), 쫓아낸 딸을 반갑게 맞는 김봉도의 아내(「대나무 꽃 피다」), 어머니를 찾아 나서는 나(「늙으신 어머니의 향기」), 잊고 있던 삶의 가치를 새롭게 발견하는 유 여사(「깽깽이꽃」)…… 등이 그들이다. 이는 곧 주체로서의 삶의 확장을 의미하는 바, 차이와 다름을 극복하고 너와 내가 비슷한 존재라는 느낌 속에 이루어지는 자기 초월의 모습이기도 하다.

4. 이해와 소통의 세계

작가가 꿈꾸고 또 보여주고 싶은 세상은 어떤 세계인가? 생존의 규칙이 아름답게 펼쳐지는 세상이 아닌가 싶다. 우리 인간이 물리적 존재이면서 사회의 존재인 한, 인간과 인간, 인간과 자연 사이에 끊임없는 접촉이 이루어질 수밖에 없다. 이 접촉에서 가장 중요한 것은 서로에 대한 인정과 그 바탕 위에서 관계를 맺는 일이다. 서로를 인정한다는 것은 차이를 수용하는 일이다. 차이를 받아들이지 않고 자신만을 고집할 때 갈등이 생기게 마련이다. 그 극단적인 형태가 관계의 단절이다. 새로운 가족 형태, 즉 외국인 며느리를 인정할 수 없는 어머니(「느티나무와 어머니」)의 경우가 그렇다. 이 불화는 가족 관계, 특히 홀어머니와 외아들 사이에서 극명하게 나타날 수밖에 없다. 아들을 위해 자신의 삶을 희생했다는 어머니와 이를 알면서도 새로운 삶을 살아야 하는 아들 사이에 화해는 거의 불가능하기 때문이다. 따라서 타인의 삶에 섬세하게 접근하고 이를 바탕으로 이해의 폭을 확장하기 위한 노력이 무엇보다 필요하다.

진정한 아름다움이란 다른 것들끼리 평화롭게 어울리는 것이며 궁극에는 서로가 같아지거나 하나가 되는 것이 아닌가 싶었다. 더욱이 인생은 시작과 끝자락에서 똑같아지는 것이라고 생각했다. 어쩌면 이 세상은 거대한 조화로움의 세계가 아닐까 싶었다. 사랑과 미움, 슬픔과 기쁨, 빠른 것과 느린 것, 뜨거운 것과 차가운 것, 만남과 헤어짐, 넘침과 모자람, 절망과 희망, 생과 사, 둥근 것과 모난 것, 하늘과 땅, 고저, 장단, 명암, 흑백, 선악, 강약, 행불, 미추 등은 극단적 대립이 아니라, 하나가 되기 위하여 적당하게 밀어내고 끌어당김을 계속하는 것은 아닐까.

하나가 되기 위해 '밀어내고 끌어당김'이 적당하게 이루어질 때, 삶의 긴장이 발생한다. 긴장은 탄력 있는 삶을 만들 것이다. 그러나 적당하지 않을 때, 균형이 깨지고 갈등이 발생한다. 특히 고부간의 갈등은 반목과 미움이라는 극단적인 형태로 발전하기도 한다. 한 공간에서 매일 마주치며 살아야 하기 때문이다. 그럼, 어떻게 해결할 수 있을까? 방법은 의외로 가까운 데 있다. 앞서 언급했듯, 작가는 타인의 삶을 이해하는 것에서 그 해결의 실마리를 찾고 있다. 서로의 삶을 받아들일 때, '명치끝에 걸린 가시를 빼내'(「울타리」)고 '극락과 지옥이 내가 서 있는 하늘과 땅 사이에 함께 어울려'(「감로탱화」) 있음을 체득하게 된다는 것이다.

『울타리』에 중점적으로 그려진 타인들, 즉 어머니들은 모두 가부장제의 피해자들이다. 남성 중심의 사회에서 억압을 받았고, 또 그 사회에 홀로 던져졌다. 바람을 피우거나 일찍 죽은 남편, 홀로 가족들의 생계를 책임져야 했던 상황, 자식에게 희망을 걸고 기꺼이 자신의 삶을 희생했던 존재들이다. 이들의 중심에는 어떻게든 살아야 한다는 절박감과 함께 '거친 삶이 어머니를 남자의 모습으로 바꾸어 놓은 것'(「느티나무와 어머니」)으로 회상하듯, 야성의 생명력이 존재한다. 그리고 그 생명력은 오늘날 우리 삶의 뿌리였다. 따라서 이런 어머니의 삶을 진정으로 이해하고 그 의미를 제대로 받아들일 때, 불화와 오해는 사라질 것이다. 이것이 어머니와의 관계에만 국한되는 것은 물론 아니다. 타인과의 관계에서도 이런 과정은 필수적이다. 모든 관계에서 서로 간의 다름을 인정하고 이를 바탕으로 닮음을 추구하는 것이야말로 조화로운 세상으로 가는 길이란 의미에

서다.

  길을 찾는 과정이 이 창작집에 그려진 삶이다. 그 여정은 타인의 존재를 새롭게 인식하는 것으로 나아간다. 이를 통해 현재와 과거의 삶을 연결하고, 현재의 삶을 조화롭게 만든다. 여기에 중요하게 작용하는 것 중 하나가 추억이다. 추억이란 나를 중심으로 이루어지기보다는 남과 함께 살며 겪었던 공동의 영역이기 때문이다. 체험을 공유하고 있다는 것은 곧 더불어 사는 삶의 근거가 마련되어 있음을 의미한다. 이런 점에서 각 인물의 행위를 이끌고 있는 것은 고향과 어머니 그리고 느티나무로 대표되는 유년의 기억이다. 유년 시절의 체험과 이에 대한 향수가 문순태 소설의 바탕이 되는 공간을 형성하고 있는 것이다.

  그렇다면, 현재의 모든 불화는 자기중심적인 태도에서 비롯되었다고 할 수 있다. 내 생각을 타인의 생각에 맞추려는 노력이 없었기 때문이다. 지금까지의 삶에 대한 각성이 전제되어야 타인의 삶을 인정하고, 또 깊게 파였던 경계를 메우는 행위가 구체화될 수 있다. 부부, 세대, 이데올로기의 갈등을 극복하고 어울림의 세계로 나아가는 첫걸음으로 이어질 때, 상처의 치유 또한 가능하게 될 것이다. '나'를 벗어나 존재와 존재 사이에 이루어지는 소통과 화해야말로 우리가 꿈꾸던 것이 아닌가? 이것이 진정한 자기 초월의 양상이자 우리가 함께 추구해 나갈 세상이라고 작가는 말하고 있다.

*이 글은 『울타리』(이룸, 2006)에 실린 초판 작품 해설임.

93세 우리 어머니는 오늘 밤도 관절염 때문에 잠을 못 이루고 끙끙대신다.

"워쩌끄나, 저눔에 바람 땜시 아깐 보리 다 씨러지겄다."

바람 소리가 기계톱 돌아가는 소리처럼 세상을 훼혼드는 밤. 어머니는 밤늦도록 주무시지 못하고 거실 베란다 커튼 자락을 들치고 어둠 속에서 몸살 나도록 가지를 흔들어 대는 은행나무를 바라보며 한숨을 토해내신다. 시골을 떠나 도시 생활을 한 지 50년이 넘었는데도 어머니는 지금도 농사 걱정을 하신다.

대학에 다닌 손자 손녀 뒷바라지를 위해 한동안 서울살이를 하실 때도 전화를 할라치면, 집안일보다는 "올 농사 어쩌냐"며 농사 걱정부터 하셨다. 나는 그때마다 농사도 안 짓는데 쓸데없이 웬 농사 걱정을 그렇게 하시냐고 핀잔을 주곤 했다.

"농사가 잘되어야 세상이 편헌 것이여. 농사가 워디, 네 것 내 것이 따로 있다냐. 농사꾼의 자식이 그것도 몰러?"

어머니는 나를 호되게 나무라셨다.

나는 어머니의 삶을 통해서 땅에 대한 애착을 배웠고 어머니라는 강한 존재의 의미를 알게 되었다. 서울 명동처럼 많은 사람이 밟아 준 땅의 값이 가장 비싸고 이 세상의 온갖 더러운 것들은 무엇이고 다 받아들여 썩힌 땅이 가장 기름진 옥토라는 것도, 어머니의 은유적인 표현을 통해 깨달았다. 고통과 관용의 미덕이야말로 참으로 아름다운 덕목임도 알게 되었다. 이렇듯 어머니는 땅 앞에서는 늘 허리를 구부려 몸을 낮추셨으며 땅을 통해 겸손을 실천하셨다.

70년대 초였다. 한옥에 살고 있던 우리는 처음으로 냉장고를 사서 마루 문지방 옆에 세워 두었다. 그때는 다 그랬었다. 그날은 증조할아버지 제삿날이었다. 어머니는 갑자기 냉장고를 보이지 않은 곳으로 옮기라고 성화셨다. 무거워 옮길 수 없다고 했더니 어머니는 이불보로 냉장고를 덮어씌우시고는 "오늘 우리 집에 오는 친척 중에는 셋방살이하는 사람도 있는디, 보란 드끼 냉장고 자랑하겠다고 마루에 떠억 하니 세워 두어야 쓰겄냐"면서 호통을 치셨다. 하기야 집에 선물로 들어온 화분의 꽃은 모두 뽑아 버리고 그 자리에 고추며 가지 모종을 하셨는가 하면, 화단에 호박을 심어 2층 베란다로 넝쿨을 올린 어머니시니 더 말해서 무엇 하랴.

내 소설의 뿌리는 바로 황토 같은 우리 어머니의 질척한 삶에 있다. 나는 어머니의 척박한 삶을 통해서 소설의 정신을 본다. 지금까지 소설을 써 오면서 가능한 한 어머니의 정서와 가치관을 통해 가식 없는 시각으로 세상을 바라보려고 했다. 어머니의 삶 속에는 해방 공간 이후 6·25의 비극적 고통과 궁핍의 슬픔, 가부장적인 남성적 세계관이 빚어낸 비인간적인 폭력, 아름다운 모성본능, 한과 끈질긴 여자의 생명력이 오롯이 담겨져 있다. 나는 어머니를 통해 그것들을 열심히 찾아내서 소설에 담아내려고 했다.

요즘 내가 생각하는 화두는 '경계인'이다. 「울타리」를 쓰면서 내내 경계인의 역할에 대해 생각해 보았다. 최근 우리 사회에 갈등이 심화되어 가고 있는 것이 사실이다. 첨예한 양극화의 대립적 칼날은 더욱 날카로워져서 상대를 찔러 상처를 내려 하고 있다. 그런가 하면 이쪽이고 저쪽이고 소속되지 않은 사람은 외면당하고 도태당할 위기에 처해 있다. 결국 양극화의 대립 속에서 상처받은 것은 중간자적 입장에 있는 대다수의 사람이다.

6·25 때 좌익도 아니고 우익도 아닌, 선량한 무이념적 인간들이 가장 큰 피해를 보았던 것과 같다. 물론 무이념적 인간과 경계인의 의미는 다르다. 경계인은 무이념적 인간과는 달리 미래지향적 시각과 비판적이면서 통합적이며 발전적 역사의식을 가진 사람이다.

지금은 갈등의 중간자적 입장에서 대화와 교감 그리고 비판과 수용을 통해 중재하고 소통하며 화해와 통합을 이끌어 낼 수 있는 절대적인 힘이 필요하다. 이것은 경계인의 역할이라고 생각한다. 진보 아니면 보수, ○ 아니면 ✕, 이것 아니면 저것, 내 편 아니면 적이라는 이분법적 논리야말로 글로벌 시대에 얼마나 퇴영적 사고이며 큰 모순인가. '침묵의 다수'인 경계인의 힘이 강해질 때 국민 통합이 가능하고 통일도 앞당길 수 있다고 생각한다.

2002년 『된장』을 낸 후 5년 만에 상재하게 된 『울타리』는 나의 아홉 번째 창작집이다. 나는 팔월에 정년을 맞아 대학 강단을 떠나게 된다. 올해는 내가 김현승 시인의 추천을 받아 『현대문학』에 처음 이름을 내민 지 41년이 되는 해이기도 하다. 이제 대학을 떠나면 거추장스러운 교수의 옷을 벗고 작가로서 완전히 자유인이 될 것이다. 수염도 기르고 싶고 청바지도 입고 싶다. 나는 지금 작가로서 또 다른 출발을 시도하려고 한다. 아무것에도 얽매이지 않고 외롭게 맨발로 땅 위를 걸으면서, 인생의 여러 골짜기를 샅샅이 더듬어 보려고 한다. 후미진 산골짜기에 핀 작은 깽깽이풀꽃이나 코딱지꽃 이야기에 귀 기울이고 그 꽃들이 톡톡 쏘아 대는 향기에 취하면서, 내 멋대로 한번 살아 볼 것이다. 작가에겐 정년이 없으니 얼마나 좋은가.

2006년 4월 문순태(*이 글은 『울타리』(이룸, 2006)에 실린 초판 작가의 말임.)

수록 작품 발표 지면

작가 연보

1939년　10월 2일(음력) 전남 담양군 남면 구산리에서 아버지 문정룡과 어머니 정순기 사이에서 장남으로 출생.(출생신고를 늦게 하여 호적에는 1941년생으로 됨)

1946년　8세　전남 담양군 남면 남초등학교 입학. 10대 종손으로 훈장을 모시고 한문 공부를 함.『천자문』,『학어집』,『사자소학』,『명심보감』을 마침.

1950년　12세　초등학교 5학년 때 6·25전쟁 발발, 고향 사람들이 좌우익으로 갈리어 서로 죽이는 광경을 목격함.

1951년　13세　고향이 공비토벌작전지역에 해당되어 소개. 가족이 화순군 이서면 월산리 논바닥 토굴에서 생활. 이후 고향의 전답을 팔고 가족이 모두 광주 무등산 밑으로 이사함. 광주에서 아버지는 두부 배달과 막노동을 하고, 어머니는 도붓장사를 함. 어머니의 도붓장사하는 짐을 대신 지고 광주 인근 마을을 따라 다니거나 무등산에서 땔감을 해다 팜.

1952년　14세　전남 신안군 비금면 신월리로 이사, 비금면에 있는 중앙초등학교로 전학.

1953년　15세　외가가 있는 전남 화순군 북면 맹리로 이사, 화순군 북면 서초등학교로 전학. 공부를 하고 싶어 혼자 광주로 나와 학강초등학교 6학년으로 편입.

1954년　16세　2월 22일 광주 학강초등학교 졸업. 3월 2일 광주 동성중학교 특대장학생으로 입학. 이후 광주에서 자취, 토요일 수업 후, 매주 걸어서 고향 인근 마을에 사는 학생들과 함께 담양의 잣고개와 유둔재를 넘어 학교에서 25km 떨어진 곳에 있는 외가 마을의 집을 왕복함.

1957년	19세	2월 12일 광주 동성중학교 졸업, 3월 2일 광주고등학교 입학. 가족이 광주역 뒤 동계천의 판잣집으로 이사. 시인 이성부와 함께 당시 전남대학교 학생이었던 박봉우 선배를 만남. 광주 양림동에서 김현승 시인에게 시 쓰는 법을 지도 받음. 문예부에 들어가 김석학, 이성부, 윤재성과 함께 '문예반 4인방' 결성.
1958년	20세	서라벌예대 주최 전국 고교문예작품 모집에 시 당선.
1959년	21세	『전남일보』 신춘문예에 가명(김혜숙)으로 시 입선, 『농촌중보』(『전남매일』 전신) 신춘문예에 단편소설 「소나기」 당선, 『농촌중보』 시상식에서 소설가 한승원을 처음 만남.
1960년	22세	2월 20일 광주고등학교 졸업. 전남대학교 문리대학 철학과 입학.
1961년	23세	전남대학교 철학과에서 2학년을 마침, 전남대학교 용봉문학회 창립, 초대 회장을 지냄.
1963년	25세	김현승 시인이 숭실대학교로 옮기자, 숭실대학교 기독교 철학과 3학년에 편입. 숭대문학상에 시 「누이」 당선. 서울 신촌에서 자취를 하며 조태일 시인과 함께 김현승 시인 댁을 자주 방문함. 아버지가 47세로 세상을 뜨자 광주로 내려와 조선대학교 국문학과 3학년에 편입. 조선대학교 부속고등학교에서 독일어 강사로 일함.
1964년	26세	1월 5일 나주 영산포의 과수원집 딸 유영례와 결혼. 장녀 리보 출생.
1965년	27세	『현대문학』에 김현승으로부터 시 「천재들」 추천받음. 조선대학교 국문학과 졸업. 조선대학교 부속고등학교 독일어 교사로 부임.
1966년	28세	5월 6일 전남매일신문사 기자로 입사. 기자 생활을 하면서 전라도 지방의 토속 자료를 수집하고 역사적 사건들을 취재하여 정리한 『남도

의 빛』 발간. 장남 형진 출생.

1968년 30세 제4회 한국신문상 수상. 차녀 정선 출생.

1972년 34세 전남매일신문사 정치부장으로 승진. 신문 기자 생활에 매력 잃고 소설 습작 시작. 매주 서울로 김동리 선생을 찾아가 소설 공부.

1974년 36세 『한국문학』 신인상에 단편 「백제의 미소」 당선. 이때 송기숙·한승원 등과 『소설문학』 동인 활동. 독일 뮌헨대학 부설 '괴테 인스티튜트' 에서 독일어 어학 과정을 마치고 귀국. 「백제의 미소」(『한국문학』 6월 호), 「불도저와 김노인」(『한국문학』 10월호) 발표.

1975년 37세 조선대학교 사대 독일어과 교수로 자리로 옮겼다가 한 학기를 마치고, 전남매일신문사 편집부 국장으로 되돌아옴. 단편 「아버지 장구렁이」(『한국문학』 3월호), 「열녀야 문 열어라」(『월간중앙』 5월호), 「빈 무덤」(『시문학』 6월호), 「상여울음」(『세대』 10월호), 「무서운 거지」(『소설문예』 12월호), 중편 「청소부」(『창작과비평』 봄호) 발표.

1976년 38세 단편 「멋장이들 세상」(『월간중앙』 3월호), 「기분 좋은 일요일」(『뿌리깊은나무』 11월호), 「무너지는 소리」(『한국문학』 11월호), 「여름 공원」 (『창작과비평』 가을호) 발표.

1977년 39세 단편 「복토 훔치기」(『월간대화』 1월호), 「고향으로 가는 바람」(『월간중앙』 3월호), 「말 없는 사람」(『신동아』 6월호), 「돌아서는 마음」(『시문학』 10월호), 「금니빨」(『뿌리깊은나무』 12월호, 「금이빨」로 작품명을 바꾸어 본 선집에 수록) 발표. 첫 번째 중·단편소설집 『고향으로 가는 바람』(창작과비평사) 출간.

1978년 40세 단편 「번데기의 꿈」(『한국문학』 3월호), 「안개 우는 소리」(『문예중앙』 가을호), 「깨어있는 낮잠」, 「흑산도 갈매기」(『신동아』 12월호), 중편

「감미로운 탈출」(『한국문학』 7월호), 「징소리」(『창작과비평』 겨울호) 발표. 실록 장편소설 『다산유배기』를 『세대』에 연재. 평전 『의제 허백련』(중앙일보사) 출간.

1979년 41세 단편 「저녁 징소리」(『한국문학』 3월호), 중편 「말하는 징소리」(『신동아』 6월호), 「마지막 징소리」(『문학사상』 9월호) 발표. 장편 『걸어서 하늘까지』를 『일간스포츠』에 연재. 두 번째 중·단편소설집 『흑산도 갈매기』(백제출판사) 출간.

1980년 42세 전남매일신문사에서 반체제 기자라는 이유로 해직당함. 단편 「하늘새」(『뿌리깊은나무』 8월호), 「탈회」(『한국문학』 12월호), 중편 「무서운 징소리」(『한국문학』 2월호), 「물레방아 속으로」(『문학사상』 6월호), 「달빛 아래 징소리」(『한국문학』 7월호), 단막희곡 「임금님의 안경을 누가 벗길 것인가」 발표. 대하소설 『타오르는 강』을 『월간중앙』에 4월부터 연재한 후 순천당에서 1권 출간. 장편 『걸어서 하늘까지』 상·하(창작과비평사), 첫 번째 연작소설집 『징소리』(수문서관) 출간. 성옥문학상 수상.

1981년 43세 천주교에 입교(세례명 프란치스코). 단편 「말하는 돌」(『소설문학』 1월호), 「물레방아 소리」(『문예중앙』 봄호), 「달빛 골짜기의 통곡」(『월간조선』 3월호), 「난초의 죽음」(『소설문학』 11월호), 「황홀한 귀향」(『문학사상』 11월호), 중편 「물레방아 돌리기」(『문학사상』 5월호), 「철쭉제」(『한국문학』 6월호)에 발표. 장편 『아무도 없는 서울』을 『여성동아』에, 『병신춤을 춥시다』를 『신동아』에 연재. 대하소설 『타오르는 강』 1~3권(심설당)과 두 번째 연작소설집 『물레방아 속으로』(심설당) 출간. 숭실대학교(구 숭전대) 대학원에 입학하여 김동리의 소설 창작 강의를 받음. 제1회 소설문학 작품상, 전라남도 문화상, 전남문학상 수상.

1982년	44세	문화공보부 주관 문인 유럽여행. 무크지 『제3문학』(한길사)으로 백우암 · 김춘복 · 윤정규 · 송기숙 등과 활동. 단편 「살아 있는 길」(『한국문학』 2월호), 「잉어의 눈」(『문학사상』 5월호), 「병든 땅 언덕 위」(『정경문화』 8월호), 「목조르기」(『소설문학』 9월호), 「노인과 소년」(『기독교사상』 12월호), 「탈회」(『행림출판』), 중편 「유월제」(『현대문학』 5월호), 「어머니의 땅」(『문학사상』 9월호) 발표. 장편 『피아골』을 『한국문학』(1982.4~1984.7)에 연재. 장편 『병신춤을 춥시다』(문학예술사), 『아무도 없는 서울』(태창문화사), 『달궁』(문학세계사) 출간. 장편소설 『달궁』으로 제1회 문학세계 작가상 수상.
1983년	45세	숭실대 대학원 국문과 졸업(석사논문 「한국문학에 나타난 한의 연구」). 광주에서 무크지 『민족과 문학』 편집위원으로 참여. 단편 「미명(未明)의 하늘」(『현대문학』 1월호), 「패자의 여름」(『소설문학』 1월호), 「거인의 밤」(『문학사상』 3월호), 「숨어사는 그림자」(『현대문학』 12월호), 「개안수술」(『홍성사』) 발표. 장편 『성자를 찾아서』를 『문학사상』에, 『연꽃 속의 보석이여 완전한 성취여』를 『수문서관』에 연재. 세 번째 중 · 단편소설집 『피울음』(일월서각) 출간. KBS TV 8부작 〈신왕오천축국전〉 취재팀 일원으로 6개월간 인도, 파키스탄 탐방. 인도기행문 『신왕오천축국전』 발간(KBS). 역사기행문 『유배지』(어문각), 첫 번째 산문집 『사랑하지 않는 죄』(명문당) 출간.
1984년	46세	단편 「어둠의 춤」(『소설문학』 1월호), 「비석(碑石)」(『문학사상』 1월호), 「두 여인 1」(『경향잡지』 3월호), 「두 여인 2」(『경향잡지』 4월호), 「할머니의 유산」(『학원』 6월호), 「인간의 벽」(『문학사상』 8월호), 「살아있는 소문」(『소설문학』 10월호), 중편 「무당새」(『한국문학』 9월호), 「어머니의 성(城)」 발표. 네 번째 중 · 단편소설집 『인간의 벽』(나남출판) 출간.
1985년	47세	2월 1일 순천대학교 국어교육과 교수 취임. 단편 「대추나무 가시」

(『문학사상』 2월호), 「황홀한 탈출」, 중편 「제3의 국경」(『한국문학』 11월호) 발표. 장편 『한수지』를 『서울신문』에, 『소설 신재효』를 『음악동아』에 연재. 장편 『피아골』(정음사) 출간.

1986년 48세 단편 「어둠의 강」(『현대문학』 5월호), 「사표 권하는 사회」(『문학사상』 7월호), 「살아있는 눈빛」(『소설문학』 9월호), 「안개섬」(『한국문학』 9월호), 「초가와 노인」, 「우울한 귀향」, 「우리들의 상처」, 중편 「일어서는 땅」 발표. 기행문인 『동학기행』(어문각), 다섯 번째 중·단편소설집 『살아 있는 소문』(문학사상사) 출간.

1987년 49세 단편 「달리기」(『문학정신』 1월호), 「살아남는 법」(『문학정신』 1월호), 「뒷모습」(『동서문학』 4월호), 중편 「문신의 땅」(『문학사상』 1월호), 「문신의 땅 2」(『한국문학』 3월호), 「호랑이의 탈출」(『월간경향』 11월호) 발표. 장편 『어둠의 땅』을 『주간조선』에 연재. 장편 『한수지』 1~3권(정음사), 『빼앗긴 강』(정음사), 『타오르는 강』(창작사) 출간. 중편집 『철쭉제』(고려원) 출간.

1988년 50세 순천대학교 교수직을 그만두고 『전남일보』 창간과 함께 초대 편집국장으로 부임. 단편 「한국의 벚꽃」(『현대문학』 3월호), 중편 「꿈꾸는 시계」(『문학사상』 4월호) 발표. 장편 『가면의 춤』을 『부산일보』에 연재. 여섯 번째 중·단편소설집 『문신의 땅』(동아) 출간.

1989년 51세 단편 「녹슨 철길」(『문학사상』 10월호), 장막 희곡 『황매천』(『민족과문학』) 발표. 장편 『대지의 사람들』을 『국민일보』에 연재. 『타오르는 강』 전7권(창작과비평사) 출간.

1990년 52세 단편 「소년일기」(『현대소설』 6월호), 장편 『가면의 춤』 상·하(서당), 『걸어서 하늘까지』 상·하(창작과비평사) 출간. 위인전 『김정희』(삼성출판사) 출간. 작품집 『문순태 문학선』(삼천리) 출간. 일곱 번째 중·단편소설집 『꿈꾸는 시계』(문학사상) 출간.

1991년　53세　『전남일보』 주필 부임. 중편 「정읍사」(『현대문학』) 발표. 소설창작이론집 『열한 권의 창작 노트 – 중견작가들이 말하는 나의 소설쓰기』(도서출판 창) 출간.

1992년　54세　카자흐스탄과 우즈베키스탄 여행. 카자흐스탄국립대학교 한국학과에서 '한국 소설의 흐름' 강연. 단편 「낯선 귀향」(『계간문예』 봄호), 「느티나무와 당숙」(『문학사상』 12월호) 발표. 장편 『느티나무』를 『계간문예』에 연재. 장편 『다산 정약용』(큰산) 출간. 두 번째 산문집 『그늘 속에서도 풀꽃은 핀다』(강천) 출간. 흙의 예술상 수상.

1993년　55세　단편 「최루증(催淚症)」(『현대문학』 7월호) 발표. 장편 『한수별곡』 상·중·하(청암문화사), 『도리화가』(햇살) 출간. 세 번째 연작소설집 『제3의 국경』(예술문화사) 출간.

1994년　56세　중편 「시간의 샘물」(『문학사상』 8월호), 「오월의 초상」(『한국문학』 9월호) 발표.

1995년　57세　광주·전남 민족작가회의 회장. 조선대학교 이사. 단편 「똥푸는 목사님」(『한국소설』) 발표.

1996년　58세　광주대학교 문예창작과 교수 취임. 단편 「흰 거위산을 찾아서」(『문학사상』 8월호, 「흰거위산을 찾아서」로 작품명을 바꾸어 본 선집에 수록), 중편 「느티나무 타기」(『현대문학』) 발표. 장편 『5월의 그대』를 『전남일보』에 연재.

1997년　59세　단편 「느티나무 아저씨」(『내일을 여는 작가』 7월호), 「무등산 가는 길」(『21세기 문학』 가을호), 「세상에서 가장 슬픈 이야기」(『문학사상』 11월호), 중편 「꿈길」(『문예중앙』 여름호) 발표. 장편소설 『느티나무 사랑』

1~2권(열림원) 출간. 여덟 번째 중·단편소설집『시간의 샘물』(『실천문학사』) 출간.

1998년　60세　장편소설『포옹』1~2권(삼진기획) 출간. 대학 교재『소설 창작연습』(태학사) 출간.

1999년　61세　단편「똥치이모」(『한국소설』),「아무도 없는 길」(『현대문학』),「혜자의 반란」(『문학사상』3월호) 발표.

2000년　62세　대안신문『시민의 소리』발행. 광주·전남 반부패연대 공동대표. 단편「끝을 향하여」(『문학과의식』봄호),「느티나무 아래서」(『문예중앙』가을호),「자전거타기」(『정신과표현』) 발표. 장편『그들의 새벽』1~2권(한길사) 출간.

2001년　63세　겨울, 척수 종양 수술. 단편「문고리」(『문예중앙』봄호),「나는 미행당하고 있다」(『문학사상』),「그리운 조팝꽃」(『미네르바』) 발표. 장편『정읍사 - 그 천년의 기다림』(이룸) 출간. 오방 최흥종 목사 실명소설『성자의 지팡이 - 영원한 자유인』(다지리) 출간. 소설창작이론서『소설 창작 연습 - 그 이론과 실제』(태학사) 출간.

2002년　64세　단편「마감 뉴스」(『문학나무』),「운주사 가는 길」(『문예운동』) 발표. 중편「된장」(『문학과 경계』봄호) 발표. 장편『나 어릴 적 이야기』를『정신과 표현』에,『자살 여행』을『미르』에 연재. 아홉 번째 중·단편소설집『된장』(이룸) 출간.

2003년　65세　단편「늙은 어머니의 향기」(『문학사상』11월호,「늙으신 어머니의 향기」로 개고해 본 선집에 수록),「만화 주인공」(『한국소설』),「대나무 꽃 피다」(『미네르바』) 발표. 장편동화『숲으로 간 워리』(이룸) 출간.

2004년　66세　단편「영웅전」(『동서문학』),「은행나무 아래서」(『작가』) 발표.「늙으신 어머니의 향기」로 이상문학상 특별상 수상. 광주광역시 문화예술상 수상.

2005년   67세   단편「수줍은 깽깽이꽃」(『한국소설』), 「울타리」(『계간문예』), 중편「감로탱화」(『문학사상』) 발표. 동화집『숲 속의 동자승』(『자유지성사』) 출간. 장편『41년생 소년』(랜덤하우스 중앙) 출간.

2006년   68세   광주대학교 정년퇴직. 담양군 남면 만월리 144번지(생오지)로 거처 옮기고「생오지 문학의 집」개설. 단편「눈향나무」(『불교문학』), 「탄피와 호미」(『문학들』) 발표. 열 번째 중·단편소설집『울타리』(이룸), 세 번째 산문집『꿈』(이룸). 작품집『울타리』로 요산문학상 수상.

2007년   69세   '생오지 문학의 집'에서 소설 창작 강의. 단편「황금 소나무」(『21세기 문학』), 「대 바람 소리」(『문학사상』), 「생오지 가는 길」(『좋은 소설』) 발표.

2008년   70세   국립아시아문화전당조성위 부위원장 임명. 생오지 문예창작촌 개설, 봄과 가을에 생오지 문학제 개최. 단편「그 여자의 방」(『문학사상』), 「일기를 쓰는 이유」(『한국문학』), 중편「생오지 뜸부기」(『계절문학』) 발표. 장편『타오르는 별들』을『전남일보』에 연재. 작품집『울타리』로 한국가톨릭문학상 수상.

2009년   71세   봄과 가을에 생오지 문학제 개최. 단편「은행나무처럼」(『21세기 문학』, 「은행잎 지다」로 작품명을 바꾸어 본 선집에 수록).『전남일보』에 광주학생독립운동을 소재로 한 장편『타오르는 별들』연재 이후,『알 수 없는 내일』1~2권(다지리)으로 제목을 바꿔 출간. 열한 번째 중·단편소설집『생오지 뜸부기』(책만드는집) 출간. 네 번째 산문집『생오지 가는 길』(눈빛) 출간. 담양군민상 수상.

2010년   72세   단편「자두와 지우개」(『계간문예』 가을호), 「돌담 쌓기」(『시선』 봄호)

발표. 작품집『생오지 뜸부기』로 채만식문학상 수상. 조대문학상 대상 수상.

2011년　73세　(사)광주문화재단 이사. 모친 97세로 소천. 단편 「아버지와 홍매」(『21세기문학』,「아버지의 홍매」로 작품명을 바꾸어 본 선집에 수록),「안개섬을 찾아」(『문학바다』,「안개섬을 찾아서」로 작품명을 바꾸어 본 선집에 수록),「휴대폰이 울릴 때」(『동리목월문학』) 발표. 어린이 그림책 『빛과 색채의 화가 오지호』(나무숲) 출간. 다섯 번째 산문집 『그리움은 뒤에서 온다』(오래) 출간. 담양대나무축제 이사장.

2012년　74세　대하소설 『타오르는 강』(전9권, 소명출판) 완간. 재단법인 생오지문학촌 설립 이사장 취임. 『타오르는 강』 북콘서트 개최.

2013년　75세　2년제 생오지문예창작대학 개설. 광주문화방송 시청자위원장. 단편 「시소타기」(『창작촌』), 조아라 실명소설 『낮은 땅의 어머니』(광주 YWCA), 시집 『생오지에 누워』(책만드는집) 출간. 한림문학상 수상.

2014년　76세　생오지문예창작촌 주최로 영산강문학 심포지엄 개최('영산강, 문학에 스미다'). 대하소설 『타오르는 강』의 어휘 사전인 『타오르는 강 소설어 사전』(소명출판) 출간. 제9회 생오지문학제.

2015년　77세　광주전남연구원 이사장 취임. 광주U대회 개폐막식 시나리오 작업. 단편 「시계탑 아래서」(『문학들』 여름호) 발표. 장편 『소쇄원에서 꿈을 꾸다』(오래) 출간. 광주일보에 문순태 칼럼 연재. 『소쇄원에서 꿈을 꾸다』로 송순문학상 대상 수상. 자랑스러운 광고인 대상 수상.

2016년　78세　박근혜 정부 블랙리스트문인 명단 포함. 단편 「생오지 눈무덤」(『문학들』),「흐르는 길」(『광주전남소설문학회』) 발표. 열두 번째 중·단편소설집 『생오지 눈사람』(오래) 출간. 시 「멸치」(『딩아돌하』) 발표.『문화일보』에「살며 생각하며」칼럼 연재. 세브란스병원에서 위암 시술.

2017년 79세 세계문학페스티발 행사로「한승원·문순태 문학토크쇼」진행(담양문화원).「창작의 산실 – 나의 문학 어디까지」(『월간문학』).『기억과 기억들』(씽크 스마트)에 현기영 등 한국 대표 분단작가 5명의 작품을 중심으로 분단역사 체험에 대한 인터뷰 수록.

2018년 80세 시집『생오지 생각』(아침고요) 출간. 여섯 번째 산문집『밥 한 사발 눈물 한 대접』(아침고요) 출간. 한국소설가협회 최고위원. 작가협회 주최 '영산강문학 포럼'에서 '영산강과 서사문학' 주제 발표. 광주전남연구원 '남도학 강좌'에서 '영산강의 인문학적 자원' 강연. 시「그 이름」(『세계일보』) 발표. 시「홍어」(『서은문학』) 발표.

2019년 81세 한국산학연구원 '하우 투 리브' 인문학 강연. 광주문학관 건립추진위원. 전남도 인재육성추진위원.

2020년 82세 홍어를 소재로 한 100여 편의 시 가운데 한 편을『한국가톨릭문인회지』11월호에 발표, 2019 광주 세계수영선수권대회 주제 제정 자문위원장을 역임하고 체육훈장 기린장 수상(12월).